CASH !

Paul Loup Sulitzer est né le 22 juillet 1946. Cela fait plus de quinze ans qu'il occupe, dans la finance et les affaires internationales, une place de premier plan. Sa notoriété a dépassé le cadre de la France pour gagner la Grande-Bretagne et surtout les Etats-Unis. Il est consultant, et, dans les affaires internationales, on fait appel à sa qualité d'expert financier.
Cash! *(Prix du Livre de l'été 1981) est la suite de* Money, *premier roman de Paul Loup Sulitzer.*

« Franz Cimballi, il faut payer — Cash ! »
Telle est la sentence impitoyable que Martin Yahl, le redoutable financier, l'ennemi de toujours, s'est juré d'infliger à son jeune rival naguère victorieux. La vengeance a changé de camp et, de chasseur, Cimballi devient gibier.
Le décor change, mais le terrain de chasse reste le même : celui où s'affrontent les grands fauves de la finance internationale, là où — à l'ombre des lois — les dollars par millions servent de munitions.
Alors, pour le héros de *Money*, toute la stratégie désormais consiste à chercher, jusqu'à l'angoisse, quel piège est celui où l'attend Martin Yahl.
Est-ce dans la spéculation sur l'argent dont les cours vont subir de spectaculaires fluctuations ?
Est-ce dans l'astucieuse opération « Safari » en Floride où Cimballi risque de jouer le rôle du chasseur pris à ses propres filets ?
Est-ce dans le pétrole où déjà s'affrontent des intérêts monumentaux ?
Ou bien dans le café dont le goût peut devenir subitement très amer ?
De Colombie au Texas et d'Afrique en Californie, c'est une sarabande infernale à laquelle Cimballi va se trouver mêlé, traqué sans relâche et sans merci par Martin Yahl, hanté jusqu'au désespoir par le spectre de la défaite, meurtri par la haine de ceux qui sont attachés à sa perte.
Mais est-ce suffisant pour abattre Franz Cimballi ?...

Paru dans Le Livre de Poche :

MONEY.
FORTUNE.
LE ROI VERT.
HANNAH.

PAUL LOUP SULITZER

Cash!

ROMAN

DENOËL

Toute ressemblance avec des personnes
ou des événements réels
est bien évidemment pure coïncidence.

© Éditions Denoël, 1981.

*A mon père, à ma mère, à ma fille Olivia,
à Claude, à mes amis Jean-Raphaël,
Albert et Catherine,
Jean-François.*

Les fluctuations récentes du cours des changes ne pouvant être prises en compte, il est convenu que pour toutes les opérations financières évoquées dans cet ouvrage, le taux du dollar est fixé à 4,50 FF.

« Tu vois, ceci est mon Royaume et je crois que tu en feras ton Empire...

« Il te faudra du talent et puis aussi du courage, du courage, encore du courage ! »

C'était une voix douce et grave. C'était la voix de mon bonheur, c'était la voix de mon Père.

P. L. S.

PREMIERE PARTIE

LE MESSAGER

1

LA journée du 7 mai.

Ce jour-là, le matin de ce jour-là, je suis à Amsterdam. J'y suis arrivé venant de Londres, je dois en repartir très vite pour Francfort, Allemagne fédérale, où j'ai un autre rendez-vous dans l'après-midi. Puis, le soir même, Paris pour trois ou quatre jours et de Paris envol pour la Californie *via* New York, afin d'y rejoindre Catherine. Ce n'est pas un voyage exceptionnel. Comme celui-là, j'en ai fait quinze ou vingt au cours des derniers mois. Cette journée du 7 mai non plus ne semble pas sortir de l'ordinaire.

Je n'ai pas la moindre idée de ce qui m'attend. Pas le moindre pressentiment.

Mon rendez-vous de Hollande est banal. De la part de mes deux interlocuteurs bataves, j'ai même eu droit à l'habituelle surprise, quand ils m'ont vu : ils ne m'ont pas demandé pourquoi je n'étais pas avec mon papa mais ça a dû être tout juste. Et bien entendu, l'un d'eux n'a pu s'empêcher de remarquer : « Vous êtes très jeune. » A quoi j'ai fait ma réponse ordinaire : « Rassurez-vous, ça n'est pas contagieux. » Bon, ces politesses échangées, nous nous mettons au travail. Ils ont, disent-ils, une affaire à me proposer. Ils prennent, pour me dire ça, des précautions de cambrioleur. En fait, leur affaire est simple : ils ont de l'argent (pas mal), ils en voudraient davantage (évidemment), ils envisagent de placer leurs capitaux dans une société d'investissements privée qui serait miraculeusement anonyme parce qu'ayant son siège social à Curaçao dans les Antilles anciennement néerlandaises, ou à Panama, ou aux Caïmans, ou aux Bahamas, ou au Liechtenstein, ou n'importe où pourvu que ça ne se sache pas ; ils attendent de cette société qu'elle réalise de gros bénéfices, grâce à la gestion rusée de Franz Cimballi.

Et Franz Cimballi, c'est moi.

Bref, du classique. Suit même la traditionnelle complainte à propos du fisc. Je les écoute en pensant à autre chose et je finis par dire : « Comme je vous comprends, et c'est entendu, et tout ira très bien vous verrez. »

Je m'en vais. Nous sommes restés une heure ensemble, il doit donc être à peu près onze heures quinze.

Je me revois ensuite marchant le long du quai du Singel ; il y a des péniches fleuries défilant avec lenteur à ras bord des étalages du marché. J'ai encore aujourd'hui dans mes narines le parfum de ces bouquets, et devant mes yeux la palette de leurs couleurs. Je traverse la place Rembrandt ; il devait faire assez beau, à en juger par les terrasses achalandées, tout autour de la statue du peintre. Que j'aille à pied ce jour-là, est probablement un signe : je marche ordinairement quand je parle, quand j'essaie de convaincre ; et il est vrai que je tiens difficilement en place. Mais de là à marcher dans une rue, dans une ville, il fallait que je sois préoccupé, pour quelque raison que ma mémoire ne retrouve pas.

A midi, je suis à l'hôtel Amstel. Le journaliste américain est là, à m'attendre dans le hall. Je l'avais complètement oublié, celui-là. Il dit : « Vous m'aviez complètement oublié, hein ?

— Quelle idée ! Je pensais justement à vous. »

Je ne me rappelle même plus son nom : Mac Quelque Chose. Il vient de New York à seule fin de me voir, quelle joie, de m'interviewer pour son magazine qui envisage de me consacrer une page ou deux : « Et pourquoi moi ? — Il n'y a pas tellement d'hommes de vingt-cinq ans qui ont gagné cent millions de dollars. — Je n'ai pas gagné cent millions de dollars. — La moitié ? Va pour la moitié. La moitié suffit à impressionner, monsieur Cimballi. Je peux vous appeler Franz ? D'ailleurs, vous n'avez même pas vingt-cinq ans. Et vous en paraissez dix-huit ou vingt. »

Je me souviens brusquement : il s'appelle MacQueen. Michael MacQueen.

« Venez, Mike.

— Ça vous vexe qu'on dise que vous paraissez dix-huit ans ?

— Moins que si vous me disiez que j'en fais cinquante. »

Adriano Letta sort de l'ascenseur, il précède un employé qui porte nos bagages, le sien et le mien. « L'avion est prêt », me confirme Adriano d'un signe de tête, avec son exubérante gaieté habituelle. Adriano est moitié napolitain, moitié libanais, moitié grec, moitié sicilien. Avec un zeste de juif tunisien et du sang espagnol. Il parle sept ou huit langues, il est maigre et noir, il sourit une fois par an à Noël, il met vingt-cinq minutes à manger un oursin de peur d'y laisser quelque chose, il est fort capable de prélever une commission sur une prévision météorologique. Il travaille avec moi depuis presque quatre ans.

J'entraîne MacQueen. Qui me demande : « Et on va où ?

— Francfort.

— Sur l'Oder ou sur le Main ?

— Le bon. »

Il est du genre flegmatique, ça ne l'affole pas. Il court flegmatiquement à la recherche de sa propre valise et nous rejoint. Au moment où, sur le trottoir devant l'hôtel, mon regard est accroché par le visage d'une jeune femme qui me rappelle nettement celui de Sarah Kyle que j'ai connue au Kenya puis à Hong Kong. La jeune femme non seulement me regarde mais elle me photographie, moi seul. Je demande à MacQueen :

« Elle est avec vous ?

— Jamais vue. Jolie fille. »

Elle continue de me photographier, sans hâte mais méthodiquement. Je m'approche d'elle et il faut que la distance entre nous ne soit plus que d'un mètre pour qu'elle consente enfin à baisser son appareil. Elle me fixe, impassible. Je lui souris :

« Le coup de foudre ? »

Différence avec Sarah Kyle aux yeux verts : les siens sont noirs. Lentement, posément, elle se détourne et s'en va, se perd dans la foule.

Et c'est tout.

Nous sommes en voiture, en route vers l'aéroport d'Amsterdam-Schiphol. Midi quinze, le 7 mai.

« Voyons un peu, dit MacQueen. Et si nous commencions tout simplement par le début ? Vous vous appelez Franz Cimballi. Il y a quatre ans, à vingt et un ans, vous n'aviez rien, pas un sou. On vous met dans un avion pour n'importe où, le plus loin possible, le Kenya. Miracle — même pour vous — en quelques semaines, vous y faites fortune.

— Pas fortune. »

Nous voilà à Schiphol. Y surgit la tête rousse de Flint, hérissée de sa saleté d'éternel cigare puant, à la façon dont une tourelle de char est hérissée d'un canon. Flint braque son cigare vers moi : « Francfort, Franz ?

— Francfort.

— C'est parti mon kiki. Décollage dans trois minutes et quarante-sept secondes.

— Pas fortune, d'accord, dit MacQueen. Mais vous avez tout de même gagné pas mal d'argent au Kenya. Des opérations de change, m'a-t-on dit, des deutsche marks contre des shillings kényens, eux-mêmes troqués contre des dollars. Ensuite, vous vous installez à Hong Kong...

— Qui c'est, ce fou ? » demande Flint en désignant MacQueen.

Je fais les présentations. Nous prenons place dans l'avion.

« Ensuite Hong Kong. Vous y créez une hilarante affaire de gadgets. Ça va de la Fantoma's

Bank au Sac à Rire, en passant par des gratte-dos électriques et des tire-bouchons à pédale... »

Flint s'engueule comme d'habitude avec la tour de contrôle. Il gagne et nous finissons par décoller, à quelques secondes de treize heures.

« Hilarante, peut-être. Mais n'empêche qu'avec vos gadgets farfelus, voilà que vous faites votre premier million de dollars, poursuit MacQueen. L'avion est à vous ?

— Pas plus que le pilote. »

Adriano Letta me tend des papiers, des projets de contrat. Par un hublot, Amsterdam et le Zuiderzee s'éloignent. J'explique à MacQueen qui est Flint. C'est vrai que ce n'est pas un pilote ordinaire. J'ai fait sa connaissance à l'hôtel Breaker's, en Floride. Au premier coup d'œil je l'ai pris, soyons franc, pour une cloche : un grand type maigre, poil de carotte, dégingandé à donner l'impression d'être fait de pièces rapportées, la pomme d'Adam proéminente et marchant en quelque sorte devant lui, à l'aplomb de la pointe de son cigare. Mais le personnel du Breaker's l'enveloppait d'un respect inattendu. Renseignements pris, il y avait de quoi : cet olibrius n'était, n'est rien moins que l'héritier de l'un des plus gros empires industriels américains (dans la chimie). A une réserve près : par la vertu d'un acte de trust, Flint ne peut disposer du capital (fabuleux) dont il est l'héritier ; il n'en a que la jouissance partielle, on lui sert une rente confortable et rien de plus, on n'a pas trop confiance en ses capacités de financier. Et pour cause : la seule fois où il lui a été possible de débloquer un peu d'argent, il s'est offert un avion, et pas n'importe quel avion : un Gulfstream 2 Grumman de près de vingt-cinq mètres de long, capable de voler à pas tout à fait mille kilomètres à l'heure sur plus de six mille kilomètres. Ça a creusé un sacré trou dans son budget, au point qu'il n'a pas pu payer comptant et a dû signer des traites sur trois ans, qu'il règle avec le montant de sa rente. Et il ne lui est plus resté de quoi s'acheter un hamburger. Quand il m'a raconté son histoire, au bord d'une des piscines de l'hôtel, j'ai hurlé de rire. Ça l'a encouragé : il m'a proposé de se mettre, lui et son avion, à ma disposition. A condition que je prenne en charge la moitié de ses traites : « Franz, tu te déplaces beaucoup et moi, pourvu que je vole... »

Il est presque une heure trente, nous survolons la Ruhr. Le temps est clair.

« Quoi qu'il en soit, reprend MacQueen, après ce premier million de dollars, les autres ont suivi... »

Je souris au journaliste :

« Quoi de plus simple.

— ... ont suivi. J'ai essayé de retracer votre itinéraire, pendant ces dernières années. Pas facile. Vous avez couru d'un bout du monde à l'autre... »

Le steward achève de nous servir à déjeuner.

« Pas couru : dansé. »

MacQueen hoche la tête en souriant :

« La Danse de Cimballi. On vous surnomme Franz le Danseur. »

Et c'est à ce moment-là que le premier événement se produit. Le premier des deux qui marqueront cette journée du 7 mai. En réponse à un appel de Flint, Adriano Letta s'est rendu dans la cabine de pilotage. Il en revient au moment où MacQueen me demande :

« Et c'est quoi, cette danse qui vous a fait gagner quarante ou cinquante millions de dollars en quatre ans ? »

Adriano me tend un papier. Je le lis et c'est une explosion. Je me lève, je marche dans la travée entre les sièges. Pour un peu, je hurlerais, par cette violence dans le sentiment que j'ai toujours tant de peine à réprimer. Adriano me considère impassible, MacQueen me dévisage interloqué. Il me demande :

« Mauvaise nouvelle ? »

Je l'embrasserais. Une mauvaise nouvelle ? UNE MAUVAISE NOUVELLE ? Ce télex est le plus beau que je recevrai sans doute jamais !

J'ai un fils. A Los Angeles, avec douze à quinze jours d'avance, Catherine vient d'accoucher et nous avons un fils.

Trois minutes plus tard, Flint a mis, comme il dit, la barre à tribord toute. Notre avion vole désormais vers l'ouest. J'aurais demandé à Flint d'aller en Chine, il n'aurait sans doute pas hésité. Alors, la Californie...

« Los Angeles, Franz ?
— Los Angeles.
— Je ne pourrai pas me poser sur le toit de la clinique, je te préviens.
— Essaie toujours. »

J'ai renoncé à Francfort qui peut attendre. J'ai téléphoné à Catherine pour essayer de lui annoncer mon arrivée, j'ai téléphoné partout et je continue à le faire, lançant appels et invitations, voulant à toute force faire partager ma joie.

Escales prévues à Londres et New York. Et à Paris, bien sûr.

A Paris, Marc Lavater.

Il y a quatre ans que nous nous connaissons, quatre ans que j'ai, une nuit, fait appel à lui, à ses capacités de juriste. Il n'est pas une seconde où je l'aie regretté. Marc Lavater pourrait être mon père ; il a bien vingt-cinq ans de plus que moi. On n'a pas d'amis, a dit quelqu'un, on n'a que des moments d'amitié ; eh bien, disons qu'avec Marc ces moments durent depuis quatre ans. Il dit avec son calme coutumier :

« Je déjeunais, je suis parti au milieu des hors-d'œuvre. Qu'est-ce que tu as encore inventé ? Et j'ai faim, en plus.

— Champagne et caviar, tout est prêt. Bienvenue à bord. Où est Françoise ? »

Françoise Lavater, sa femme.

« A Chagny. Je lui ai téléphoné, elle va prendre le premier avion pour Los Angeles, et nous rejoindra là-bas. »

Marc hausse les sourcils :

« Et qu'est-ce que nous sommes censés faire à Los Angeles ?

— La fête. Appelle-moi Papa. »

A Londres, le Turc. Le Turc et Ute Jenssen. Difficile de ne pas remarquer Ute : elle mesure un mètre quatre-vingt-six ou sept, nu-pieds ; et elle porte des talons de douze centimètres. Elle m'embrasse sur la bouche, embrasse Flint et MacQueen mais pas Adriano qui est allé se cacher dans les toilettes. Le Turc me dévisage de ses grands yeux de femme : « La fête, Franzy ?

— La fête. Et ne m'appelle pas Franzy, s'il te plaît. »

Large sourire : « Du moment que c'est toi qui paies... »

A son habitude, le Turc ne s'est pas déplacé seul, il a amené avec lui trois ou quatre donzelles absolument ravissantes, sans lesquelles il ne voyage jamais et qui lui tiennent lieu à la fois de domesticité et de harem. Sitôt dans l'avion, elles se mettent à l'aise, autrement dit nues. MacQueen écarquille les yeux, visiblement il est pris par surprise. Il me souffle : « Est-ce que ce n'est pas ce type qu'on appelle le Turc, une espèce de prêteur international qui a la réputation de n'avoir jamais accepté qu'une seule de ses créances demeure impayée ? — Lui-même. — Il n'est pas un peu crapule ? » J'éclate de rire :

« Turc, MacQueen pense que tu es un peu crapule. »

Le Turc caresse le journaliste de son doux regard fendu. A la place de MacQueen, je me méfierais : le Turc a la manie d'embrasser les hommes sur la bouche. Personnellement, je me tiens toujours prêt à faire un bond en arrière.

« Un peu ? s'exclame le Turc. Ça veut dire quoi, un peu ? Pourquoi toujours des demi-mesures ? »

Nous passons l'Atlantique dans une franche gaieté et à New York, Li et Liu.

Ils sont chinois, comme leur nom l'indique. Je n'ai jamais réussi à distinguer Li et Liu et *vice versa*. Notre amitié date de Hong Kong, elle s'est renforcée quand ils se sont installés aux Etats-Unis, à San Francisco, en compagnie d'une soixantaine de millions de dollars. Leur sens de l'humour confine au délire, on les prendrait volontiers pour des cinglés. On aurait tort, et grandement. Il suffit de faire des affaires avec eux pour en être très vite convaincu. Ces deux clowns impénitents ont un flair incroyable s'agissant de découvrir les bons investissements. A preuve cet argent qu'ils ont mis dans un super-film de super-science-fiction, mettant en scène une bataille dans les étoiles. Le film est en train de pulvériser tous les records de recettes dans le monde entier.

A l'aéroport de La Guardia, ils m'attendent déguisés en Vikings. Impassibles sous leurs nattes blondes tressées et leurs casques à corne d'aurochs. Ça vaut le coup d'œil. Et ils ont encore eu le temps de faire quelques emplettes, des cadeaux pour mon fils nouveau-né ; je cite notamment : un ours en peluche de deux mètres de haut, sept trains électriques et un poney vivant. « Mais nous avons fait livrer directement le poney à la clinique. » Ils en sont bien capables, les monstres.

Ils ne sont pas les seuls à embarquer à New York : deux de mes avocats new-yorkais, Jimmy Rosen et Jo Lupino, sont également du voyage. Je n'ai pas invité le troisième, Philip Vandenbergh. Si en lui j'apprécie le juriste à sa juste valeur, je déteste l'homme. Et d'ailleurs, il aurait refusé, j'en suis sûr.

Flint a demandé une bonne heure et demie d'escale, pour je ne sais trop quelles raisons techniques et aussi pour refaire le plein de carburant. Il est à ce moment-là, heure de Paris, pas loin de minuit, soit cinq heures de l'après-midi ici à New York et donc quatorze heures à Los Angeles. Je plante là, dans un salon de l'aéroport, ma joyeuse bande et je vais de nouveau téléphoner à Catherine.

« Fatiguée ?
— Un peu.
— J'ai appelé il y a deux heures mais on m'a dit que tu dormais. Tu as bien dormi ?
— Un peu.
— Comment va-t-il ? »

Je dis « Il ». Mon fils n'a même pas encore de nom. J'éclate de rire tout seul dans ma cabine. C'est incroyable cette joie, ce bonheur énorme qui me tient. J'en danserais sur place. Et pourtant, il y a dans la voix lointaine de Catherine, au travers de l'écouteur, quelque chose qui m'intrigue et, à la limite, me gêne :

« Catherine, qu'est-ce qu'il y a ? Tout s'est bien passé ?
— Mais oui », dit-elle, et c'est simplement, sans doute, qu'elle est fatiguée. Et mon absence. Même sa mère n'est pas à ses côtés. Et elle aurait préféré accoucher en France.

« J'ai fait aussi vite que j'ai pu. Nous allons repartir dans une demi-heure ou trois quarts d'heure. Je ne pouvais pas prévoir que tu serais aussi rapide. »

Silence.

« Catherine ?
— Oui.
— Je suis heureux à en hurler. Merci. Je t'aime. »

Elle raccroche la première. Je sors de la cabine et c'est alors que tout commence.

2

Je ne l'ai pas invité mais il est là, Philip Vandenbergh soi-même, me dominant d'une bonne tête, infiniment sûr de lui, mince, tiré à quatre épingles, avec un air d'être intelligent à vous décourager de l'être vous-même. Il me dit : « Je me trouvais avec Rosen quand vous avez appelé depuis l'avion. Merci de ne pas m'avoir invité. »

Décidément, je l'adore. Il dit encore : « Mais votre présence à New York tombe à pic. L'affaire des immeubles de la 7ᵉ Avenue est terminée, plus tôt que prévu. J'ai obtenu satisfaction sur tous les points que vous m'aviez signalés. Il ne vous reste plus qu'à signer. »

Allons, je suis de bien trop bonne humeur pour me fâcher et l'expédier au diable. Je me contente de secouer la tête : « Ça attendra. » Il ne bouge pas, avec sa foutue assurance :

« J'ai parlé à votre pilote, dit-il. Il ne décollera pas avant une heure. En hélicoptère, ça vous laisse le temps de faire un saut jusqu'à Manhattan. La signature de ces contrats ne vous prendra que quelques minutes. »

Marc Lavater, ses joues de Bourguignon quelque peu enflammées par le champagne, vient de nous rejoindre. Il me sourit : « Pourquoi pas ? Tu as le temps. » Je hausse les épaules et je dis à Vandenbergh : d'accord.

Il s'agit d'un immeuble de bureaux qui donne sur la 7ᵉ Avenue dans Manhattan, un peu avant Carnegie Hall. Il y a plusieurs mois que je m'en suis porté acquéreur. Face à moi, un groupe qui hésitait à vendre, mais a fini par s'y résoudre, en acceptant donc mes conditions. Je n'aime pas Philip Vandenbergh, je pourrais aisément rester cinquante ans sans le voir, mais je dois reconnaître son extrême efficacité.

L'hélicoptère nous emmène, Lavater, l'avocat new-yorkais et moi. Il est à peu près six heures du soir, heure de New York. J'ai quelque difficulté à me concentrer tant soit peu sur cette réunion qui va se tenir, très rapidement je l'espère. Je pense à Catherine, je pense à mon fils. Je souris à Marc qui chantonne : « Est-ce que tu te rends compte que nous n'avons même pas encore choisi son prénom ?

— Pourquoi pas Marc ? Marc-Aurèle. Ou Marc-Antoine.

— Ou Marc-Donald. »

Seul Philip Vandenbergh ne rit pas. Nos basses plaisanteries ne l'amusent pas. Ses mains nettes posées à plat sur un attaché-case, il contemple froidement la futaie des grands immeubles que nous survolons. Brave garçon !

L'héliport de la Pan Am, l'ascenseur, nous n'avons que l'avenue à traverser pour entrer dans l'hôtel Biltmore. Nous nous retrouvons dans un appartement du cinquième étage, avec vue sur

Grand Central. Trois hommes nous y attendent. J'en connais deux, Hanley et Ericsson, que j'ai rencontrés lors des discussions préliminaires. Je n'ai jamais vu le troisième mais à peine mon regard croise-t-il le sien qu'une intuition me traverse : « *Attention !* » Il a quarante ans, il est blond, les yeux très pâles, les lèvres si rouges qu'on pourrait les croire peintes ou, mieux ou pis, ensanglantées.

« Mon nom est Horst. J'ai beaucoup entendu parler de vous, monsieur Cimballi. »

Un très léger accent germanique, à la façon d'un Henry Kissinger. Mais il ne me quitte pas des yeux. Je cherche machinalement le regard de Marc Lavater et celui-ci a un petit froncement de sourcils. Tel un signal d'alerte.

Philip Vandenbergh a pris la parole. Il dresse un rapide historique des négociations ; de sa voix calme et précise, éduquée à Harvard, il récite le contrat, ne s'interrompant que pour quêter l'accord de ses interlocuteurs. Qui donnent à chaque fois leur accord d'un mouvement de tête.

« ... dont un premier règlement par chèque d'un million de dollars à la signature du présent acte », conclut Vandenbergh.

Silence. Marc me tend le chéquier de la Bank of America. Je le remplis, toujours dans le même silence un peu frissonnant d'une étrange nervosité. Je signe le chèque et comme personne n'esquisse le moindre geste pour le recevoir, je le dépose sur la table.

« Tout est en règle ? »

Et alors se passe quelque chose de tout à fait

inattendu. Le mot est d'ailleurs faible. Jusqu'à cette seconde, l'homme qui s'est lui-même présenté sous le nom de Horst, s'est tenu un peu en retrait, à la façon d'un simple observateur. Le voilà à présent qui se penche en avant. Il prend le chèque de la main gauche. De la main droite, il retire de sa poche un curieux briquet en acier bleu incrusté d'un aigle noir.

Il actionne le briquet... et met le feu au chèque.

Qu'il tient dans ses doigts jusqu'au dernier moment, jusqu'au moment où il le dépose dans un cendrier de verre. Des six hommes présents, deux seulement n'ont pas le regard fixé sur le papier qui achève de se consumer : lui et moi. Nous nous regardons, les yeux dans les yeux. Il dit calmement : « Je voudrais vous parler, monsieur Cimballi. »

A l'évidence, Hanley pas plus qu'Ericsson ne sont surpris par ce qui vient de se produire. Même, ils s'y attendaient. Ils se lèvent sans un mot, ils sortent. Je sens Philip Vandenbergh et Marc qui hésitent. Sans tourner la tête : « Ça va, laissez-moi seul avec lui. »

Vandenbergh sort à son tour. Mais pas Marc.

« Toi aussi, Marc. S'il te plaît. »

La porte se referme.

« Vous fumez ? me demande Horst.

— Non.

— Puis-je fumer ?

— Je vous en prie. »

Il prend le temps d'allumer un cigare. Il se lève et fait semblant d'aller contempler Grand Central Station.

« Vous vous appelez donc Franz Cimballi. Vous avez vingt-cinq ans, à quelques mois près. Votre fortune est, à la date du 1ᵉʳ mai dernier, d'à peu près quarante-deux millions de dollars. Je n'entrerai pas dans le détail exact mais tout de même : je citerai les appartements dont vous êtes propriétaire en France, à Paris et à Cannes, et ici même aux Etats-Unis, à Palm Beach et à Jupiter en Floride, ainsi qu'en Californie. A quoi s'ajoutent un immeuble de bureaux sur la 5ᵉ Avenue à New York, un ranch de vingt-quatre mille hectares en Arizona, une villa à Beverly Hills, une propriété à Saint-Tropez, France. Plus des terrains en Floride, au Nevada, au Texas, au Nouveau-Mexique et en Californie... »

Il contemple toujours la gare.

« Vous détenez en outre un important portefeuille de titres particulièrement sûrs, sans parler de vos liquidités, placées à terme en euro-dollars, en deutsche marks et en florins, sans parler d'un peu d'or et d'un joli tas d'obligations en francs suisses. Ai-je oublié quelque chose ? Ah ! oui, les vingt mille dollars que vous versent mensuellement les administrateurs d'UNICHEM en votre qualité de consultant. »

Un temps. Je regarde le briquet demeuré sur la table. Et je tire une satisfaction presque démesurée de ce que mes mains ne tremblent pas.

« Monsieur Cimballi, il y a quelque temps, une photographie vous représentant, vous et votre femme, est parue dans une cinquantaine de journaux, un peu partout dans le monde. Le même jour. Par un homme appelé Alfred Morf, vous avez fait — ou bien quelqu'un a fait effectuer une livraison d'un exemplaire de chacun de ces journaux, ouverts à la bonne page, au domicile genevois d'un banquier suisse appelé Martin Yahl. »

Silence. Horst se retourne et vient s'asseoir face à moi.

« Cette photographie de votre femme et de vous, parue dans le monde entier, et donc vue par des dizaines de millions de lecteurs pour le moins, était accompagnée d'une légende : I AM HAPPY — JE SUIS HEUREUX. »

Nouveau silence.

« Vous l'étiez, alors. Vous l'êtes encore. Je viens d'apprendre la naissance de votre fils. Toutes mes félicitations. »

Il me sourit : « Vous voyez où je veux en venir ?
— Ça se dessine.
— Surpris ?
— Pas vraiment. »

C'est presque vrai.

Il hoche la tête : « J'ai brûlé ce chèque tout à l'heure à seule fin que vous compreniez que même un million de dollars ne représente qu'une broutille, désormais, dans ce qui va être le jeu entre vous et nous. »

Il considère l'extrémité incandescente de son cigare et, avec une lenteur savante, l'écrase méthodiquement, non pas dans le cendrier mais à même la table en vieux chêne.

« Nous sommes le 7 mai, Cimballi. Qu'une chose soit claire : nous n'aurons plus de cesse désormais que vous ne soyez ruiné. Totalement. Et pas seulement ruiné : abattu, écrasé, humilié... »

Je reprends du poil de la bête. Et comme il vient de marquer un léger temps d'arrêt, j'ajoute à sa liste de participes passés : « Enrhumé ? »

Il sourit un peu, très peu, et son sourire est glacé :

« Nous avons pris tout notre temps, voici des

mois et des mois que nous nous préparons. Nous sommes prêts. Nous avons voulu que vous le sachiez. Vous souffrirez deux fois : dans la hantise d'être frappé et ensuite en étant frappé. Cimballi, à compter de ce jour, de cette minute, où que vous alliez, nous serons là. Quoi que vous fassiez, nous serons là. La moindre affaire que vous entreprendrez sera un piège. Peut-être. Nous serons là, à tout instant de votre vie, derrière chaque porte que vous ouvrirez. Jusqu'au moment où vous serez à bout, et ce moment viendra inéluctablement. Alors, vous paierez, pour ce que vous avez fait à Martin Yahl. Vous paierez cash. »

Il se lève, ramasse son briquet.

« Cash, Cimballi. CASH. »

Après la sortie de Horst, Marc Lavater m'a rejoint et je lui ai raconté la scène. Il hoche la tête : « Quelle folie ! »

Son regard se pose sur les cendres du chèque, sur le cigare écrasé au beau milieu de la table.

« Franz, je suppose que tu as déjà pensé que tout ça pouvait n'être rien d'autre qu'un bluff ?
— Tu le crois, toi ?
— Non. C'est-à-dire... »

Le fond de sa pensée ? Un fait avant tout le frappe : l'aspect mélodramatique de ce défi, son côté excessif, presque théâtral.

« Franz, c'est voulu. Je ne vois pas du tout pourquoi, mais c'est voulu. Et on ne brûle pas un chèque d'un million de dollars pour le seul goût de la mise en scène. »

Depuis le départ de Horst, je n'ai pas bougé,

toujours assis dans le même fauteuil. Quelques instants plus tôt, Horst m'a demandé si j'étais surpris d'entendre prononcer par lui le nom de Martin Yahl. Si j'étais surpris, en d'autres mots, d'apprendre que Martin Yahl, au prix de je ne sais quelle machination, s'apprête aujourd'hui à retourner contre moi l'attaque que je lui ai portée. J'ai répondu non. Voici presque deux ans, au terme d'une danse effrénée qui avait duré près de quatre années, j'ai fait de mon mieux pour ruiner Martin Yahl, le banquier suisse. Parce qu'il avait trahi mon père. Parce que, indirectement, mon père en était mort. Il lui avait pris sa fortune, donc la mienne. J'ai réussi ou peu s'en fallait. Il est resté à Yahl quelques millions de dollars et je n'ai pu lui enlever les relations nouées pendant les quarante années où il fut banquier, et banquier suisse. Mais il a tout de même perdu la majeure partie de ses ressources, pourtant considérables ; il a surtout perdu sa banque, qui était sa vie. Pire que cela, j'ai voulu l'humilier et j'y suis parvenu. Et dans la folle allégresse de ma victoire, je me suis laissé aller à ce qui n'était qu'une gaminerie : ce communiqué de victoire étalé dans tous les journaux du monde.

Et je serais maintenant surpris que Yahl — qui me hait autant que je le hais, voire plus encore si cela est possible —, je serais surpris qu'il entreprenne de se venger de ma vengeance ?

Quand Horst est sorti de la pièce, j'ai cherché une réplique fulgurante, humoristique en diable. Je n'ai rien trouvé.

« Je ne crois pas qu'il bluffe, Marc. Pas plus que tu ne le crois toi-même. »

Je la croyais assouvie et voilà qu'elle resurgit,

plus brûlante que jamais : ma haine. Je dis à Marc :

« Mon fils. Tu peux faire le nécessaire pour qu'il soit gardé jour et nuit ? Tu connaissais des policiers privés en Californie. »

Il acquiesce, un coup de téléphone suffira, dit-il. Il appelle aussitôt un certain Callaway à Los Angeles, dont il a déjà, en effet, utilisé les services au temps où j'étais à San Francisco (Callaway m'avait alors été très utile). Et pendant qu'il parle dans l'appareil, nous nous regardons, avec sans doute ce visage des gens venant d'apprendre qu'une guerre vient d'éclater. Tout indique que c'est bien d'une guerre qu'il s'agit. Je serais seul, je me demanderais si je ne suis pas en train de rêver tout ceci, mais calme et mesuré, Marc Lavater est à mon côté ; il partage mon sentiment et accepte cette idée incroyable que la sécurité de mon fils nouveau-né puisse être menacée. Marc raccroche et répète après un moment :

« Quelle folie ! »

Philip Vandenbergh nous rejoint, nous explique qu'il n'était au courant de rien : il ne comprend rien à ce qui s'est passé. Il n'avait jamais vu ce Horst auparavant, ignorait jusqu'à son existence.

Pour la première fois, depuis que je le connais, je le sens mal à l'aise, probablement atteint dans son orgueil, dans cette très haute idée qu'il a de lui-même.

« Je suis désolé », dit-il.

Le choc éprouvé face à Horst s'estompe. La rage monte en moi par bouffées. Ce n'est pas à Horst, c'est bien à Yahl que je pense, et à lui seul, tapi dans sa luxueuse propriété sur les bords du lac de Genève. Etre défié par ce vieil homme ! La vérité...

« Philip, dit Marc, dans l'immédiat essayez de savoir qui est exactement cet homme, et comment il s'est trouvé en face de nous. Franz, on y va ? L'hélicoptère et l'avion nous attendent... »

... La vérité est que je ressens très exactement ce mélange de fureur, de haine et de peur éprouvé quand on a frappé et refrappé un serpent ou un énorme scorpion, qu'on l'a cru mort, et qu'on le voit bouger encore, malgré les coups, et non seulement bouger mais se redresser peu à peu, revivre, avancer sur vous au-delà de toute raison...

Voilà pourquoi je n'ai pas pu, pour une fois, faire appel à l'humour en face de Horst, venu mélodramatiquement m'apporter son défi.

Manhattan en dessous de nous. Central Park disparaît sur la gauche, nous traversons East River.

« Sincèrement, je ne crois pas que Vandenbergh y soit pour quelque chose, commente Marc. Je sais bien que tu ne l'aimes pas, mais quand même... De toute façon, nous allons faire vérifier cela... »

J'acquiesce à n'en plus finir, machinalement, à nouveau dévoré par une frénésie d'action et de mouvement. Marc encore : « Il me semble évident qu'ils ont choisi leur moment pour te lancer leur défi. Le jour même de la naissance de ton fils... Sinon, la coïncidence serait trop grosse. Cela prouve sans doute une chose : ils ont dû te faire pister, peut-être même nous pister, depuis longtemps. A mon avis depuis des mois... »

Et voilà que je découvre sans grande surprise

qu'à la fureur, la rage, la haine, autre chose vient se mêler. Et même s'impose irrésistiblement, comme une marée montante qui recouvre tout : une sorte de joie sauvage, féroce.

J'ai quarante et quelques millions de dollars, cent soixante-huit millions de francs français, plus de dix-sept milliards de centimes. J'ai vingt-cinq ans et toute la jeunesse du monde. Un fils. Et je ne me battrais pas ? Je ne relèverais pas ce défi qu'on vient de me lancer ?

D'un coup, les presque deux années qui se sont écoulées depuis que j'ai réglé son compte à Martin Yahl m'apparaissent comme un temps mort, une pause où je m'engourdissais.

Cimballi. Je l'ai dit : j'ai toujours imaginé mon nom s'accompagnant d'une musique éclatante, quasi barbare, et pourtant gaie. La musique s'était tue, ou ne jouait plus qu'en sourdine. Mais à l'instant, elle vient de repartir, et avec elle la Danse, brutalement relancée.

La Danse de Cimballi...

3

CE 7 mai est le premier jour d'une guerre, d'un combat d'une extraordinaire et impitoyable férocité. Qui durera deux ans, en fait vingt-huit mois exactement. Qui m'entraînera dans une zigzagante, sautillante, frénétique course à travers le monde.

M'interviewant, MacQueen le journaliste m'a demandé : « Pourquoi cette rage à vous déplacer ainsi, toujours et aussi vite ? » La belle question ! Faisant les affaires que je fais, bouger beaucoup et vite est indispensable. Si l'on peut user de téléphones ou de télex, un moment vient toujours où il faut, comme l'on dit, « aller sur place ». On n'a pas le choix.

Voilà pourquoi, à un rythme fou, tout au long de ces vingt-huit mois, j'irai courir — ou danser, c'est l'image que je préfère — dans presque tous les pays d'Europe mais aussi au travers de tous les Etats-Unis. Et au Canada, au Mexique, en Colombie, en Côte-d'Ivoire, dans la mer des Antilles, à Hong Kong, en Ouganda, au Brésil, au Japon...

Emporté par les nécessités de la Danse, et le

goût naturel que j'ai pour ces sautillements fiévreux.

Tout l'indique, à ses premières heures : ce combat-ci sera de finance, et de finance seule.
L'homme appelé Horst m'a averti d'un piège. Ce faisant, ce n'est sûrement pas un avantage qu'il a voulu m'accorder. Pendant longtemps, très longtemps, je vais être incapable de distinguer où est ce piège. Je n'ai pas su le voir. Qui l'aurait vu à ma place ?
Inimaginable !
Une chose pourtant est sûre dès ce 7 mai : le piège est dans mes affaires.
Dans les affaires que j'ai déjà réalisées ; dans celles que j'ai en cours ; dans celles que je vais entreprendre, harcelé par cette frénésie qui me pousse à toujours vouloir aller de l'avant.
D'où l'urgente nécessité de dresser une liste et d'établir un bilan.
Je m'y emploie avec Marc Lavater alors même que, venant de quitter New York, nous volons vers Los Angeles et la Californie. J'y consacrerai les jours et les semaines qui vont suivre. J'en profite pour recenser les opérations qui m'intéressent ou sont susceptibles de m'intéresser.
Toutes ces opérations que je vais décrire, illustrent, à des degrés divers, les techniques — absolument légales — par lesquelles on peut, à partir d'une idée qu'on a eue ou de mécanismes existants, gagner un, dix ou cent millions de dollars.
Ou ne pas les gagner.
Ou les perdre, selon qu'on a vu juste ou qu'on s'est trompé, selon qu'on a eu ou non de la chance.

Dans l'ordre alphabétique (qui ne sera d'ailleurs pas l'ordre dans lequel je les entreprendrai) :
— le café,
— le pétrole,
— spéculations sur l'agro-alimentaire, sur le cacao, le cuivre, les parfums français, le platine, le soja...
— plus le silver, l'argent — au sens de l'argent métal.

Chacune de ces opérations mettant en jeu, à un moment ou à un autre, des capitaux variables, en général importants. Pouvant atteindre un milliard et demi de dollars — six milliards sept cent cinquante millions de francs français, six cent soixante-quinze milliards de centimes.

Et toutes celles que j'organiserai à partir d'une simple idée — j'adore ça ! Elles aussi exigent des investissements importants.

Et chacune de ces opérations présentes ou futures sera susceptible de dissimuler le piège mortel annoncé par Horst.

4

Et nous sommes toujours le 7 mai quand Flint pose son avion à Los Angeles.

Par la vertu du décalage horaire, si, en Europe, l'aube du 8 se lève, la nuit vient à peine de tomber sur la Californie. Il était temps que nous arrivions, d'ailleurs. En faisant appel à mes amis pour qu'ils viennent fêter l'événement en ma compagnie, j'ai voulu célébrer dans la joie la naissance de mon fils. Le résultat a dépassé mes espérances.

Le Turc a tout au long du vol ingurgité des flots de champagne suffisants pour y faire naviguer un porte-avions de la VI° Flotte, il est allé jusqu'à danser ses fameuses danses cosaques dont il jure que c'est sa spécialité ; Ute Jenssen et les quatre autres filles qui l'accompagnent sont excitées comme des puces, elles assènent des câlins à quiconque passe à leur portée, dans un tournoiement de chair rose et parfumée ; MacQueen le journaliste chante des chansons irlandaises, du moins il le croit, et si on peut appeler ça chanter ; même Jo Lupino et Jimmy Rosen, avocats d'affaires ordinairement des plus calmes, sont dans un état indescriptible, Rosen notamment, qui a trouvé le moyen de fendre la fausse fourrure de l'ours de deux mètres de haut pour s'introduire à l'intérieur ; les deux membres de l'équipage de Flint ne seraient vraisemblablement plus capables d'établir la différence entre un avion et un sous-marin ; et sur ce carnaval dantesque, Li et Liu règnent en maîtres, eux n'ont pas bu, ils n'en ont jamais eu besoin pour libérer leur fantaisie délirante, ils sont fous au naturel ; toujours déguisés en Vikings, l'œil en vrille, se léchant les babines à proportion de ce capharnaüm, ils projettent un débarquement en masse sous des déguisements de mandarins qu'ils ont prévus et, sitôt l'atterrissage conclu, jugent le moment venu pour déclencher le feu d'artifice sans lequel, à les en croire, aucune fête n'est possible.

En d'autres circonstances, je me serais sûrement abandonné moi aussi à cette folie. Pas maintenant. Pas après ce qui s'est passé à New York à l'hôtel Biltmore. Des amis californiens sont venus nous attendre, gens de cinéma pour la plupart, acteurs et auteurs, tous parfaitement préparés à se joindre à la bamboula qui doit se poursuivre dans ma villa de Beverly Hills. J'emprunte la voiture de l'un d'eux et je m'éclipse.

Je veux avant tout voir Catherine et mon fils.

Soudain, ils surgissent au moment où je m'apprête à me glisser au volant de la Porsche. Ils sont trois. Une seconde, je crois à une agression. Mais non, ils se contentent de braquer sur moi leurs appareils photo. Les éclairs de flash se succèdent au point de m'aveugler presque. Pas un mot n'est prononcé.

« Qui êtes-vous ? Quels journaux représentez-vous ? »

Aucune réponse. Ils continuent à me photographier, en quelque sorte mécaniquement, avec ce visage froid, indifférent au degré suprême, des professionnels qui doublent, triplent, décuplent leurs clichés à seule fin d'être assurés qu'une photo au moins conviendra.

Je me mets au volant, je démarre. Ils ne bougent pas, ne me regardent même pas partir comme si, leur travail terminé, je n'avais plus pour eux le moindre intérêt. Et ce n'est qu'après avoir roulé sur quelques centaines de mètres que la même sensation éprouvée en rencontrant les yeux de l'homme qui se fait appeler Horst, que cette même sensation revient : *Quelque chose ne va pas.*

Il ne se passe guère de temps avant que j'aie la confirmation de ce que cette sensation est bel et bien fondée. J'ai traversé tout Santa Monica Boulevard et il est un peu plus de dix heures trente du soir, heure de la côte ouest, quand je me gare dans le parc de la clinique de Beverly. J'ai juste le temps de faire cinq ou six pas et ils sont sur moi. Cette fois, deux et non trois photographes. Pas les mêmes que ceux de l'aéroport, c'est une autre équipe mais la technique est identique. Ils me mitraillent littéralement, près de moi à presque me toucher, ne s'écartant sur mon passage qu'à la toute dernière seconde ; matadors impassibles, ils m'inondent de la clarté blanche de leurs flashes jusqu'au moment où je franchis la porte qui, enfin, me met à l'abri.

Et lorsque, du hall, je me retourne sur eux, je les découvre qui déjà se sont détournés, tâche achevée, leurs appareils pendant à bout de bras, rendus à leur indifférence immobile.

On m'a déjà photographié, ce n'est pas nouveau, j'ai même pas mal d'amis parmi les journalistes et cela dans plusieurs pays. On ne l'a jamais fait sans un mot ou un sourire.

Et puis autre chose : je ne suis pas célèbre. Connu, peut-être, à la rigueur, un MacQueen ne se préoccuperait pas de moi sans cela ; des journaux ont parlé de moi, notamment à l'occasion de l'offre publique d'achat qui m'a permis de démanteler la fortune de Yahl. Et on ne gagne pas quelques dizaines de millions de dollars à mon âge, sans attirer plus ou moins l'attention. Et mon I AM HAPPY dans cinquante-six journaux n'était pas fait pour que je passe inaperçu.

Mais de là à être traqué par...

TRAQUÉ.

Le mot m'est inconsciemment venu en tête comme déclenché par une intuition fulgurante.

« J'ai fait aussi vite que j'ai pu.

— Mais tu t'es tout de même arrêté à New York.

— L'avion de Flint n'est pas un 747, il ne pouvait pas décoller tout de suite. Nous venions d'Amsterdam, souviens-toi. Catherine, je suis fou de joie. »

Il y a une vitre entre mon fils et moi et je suis presque écrasé contre elle, fasciné par cette petite chose rose qui, pour l'instant, dort profondément, comme morte. « Il est né avec deux semaines d'avance sur la date prévue... Est-ce qu'on ne met pas les enfants en couveuse, dans ces cas-là ? »

J'ai cru me poser la question à moi-même, en fait je l'ai formulée à haute voix car Catherine me répond indignée :

« Et puis quoi encore ? Il est parfaitement normal et bien constitué.

— Et son nom ? Il va falloir nous décider. Marc Lavater propose Marc, le Turc et Ute en tiennent pour Mustapha-Napoléon, Li et Liu nous suggèrent Confucius. Pourquoi pas tout ça ensemble ? »

Je me donne un mal de chien pour être drôle et léger et tout et tout. Avec la désagréable impression de n'avoir aucune chance d'y parvenir.

« Franz, c'était quoi, cet arrêt à New York ?

— Je te l'ai dit : c'est Flint qui en avait besoin.

— Mais il y avait autre chose. »

Je n'ai jamais menti à Catherine : « D'accord, j'en ai profité pour régler une affaire.

— Et c'était si important que ça ? »

J'abandonne à regret la contemplation de mon fils et je viens m'asseoir sur le lit. Mais quand je veux embrasser Catherine, elle tourne légèrement la tête de sorte que je ne rencontre que sa joue.

« Une infirmière m'a appris que des policiers montent la garde à ma porte.

— Ce n'est pas important : une simple précaution. »

Silence.

« Catherine... »

Elle consent enfin à rencontrer mon regard. Et, une courte seconde, je retrouve les yeux dorés que j'ai vus pour la première fois au bord de la piscine d'un hôtel de Nassau, aux Bahamas. Je retrouve ma Catherine de la Haute-Loire, de nos balades à travers Paris, de Marrakech, de notre arrivée à Saint-Tropez, quand nous marchions ensemble vers la maison de mon enfance.

« Ça va ?
— Ça va. »

Pourtant, elle referme les yeux, comme si le sommeil la gagnait. Et c'est faux, j'en jurerais.

« Qu'est-ce que j'ai fait, Catherine ? Qu'est-ce qu'il y a ?
— Rien », dit-elle enfin.

Mais même son sourire me paraît forcé. Je me mets à lui parler de toute cette folle équipe qui est venue avec moi, de ceux qui vont nous rejoindre.

« Et ensuite, nous pourrions faire un voyage, tous les trois, le bébé, toi et moi. Seuls. »

Elle n'acquiesce même pas, totalement indifférente. Elle dit qu'elle va dormir, à présent. Je vais me planter à nouveau devant mon fils. Jusqu'à ce que l'infirmière me flanque dehors.

Mes beaux-parents arrivent à Los Angeles vers une heure et demie du matin, le 8 mai. Je vais les chercher à l'aéroport et y découvre que Françoise Lavater a réussi à quitter Chagny en voltige et à sauter dans le même avion.

Auparavant, je n'ai fait qu'un très bref passage à la villa. On n'y a vraiment pas besoin de moi, l'ambiance y est superbe, au point même que personne ne m'a prêté la moindre attention. Seul Marc Lavater a consenti à me reconnaître. Il m'a proposé de venir avec moi à l'aéroport. J'ai refusé, mais je lui ai parlé des photographes. Il a bu, ce soir-là, bien moins que les cent et quelques cinglés qui sont chez moi, mais pas au point de ne pas comprendre ce que je lui apprends : « Et ces types t'attendaient encore à la sortie de la clinique ?

— Les mêmes qui s'y trouvaient déjà à mon arrivée. Et je parie que la première équipe m'attend déjà à l'aéroport. »

Hochant la tête : « Franz, le Grand Jeu est lancé. Ils cherchent à t'énerver, tu le comprends ?

— Je n'y aurais pas pensé tout seul, merci.

— Je vais m'en occuper dès demain. Si ce sont de faux photographes, on peut faire quelque chose. Légalement, je veux dire.

— Et sinon ? »

Haussant les épaules : « Je connais mal les lois américaines en matière de presse et de protection de la vie privée, mais elles sont larges. Et puis, qui a voulu avoir sa photo dans tous les journaux du monde ? Ça se paie, la gloire. »

La mère de Catherine a les mêmes yeux dorés que sa fille, si son regard est moins rêveur. J'ai de l'affection pour elle. Plus étonnamment, je suis presque sûr qu'elle en a pour moi, qui n'ai guère l'habitude d'être entouré de tendresse. Elle comprend à demi-mot quand je parle de Catherine, de son attitude bizarre. Je dis : « Bien entendu, ça peut s'expliquer par le fait qu'elle s'est retrouvée seule en Californie, loin de chez elle, au moment d'accoucher. J'aurais dû me trouver là. » Elle me tapote la main : « J'aurais dû m'y trouver aussi. A présent, allez dormir, vous avez l'air épuisé. »

Je suis à ce point heureux de la voir, de la savoir maintenant au côté de Catherine que j'en arriverais presque à apprécier la compagnie subséquente de Beau-Papa, qui n'est pas le père de Catherine mais le deuxième mari de sa mère. Beau-Papa est un Anglais du nom de Jeffries, Alec Jeffries. Il est un tantinet alcoolique et très distingué, d'autant plus distingué qu'il est imbibé. Il a de l'argent, beaucoup ; il a même failli travailler à un moment de sa vie — on lui avait proposé un poste au Foreign Office en raison de ses qualités de bridgeur et de joueur de golf. Dieu merci pour la Couronne, il est resté inactif. A part chasser la grouse en Irlande où il a des terres, il ne fait strictement rien. Je m'entends avec lui tout aussi bien qu'avec un mur.

« Nous sommes là, tout est arrangé, mon garçon, dit-il. Nous allons désormais nous occuper de notre fille. »

Je grince des dents. Décidément j'aime bien quand il m'appelle « mon garçon ». Et ce « notre fille » me reste également en travers de la gorge. Heureusement, Françoise Lavater est là, ses yeux étincellent de gaieté. Elle me prend par le bras, m'entraîne, me souffle :

« Ne dis rien qui puisse gâcher votre si belle amitié. Qu'est-ce que tu as fait de mon mari ? »

Je laisse la mère de Catherine et son cher époux à la clinique. Françoise et moi repartons pour la villa. Ils y sont tous devenus complètement fous ; le feu d'artillerie de Li et Liu (on leur a refusé l'autorisation de le tirer sur l'aéroport même) a pris la police par surprise. L'ambiance est à son comble, renforcée par des policiers amadoués et rigolards, auxquels il ne manque plus que Starsky et Hutch. Quant à mes invités, je n'en connais pas le tiers. Nous finissons par récupérer Marc, hilare et trempé : il est tombé dans la piscine !

« Fichons le camp d'ici. »

J'abandonne le terrain, ayant en fin de compte décidé d'aller moi aussi passer la nuit au Hilton.

« Mais pourquoi ces photographes qui te harcèlent comme si tu étais une star de cinéma ? demande Françoise. Et ces policiers en armes à la porte de Catherine ? »

Et comme nous ne répondons pas, elle insiste : « Franz, je ne suis pas folle. Trois photographes à l'aéroport, deux à la clinique, et une troisième équipe à la villa. »

Elle nous considère.

« Quelque chose ne va pas ?

— En quelque sorte », dit Marc, qui a ôté son pantalon et l'essore.

Je dors mal, cette nuit-là, quelques heures, et encore. Mais Lavater n'a pas dû consacrer beaucoup plus de temps au sommeil, il s'est même éveillé avant moi, a eu le temps de prendre des contacts.

« Callaway. C'est lui que j'ai appelé de New York et c'est lui qui, à San Francisco...

— Je sais qui est Callaway.

— Il a interpellé ces fameux photographes. Ils n'ont fait aucune difficulté et lui ont montré

leurs cartes de presse. Ces types sont en règle.
— Quel journal ?
— Du calme. Aucun journal. Il s'agit d'une agence nouvellement créée, par un dénommé Yates.
— Jamais entendu parler.
— Callaway non plus. Il s'en occupe. Mange quelque chose. Je suis sûr que tu n'as pas dîné, hier. »

Mon premier appel à mon réveil a été évidemment pour la clinique : Catherine dormait encore mais sa mère se trouvait là : « Inutile de vous précipiter ici, m'a dit Belle-Maman, pour l'instant, elle dort et tous deux vont aussi bien que possible. Mon Dieu, Franz, pourquoi êtes-vous toujours aussi volcanique ? Il ne vous arrive donc jamais d'être calme et paisible ? »

« Franz ! »

Marc essaie de raccrocher mon attention.

« Oui ?
— Tu n'as pas pensé qu'une solution consisterait à tout laisser tomber ? »

Je ne comprends pas et je le lui dis. Il s'explique : « Ce type appelé Horst — soit dit en passant, nous ne devrions pas tarder à avoir plus de renseignements sur lui — ce Horst, donc, est venu te porter une véritable déclaration de guerre. Probablement au nom de Yahl.

— De qui d'autre ? La Mongolie ?
— On ne sait jamais. Mais restons à l'essentiel : ils veulent te ruiner, disent-ils, te prendre dans un piège quelconque, du diable si nous

savons lequel. Bon. J'ai pas mal réfléchi. Tu as déjà une fortune satisfaisante, ô combien ; elle est à l'abri, quoi qu'on puisse tenter contre elle. Il faudrait trente ans pour te ruiner, si tant est que ça soit possible. Sauf si, dans ton passé, il y a quelque chose que j'ignore et dont on pourrait se servir contre toi, je ne sais pas, moi : viol d'un collège de jeunes filles dans sa totalité, traversée d'une rue en dehors des clous, assassinat d'un président de la République dans l'exercice de ses fonctions.

— Tu es en pleine forme, ce matin. Tu fais plaisir à voir. »

Mais j'ai compris où il voulait en venir. J'y ai mis le temps mais j'ai compris :

« Autrement dit, tu me conseilles de prendre ma retraite.

— En quelque sorte, c'est ça », dit-il. Et de prendre la peine de m'expliquer que la meilleure façon de ne pas tomber dans un piège qu'on a préparé sur votre route est encore de ne plus avancer sur cette route. De s'y arrêter, d'attendre à l'infini. « Assieds-toi au bord de la rivière et tu verras passer le corps de ton ennemi », dit à peu de chose près un proverbe arabe. Et c'est donc cela que me suggère Marc : ne plus rien faire, ne plus rien tenter, ne plus donner la moindre prise à un piège. Le mot est juste : prendre ma retraite.

A même pas vingt-cinq ans.

Sauf que je n'ai pas le goût naturel de regarder couler les rivières. Il me viendrait plutôt l'idée d'y chercher de l'or.

Sauf que je hais Martin Yahl.

Sauf que le piège qu'il a imaginé pour moi est

peut-être précisément celui-là : m'amener à me paralyser moi-même, par la simple peur de ce qu'il pourrait me faire.

Et puis quoi encore ?

« Franz, réfléchis. C'est une solution. Et tu n'as pas besoin de prendre une décision dans la seconde qui vient. Tu m'avais parlé de vacances que tu comptais prendre, avec Catherine et votre enfant, seuls tous les trois. Prends ces vacances et réfléchis. »

Ces vacances, c'est en Arizona que nous allons les prendre.

Le ranch se trouve à peu près à une heure et demie de voiture de Phoenix. Ce n'est pas difficile à trouver : tout au bout des Rocheuses, vous tournez à droite. L'endroit s'appelle Mesa Verde. C'est une sorte d'hacienda hispano-mexicaine refermée sur elle-même, et donc sur un patio au jardin superbe. Vu d'avion, ça ressemble à un haricot sauteur du Mexique qui aurait des crampes d'estomac. Blague à part, c'est très beau.

Nous l'avons acheté huit mois plus tôt, Catherine et moi, d'un commun accord, et à ce jour, nous n'y avons guère passé qu'une semaine en tout et pour tout, à jouer les cow-boys d'opérette. Il avait toujours été entendu que nous nous y rendrions à la première occasion. Il n'aurait pu y en avoir de meilleure. Nous arrivons huit jours après la naissance de Marc-Andrea Cimballi, notre fils.

Dont le parrain est Marc Lavater.

Li et Liu ont depuis belle lurette regagné San Francisco, Rosen et Lupino New York, Ute et le Turc sont rentrés à Londres.

Marc et Françoise nous ont accompagnés. Ils vont rester avec nous en Arizona une dizaine de jours et en profiter pour visiter scrupuleusement, en voiture et en avion de tourisme, le Grand Canyon du Colorado (qui ne se trouve pas dans l'Etat du même nom), la fabuleuse Monument Valley où l'on a tourné tant de westerns, la Forêt Pétrifiée, les réserves indiennes, que sais-je encore.

Puis ils nous quittent le 25 mai. Ils regagnent la France, Marc devant revenir à New York dès les premiers jours de juin. A aucun moment, lui et moi, durant ces vacances, nous n'avons échangé le moindre mot touchant aux affaires, au travail, à Horst et donc à Yahl.

Les Lavater partis, le ranch n'abrite plus, outre Catherine, le bébé et moi, et les domestiques, que la mère de Catherine et son époux, lequel monte à cheval comme à Windsor, l'imbécile.

Marc-Andrea Cimballi mon fils continue de m'émerveiller à un degré inimaginable. Je n'ai jamais eu de famille, au sens véritable de ce mot. Mon père est mort quand j'avais huit ans, ma mère ne lui a pas survécu longtemps. Je n'ai ni frère ni sœur, pas davantage de cousins proches, personne autour de moi. J'ai toujours tout ignoré de ce que pouvait être un enfant. J'ai traîné mon adolescence d'un lycée parisien à une école suisse, en passant par une public school anglaise (école privée comme son nom ne l'indique pas), sous l'égide glacée d'un Martin Yahl et celle, plus hypocrite encore, d'un oncle atteint de crétinisme.

Pour finalement découvrir que l'un et l'autre m'avaient dépouillé de la fortune paternelle. Ma vie d'adulte a commencé le jour où l'on m'a expédié au Kenya, dans le seul espoir de se débarrasser de moi ; elle s'est alimentée ensuite de la vengeance que j'ai préparée et prise, et de la fortune que j'ai faite. Et me voilà aujourd'hui tremblant devant cette petite chose rose et piaillante...

C'est à ce point qu'alors qu'il était entendu que mes vacances prendraient fin avec le mois de mai, je les prolonge de presque deux autres semaines. J'ai loué un yacht, à bord duquel nous parcourons le golfe de Californie, dont je préfère cent fois l'autre nom que Steinbeck, je crois, lui a donné : la mer de Cortès. C'est un énorme sillon de douze cents kilomètres de long sur cent au moins de large, où les fonds se trouvent par endroits à deux kilomètres et demi de la surface, c'est un aquarium gigantesque animé par des nuées d'oiseaux aquatiques, sternes ou mouettes de Herman, par des raies manta qui effectuent hors de l'eau des cabrioles fantastiques, par d'innombrables lions de mer, par de splendides rorquals bleus capables de filer à cinquante kilomètres à l'heure ; tous réfugiés dans ce sanctuaire inviolable. Pas de grand port, aucune ville digne de ce nom sur les deux rivages mexicains : le bout du monde et le paradis.

Mais tout a une fin.

J'ai offert à Catherine de venir s'installer avec moi à New York. Elle refuse tout net. Et, d'un seul coup, nous voilà partis à nous disputer violemment, elle me reprochant ce qu'elle appelle mon égoïsme, qui m'a fait les traîner, elle et notre enfant nouveau-né, d'abord dans ce ranch perdu au fin fond de l'Arizona, ensuite sur un bateau. Et puis surtout elle en a assez, assez des voyages et des changements incessants, assez de me voir courir le monde à la poursuite d'une réussite inutile, à son avis. Elle veut une maison, une maison à elle, calme, stable, normale, en France, près de sa famille. Où je rentrerai dîner chaque soir à sept heures trente, c'est ça ? Et pourquoi pas ?

Une dispute qui n'est pas la première du genre, quoique jamais aussi acerbe jusque-là, mais à laquelle, sur le moment, je n'attache qu'une importance relative. La vérité est que je piaffe. Il y a eu, le 7 mai, une brutale accélération des événements. Des jours plus calmes ont suivi, qui m'ont permis de me consacrer à mon fils. Mais à présent un besoin féroce d'action me dévore. « Dans ce cas, me dit Catherine, je rentre en France. » A Paris puis ensuite, pour tout l'été, à Fournac en Haute-Loire. « Et moi là-dedans, qu'est-ce que je deviens ? Je suis ton mari, tu t'en souviens ? » Elle s'en souvient. Je n'aurai qu'à venir les voir, elle et l'enfant, quand mes affaires m'en laisseront le temps. Cela va m'obliger à des voyages à n'en plus finir. Catherine : « Puisque tu aimes tellement les voyages... »

Je l'ai dit : je piaffe. Marc Lavater m'avait conseillé de prendre des vacances et de réfléchir sur ce que j'allais faire, en réponse au défi de Horst. Je n'ai pas eu à réfléchir, ma décision était prise aux premiers mots prononcés par l'émissaire de Martin Yahl.

Et le moment est venu. Le 11 juin, en même temps que Catherine, emmenant mon fils et escortée de ses parents, s'envole pour l'Europe, je quitte moi-même l'Arizona à destination de New York.

DEUXIEME PARTIE

LE PIEGE

5

A NEW YORK, marchant à mon côté autour de la terrasse fleurie de Rockefeller Center puis dans les minuscules jardins de la Manche, Marc Lavater me demande :

« Les photographes ?

— Ils m'attendaient à Phoenix quand j'ai embarqué et ils m'attendaient — d'autres, pas les mêmes — à mon arrivée ici. Ils me traquent véritablement. Je m'étonne de ne pas en voir autour de nous, en ce moment. »

On donne à ces quelques buissons le nom pompeux de Channel Gardens parce qu'ils se trouvent entre la Maison française et le British Empire Building.

Marc : « Ils ont la loi pour eux, Franz, je m'en suis assuré. Dès lors qu'ils se contentent de te photographier dans les lieux publics, on ne peut pas les empêcher de travailler. On peut bien sûr tenter le coup d'une plainte et d'un procès, mais les chances de l'emporter sont faibles. Ça prendrait d'ailleurs des mois, si j'en crois les spécialistes que j'ai consultés. En outre, il y a toutes ces photos de toi que tu as fait paraître. Tu peux difficilement soutenir devant un juge que tu as horreur de la publicité. »

La pilule est amère.

« Je suis puni par où j'ai péché, c'est ça ?
— Voilà.
— Qui les paie ?
— Je t'ai déjà donné son nom, un certain Yates. J'ai d'autres renseignements sur lui. Son agence a été créée voici cinq mois. Frank Herbert Yates. C'est un ancien journaliste qui a longtemps travaillé en Amérique du Sud. Au Brésil notamment. Sa réputation n'est pas sans tache, il a eu des ennuis à propos d'un trafic de devises. Mais rien de probant.
— D'où vient l'argent ?
— Laisse-moi parler. J'allais y venir. Yates était encore journaliste, travaillant pour une agence connue, voici six mois. Il y a six mois, il a eu beaucoup de chance : un industriel argentin mort à l'automne dernier lui a légué à peu près trois cent mille dollars, tous frais déduits. Nous avons remonté une partie de la filière : tout est en règle. Feu l'industriel était un ami de Yates et dans son testament, il a justifié le legs par des services rendus. C'est vague mais ça n'est pas illégal. L'argent a transité officiellement par des banques agréées, les impôts ont été acquittés, l'agence de Yates est en règle à tout point de vue. Inattaquable. L'un de nos avocats est finalement allé voir Yates lui-même et lui a carrément demandé pourquoi il s'intéressait tellement à toi. Réponse : parce que Yates considère que tu es un nouvel Howard Hughes ; et si un jour, comme le véritable Hughes, il te prenait la fantaisie de t'enfermer dans un placard en refusant toute

publicité, l'album de photos de toi que Yates est en train de constituer vaudrait une fortune. C'est un placement, selon lui. Par ailleurs, ce même Yates a fait suavement remarquer à notre avocat qu'aucune loi n'obligeait une agence comme la sienne à faire des bénéfices. »

Un « nouvel Howard Hughes » ! Pour un peu, je me sentirais flatté. Je dis : « Tu sais que cette affaire commence à m'amuser ?

C'est une façon de voir les choses. En tous les cas, Yates emploie douze photographes. Ils ne photographient pas que le seul Franz Cimballi, mais ils consacrent à cet intéressant personnage environ quatre-vingt-dix pour cent de leur temps. »

C'est vrai, la perspective de devoir supporter ces photographes pendant des semaines, voire des mois, voire peut-être plus encore, cette perspective m'irrite. D'ores et déjà, je prévois quelques belles crises de fureur. Mais, dans le même temps, elle m'émoustille. C'est un défi.

« Bien entendu, ajoute Marc, photographes ou pas, Martin Yahl t'a sans doute fait placer sous surveillance. Et cela depuis des mois. Il y a probablement des hommes en train de nous observer, au moment même où je parle. »

A arpenter le Channel, nous avons débouché sur la 5e Avenue. Nous repartons, pour marquer un arrêt devant la devanture de la librairie française.

Mais ma décision est prise depuis longtemps. Je dis à Marc : « D'accord. Eh bien, faisons la même chose.

— Faire surveiller Yahl jour et nuit ?

— Je te surveille, tu me surveilles.

— C'est un jeu d'idiot, dit Marc avec conviction.

— Et je veux la meilleure équipe disponible. Si elle ne travaille pas déjà pour Yahl, évidemment. »

Marc réfléchit. Il finit par dire : « Callaway est bon. Mais il est surtout bon aux Etats-Unis, ce n'est pas un produit d'exportation. Tu te souviens de l'affaire Paul Getty ? Quand on lui a enlevé son petit-fils en Italie ? et qu'on lui a expédié une oreille du garçon par la poste, pour le décider à payer ? Je peux t'avoir l'équipe d'enquêteurs qui a opéré sur ce coup-là. On ne fait pas mieux.

— D'accord.

— Ça va te coûter une fortune mais ils sont forts. Très forts. »

Une image qui remonte : Martin Yahl terré dans sa grande propriété sur les bords du lac de Genève, dans cette grande maison solitaire au milieu d'un parc admirable, entièrement clos de hauts murs. Une maison sombre, silencieuse. L'inévitable cliché : l'araignée au cœur de sa toile. Et je suis la mouche. Cimballi Bzz Bzz !

« Marc, je veux savoir ce qu'il fait chaque jour et chaque heure de ce jour. Où il va, à qui il téléphone, et à qui il écrit, qui il rencontre ou reçoit et pourquoi. »

Et comme j'ai du mal à m'empêcher de faire le clown : « Je veux connaître jusqu'au résultat de ses analyses d'urine. »

Mais Marc ne sourit pas. Il me scrute : « La guerre, autrement dit.

— Tout juste. »

« Il y a une chose à laquelle tu ne sembles pas avoir pensé, me dit encore Marc. Yahl a pu, ou peut à tout moment, envisager tout simplement de te faire abattre. Ça existe, les tueurs professionnels. »

Pas d'accord. Je ne crois pas du tout à un danger physique, j'ai même fait retirer les gardes veillant sur Catherine et Marc-Andrea. Je l'ai fait parce qu'un Martin Yahl ne tue pas ou ne fait pas tuer, j'en suis convaincu. Je le connais assez pour cela. A coup sûr, il se satisferait de mon suicide, sous réserve de m'y avoir savamment poussé. Rien au-delà. Par prudence de financier, par orgueil qui lui fera refuser d'utiliser pour me détruire autre chose que les règles de la haute finance, et surtout pour une autre raison qui pourra surprendre : ses convictions religieuses. Eh oui ! Sa Majesté Bancaire qui entre autres a servi de banquier aux nazis durant la dernière guerre, qui a froidement volé cent millions de dollars au moins à mon père et moi, Sa Majesté Bancaire est croyante et puritaine, elle croit en Dieu et au châtiment éternel.

Je dis à Marc : « Et tu peux ricaner, c'est ainsi. »

Non, si piège il y a, il est dans l'une de ces affaires en cours ou à venir. J'en ai la conviction.

Et la suite me prouvera que sur ce point-là au moins j'avais vu juste.

A l'occasion de son interview intermittente, tandis que nous volions d'Amsterdam à Los Angeles *via* Paris, Londres et New York, juste avant qu'il succombe à une ivresse gaélique d'anthologie, MacQueen m'a demandé : « Quelle sorte de financier êtes-vous donc ? Comment gagnez-vous votre

argent ? Que faites-vous pour ça ? » J'ai répondu :
« Des coups. »

Je ne suis pas sûr qu'il ait très bien compris. (J'ai remarqué qu'après sa sixième bouteille de Dom Pérignon, il avait des difficultés à comprendre les choses les plus simples.) Il ne se serait pas mis à tonitruer ses foutues chansons irlandaises en langue indigène, je lui aurais sans doute expliqué ce que j'entendais par là.

Un coup, c'est comprendre — enfin, essayer de comprendre — ce qui se passe dans telle région du monde, c'est saisir une mode, pressentir un futur, trouver une idée neuve. Cela fait, tout mettre en œuvre, très vite, aller sur place, parler, au besoin recruter des spécialistes, conduire l'affaire à son terme. Pour ensuite, le cas échéant, deviner le moment où il faudra se retirer parce que l'idée aura cessé d'être neuve, parce qu'on vous aura copié, parce que la conjoncture aura changé, parce que la mode aura passé.

C'est ce que j'ai réussi à faire (je n'en suis pas encore tout à fait revenu) au cours des quatre dernières années.

Mais je ne suis pas, et ne serai sans doute jamais, un homme d'affaires ordinaire, au sens habituel du terme. Ayant pignon sur rue. Je n'ai même pas de secrétaire attitrée, même pas de bureau fixe.

En ce mois de juin, environ quarante jours après l'apparition de Horst, j'ai fait et refait cinquante fois un bilan de mes affaires, passées, présentes, et à venir. Je me souviens parfaitement qu'à cette date j'ai en cours divers investissements, notamment immobiliers ; par ailleurs, je me suis engagé dans une grosse spéculation sur l'argent métal, le *silver* ; en outre, je m'apprête à une spéculation identique sur le marché du café ; enfin, j'ai en tête une certaine idée, amusante en diable, dont je n'ai encore parlé à personne. Même pas à Marc Lavater.

Cela suffirait à justifier mon retour aux affaires, au terme de ces vacances que je viens de prendre. Mais le hasard va décider pour moi, en me projetant presque malgré moi dans une entreprise totalement nouvelle, et grandiose.

Ces coups dont je parlais à MacQueen, en voici un, justement.

Cela va s'appeler Safari.

A l'origine M. Flint.

6

Flint me demande : « Franz, est-ce que je peux avoir une augmentation ? »

Je secoue la tête avec énergie, tandis que je lis les dossiers que j'ai emportés et qui ont été préparés par Rosen et Lupino.

« NON !

— J'ai besoin d'argent, Franz.

— Vends ton avion. »

Je n'aurais pas dû dire ça, ça l'énerve visiblement. Le voilà qui se met à effectuer des tonneaux ou des loopings, je ne sais pas au juste. Nous sommes ce jour-là, lui et moi, en route vers Montréal où j'ai deux rendez-vous, avec cette ambition de mettre mon nez dans les projets d'aménagement de la baie James, où les Québécois investissent énormément.

Je n'aurais pas été attaché à mon siège, je me serais probablement retrouvé dans le ciel du Canada, en complet-veston et à quatre ou cinq mille mètres d'altitude. Flint finit par se calmer et m'explique une fois de plus sa situation financière, dont j'ai déjà dit qu'elle n'était pas banale. Il est normalement l'héritier d'un bon milliard de dollars au strict minimum et il a du mal à payer ses factures d'électricité. Sa rente ne lui suffit plus. Elle suffirait très largement à faire vivre n'importe qui d'autre, mais à condition bien sûr de ne pas acheter des aéroplanes, surtout à réaction. « Franz, je ne m'en sors pas. J'ai quand même une femme et six enfants. » Le voilà reparti. Il me parle à nouveau des hommes d'affaires de sa mère, de sa pauvre femme, de ses six pauvres enfants affamés, de sa maison d'Atlanta en Georgie avec son parcours de golf privé et sa monstrueuse tondeuse à gazon — qui peut emmener deux passagers et comporte la télévision en couleurs. Il me parle aussi de son avion, naturellement, qui est une merveille mais dont il faudrait changer quelques pièces çà et là.

Et, bien entendu, il m'entretient de son terrain.

Ça n'est certainement pas la première fois qu'il m'en parle. Ce terrain lui vient directement de son grand-père paternel, et donc il échappe aux sévères dispositions du fidéicommis intéressant la fortune de sa mère. Pour autant que je le sache, il est situé en Floride mais dans cette partie de la Floride où nul ne va jamais parce que c'est plein de marais peuplés eux-mêmes d'alligators aux yeux de braise. Il n'a strictement aucune valeur et il est miraculeusement dénué du moindre intérêt sauf pour les moustiques. Je l'ai dit et répété à Flint.

« Tu pourrais au moins aller y jeter un coup d'œil. Fais-le pour moi. »

Il insiste tant que j'accepte. Et comme cet animal est parfaitement au courant de mon emploi du temps de par sa qualité de pilote, il sait très bien qu'après mes rendez-vous de Montréal, j'ai le temps d'une rapide descente au sud, en direction de la Floride, avant de regagner New York.

« Et pour le coup, Franz, c'est moi qui paie le plein.

« Je pourrais me poser à Gifford », dit-il encore. C'est à mi-chemin de Cap Kennedy, anciennement Cap Canaveral, et de West Palm Beach. « Et de Gifford, on pourrait aller en voiture chez Ocoee. — Et qu'est-ce que c'est qu'Ocoee ? — Un Séminole », me répond Flint. Pauvre de nous, il ne me manquait plus que des Indiens !

La Floride est un doigt tendu plein sud. Tout au bout de ce doigt, côté gauche en descendant, à la hauteur de l'ongle : Miami précédé de sa fabuleuse série de stations balnéaires. Au début du doigt, disons au beau milieu de la première phalange, les villes d'Orlando et de Lakeland, flanquées à gauche côté atlantique de Daytona et Cap Kennedy, à droite de Tampa et Saint-Petersburg. Entre l'ongle et la première phalange, rien. Les Everglades. C'est plat, puant, planté de palétuviers et plein d'alligators. On s'en lasse vite.

Le terrain de Flint se trouve à environ quatre-vingts kilomètres dans le sud-ouest de Cap Kennedy, au cœur d'un no man's land situé entre la grande autoroute de Floride qui joint Orlando à Miami et la côte atlantique, elle-même bordée par un interminable — plus de mille kilomètres — canal côtier, l'Intracoastal Waterway, qu'empruntent les plaisanciers pour, venant du nord, rallier Miami et les keys sans se risquer en haute mer.

Superficie du terrain : cinquante-cinq mille acres, soit à peu près vingt-deux kilomètres carrés.

Nous les survolons pendant presque trois

quarts d'heure, à m'en donner la nausée, d'autant que Flint vole si bas que je rentre instinctivement les jambes pour ne pas toucher la cime des cyprès. Même sur fond grandiose de rouge soleil couchant, ça reste un marécage humide, inhumain, que j'imagine sans peine grouillant de bêtes.

Atterrissage à Gifford. Voiture avec laquelle nous nous retrouvons très vite sur l'équivalent américain d'une route départementale. Pas pour longtemps. Flint s'engage sur une piste défoncée. Marais à gauche, marais à droite, marais devant. Nous finissons par déboucher sur ce qui doit être un lac garni de pélicans et d'une ou deux embarcations en train de pourrir.

Seul signe de ce que l'homme soit jamais venu se perdre dans ce coin perdu, un écriteau : ATTENTION AUX ALLIGATORS. LES SURVIVANTS SERONT POURSUIVIS.

« C'est beau, hein ? » s'exclame Flint avec une désespérante sincérité.

Sur quoi la nuit s'empresse de tomber et c'était vraiment la seule chose raisonnable à faire.

Ocoee le Séminole est petit à passer debout sous une table, il est maigre comme une note de musique. Il me demande : « Est-ce que vous avez une idée de la façon dont on attrape les alligators ? »

Je dis : mais oui bien entendu et comment donc c'est même ma distraction favorite vous pensez bien. Et dans le même temps je me demande ce que je fabrique dans cette jungle puant la vase, en compagnie d'un pilote fou et d'un Indien de quarante-trois kilos. Lequel me prend par le bras et m'entraîne hors de la cabane en planches bâtie au beau milieu des marais. Tandis que cet abruti de Flint se tord de rire. « Vous allez voir, monsieur Cimballi, vous allez voir. » Ocoee porte une lampe électrique fixée à son front, dont le faisceau troue la nuit noire et court sur des eaux immobiles et des souches. Je revois des scènes du film *Les Aventures du capitaine Wyatt* et je dis à Ocoee : « Appelez-moi plutôt Gary Cooper. » Il me répond : « Vous feriez bien de me tenir l'autre lampe, sinon il vous faudra mettre des semelles à vos genoux, il vous aura mangé les pieds. » Et à peine m'a-t-il collé sa torche entre les mains qu'il bondit, se jette sur quelque chose qui est précisément entre mes pieds. Et il se relève, tenant un alligator plus grand que lui, ayant agrippé la bête par le dessous des pattes avant, le dos de l'animal plaqué contre sa poitrine, la queue qui fouette l'air rapidement coincée entre ses jambes. « Hein, vous avez vu ? Vous avez vu ? » Et comme l'alligator se tord et se débat, ils roulent tous deux à terre, tantôt disparaissant dans l'ombre, tantôt repris par le faisceau de la torche électrique que je brandis. Ocoee finit par se redresser, il lâche la bestiole et s'écarte d'un bond. Je fais un bond moi aussi.

Et je me retrouve à quinze bons mètres de là.

Il y a deux façons d'avoir une idée.

La première qui consiste à ne rien faire de particulier et à attendre qu'elle vienne ; la seconde qui vous fait travailler sur le sujet, accumuler une documentation qui vous sera en général inutile, s'agiter en tous sens.

J'emploie les deux méthodes et les résultats

sont nuls. Flint m'a ramené à New York : « Franz, tu as trouvé quelque chose ? — Va au diable, toi et ta saloperie de terrain. » Seuls moments sinon agréables du moins spectaculaires de cette promenade floridienne : l'étrange balade nocturne qu'Ocoee nous a fait faire, en pleine nuit, un phare orientable de voiture installé à l'avant du bateau. Le Séminole n'a pas gardé le phare constamment allumé. Nous avons glissé sur l'eau dans le silence le plus complet, nous coulant sous les branches, entre les racines de palétuviers ou de cyprès, le plus souvent dans une pénombre dense et dans un dédale de ruisseaux étroits qui semblent curieusement tous s'achever sur des chapelets d'étangs dont l'eau est morte. Et puis soudain, éclatant comme un soleil blanc dans l'obscurité, le phare actionné par Ocoee découpe un alligator énorme, proche à le toucher, ou un splendide crotale diamant qui, éveillé, fait tinter les sonnettes de sa queue, ou bien encore un serpent marcassin d'au moins deux mètres de long, à ras de l'eau et qui, furieux d'être dérangé dans sa chasse de nuit, ouvre démesurément sa gueule lisérée de blanc.

A New York, je n'ai guère le loisir de penser à la Floride. Depuis quelque temps, je me suis engagé dans une très grosse opération de spéculation sur l'argent métal, disons le *silver*. Or, sur les marchés à terme de Chicago et de New York, s'agissant précisément du silver, il se passe des choses curieuses, vraiment très curieuses. Et, le défi de Martin Yahl me sifflant encore aux oreilles, craignant un piège à chaque pas, je me concentre sur chaque affaire que j'entreprends avec une prudence décuplée.

Pourtant, précisément parce que je travaille beaucoup, je me replie volontiers sur ces images, ces odeurs, ces sensations enregistrées au cours de ma nuit séminole. A tout hasard, j'ai demandé à Lupino de me faire préparer une étude complète sur les investissements en Floride. « Une idée derrière la tête, Franz ? — Justement pas. »

A la fin de juin, je vais passer quelques jours en France, à Fournac en Haute-Loire, avec Catherine et notre fils, qui viennent de s'y installer pour toute la durée des vacances d'été. Si je m'étais un instant imaginé retrouver Catherine apaisée, j'en aurais été pour mes frais. Elle esquive mes questions, je la sens lointaine, et c'est peu dire. Je ne lui ai jamais tellement parlé de mon travail ; je l'ai fait au début mais constatant qu'elle n'était guère passionnée, je n'ai pas insisté. Mais à présent... « Catherine, je ne peux pas travailler ici à Fournac. Pour ce que je fais et ce que je veux faire, il me faut voyager et New York serait l'endroit idéal, en tant que base d'opération. » Elle dit qu'elle comprend très bien mais qu'elle ne tient pas du tout à aller habiter New York, même Park Avenue. Pas davantage une maison dans le Connecticut, ni nulle part aux Etats-Unis.

Les Bahamas, non plus.

« Et tu voudrais que je laisse tout tomber, que je rentre en France pour y prendre ma retraite, à partager mon temps entre des soirées à l'Opéra et des vacances dans la maison familiale, c'est ça ?

— Je n'ai pas dit ça. »

Elle ne l'a pas dit et ne le dit pas, c'est vrai. Mais la différence est mince.

« Franz, me dit sa mère, soyez patient. Si vous êtes jeune, elle l'est encore plus que vous. Elle n'a même pas vingt ans, souvenez-vous-en. »

Mais nous sommes mariés, je tiens à elle. Malgré la vie que nous menons et qui nous sépare de plus en plus.

On ne peut tout de même pas me demander de renoncer à mon travail, sous le prétexte que j'ai déjà réalisé une réussite financière importante.

La mère de Catherine m'embrasse, presque maternellement et ce simple geste me touche, je n'en ai guère l'habitude.

« Franz, personne ne vous le demande ni ne vous le demandera jamais. Vous êtes tel que vous êtes. Au début, j'ai cru que ce que vous avez appelé drôlement votre Danse, assez frénétique soit dit en passant, n'était qu'une foucade de jeune homme, désireux de se venger et surtout de s'affirmer. Je pensais qu'ayant fait vos preuves, vous vous calmeriez. Je me suis trompée. D'ailleurs, je n'étais pas tellement parvenue à me convaincre moi-même : n'oubliez pas que j'ai connu votre père, à qui vous ressemblez tant. Je crois bien que vous êtes encore plus enragé que lui, il faut se faire une raison. Je l'ai dit à Catherine et elle finira par le comprendre. Je l'avais avertie à l'issue de votre première rencontre, je l'avais mise en garde. Elle a passé outre. »

Elle me sourit :

« J'aurais peut-être fait de même. »

Et la vie est décidément bizarre. Parmi les invités de passage cet été-là dans la grande et vieille maison de Fournac, au moment où j'y séjourne moi-même, se trouve un ami de mon beau-père, et néanmoins sympathique, en dépit de ce gros handicap de départ. Cet ami-là est allé au Kenya, il y a chassé, il connaît bien sûr Mombasa et Nairobi, il a même croisé Joachim l'ex-mercenaire reconverti dans le safari « prêt-à-porter ». Avec lui, je parle de chasse et de brousse. Tant et si bien que c'est curieusement à Fournac, dans la douceur de ces vacances provinciales si françaises, que l'idée surgit.

Cet animal de Flint m'a pressé de trouver un moyen pour faire rendre de l'argent à sa saleté de terrain ?

Je crois avoir trouvé.

J'explique mon idée à Li et Liu à l'hôtel Fairmont à San Francisco. Ils rigolent, s'esclaffent, s'esbaudissent. Ils s'inclinent jusqu'à terre avec humilité.

« Misélables Fils du Ciel et Liu êtle tlès honolés de voil Gland & Petit Cimballi Lusé faile appel à eux.

— Célestes Cinglés, ça vous plaît oui ou non ?

— Ça nous plaît », acquiesce Li (ou Liu).

Toujours pas moyen de les distinguer l'un de l'autre. Et en plus, ils portent les mêmes costumes et des lunettes identiques. On croit voir double.

« Ça nous plaît même beaucoup, confirme Liu (ou Li). Mais est-ce que tu te rends compte que ça suppose des investissements considérables ? »

Je m'en rends compte. J'ai déjà fait quelques petits calculs, à mon habitude.

« Quelques centaines de millions de dollars. A première vue. A seconde vue aussi, d'ailleurs. Et même à perte de vue. »

Je suis parti d'une idée bête comme chou : la chasse au gros gibier, qui devient pratiquement impossible de nos jours, en raison des interdictions édictées sur leur territoire par les divers pays africains devenus indépendants. Les amateurs pourtant ne manquent pas, aux Etats-Unis notamment. Et ils seraient prêts à payer, à payer très cher, pour le plaisir de foudroyer un éléphant, un lion, un tigre, un buffle ou n'importe quel fauve pouvant servir de trophée. De là à transformer les cinquante-cinq mille acres de Flint en une réserve de chasse, dans laquelle on aura préalablement introduit par exemple des buffles, il n'y a qu'un pas, que j'ai allégrement franchi. Pas question de les massacrer, bien sûr. Les « chasseurs » utiliseront des fusils à seringue hypodermique, qui se contenteront d'endormir les animaux, tout en procurant aux tireurs la même sensation. Je me suis aussitôt renseigné : importer des buffles et les implanter en Floride en les maintenant à l'état sauvage ne présente pas de difficultés majeures. Ce n'est pas facile. Mais je suis allé plus loin, je crois qu'il y a mieux à faire. Il s'agit en réalité de développer cette idée de départ : amener l'Afrique terre de chasse à portée de week-end des chasseurs. Pourquoi se limiter à des animaux ? Pourquoi ne pas importer l'Afrique elle-même, tant qu'on y est ? Pas l'Afrique actuelle, bien sûr, mais l'Afrique de Livingstone et de Stanley, mieux encore, l'Afrique mythique, celle qui n'a jamais existé sinon à Hollywood, celle de Tarzan et d'Edgar Rice Burroughs, celle de Clark Gable dans *Mogambo*, de Steward Granger dans *Les Mines du roi Salomon*. Une Afrique totalement imaginaire, une Afrique pour enfants, grands ou petits, avec effectivement les Mines du roi Salomon reconstituées, avec les Femmes-Panthères, le Cimetière secret des Eléphants, les explorateurs en casque colonial et l'exploratrice blonde immanquablement capturée par un gorille modèle King Kong renforcé, ou tout aussi inévitablement saisie dans le filet hypocritement tendu par des Pygmées ricanant d'un air sournois...

« Et le soir, me disent Li et Liu, quand tombera la nuit sur le monde de la jungle, sur ses restaurants, ses hôtels, ses grottes, ses plages, ses piscines olympiques, ses boutiques, ses banques, ses salles de cinéma, ses night-clubs, ses caravanes, ses gorilles, ses bungalows coloniaux et tout le tremblement, quand la suave et embaumée nuit africaine tombera sur tout ça, mon garçon, on verra, prenant son élan depuis le sommet du volcan de la Terreur, se lancer un Tarzan en culotte de tigre phosphorescente. Il sera accroché à un fil, il traversera tout le parc en hurlant : "Aï Aï Aï Ouh Ouh Ouh Ah Ah Ah Ah Hou Tagada", enfin le cri habituel. Franz, est-ce qu'on t'a déjà fait le cri de Tarzan ?

— Non, et je n'y tiens pas. »

Ils me le font quand même et la réception de l'hôtel téléphone pour savoir si je vais bien.

« Et le passage du Tarzan phosphorescent signifiera pour les parents qu'ils peuvent flanquer leurs mômes au lit et qu'ils peuvent eux-mêmes aller faire la bamboula, tu comprends ?

— J'avais bien compris, je dis. A présent, descendez de cette table. »

J'ai apporté le dossier sur les investissements en Floride que j'avais demandé à Lupino. Les chiffres sont là, dans leur sécheresse : la Floride est en train de devenir — le phénomène s'accentuera ensuite — la terre bénie des parcs d'attractions. Les investissements déjà entrepris sont énormes : cent millions de dollars pour le Monde de la Mer, six cents à Williamsburg, trois cents pour La Petite-Angleterre, trois cents pour les studios Universal, six cents pour le grand parc d'Orlando, la ville autour de laquelle tout cela est né ou va naître.

Sans parler évidemment du Monde magique de Walt Disney, ouvert en octobre 71 et qui a déjà dépassé soixante millions de visiteurs et en attend quatorze ou quinze millions au moins — par an — dans les années à venir.

Li et Liu sont tout autant que moi capables de lire ces chiffres et d'en tirer les conclusions. On sait que leur incomparable aptitude à faire les clowns dissimule les esprits les plus retors et les plus calculateurs qu'on puisse rencontrer chez des Chinois, lesquels ont ordinairement le sens des affaires. Qu'ils acceptent mon idée et se déclarent prêts à participer largement au financement de mon projet est une première preuve de ce que je ne me suis pas trompé. J'ai de l'amitié pour eux et ils en ont pour moi, je l'espère. Reste qu'ils ne miseraient pas un centavo dans une affaire à laquelle ils ne croiraient pas, même si je les en suppliais en me traînant par terre.

Ils discutent à présent en chinois. J'ai l'impression d'entendre couiner deux souris qui se seraient simultanément coincé la queue dans une porte.

« Merci quand même.

— Excuse-nous, Franz. »

Ils traduisent leurs cogitations. Ils estiment à vue de nez qu'ils pourront financer le projet à environ vingt-cinq pour cent, en ce qui les concerne, sur leurs capitaux personnels et avec le soutien de quelques banques alliées. Compte tenu de ce que leurs affaires récentes et notamment cinématographiques ont rapporté de solides bénéfices.

De mon côté, j'ai en tête les petits calculs que j'ai faits seul dans mon coin. Je demande :

« Vingt-cinq pour cent, d'accord. Mais vous estimez l'investissement total à combien ? »

Se servant des meubles, fauteuils, table et canapés, ils miment les Pygmées hypocrites et sournois en train de guetter l'Exploratrice blonde, dans le but de la capturer dans leur filet et surtout, m'expliquent-ils, de « lui pincer les fesses ».

Ils m'adressent un large sourire : « Un milliard de dollars. »

Pour rencontrer Li et Liu, j'ai dû aller jusqu'à San Francisco, où, malgré leurs moyens considérables, bien supérieurs aux miens, ils habitent toujours cette modeste maison de bois sur les pentes de Telegraph Hill.

On est en juillet. La brume comme souvent enveloppe le Golden Gate, dissimule Alcatraz et une bonne partie de la Marin Peninsula. En quittant mes Chinois, qui m'ont emmené déjeuner chez eux après notre discussion du Fairmont Hotel, je me dirige vers ma voiture de location.

J'ai d'un coup la sensation d'être observé.

Je me retourne et je la reconnais sur-le-champ : c'est cette même fille aux longs cheveux noirs, ressemblant tout à la fois à Sarah Kyle et à

Ali MacGraw, que j'ai déjà vue quelque part.

Elle est à vingt-cinq mètres de moi et, sans se gêner le moins du monde, plantée au milieu de la chaussée en pente, elle fait cliqueter son appareil photo, prenant de moi cliché après cliché.

« Hé ! »

Amsterdam, à la sortie de l'hôtel Amstel, j'étais avec Letta et MacQueen le journaliste. Et elle me photographiait déjà de la même façon.

« Hé, vous ! »

Je me dirige vers elle. Elle continue de me photographier mais sans la moindre fébrilité, ne cesse que lorsque je suis prêt d'elle à la toucher.

« Je me souviens de vous, vous étiez à Amsterdam. »

Elle manipule son appareil, en sort adroitement le film impressionné et avec une virtuosité identique, en met un autre en place. Elle a de superbes yeux noirs et un visage un peu anguleux, pas du tout désagréable, au contraire, bouche rouge et cheveux aile-de-corbeau.

« Qui êtes-vous ? »

Une très légère lueur d'amusement paraît dans ses prunelles, tandis qu'elle prend du champ et se remet à me photographier. J'ai un instant l'impression qu'elle se sert en réalité de son appareil comme d'une arme qu'elle m'oppose. Je continue à marcher vers elle, sur elle, à la fois furieux et amusé. Peut-être aussi touché par son visage, qui a tant de celui de Sarah Kyle.

Je vais à nouveau la rejoindre quand deux autres photographes surgissent, l'encadrent, tels des gardes du corps, faisant eux-mêmes cliqueter leurs propres appareils, visages impassibles.

Je hausse les épaules, luttant contre la colère qui me pousserait à frapper.

« Allez au diable. »

Je remonte en voiture. Ils me suivront tous trois jusqu'à l'aéroport. Une autre équipe m'attendra à New York, pour mon débarquement.

7

ET d'autres photographes, encore et toujours, obsédants et impassibles, vers le 8 ou le 10 juillet, quand je quitte le Pierre et monte dans un taxi. Je n'ai dit à personne où je vais et ce que je vais y faire. C'est sans doute une précaution dérisoire mais qu'importe. Certains jours, cette traque qu'on m'inflige m'est particulièrement pesante.

Même Lavater n'est pas au courant, qui compte sur moi pour déjeuner à New York, dans quatre heures. Mon taxi ne m'amène pas très loin : devant chez Tiffany, sur la Cinquième. J'entre dans le magasin, je ressors par la 57ᵉ Rue. Nouveau taxi. Puis un troisième sur Madison. Un jeu qui a quelque chose de puéril et qui n'est pas d'une subtilité diabolique, mais je ne suis pas James Bond. Je gagne par l'arrière l'immeuble de la Pan Am. Une heure et demie plus tard, je suis à bord d'un vol régulier pour Dallas. Sans réservation à mon nom, je paie mon billet en liquide après être monté à bord.

A Dallas, un homme me fait signe sitôt qu'il me découvre au milieu des autres passagers.

« Je m'attendais à vous voir débarquer d'un avion privé.

— Je l'ai prêté à ma concierge, qui avait un cocktail. »

Il s'appelle Paul Hazzard. Il me dépasse de trente bons centimètres, mesure plus de deux mètres. Je l'ai connu à Nassau, voici deux ans. Je l'ai revu une ou deux fois depuis et il aimerait que je lui rende visite dans sa ville natale : San Antonio. Outre la sympathie qu'il m'inspire, il présente à mes yeux deux avantages décisifs : d'abord il est à même de me recommander auprès de ceux que je suis venu voir, ensuite je crois fermement que nos relations sont ignorées de quiconque. C'est un atout intéressant : si Horst ou Yahl m'ont préparé un piège, Paul Hazzard ne peut en être l'instrument puisqu'ils ne savent pas que je le connais.

Ou alors c'est que le monde entier est contre moi.

« Un coup de téléphone à donner. »

J'appelle ce restaurant de New York où Marc Lavater et moi devions déjeuner : Oui, M. Lavater est encore là. Si je veux lui parler ? Non, je laisse simplement un message, apprenant à Marc que je ne le rejoindrai pas et que je le rappellerai dans la soirée. Dans les circonstances actuelles, je ne veux pas qu'il s'inquiète.

Je retrouve Hazzard.

Il a gagné son premier million de dollars en jouant au football américain. On lui a décerné un énorme et laid machin en plastique, qui s'appelle le Heisman Memorial Trophy et récompense le meilleur joueur amateur des Etats-Unis. Il a arrêté sa carrière sur une fracture de la hanche qui le fait encore un peu boiter, et il s'est lancé dans la prospection pétrolière...

« Sûr que vous ne voulez pas venir à San Antonio ?

— Désolé, une autre fois. »

La prospection pétrolière grâce à laquelle il est, d'une année sur l'autre, soit complètement fauché, soit millionnaire, en dollars bien entendu. Et c'est parce qu'il jouait si bien au football que les portes lui ont été ouvertes.

Nous roulons dans Dallas, lui et moi. Nous traversons la place où Kennedy fut assassiné et je jette inévitablement un regard sur cette fenêtre, au sixième étage de la bibliothèque d'où Lee Oswald tira. Paul s'engage ensuite au nord-ouest, vers Stemmons Freeway. Il me parle de ces hommes que je suis venu voir. Il me fait remarquer que j'ai tout de même une sacrée chance : je souhaite rencontrer trois des hommes les plus riches du Texas et voilà que l'un d'entre eux est précisément un ami à lui, Paul Hazzard.

« Il était et est toujours propriétaire de l'équipe dans laquelle je jouais. Il m'a aidé, quand j'ai arrêté après ma blessure. C'est un copain. Sauf qu'il est cinq ou six fois plus riche que moi, même quand je suis à mon maximum.

— Ça n'est pas de la chance, Paul : vous m'aviez parlé de cette amitié entre lui et vous, au premier soir de notre rencontre à Nassau. Je m'en suis souvenu.

— Quelle mémoire ! Franz, vous savez combien il y a de millionnaires en dollars rien qu'à Dallas ?

— Des tas.

— Douze mille. Sur une population de huit cent mille bonshommes. »

Il ralentit, nous sommes presque arrivés.

« Bon, Franz. Je leur ai parlé de vous. Votre nom ne leur disait strictement rien mais ils se sont souvenus de l'O.P.A. que vous aviez lancée dans le temps. Et ils connaissent vos relations avec Hassan Fezzali et les émirs arabes, avec lesquels ils sont eux-mêmes en rapport, je crois bien. Franz, ils savent que vous venez leur demander du fric, beaucoup de fric. Si vous leur vendez votre idée de la bonne façon, pas de problème, ils marcheront. Mais attention... »

Il abandonne la voiture aux mains d'un portier armé. Nous pénétrons dans l'immeuble, on nous identifie, on nous ouvre un ascenseur capitonné de velours rouge, de boiseries or illuminées par un lustre en vrai cristal. Paul Hazzard chuchote : « Attention, Franz. Ils peuvent être d'une brutalité inouïe. »

Les portes de l'ascenseur glissent en silence. Moins d'une demi-seconde plus tard, avec cette remarquable ponctualité des hommes d'affaires américains, on m'introduit dans un bureau, je suis en présence de ceux que j'appellerai ici les Texans et je commence à essayer de leur vendre l'idée de Safari.

« Et tu la leur as vendue ?
— Je le crois. »

Je sens Marc Lavater un peu vexé parce que j'ai mené cette affaire à son insu. Et c'est vrai que j'ai quelques remords de l'avoir ainsi tenu à l'écart.

« Marc, je t'en parle à présent. Avant, ça n'aurait pas eu un grand intérêt, je voulais m'assurer que j'avais une petite chance d'accrocher ces types de Dallas. »

Je lui explique le montage financier auquel j'ai pensé, s'agissant de financer Safari : Li et Liu dans un premier temps, puis les Texans...

« Et toi.
— Et moi. Il faut quand même que je me mouille un peu dans l'affaire, moi aussi.
— Pour combien ?
— Disons cinq millions de dollars.
— Franz, tu te découvres de plus en plus. Tu as déjà engagé de l'argent sur le marché du silver, je sais en outre, puisque tu as jugé bon de m'en parler, que tu veux t'embarquer dans une autre affaire, sur le café celle-là. Ça fait beaucoup. »

Il rencontre mon regard, hausse les épaules : « Qu'est-ce qu'il y a, Franz ? Tu ne crois pas que Yahl et Horst te guettent à tout moment ? » Si, je le crois, bon sang ! Mais quoi ? Je vais en être paralysé de peur, comme un lapin face à un serpent ?

« Je te l'ai dit : leur piège, c'est peut-être précisément ça : me paralyser. »

Et je n'ai pas l'intention de les laisser faire. Je me rends parfaitement compte que je suis sur un terrain miné, où le moindre mouvement (chaque affaire nouvelle ou en cours) peut déclencher une explosion. D'accord. Mais je ne vais pas reculer. Mieux que ça : sur ce champ de mines, je vais galoper en tous sens, à les rendre fous. A une telle vitesse que leurs mines, où qu'elles soient placées, ne pourront que me blesser et jamais m'abattre. Qui plus est, je vais disperser au maximum mes investissements, les diversifier, les multiplier et, selon la vieille image, éviter de mettre tous mes œufs dans le même panier. Pour arriver à ce résultat final qu'il y aura tellement de paniers que nul ne s'y reconnaîtra plus.

Sauf moi, enfin j'espère.

« Et ça va aller à une de ces allures ! Marc, tu vas voir ça !

— C'est une théorie.

— C'est ça ou la retraite. Si on parlait d'autre chose ? »

Du financement de Safari par exemple, sur lequel je n'ai pas eu le temps d'achever mes explications. Li et Liu plus les Texans, cela fait déjà pas mal mais pas le compte. Et mes cinq petits millions ne suffiront pas à boucler le budget. Il manque de l'argent.

« Que tu prendras où ? »

Chez les grandes compagnies comme la General Motors, Exxon, Kraft Incorporated, American Telephone & Telegraph, j'en passe et des presque meilleures. Et certainement aussi des pays africains à qui l'on proposera, parallèlement à cette mise en scène d'une Afrique de légende, de présenter l'Afrique d'aujourd'hui. Et une chaîne d'hôtels, une autre de restaurants. Sans parler d'innombrables firmes qui ont de solides intérêts commerciaux tant en Afrique qu'aux Etats-Unis. Et les agences gouvernementales américaines. Et les parfumeurs français et...

Mais la liste serait trop longue.

« Tout ça te paraît fou, Marc ?

— Oui et non. Et tu serais le maître d'œuvre de tout cela ? »

Grand sourire : « Je le suis déjà, non ? »

Vers le 15 juillet, ceux que Marc Lavater appelle « les détectives ayant travaillé pour Paul Getty » rendent leur premier rapport sur Martin Yahl. Ce qu'ils m'apprennent me trouble : Yahl se trouve dans sa propriété genevoise ; il n'a reçu aucune visite au cours des deux premières semaines de surveillance, sinon celle d'un célèbre cardiologue venu tout exprès de Paris ; le cardiologue est même venu deux fois. On a évidemment cherché à savoir pourquoi. Par des procédés dont on ne me dit rien et dont d'ailleurs je préfère ne rien savoir, « on » a eu accès au dossier médical de Martin Yahl : il souffre de troubles graves, de nature à mettre sa vie en danger. Il a été victime d'un premier infarctus, ne se déplace que très rarement ; il a même renoncé à ses vacances annuelles dans son luxueux chalet de Braunwald, dans les Alpes de Glaris, où cet homme habituellement réglé à la perfection a pourtant coutume de se rendre chaque année, depuis trente ou quarante ans.

Les visiteurs qu'il a reçus : rien que de normal, des hommes âgés contemporains de Yahl lui-même, certains déjà retraités. On a commencé d'enquêter sur chacun d'eux mais les résultats sont insignifiants. Aucun ne semble avoir de relations avec Horst.

Que l'on n'a jamais vu à Genève.

En fait, tout se passe comme si Martin Yahl, vieillissant et atteint par la maladie, incapable de se remettre du coup que je lui ai porté, s'enfonçait peu à peu dans cette langueur qui précède la mort.

Et c'est précisément cela qui me trouble au plus haut point. Ça ne cadre pas du tout avec l'image d'un ennemi ivre de vengeance, s'agitant en tous sens à seule fin de me détruire, tirant les ficelles d'un vaste complot contre moi.

Du diable si j'y comprends quelque chose ! Qui est Horst ? Et surtout, qui est derrière lui, si ce n'est pas Martin Yahl ?

Le reportage que Michael MacQueen a effectué sur moi a paru dans *Fortune*. On m'y compare là aussi, comme l'a fait Yates, à un jeune Howard Hugues. Si elle me flatte quand même un peu, la comparaison me paraît néanmoins tout à fait excessive. Et puis quoi encore ? Dans tous les cas, elle a le mérite de faire hurler de rire le Turc (qui me téléphone de Londres histoire de me faire part de son hilarité), de même que Li et Liu qui en délirent de joie. Ces pitres m'expédient par la poste, contre remboursement les ordures, un paquet de deux mètres sur deux, dont l'emballage contient un deuxième paquet plus petit qui en contient lui-même un troisième qui en contient un quatrième et ainsi de suite jusqu'au vingt-troisième, lequel renferme une vieille paire de sandales de corde, usées et trouées, bonnes à jeter depuis longtemps, du type de celles que le vrai Howard Hughes portait sur la fin de sa vie, quand il était devenu pas mal dérangé et qu'il se terrait au dernier étage d'un immeuble-tour.

Qu'un journaliste trop imaginatif me compare à Hughes ne fait pas rire mon beau-père. Lui, il ricane. Il ricane avec distinction, mais il ricane. Il ne dit pas : ce n'est pas le *Times* de Londres qui publierait des inepties pareilles mais il est clair qu'il le pense. J'ai effectué un nouvel aller et retour en France et ça ne s'est pas très bien passé. Apparemment très gaie aussi longtemps qu'elle est entourée de son omniprésente famille, dont je me sens pour ma part exclu, Catherine s'enferme face à moi dans un mutisme presque absolu qui me désarme et, surtout, me peine. Après quatre jours, je n'y tiens plus :

« Qu'est-ce qu'elle a ?

— Je vous ai demandé d'être patient, me répond la mère de Catherine.

— Pourquoi a-t-elle tant changé ? »

Je n'ai pas le caractère à hurler mais ce n'est pas l'envie qui m'en manque.

« Elle devrait peut-être voir un médecin ? »

On me regarde comme si j'avais proféré une énormité.

Je devais rester en Haute-Loire une semaine complète, mais j'écourte mon séjour et reprends la route de Paris, en proie à un cafard noir. A Paris, je marche à n'en plus finir, tandis qu'à mon hôtel les messages des Lavater s'accumulent, me demandant de les appeler. Ce que je fais enfin : « Franz, j'ai parlé avec ta belle-mère au téléphone. Françoise et moi aimerions t'avoir quelques jours à Chagny.

— Je dois être à New York mercredi au plus tard, tu le sais.

— Ça te laisse quand même presque quatre jours. »

Il m'est déjà arrivé de chercher un refuge dans la maison de Chagny. Je la retrouve inchangée, hors du temps et quiète, avec ses sombres meubles cirés et ses silences, sa femme de charge bourguignonne au parler si rocailleux que je l'ai longtemps crue russo-polonaise. Et l'amitié paisible et discrète de Françoise et de Marc. Pas de questions, ça n'est pas leur genre. Et d'être avec eux, presque en famille, me calme un peu, même si le spectacle de ce couple qui semble si bien s'entendre après un quart de siècle de mariage, n'est pas spécialement fait pour me remonter le moral.

Marc lui-même me conduit à l'aéroport de Roissy. Où deux photographes m'attendent et me mitraillent, visages indifférents. De toute évidence, l'équipe de Yates a toujours su où je me trouvais. Voilà déjà trois mois que dure cette traque insensée. Ils ne sont pas sur mes talons en permanence mais ils surgissent régulièrement, comme pour m'administrer la preuve qu'ils peuvent à tout moment me retrouver, où que j'aille et quoi que je fasse. Et j'ai beau affecter de ne pas les voir, cette présence constante tourne parfois à la hantise.

« Marc, par deux fois, à Amsterdam et à San Francisco, il y a eu une fille parmi les photographes. Enfin, je crois qu'elle est avec eux, je n'en suis pas tout à fait sûr. A Amsterdam, elle était seule. »

Je décris à Lavater la fille aux cheveux noirs. Il acquiesce, il va demander à Callaway de s'en occuper.

Je prends mon avion. Philip Vandenbergh m'attend à Kennedy Airport.

8

ENCORE un que l'article paru dans *Fortune* n'a pas fait sourire. (S'il existe d'ailleurs quelque chose ou quelqu'un susceptible de susciter l'hilarité de Vandenbergh, je serais curieux de le connaître.) Je lui demande : « Vous êtes marié ? »

Il me toise de son œil glacé : « Je ne vois pas en quoi cela vous concerne. »

Quelle belle amitié nous unit ! Je lui souris : « Je n'avais pas l'intention de vous épouser, de toute façon. »

Curieusement, de tous ceux qui m'entourent, celui avec Lavater dont j'ai le plus de mal à imaginer qu'il puisse s'associer à Yahl pour m'abattre est précisément Vandenbergh. C'est comme dans les histoires policières : il a tellement l'air d'être le traître qu'il n'est pas possible que ce soit lui.

« Si j'avais su où vous joindre, dit-il, je vous aurais appelé. Il y a des décisions à prendre. »

C'est à Philip Vandenbergh que j'ai confié la conduite de mes opérations spéculatives sur l'argent. Disons sur le silver, le mot français « argent » étant ambigu, au sens où il désigne aussi bien la monnaie que le métal.

Le silver est un métal qui, comme l'or, le cuivre ou autres, se traite financièrement de deux façons : au comptant ou à terme, au marché officiel, sur lequel le silver a un cours. Ce cours varie en fonction de l'offre et de la demande, celles-ci se modifiant sous l'effet de quantité de raisons qui tiennent à l'économie proprement dite, à la politique, à des opérations financières.

Je suis venu sur le silver à cause d'Hassan Fezzali. C'est un Libanais de Beyrouth qui a peut-être aujourd'hui un passeport égyptien ou séoudien ou Allah sait quoi. Il a été l'ami de mon père ; en tout cas il me l'a dit. Il a joué un rôle décisif dans les grandes manœuvres qui m'ont permis de me venger de Yahl, par l'apport au bon moment de plusieurs centaines de millions de dollars provenant des émirs, dont il est l'un des gestionnaires avisés. Je ne lui connais qu'une faiblesse, et bien mineure : sa passion pour les crèmes glacées. A part cela, silencieux et discret comme un nuage. Paul Hazzard a prononcé son nom, pour me préciser que les financiers texans que j'ai rencontrés à Dallas, connaissaient Fezzali et mes relations avec lui. Réflexion qui m'a éclairé : j'ai eu l'intuition que dans la gigantesque spéculation sur le silver où je me suis immiscé, Fezzali avait peut-être partie liée avec certains financiers de Dallas.

Déjà, en janvier dernier, quand je lui ai posé la question d'une opération sur le silver, il m'a répondu : « C'est un marché intéressant, jeune

Franz. » Pas un mot de plus. Mais avec Fezzali, il convient d'interpréter jusqu'à ses silences.

Le monde occidental produit annuellement sept mille huit cents tonnes d'argent. En principe, cela fixe les limites du marché. On ne peut théoriquement pas acheter ou vendre plus d'argent qu'il n'en existe, penserez-vous.

Point du tout. La réalité est fantastiquement différente. Le marché spéculatif sur l'or, les devises, le silver, n'a été ouvert officiellement que depuis peu, en 1974. Et l'escalade a commencé, partant de ce fait qu'un très petit nombre de contrats à terme donnent effectivement lieu à de vraies livraisons. En d'autres termes, cela veut dire que dans la quasi-totalité des cas, on achète ou on vend un silver, un or, qui n'existent pas.

Tout cela, Philip Vandenbergh me l'a confirmé, de sa voix froide. Ce type d'opérations lui est très familier, et c'est pourquoi je l'utilise.

« Guère plus d'un pour cent des contrats concerne un argent métal réel devant être livré.

« Et, dit-il, ce n'est pas un phénomène propre aux métaux. Il en va ainsi du blé, dont, sur les marchés à terme de Chicago, Minneapolis et Kansas City on va échanger cette année sept ou huit fois la production américaine ; de même pour le maïs : les quantités théoriques sur lesquelles on spécule représentent le double de la production mondiale.

« Pour l'or, au cours des douze derniers mois, on a enregistré environ huit millions de contrats de cent onces d'or sur les seuls marchés de New York et de Chicago. Soit environ sept cent vingt millions d'onces, dix-huit fois la production mondiale dans le même temps.

— Et pour l'argent métal ?

— La même chose. Cinq millions et quelques contrats. Soixante ou soixante-dix fois la production mondiale.

— Vous m'avez dit qu'il y avait des décisions à prendre, que des événements étaient en train de se produire.

— Un groupe est en train de multiplier des achats au COMEX et au Chicago Mercantile Exchange.

— Ça veut dire quoi, multiplier ? cent, deux cents, cinq cents contrats ?

— Des milliers.

— Qui ?

— Texans et Arabes. Et un Brésilien. »

Je traduis, à tort ou à raison : Fezzali et des gens de Dallas, pas forcément les mêmes que ceux que j'ai rencontrés (je l'apprendrai : ce ne sont pas les mêmes, enfin pas exactement). Si l'information de Vandenbergh est exacte, et je ne l'ai jamais vu se tromper en ce domaine, cela signifie qu'une vaste opération est en cours ; une spéculation qui sûrement me dépasse, mais dont je peux tirer profit.

Sauf s'il s'agit d'un piège tendu par Yahl.

« Vous avez déjà passé pour un million de dollars de contrat, me rappelle Vandenbergh. Au train où vont les choses, ou bien vous liquidez ou vous suivez en augmentant la mise.

— Votre avis ?

— Pas d'opinion, dit-il avec un mince sourire sarcastique. C'est vous le génie de la finance. Pas moi. »

J'ai Beyrouth au téléphone et l'on m'y apprend entre deux explosions dues à la guerre civile en cours qu'Hassan est sûrement à Riyad. Il n'y est pas, pas plus qu'au Caire, il est en fin de compte à Rome et je ne l'y retrouve que parce qu'à force de fouiller l'annuaire des hôtels, j'ai reconnu le nom de ce petit établissement de la via Sforza, aux environs de Sainte-Marie-Majeure, où je me suis souvenu qu'il descend parfois, négligeant les palaces. Je lui dis :

« Je vous parie mille dollars que je sais ce que vous êtes en train de faire.

— Le Prophète a interdit de parier.

— Mon œil. Vous vous goinfrez de glace.

— Le Prophète n'a pas interdit les glaces. »

Silence. Il attend paisiblement que je parle et moi, à la dernière seconde, j'hésite. Je me demande si j'ai bien fait de l'appeler. Que lui dire ou lui demander ? Le cafard dont les Lavater ont essayé de me tirer, loin de se dissiper, s'est encore épaissi. Tout s'y mêle : Catherine et notre fils installés loin de moi, dans une maison qui n'est pas la mienne, où je me sens un étranger. Et ces photographes qui me harcèlent. Et cette espèce de combat contre des ombres, à me demander qui me trahit ou qui peut le faire. Jusqu'à Vandenbergh qui a parfaitement senti que je n'étais pas au mieux et en a été probablement satisfait ; celui-là me regarderait me noyer sans intervenir.

Silence toujours au téléphone. Fezzali continue d'attendre. Je me lance comme on se jette à l'eau et je lui raconte toute l'histoire, Horst, les photographes et Yahl soigné par un cardiologue qui le déclare hors de combat. Silence encore.

« Ça n'a pas l'air d'aller très fort, dit enfin Fezzali.

— Ça ne va pas très fort.

— Ça ne durera pas. »

Je l'entends ingurgiter quelque chose.

« Que vous dire, jeune Franz ? Il semble bien en effet qu'on vous tende un piège, à mon avis plus vaste que celui que vous aviez vous-même tendu à ce banquier suisse. Et le premier but de la manœuvre est de vous isoler, en vous faisant soupçonner tous ceux qui vous entourent. Etes-vous allé jusqu'à suspecter Lavater ?

— Oui. »

Il rit : « Et donc moi aussi. Et vous avez raison : il est possible que je joue un rôle dans cette machination montée contre vous. Je vous jurerais le contraire que vous ne me croiriez pas. Je ferai donc l'économie d'un serment. Bon. Je m'attendais à entendre parler de vous. Pas à propos d'un complot, mais d'une certaine opération financière. A la question que vous ne m'avez pas encore posée, je réponds oui. Est-ce clair ?

— Oui. »

Autrement dit : pour ce qui concerne la spéculation sur le silver, allez-y. Fezzali rit à nouveau, sa diction embarrassée par la glace qu'il vient sans doute d'enfourner :

« Cela dit, jeune Franz, si je fais moi aussi partie du complot, mon conseil peut fort bien être une partie du piège.

— Allez au diable. »

Très content de lui :

« Je ne crois pas au diable dans le ciel. S'il

existe, il est sur terre. Et le Prophète s'est personnellement engagé à m'ouvrir l'entrée du Paradis d'Allah regorgeant de rouées houris. »

Je rappelle Philip Vandenbergh à son bureau de Fulton Street :
J'ai réfléchi et pris ma décision : on passe de un à dix. »
En 1969, neuf millions de contrats à terme étaient négociés sur les marchés américains, représentant un mouvement de quatre-vingts milliards de dollars. Chiffres modestes et presque dérisoires. En quelques années, ils ont formidablement augmenté : près de cinquante millions de contrats pour mille trois cent cinquante milliards de dollars.

Dans cet océan, ma mise est une goutte d'eau. Pour spéculer sur le silver, on passe normalement des contrats de vente ou d'achat. Pas de limite au nombre des contrats. Et chacun d'eux porte sur cinq mille onces valant vingt-huit grammes trente-cinq. Le déposit exigible par contrat est de soixante-dix mille dollars (soixante mille si l'on passe moins de cent contrats, quatre-vingt mille si l'on dépasse deux cent cinquante). L'ordre que je viens de donner à Vandenbergh, et qu'il va répercuter aux courtiers, signifie que je m'engage pour cent quarante-deux contrats représentant, pour les seuls déposits, un investissement de neuf millions neuf cent quarante mille dollars. Dix fois plus que je n'avais engagé jusque-là.

A peu près le quart de ma masse totale de manœuvre.

Et si cette affaire sur le silver cache un piège, je m'y précipite avec rage.

Car à cet investissement s'ajoutent les cinq millions que je mets dans Safari.

Ce n'est pas tout. J'ai d'autres projets, dans lesquels j'ai la ferme intention d'investir encore. En ce mois d'août, c'est la première phase véritable de la contre-offensive que je lance, en réponse au défi que Horst est venu me porter. Au lieu de me replier sur mon acquis comme on s'enferme dans un fort, j'ai choisi d'aller de l'avant.

Ici prend place un incident auquel, sur le moment, je n'attacherai qu'une importance secondaire. A tort, certes, mais je ne le saurai que trop tard.

Pour joindre Fezzali, j'ai pris la précaution de quitter l'hôtel Pierre. J'ai traversé la 5e et j'ai gagné à pied le Plaza, d'où j'ai donné mes coups de téléphone. J'en ressors vers sept heures du soir, partagé entre ce cafard qui ne me lâche pas et une sorte de fièvre dure, nerveuse, méchante. Je quitte le Plaza par la porte donnant sur la 58e Rue Ouest, face au Solow Building. Je passe devant les magasins de mode Bergdorf Goodman, avec la vague intention d'aller regarder les jouets en vitrine chez Schwarz, sur l'autre trottoir de l'avenue. A la hauteur de la fontaine Pulitzer tout un groupe débouche, de jeunes hommes de très haute taille, apparemment une équipe de basket-ball en goguette avant un match au Madison Square ou ailleurs. Quelques instants, je suis noyé entre ces géants, on me bouscule un peu, on offre des excuses en souriant, on s'éloigne. C'est à ce moment-là que cela se passe et celui qui a opéré était sans nul doute un expert : je ne me suis aperçu de rien. En fait, je ne constaterai les dégâts qu'un quart d'heure plus tard. On m'a volé mon portefeuille. Agaçant mais tout de même pas tragique, je ne suis pas la première victime des pickpockets new-yorkais. Mon portefeuille contenait de l'argent, à peu près douze cents dollars, et surtout des papiers, permis de conduire, carte française d'identité, cartes de crédit.

Une perte qui n'est pas irréparable. Je me souviens même d'avoir éprouvé du soulagement en découvrant que mon voleur m'a laissé un autre étui de cuir plat, enfermant des photos de Catherine et de Marc-Andrea, une photo surtout à laquelle je tiens et les représentant tous deux, sur le pont ensoleillé du bateau, dans la mer de Cortès.

9

EN Floride, sous les palétuviers. Yeux dans les yeux avec les alligators. Avec moi, Li et Liu assistés de leurs conseils et deux hommes qui représentent les Texans. Flint est là aussi, bien entendu ; après tout, c'est son terrain. Et il y a encore Ocoee le Séminole. Li et Liu le dévisagent : « C'est un vrai Indien ? Aucun doute, Franz, est-ce que tu sais que les Séminoles sont les seuls Indiens d'Amérique à avoir toujours refusé de signer un traité de paix avec les Etats-Unis ? Et alors ? Et s'il nous scalpait ? — C'est avec les Visages pâles qu'il est en guerre. Qu'est-ce que vous risquez ? »

On est en septembre et ceci est mon troisième voyage à Blue Cypress Lake, sur le terrain de Flint. L'affaire a avancé à une rapidité surprenante. Pas si surprenante que cela, dans le fond : les Texans ont les moyens de s'offrir les meilleurs spécialistes qui soient, en tous domaines ; à en croire Paul Hazzard, leur fortune accumulée frôle les quinze milliards de dollars, soixante-trois milliards de francs français, six mille trois cents milliards de centimes. Voilà ce qui s'appelle être riche !

« Et il y a une rivière ? »

Nous nous penchons sur les plans et les photographies aériennes, certaines réalisées par satellite. La rivière y figure, et des étangs en chapelet. Des travaux seront certes nécessaires mais on pourra accéder à Safari (c'est le nom provisoire) aussi bien en bateau qu'en voiture et en avion. C'est un atout important que j'ai déjà souligné : l'Intracoastal Waterway communique avec ladite rivière, de sorte que le parc recueillera la clientèle des plaisanciers.

« Des gorilles, pendant que j'y pense, dit Li (ou Liu). Il nous faut des gorilles. Pas des vrais mais des gorilles articulés qui se frapperont la poitrine et kidnapperont dans leurs bras velus les jolies madames-touristes pour les emmener en haut des arbres.

— Et des Tarzans, ajoute Liu (ou Li). Des Tarzans par centaines. Ils auront des cuisses superbes, ils crieront AAAAOOOOOUUUUIII-HOUBA-TAGADA et ils arracheront les jolies madames-touristes des bras velus des gorilles, allez-coucher-sale-bête-bonjour-jolie-madame, etc.

— Et des buffles. De grands gros gras buffles sauvages. Un terrain de plusieurs hectares, entièrement clos. Face à face dans ce champ clos, l'homme et la bête, le buffle et le chasseur...

— Le chasseur a un fusil...

— Pas le buffle. Mais le fusil du chasseur n'a pas de balles dedans...

— Ecologique.

— A la place des balles, un truc hypodermique qui endormira la bébête. Mais le suspense est total : qui va gagner, du Chasseur ou du Fauve ? Ah ! c'est dramatique, quel affrontement ! j'en tremble !

— Bien entendu, le Chasseur est protégé discrètement par des gardes qui assurent sa sécurité...
— Mais s'il triomphe du buffle, quelle joie : il a droit à une photo couleur de lui-même, un pied glorieux posé sur le cadavre endormi de sa victime...
— Un seul petit problème, peut-être : la réaction du buffle qui aura été endormi onze fois de suite dans la même journée...
— Les buffles risquent d'en être agacés...
— Prévoyons le pire : la grève...
— Qu'à cela ne tienne : les buffles éliront des délégués syndicaux et nous passerons des accords... »

Les hommes d'affaires venus de Dallas contemplent Li et Liu avec stupéfaction et même incrédulité, abasourdis par ce déferlement de fantaisie. Je suis bien obligé de leur expliquer que mes amis chinois, s'ils jouent volontiers les fous, ne le sont plus du tout dès qu'il s'agit de parler d'argent. La preuve leur en est fournie quand, de retour à l'hôtel Breaker's de Palm Beach où nous avons établi notre quartier général, nous confrontons — Texans, Chinois et moi — les conclusions des études préliminaires faites déjà sur le projet Safari. C'est vrai que l'investissement total est énorme : six cents millions de dollars pour la première tranche des travaux, au moins autant par la suite. Un milliard deux cents millions de dollars. Les Texans disent :

« L'idée d'une jungle à la Tarzan est amusante mais les élargissements envisagés sont nécessaires. »

C'est à force de discuter — sérieusement — avec Li et Liu que mon idée initiale s'est peu à peu élargie. Il ne s'agissait au départ que de créer un parc d'attractions, le plus original possible. A chauffer notre imagination, nous sommes allés plus loin. Ce que nous projetons maintenant de créer sur le terrain de Flint, voire sur des terrains voisins que nous achèterons, c'est une juxtaposition de deux mondes spectaculairement différents, à des millions d'années l'un de l'autre.

D'un côté, partant de cette idée de chasse, de l'homme seul face à une nature hostile, il s'agira de présenter la Terre telle qu'elle était avant que l'Homme en entreprenne la conquête. En soulignant le fantastique défi qu'il a dû relever, durant des centaines de milliers d'années.

Et cette présentation permet évidemment les décors les plus extraordinaires. Le visiteur débarquant en famille se verra offrir la possibilité, si ça l'amuse, de se vêtir de peaux de bêtes (fourrure synthétique) ; il pourra être Homme de Neanderthal ou de Cro-Magnon, prendre part à un jeu-concours en tentant de faire du feu avec des morceaux de bois et, en cas de réussite, sera proclamé Australopithèque diplômé ; il pourra entreprendre une expédition vers le mystérieux Cimetière des Eléphants et la Mine d'Emeraude, ou essayer de retrouver Livingstone (la poignée de main avec Livingstone : 5 $) ; il cheminera dans la Jungle des Cannibales, en route vers le Volcan Qui Tue dont l'éruption est imminente ; il dégustera des hamburgers au python, à l'ornithorynque, et des steaks de dinosaure ; il établira son camp au long de l'Amazone (le piranha en bocal : 1,50 $), guetté par les Réducteurs de Têtes (la tête réduite : 3,95 $) ; il verra Christophe Colomb découvrir l'Amérique et assistera au retour de l'ultime caravelle de Magellan rentrant enfin au port, sur le Guadalquivir à Séville, au terme du premier tour du globe jamais réalisé ; il sera Celui Qui Découvrit la Roue et le Premier Homme à l'Aube de l'Humanité...

Mais parallèlement, par la vertu du simple franchissement d'un sas, ce même visiteur sera projeté dans un monde fantastiquement différent, au prix d'un bond dans le temps à couper le souffle. Le monde du futur, pas si imaginaire que cela dans la mesure où y seront présentés tous les développements qu'il est possible d'attendre de la science actuelle, en tous domaines, qu'il s'agisse des énergies, des transports, de la conquête des océans ou de l'espace, jusqu'à l'alimentation, jusqu'aux gadgets à naître, aux robots, aux moyens de communication déjà presque inventés.

« C'est dans cette deuxième moitié du projet, bien entendu, que les possibilités d'obtenir des soutiens financiers sont les plus grandes », soulignent Li et Liu, redevenus tout à fait sérieux.

Ils ont raison et les Texans acquiescent. Pour l'ensemble du projet, les deux Chinois de San Francisco ont déjà mis au travail une partie de leurs spécialistes en effets spéciaux de cinéma. Autant dire qu'ils ont déjà investi pas mal d'argent, ces frais s'ajoutant à leurs études personnelles. Ils fournissent par ailleurs toutes les garanties bancaires indispensables. Un point entre autres qui achève de convaincre les Texans de leur qualité d'associés. La rencontre se conclut dans le meilleur esprit. On prend d'autres décisions, une grosse agence new-yorkaise de publicité va se voir confier le travail préliminaire de promotion, sous ma responsabilité ; les Texans prennent à leur charge les contacts avec les agences gouvernementales fédérales, avec l'Etat de Floride, avec les cabinets d'architectes (sous le contrôle conjoint de Li et Liu) et les entreprises de travaux publics qui vont effectuer les premiers travaux ; parallèlement, avec moi, ils vont commencer à prospecter ce que nous appelons les apports financiers extérieurs. Tout le travail de création proprement dit revient en fait aux Chinois. On convient d'autres rendez-vous qui vont s'échelonner durant les mois suivants. Si tout va bien, tout permet de croire que les premiers bulldozers seront à l'œuvre avant même le printemps prochain. Ça va donc aller très vite.

Fin de la session : les Texans rentrent à Dallas, mes Chinois à San Francisco. Je reste seul avec Flint.

Qui n'en revient pas : « Franz, je n'aurais jamais cru que ça prendrait une telle ampleur ! »

Moi non plus. Pour un peu, j'en serais étourdi. Il y a toujours quelque chose d'incroyable et de magique dans la façon dont une idée peut parfois connaître la réussite ou simplement voir le jour. Je me souviens de mon émerveillement voilà quatre ans, à Mombasa au Kenya, quand j'ai pour la première fois de ma vie reçu de l'argent à la suite d'une idée que j'avais eue : il ne s'agissait que de vingt-huit dollars, je n'ai pas oublié le chiffre...

... Et me voici à présent, dans ce palace de Floride, à envisager tranquillement une affaire où les investissements oscillent pour l'heure entre un milliard et un milliard et demi de dollars !

« Franz, je t'offre le champagne.

— C'est le moins que tu puisses faire. »

Les Texans m'ont demandé qui serait mon bras droit en cette affaire. Ou à qui téléphoner en mon absence, puisque je n'ai pas de bureau.

Outre Lavater, je dispose des services de trois avocats, avec lesquels j'ai l'habitude de travailler : Rosen, Lupino et Vandenbergh. Ce dernier s'occupe plus particulièrement de veiller à mes intérêts dans la spéculation sur le silver. Pour Rosen j'ai déjà un projet sur lequel je me réserve de le mettre. J'ai donc répondu aux Texans : Lupino.

Jo Lupino a trente-sept ans et le sens de l'humour, ce qui n'est le cas ni de Vandenbergh ni de Rosen. Je lui explique le projet. Il éclate de rire : « Vous êtes complètement fou ! » Je ricane : « La preuve : je vous emploie.

— Je pensais à ce Tarzan phosphorescent traversant le parc au coucher du soleil.

— Et moi je pense à ces douze ou quinze cents millions de dollars et je me dis qu'en confier la responsabilité, même partielle, à un avocat qui me prend pour un fou est peut-être idiot, en effet. »

Il secoue la tête en riant, pas démonté pour autant : « De mauvais poil, on dirait. »

J'ai des raisons d'être de mauvaise humeur. Entre autres, ces deux photographes qui m'attendaient à mon retour de Floride ; non seulement ils m'ont mitraillé comme de coutume mais l'un d'eux m'a tendu une épreuve, visiblement prise au téléobjectif, sur laquelle je figure en compagnie de Li et Liu, de leurs conseils et des hommes d'affaires texans. Sans un mot, le photographe m'a donné le cliché, après quoi il s'est remis tranquillement à me photographier. De toute évidence, on a voulu me faire comprendre qu'à aucun moment on n'avait perdu ma trace. Et pour le cas où cela ne m'aurait pas suffi, quelqu'un a pris le soin de reporter les noms exacts de chacun des membres du groupe, au dos de la photo. Tout cela commence à m'exaspérer, voire à m'inquiéter. Je réussis néanmoins à sourire à Lupino.

« Ça ira mieux si vous m'invitez à dîner. »

Il m'emmène chez lui. Sa femme est aussi d'origine italienne, ils ont grandi ensemble et leurs parents à tous deux ont émigré dans les années 20, venant du même village. Et bien que je m'en défende avec presque de la fureur, l'amertume de ma propre solitude me revient du même coup, au spectacle de ce bonheur tranquille.

Le lendemain et les jours suivants, Jo Lupino et moi travaillons d'arrache-pied. Cette affaire de Floride n'est pas de celles qu'on peut régler en quelques coups de téléphone. Les Texans aussi bien que Li et Liu ne sont pas des partenaires de tout repos. Si bien que toute l'équipe du cabinet Lupino, qui compte une douzaine de personnes, va devoir œuvrer quasiment à plein temps sur le projet. « Franz, c'est un énorme boulot, et une sacrément grosse entreprise. Vous montez de plus en plus haut. Où diable allez-vous vous arrêtez ? »

Et pourquoi m'arrêterais-je ?

Marc Lavater est de retour à New York. Il me tend une grosse enveloppe. A l'intérieur, une bonne centaine de photos, toutes représentant Martin Yahl dans sa propriété genevoise. On a évidemment travaillé au téléobjectif, tout comme on l'a fait à mon détriment en Floride. C'en est presque drôle. Je me penche sur les clichés avec une sorte d'avidité haineuse et j'y découvre un Martin Yahl amaigri et voûté, allant à petits pas de vieillard dans son grand parc. Il se sert même d'une canne, ce qui est nouveau. Et ce serait ce vieil homme, cette ruine, qui me menacerait ?

« On aurait dû le photographier de plus loin encore, nom d'un chien ! Où étaient les photographes ? Sur le mont Blanc ?

— La propriété est gardée, ça n'est pas si facile. »

Mais on ne s'est pas contenté de manier le téléobjectif. De sa mallette, Marc retire un rapport épais comme un annuaire de téléphone.

« Franz, il y a là une liste de tous ceux qui ont rendu visite à Yahl ces temps-ci, depuis le début de la surveillance. Jusqu'au pasteur et au réparateur de télévision. Un dossier pour chacun. Par ailleurs, et ne me demande pas comment nos enquêteurs ont fait, les trois lignes téléphoniques de la propriété ont été mises sur table d'écoute. Nous savons qui a appelé, qui a été appelé et pourquoi. Là encore, des dossiers, tu as de quoi lire. Mais je te le dis tout de suite : rien que de très banal, en dehors de ces deux ou trois conversations entre Yahl et ses anciens fondés de pouvoir, quand il avait encore sa banque. Ton nom n'a jamais été prononcé. J'ai les bandes. »

L'impression que Marc a quelque chose de plus en réserve...

« Vide ton sac.

— C'est vrai, j'ai autre chose. Les enquêteurs ont travaillé sur l'ancien état-major de Yahl à l'époque où il dirigeait la banque qui portait son nom, que tu l'as obligé à abandonner. Ils ont rapidement laissé tomber les fondés de pouvoir : de bons techniciens de la banque mais aucune qualité pour jouer les espions. Par contre, ils ont sélectionné deux hommes : l'un s'appelle Jean-Pierre Hubrecht, l'autre Walter Maurer. Tous deux ont fait carrière à la Banque privée Martin Yahl S.A. ; également intelligents, ambitieux et durs. On les a mis sous surveillance vingt-quatre heures sur vingt-quatre. Rien pour Hubrecht. Par contre Maurer a effectué il y a huit jours un voyage à Londres. Il a pris pas mal de précautions mais ça n'a pas suffi. Regarde.

Marc me tend une photo. Deux hommes sortent d'un restaurant. Il y en a un que je n'ai jamais vu. « Walter Maurer », me dit Marc. Par contre, je reconnais immédiatement l'autre.

Horst.

Marc : « Franz, je t'ai dit que l'équipe au travail sur Yahl était la meilleure. Ça va d'ailleurs te coûter une fortune. Mais cela le vaut sans doute. Car ils ne se sont pas contentés de ce premier succès. Ils ont retrouvé un homme qui a travaillé chez Yahl comme jardinier, un Yougoslave qui est depuis rentré dans son pays. Il a reconnu les photos qu'on lui montrait et il est formel : Erwin Horst est venu voir Martin Yahl à plusieurs reprises, avant que Yahl n'ait son infarctus, c'est-à-dire au début de l'année, en janvier. Avant que Horst ne surgisse devant nous à l'hôtel Biltmore de New York. »

Silence.

« Tu comprends ce que ça signifie, Franz ? »

Je le comprends, ô combien. C'est la preuve que Horst travaille bien, si ce n'est pour Yahl, du moins en étroite collaboration avec lui. Il y a donc bien un plan d'ensemble, une machination soigneusement montée.

Sans savoir d'où viendra l'attaque, je peux être sûr maintenant qu'elle est inévitable et que Yahl a toujours été derrière tout ceci.

10

La meilleure défense est l'attaque. Ce qui est bon pour Clausewitz, Napoléon et Mohamed Ali réunis, doit être bon pour moi. J'ai déjà amorcé ma contre-offensive en faisant surveiller Yahl tout comme il me fait surveiller (j'ai placé côte à côte dans un même cadre la photo faite de moi en Floride et celle prise de Yahl à Genève) ; j'ai développé cette contre-offensive en décuplant mes investissements dans le silver, puis en lançant la plus grosse affaire que j'aie jamais entreprise, Safari. Mais je ne vais pas m'en tenir là. Je l'ai dit : j'ai d'autres projets. Voici le moment pour moi de développer l'un d'eux.

L'idée m'en est tout bêtement venue devant la télévision.

A mon sens, elle présente cinq avantages intéressants :

— personne ne l'a eue avant moi ;
— elle est réalisable dans un laps de temps relativement court ;
— elle ne risque pas de m'entraîner en prison ;
— elle n'implique pas de gros investissements

de départ et, à la limite, je pourrais sans doute la réaliser sans mettre un seul centime de ma poche ;

— elle peut rapporter plusieurs dizaines de millions de dollars.

Bref, c'est une bonne idée. Voilà mon opinion et je la partage entièrement.

En ce début d'octobre, aux alentours du 5 ou 6 je crois, je suis à New York et il pleut. Je n'aurais tout de même pas la prétention d'affirmer que j'avais prévu cette pluie mais il est vrai qu'elle me sert. Elle me permet d'arborer un imperméable assez ample sous lequel j'ai pu aisément dissimuler le petit magnétophone chargé d'enregistrer tout ce que je vais dire et les réponses qui me seront faites. Adriano Letta n'est pas loin de moi, à une soixantaine de mètres au plus. Il est au volant d'une fourgonnette que j'ai louée pour la circonstance. A l'intérieur du véhicule, le technicien-radio chargé de l'enregistrement, à partir des microphones que je transporte aussi et qui vont doubler le magnéto (je n'ai jamais confiance dans ces appareils). Quand je lui ai expliqué ce que j'attendais de lui, le technicien m'a considéré d'un air suspicieux : « Vous êtes un espion ? — Pas du tout. — Vous travaillez pour la C.I.A. ? — Moins encore. — J'ai pas envie d'être mêlé à un autre Watergate. — Et moi non plus. » Un temps. Il m'a demandé : « Surtout que vous savez comment je m'appelle ? — Non. — Richard Dixon. » Et le plus extraordinaire, c'est que c'est son vrai nom, ça ne s'invente pas. On a éclaté de rire tous les deux et je l'ai définitivement rassuré en lui confirmant que ce que nous allions faire ne serait en aucune façon illégal, qu'il entendrait le moindre mot prononcé, et qu'il pourrait toujours téléphoner au F.B.I. ou au *Washington Post* si des soupçons lui revenaient.

Soit dit en passant, je n'ai pas véritablement besoin de micros cachés et d'un magnétophone, pour mener à bien l'opération que j'ai en tête. J'aurais pu m'en passer. Toutefois, cette mise en scène me sera utile, plus tard.

Je suis dans le quartier de Queens, pas très loin de Bushwick Park, sous la pluie douce, et il est cinq heures du soir. La nuit est presque tombée ou bien c'est l'effet du ciel bas. Le patron du garage est un Noir d'une cinquantaine d'années qui mâchonne un cigare non allumé. Il est assis dans un fauteuil incliné en arrière, les pieds sur la table. Je lui souris aimablement.

« Beau garage que vous avez là.
— L'est pas à vendre.
— J'ai un pot terrible, alors. Je ne veux justement pas l'acheter. »

Il hoche la tête avec satisfaction : « Eh bien, comme ça, on ne risque pas de se disputer tous les deux. Autre chose que je peux faire pour vous ?
— Je voudrais voir votre toit. Pour le louer. »

Ça lui en bouche un coin. Il se lève, sort sous la pluie, va examiner son toit et revient, n'ayant et pour cause rien vu d'extraordinaire : ce n'est pas le garage le plus minable de tout New York mais il ne doit pas être loin du peloton de tête, dans cette catégorie ; c'est un bâtiment à deux niveaux, petit bureau, atelier et places de stationnement au rez-de-chaussée, aire de stationnement à l'étage ;

et le toit est plat avec juste une cheminée minuscule sur le côté.

A son retour, le garagiste me demande ce que je peux bien vouloir fiche d'un toit qui n'a jamais servi à rien de mémoire d'homme, et si je sais que c'est légalement inconstructible, et si je ne suis pas un peu cinglé. Je lui réponds qu'à ma connaissance je suis sain d'esprit, et oui je sais que c'est inconstructible, et ce que je veux faire de son toit est parfaitement légal, pas de problème, d'ailleurs j'ai une tête d'honnête homme, ça crève les yeux et en plus ça lui rapportera deux cents dollars par mois.

« Deux cents dollars ?
— Deux cents.
— Et légalement ?
— Tout ce qu'il y a de plus légalement. »

Et deux cents dollars par mois à ne rien faire. Nous montons sur le toit, moi en imperméable et lui à l'abri d'un bouleversant parapluie rose. Nous déambulons sous la pluie, arpentant une surface rigoureusement plane, faite d'une sorte de goudron mélangé de ciment, et clôturée par un petit muret d'à peine trente centimètres de haut. La cheminée est bien placée, cela ne gênera pas. Et les dimensions sont exactement celles que j'espérais : le bâtiment est en forme de L, la branche la plus longue mesure environ quatre-vingts mètres, la plus courte un peu moins de quarante. Tout à fait ce qu'il me faut : le coup d'œil d'Adriano ne l'a pas trompé quand je l'ai envoyé effectuer un premier repérage. La vérité est que pour un début, je pouvais difficilement souhaiter mieux. Le rêve. Je dis au garagiste :

« C'est loin d'être idéal, il s'en faut. Et à présent

que j'ai vu votre toit, je me demande si j'ai bien fait de vous parler de ces deux cents dollars. Mais enfin, ça n'est pas moi qui décide...

— Et par le Christ, dit-il, qui décide et de quoi est-ce qu'il s'agit ? » Je lui remets une carte du cabinet James David Rosen, 56ᵉ Rue Est, Manhattan. J'explique que je ne peux rien expliquer du tout, je ne suis qu'un simple démarcheur qui exécute les ordres donnés et qui pour le reste n'a rien à dire. Mais n'importe qui à New York lui confirmera que le cabinet Rosen est sérieux et respectable.

Ce qui est vrai. Dans l'océan de mes mensonges, c'est un îlot de vérité. Je dis au garagiste :

« Je vais faire mon rapport, et s'ils veulent donner une suite, ils viendront vous voir. »

Il me raccompagne en se grattant la tête. Me dit que deux cents dollars par mois à ne rien faire, si c'est O.K. pour la loi bien sûr, feraient bien son affaire, il en aurait l'emploi. Je lui réponds : « Ça ne m'étonnerait pas du tout, c'est comme moi », et nous nous séparons devenus amis d'enfance.

Adriano Letta au volant de la fourgonnette se porte à ma hauteur sitôt que nous sommes hors de vue du garage.

« Tout enregistré ? »

Richard Dixon me fait signe que oui. Mais il n'y comprend rien. « Vous jouez à quoi ? »

Il ne va pas tarder à comprendre. De façon que ce soit aussi enregistré sur les bandes magnétiques, j'ajoute : « Je précise que contrairement à ce que j'ai dit à ce garagiste, le toit que je viens de visiter se prête parfaitement à l'opération. »

Et maintenant, on enchaîne. Je m'abrite sous l'auvent d'un magasin de téléviseurs et appareils radio et je consulte tout à la fois la liste établie par Adriano et moi, et le plan du quartier. Tous ceux que je veux rencontrer habitent dans les environs, forcément. Je les prends dans l'ordre topographique, ayant coché leur adresse sur mon plan. J'essuie deux refus énergiques, trois des intéressés ne sont pas encore rentrés de leur travail et des neuf autres, six sont immédiatement d'accord voire enthousiastes tandis que les derniers réservent leur réponse. Mais ils vont probablement accepter, après s'être comme prévu assurés que toute cette affaire n'est pas une plaisanterie, voire, pis encore, une escroquerie. Je refais un dernier tour et sur les trois qui n'étaient pas chez eux, deux sont rentrés et j'obtiens leur accord — le troisième est journaliste et travaille de nuit. On m'a invité cinq fois à dîner. Il est plus de dix heures du soir quand je conclus ma tournée. Je ne sens plus mes jambes mais les résultats passent mes espérances : huit clients sûrs, et peut-être onze.

« Tout enregistré cette fois encore ? »

Dixon secoue la tête.

« Oui. Mais c'est une idée pas ordinaire. Et ça va marcher ? »

Il me regarde et rit. Puis répond à sa propre question : « Ça va marcher. »

Un terrain de tennis est un rectangle de 23,77 m sur 10,97 m. Arrondissons à quarante et seize de façon que les joueurs puissent se déplacer au-delà de la ligne de fond et des limites latérales. Quarante mètres sur seize sont à vingt centimètres près les dimensions exactes que j'ai relevées, par trois fois, sur le toit du garage. Il est donc matériellement possible d'installer sur celui-ci trois courts de tennis. En posant sur le sol une de ces surfaces synthétiques qui pour un peu vous permettent de jouer sous la pluie, en tout cas immédiatement après elle.

Je me suis renseigné, en bien des domaines, avant de me lancer. D'abord en ce qui concerne l'inconstructibilité. Je m'apprêtais à me battre jusqu'au sang pour soutenir et prouver que dresser un filet et des grillages sur une surface quelconque n'était en aucune façon construire. A ma grande surprise (car j'ai la plus grande foi dans la mauvaise foi de l'administration) on m'a donné tout de suite raison. C'est au point que j'ai failli en être désarçonné. J'ai immédiatement contre-attaqué en faisant valoir que si poser un toit au-dessus d'un court de tennis, et des cloisons latérales amovibles (on les enlèvera par temps chaud) autour du même terrain, était effectivement construire et donc entrer en infraction avec la loi, il n'en restait pas moins qu'en édifiant ces courts, j'étais écologiste à n'y pas croire, et je favorisais le développement de la jeunesse — tant qu'ils jouent au tennis, ils n'attaquent pas les vieilles dames et les drugstores — et je militais ardemment pour la réanimation des quartiers du centre ville et vive le sport et *tutti quanti*. On m'a alors demandé combien tout cela allait coûter à la municipalité. J'ai répondu : rien. On m'a aussitôt trouvé très sympathique.

J'ai établi une liste des chaînes de radio et de télévision, des journaux et périodiques et, de façon générale, de tous les annonceurs susceptibles d'être intéressés par un affichage sur les panneaux latéraux, voire sur les toits des courts couverts qui sont visibles depuis les fenêtres des immeubles surplombant l'endroit.

J'ai dressé une deuxième liste, celle de tous les garages, les super-marchés, tous les bâtiments à toit plat utilisables dans un seul et même quartier.

J'ai ajouté une troisième liste aux deux premières : celle des clients, autrement dit les joueurs. Le nombre de gens jouant effectivement déjà au tennis est très vite apparu considérable. Par ailleurs, constatant le boom fantastique du tennis à notre époque, j'ai estimé que le chiffre potentiel devait être plus élevé encore.

Je me suis enquis des tarifs pratiqués par les clubs de tennis existant et, surtout, de l'emplacement de ces clubs. Comme je m'y attendais, j'ai découvert que pour un New-Yorkais habitant New York ou y travaillant — et ils sont quelques millions ! — jouer au tennis impliquait presque toujours de longs déplacements, souvent de deux ou trois heures aller et retour.

Et moi je pouvais leur offrir un terrain, au plus à trois minutes à pied de leur domicile ou de leur lieu de travail ! Sur lequel ils pourraient jouer entre deux rendez-vous, ou à l'heure du déjeuner, et pour un prix inférieur à ceux pratiqués par leur club habituel !

J'ai ensuite pris contact avec une société d'informatique. Ils ont très vite compris ce que j'attendais d'eux : « Vous nous fournissez la liste des terrains, leur adresse, le nombre de courts, on met tout ça dans la mémoire de notre ordinateur et il suffira à vos clients d'appeler notre central téléphonique pour savoir quel court est libre et à quelle heure. Vous aurez des abonnés ?

— Oui, dis-je. J'ai bien l'intention de vendre, aux joueurs qui le souhaitent, une case horaire déterminée. Untel aura droit à la case de sept à neuf le mardi et le vendredi, sur le court du garage Belder ; tel autre pourra bloquer à l'année, si ça lui chante, les samedis après-midi de seize à dix-huit heures.

— On peut facilement mettre tout ça sur ordinateur, aucun problème.

— Même s'il y a, disons, deux mille courts ?

— Même s'il y en a un million. Question de programme. »

Et le délai de la réponse au joueur s'enquérant d'un court libre, quel que soit le nombre de courts et de cases horaires : environ trente à quarante secondes.

Je découvrirai au cours des semaines suivantes que, contrairement à ce que je pensais et craignais, même les heures de nuit vont trouver acquéreur. Dans une ville comme New York, mais c'est le cas de toutes les grandes villes, entre les insomniaques et les gens qui travaillent nuitamment, on peut toujours découvrir quelqu'un intéressé par deux heures de tennis, entre trois et cinq heures du matin !

Adriano Letta m'a embarqué dans sa fourgonnette. Nous traversons East River pour regagner Manhattan. Sur ma demande, Dixon me fait entendre quelques minutes des enregistrements que je viens de réaliser, au prix d'un porte à porte qui m'a exténué. Il cligne de l'œil : « Sacré baratin, hein ? »

Je hoche la tête. L'important n'est pas là. Je le dis à Letta : « A présent, tu me trouves cent courtiers. Tu leur passes ces enregistrements jusqu'à ce qu'ils les connaissent par cœur. Une sorte de bible du Petit Vendeur de Cases Horaires et d'Abonnements pour des Courts de Tennis sur les Toits. Je veux qu'ils utilisent les arguments dont je me suis servi, les mots même. A l'attaque. »

Et j'ai aussi trouvé un nom pour cette nouvelle opération : TENNIS DANS LE CIEL.

J'appelle le Turc à Londres. Il hurle de rage : « Tu te rends compte de l'heure qu'il est ? »

Allons bon, je me serais encore trompé dans les décalages horaires...

« Turc, j'ai une affaire à te proposer. »

Suit une bonne minute de récriminations, après tout il est quatre heures quarante-cinq du matin à Londres. Il finit toutefois par s'apaiser et nous convenons d'un rendez-vous lors de mon passage à Londres.

« Ute sera là, Franz. Cette Danoise géante que tu m'as refilée rêve de devenir millionnaire, elle aussi. Et par ses propres moyens. C'est une affaire pour elle.

— Pourquoi pas ? »

On s'embrasse, on raccroche. A New York, il est bel et bien minuit. Et ce n'est qu'à ce moment-là que je remarque le message téléphonique que le standard du Pierre a pris pour moi : Rappeler Callaway à Los Angeles. Callaway est le directeur de cette agence de police privée que Marc Lavater a chargée d'enquêter sur les photographes de Yates et Yates lui-même.

« Cimballi.

— Ted Callaway. C'est au sujet de cette fille aux cheveux noirs pour laquelle on nous a demandé des renseignements. Vous voulez un rapport écrit ou l'essentiel maintenant ?

— Les deux.

— Elle s'appelle Sharon Maria de Santis, née à New York, vingt-cinq ans. Divorcée, une fille de trois ans. A encore ses parents. Son père travaille à l'aéroport de La Guardia dans les services techniques ; un cadre, pas un simple employé. Elle a fait de bonnes études, droit et école de journalisme. A cessé de travailler quand elle s'est mariée, s'y est remise quand elle s'est séparée de son mari. A obtenu la garde de l'enfant, qu'elle a confié à ses parents qui habitent près de Kissena Park, à Flushing. A trouvé un job d'été au *New York Times* comme photographe, puis a été engagée par une agence, envoyée en Amérique du Sud, en Argentine et surtout au Brésil. Parle espagnol et portugais. A connu Yates à Rio, a travaillé avec lui. Rentrée de Rio au début de l'année, a cherché un job à New York. Le bide. A repris contact avec ou a été contactée par Yates qui entre-temps avait monté l'agence que nous savons. Entrée chez Yates le 20 avril. Expédiée en Hollande le 6 mai, à Amsterdam.

— Son ex-mari ?

— Aucun intérêt. Médecin généraliste dans un patelin appelé Lodi, nord de l'Etat de New York. S'est déjà remarié et a refait un gosse. Aucun contact avec Sharon Maria.

— Ses rapports avec Yates ?

— Ont peut-être bien couché ensemble mais rien de régulier. La dame est indépendante.
— Et avec Horst ?
— Rien à notre connaissance.
— Autre chose ?
— Je viens de vous donner l'essentiel. On continue sur elle ? »

J'hésite et je me demande bien pourquoi. Somme toute, je n'ai vu cette fille que deux fois, l'espace de quelques instants. Elle n'est que l'un des photographes qui se relaient pour me traquer ; et en fait elle apparaîtrait plutôt moins souvent que plusieurs de ses coéquipiers, dont je connais bien les visages.

« Non. Laissez tomber pour l'instant. Essayez de trouver les rapports entre Yates et Erwin Horst.
— Je ne sais pas grand-chose sur ce Horst.
— Voyez Lavater. Il vous expliquera. »

C'est vrai que c'est surtout mon autre équipe d'enquêteurs privés qui s'est jusqu'ici occupée de Horst. Je finis moi-même par trouver tout cela bien compliqué.

Je raccroche. Le lendemain, je prends le premier avion pour l'Europe.

Ute Jenssen a été mannequin. Elle en a conservé l'habitude de se balader avec trois tomes de l'*Encyclopaedia britannica* sur la tête, et de manger des carottes crues, qu'elle puise dans un sac le plus souvent suspendu à son cou, tel un cheval de fiacre déjeunant sur le tas.

« Franzy mon amour, je commençais à croire que tu ne m'aimais plus. Quelle joie de te revoir après tout ce temps passé auprès de ce Turc visqueux !

— Elle t'appelle bien Franzy, elle, remarque avec aigreur le Turc visqueux.

— Elle oui. Pas toi. »

Ils habitent toujours leur villa d'Hampstead à Londres. Le jardin est de plus en plus peuplé de statues d'un érotisme à couper le souffle, le service y est toujours assuré, du rôle du maître d'hôtel à celui de la cuisinière en passant par les télétypistes, par de très jolies demoiselles nues comme la vérité. Les livreurs à domicile et les porteurs des paquets recommandés doivent sûrement s'entrebattre pour venir à la villa. Et les télétypes sont toujours à la même place, au premier étage ; grâce à eux, le Turc peut satisfaire sa passion : les paris sur les courses de chevaux dans le monde entier, passant d'une réunion à l'autre en suivant la course du soleil, misant ainsi successivement sur un trotteur de Vincennes, un miler de Saratoga, un cheval d'obstacles de San Diego, de Tokyo ou d'Adélaïde en Australie.

« J'ai même trouvé le moyen de faire accepter mes mises par le pari mutuel de Moscou, sur l'hippodrome de la rue Begovaïa. Tu connais ? »

Bien sûr que non.

« Soixante-quatre roubles de bénéfices, Franzy. Le seul ennui, c'est qu'il me faudra aller les dépenser sur place.

— Ne m'appelle pas Franzy. »

Il me sourit amicalement, ses yeux noirs fendus ourlés de longs cils ont plus que jamais quelque chose de féminin. A son habitude, il est vêtu de soie, chemise et pantalon bouffant aux couleurs chatoyantes, et porte des bottes à la façon cosaque, très fines, en cuir noir, son crâne est totalement rasé et il arbore des moustaches superbes. Il m'agace, et souvent, je le crois capable de tout, mais je ne peux m'empêcher d'éprouver pour lui de la sympathie. Et puis les financiers plus classiques me désespèrent presque toujours, par leurs atermoiements. Lui au moins trouve normale ma façon de conduire les affaires. Ils ne sont pas nombreux dans ce cas.

A Ute et lui, je présente Tennis Dans le Ciel. « Et tu nous offres d'y entrer ? — Tout juste. En tant qu'associés. » Et en quoi ai-je besoin d'eux, me demandent-ils, puisqu'à New York Adriano Letta, encadré par la solide équipe Rosen, a d'ores et déjà pris les choses en main ? Réponse : parce qu'une idée, surtout si elle est bonne, doit être exploitée très rapidement, aussi vite que possible, à partir du moment où elle est rendue publique. Or...

« Or je n'ai pas l'intention de m'en tenir à New York seulement. »

Oui, les autres grandes villes américaines bien sûr, mais pas seulement elles non plus. Il y a le Canada.

« Et l'Europe. Et le Japon. Et Hong Kong. »

Ute est venue me chercher à l'aéroport de Londres ; vêtue, en dépit de la fraîcheur londonienne en ce mois d'octobre, d'un imperméable de plastique noir, d'un pantalon moulant de soie noire et d'un tee-shirt écarlate sans manches proclamant en lettres blanches : VIVEZ NUS. Elle a déjà ôté l'imperméable, mais elle a encore trop chaud et la voilà qui se débarrasse du tee-shirt. Ses seins sont toujours aussi admirables. Elle réfléchit et dit :

« Moi ça me va, Franzy. Ça me plaît même énormément. Surtout avec l'aide du Turc visqueux. »

Trois ou quatre ans plus tôt, quand je l'ai recrutée pour vendre mes gadgets made in Hong Kong, je n'avais tout d'abord pensé à elle que comme à une quelconque démarcheuse qui éblouirait à ce point les acheteurs par la profondeur de son décolleté, qu'elle pourrait leur vendre n'importe quoi. Erreur d'appréciation : à une vitesse étourdissante, cette gigantesque Danoise a monté un réseau de vente sur toutes les îles Britanniques et la Scandinavie, et je lui ai dû une bonne partie du succès final, à l'époque. Je la crois tout à fait capable de recommencer.

« Je suis tout à fait capable de recommencer, mon pote », dit-elle.

Le Turc est à peine moins réticent. Il est homme à se décider très vite, c'est un joueur : « Si nous marchons, nous ferons part à deux, Ute et moi, dans cette société qu'il va falloir créer. »

J'acquiesce : quant à cette société, qu'ils prennent contact, ou sinon eux leurs hommes d'affaires, avec Jimmy Rosen, qui a reçu de moi toutes les instructions nécessaires.

Ute s'enthousiasme, elle se voit déjà en train de louer le toit du Trocadéro à Paris, les terrasses de je ne sais plus quel château au Danemark (pas celui de Hamlet à Elseneur tout de même), la place Saint-Pierre de Rome les dimanches après-midi, quand le pape est parti à la plage. Elle m'embrasse : « Franzy, tu m'as l'air tendu comme une corde de violon, veux-tu que nous fassions l'amour ensemble, le Turc ici présent lira un livre et ça te calmera les nerfs ? » Je dis non merci, j'ai un avion à prendre. Elle me raccompagne à Heathrow, l'aéroport. Elle m'embrasse encore, avec son rouge à lèvres au goût de fraise.

« Merci d'avoir pensé à nous, Franzy. »

A aucun moment ni le Turc ni elle ne m'ont demandé des nouvelles de Catherine ou de notre fils. Ce n'est pas un oubli, j'en suis sûr. C'est pis : ils savent que rien ne va et peut-être même discernent-ils plus clairement que moi ce qui va arriver.

11

Je marche dans Paris avec Catherine. J'ai essayé de lui prendre la main ; elle n'a pas résisté mais très vite, sous le prétexte de ranger quelque chose dans son sac, elle s'est libérée et, tenant ce même sac à deux mains contre elle, évite ainsi que je ne la touche à nouveau.

Je suis allé la chercher avenue de Ségur, où elle s'est installée deux semaines plus tôt, au retour de la Haute-Loire. Et cette façon de passer d'une maison familiale à une autre comme on court d'un abri au suivant par temps d'orage, à chaque fois protégée par sa mère, son beau-père, ses grands-parents, oncles, tantes et Dieu sait qui encore, m'a dans un premier temps replongé dans la rage. Je me suis calmé. La solution n'est certainement pas dans la colère.

Je lui ai proposé d'aller dîner chez Maxim's, à La Tour d'Argent, chez Lasserre ou Taillevent. Non. Elle secoue simplement la tête. Quelque chose de moins majestueux, de plus intime ? Non. Mais il faut bien que nous dînions quelque part, tout de même ! Elle n'a pas faim, dit-elle. De l'avenue de Ségur, nous ne sommes guère allés loin, en fait jusqu'au Champ-de-Mars, où j'ai arrêté ma voiture. « Veux-tu que nous marchions un peu ? » Elle n'a dit ni oui ni non, avec son espèce de demi-sourire dans le vague qui pourrait faire croire qu'elle est à des millions d'années-lumière. **Mais elle a consenti à descendre et nous marchons.**

« Catherine. »

Elle ne répond pas, ne tourne même pas la tête. Si je m'arrêtais moi-même de marcher, je suis sûr qu'elle continuerait seule sa route.

« Catherine, je t'en prie. »

Je lui dis que j'ai essayé de comprendre ce qui nous **arrive, Dieu** sait que je m'y suis vraiment efforcé. De reconnaître mes torts. Ils sont nombreux, je n'en doute pas. Je n'ai pas cessé d'y penser toutes ces dernières semaines.

« Catherine, je me suis senti sacrément seul, ces derniers temps. »

Et que pouvais-je faire d'autre ? Planter là toutes mes affaires et venir m'installer au milieu de sa famille, dont j'ai l'impression qu'elle n'a jamais cessé de me considérer comme un étranger un peu fou, **mais riche, heureusement ?**

Et riche parce qu'il s'est enrichi en un temps record ce qui, selon les normes françaises, est irréfutablement le signe de ce qu'on est une sorte de chevalier d'industrie, pas tellement recommandable au fond, pour ainsi dire un escroc.

« Tu exagères », dit-elle.

A force de marcher, nous voilà sous la tour Eiffel. Demi-tour. Nous revenons vers la voiture.

Bon, d'accord, j'exagère. Le fait est que je n'ai **pas l'habitude de vivre en famille, je ne l'ai jamais** fait. Ça s'est trouvé ainsi, je n'en suis quand même pas responsable.

Mais de son côté qu'elle essaie de comprendre ce qu'est mon travail, avec mes obligatoires déplacements incessants. Je suppose qu'avec les années, tout cela va se calmer. Mais ce n'est guère l'heure d'y penser...

« Catherine, j'ai des ennuis. Tu ne pouvais trouver pire moment... »

De retour à la voiture, à la seconde où les premières gouttes de pluie font leur apparition. Nous nous réinstallons. Où veut-elle que nous allions ? Elle ne sait pas. Moi non plus. Machinalement, je mets en route et démarre. Elle demande enfin :

« Quelle sorte d'ennuis ?
— Martin Yahl. »

La place de l'Etoile et sa folle sarabande sous la pluie, en cette heure de pointe. Je me souviens de cette balade que nous avions faite, elle et moi, en intermède aux heures fiévreuses de mon dernier combat contre Martin Yahl. Je ne m'étais arrêté à Paris que quelques heures, entre deux avions, et nous avions erré par des chemins de campagne tout autour de Senlis. En mai. Je me souviens de chaque minute. Et elle ?

Oui, finit-elle par dire, comme à regret ; elle se souvient aussi. Elle se met tout d'un coup à pleurer et je n'ai pas la moindre idée de ce que je dois faire ou dire, enfermé dans cette voiture dont les essuie-glaces battent mécaniquement, au beau milieu de cette circulation démente qui m'interdit de m'arrêter.

« Catherine...
— Ça va aller. »

Elle pleure très doucement, sans bruit. J'ai quitté le périphérique que je suivais sans l'avoir voulu, je me suis engagé sur une autoroute que j'ai prise sans raison. Nous roulons en silence. Je cherche quelque chose à dire et ne trouve rien. La vérité étant sans doute que je crains, en parlant, de rompre le miraculeux équilibre qui vient peut-être de s'établir.

Je finis par consulter un guide. Nous abandonnons l'autoroute alors que nous sommes déjà à cent kilomètres de Paris. Une route forestière nous conduit, près de La Fère-en-Tardenois, à une hôtellerie où bien qu'il soit presque dix heures, on consent gentiment à nous servir, et même à nous servir dans notre appartement. C'est une très belle demeure qui doit avoir quatre cents ans d'âge, au milieu d'un grand parc noyé de pluie. On nous allume un feu dans la cheminée et l'atmosphère qu'il crée contribue à dissiper la gêne que je ressens. Je me mets à parler. Je raconte les histoires d'Ocoee le Séminole jonglant avec son saurien sauvage tel Donald O'Connor avec son mannequin, dans *Chantons sous la pluie* ; je raconte Safari et les idées farfelues que nous avons eues, Li, Liu et moi ; et aussi mes pérégrinations new-yorkaises, à vendre au porte à porte des heures de tennis sur un toit de garage.

Et, le reflet des flammes jouant dans ses yeux dorés, c'est comme si elle sortait peu à peu d'un rêve. Pour la première fois depuis que je suis allé la chercher avenue de Ségur, en fait pour la première fois depuis des mois, elle me regarde vraiment. Elle secoue doucement la tête : « Tu ne changeras décidément jamais. »

Ce n'est pas un reproche. D'ailleurs, elle me sourit et j'en ai la gorge serrée :

« J'en ai peur. »

Une éclaircie. Dont j'ai cru qu'elle annonçait des jours meilleurs. Je l'ai vraiment cru.

Six ou sept mois plus tôt, j'ai racheté l'appartement, rue de la Pompe, où mes parents habitaient autrefois. A la mort de mon père, il a été vendu par ses exécuteurs testamentaires, mon oncle et Martin Yahl, tous deux prétendant que la situation laissée par le défunt imposait une rapide liquidation de tous ses biens.

Je n'y ai guère de souvenirs personnels. La dernière fois que j'y ai séjourné étant enfant, je n'avais pas plus de sept ans. Qui plus est, les divers propriétaires ou locataires qui se sont succédé depuis ont pas mal transformé les lieux. Autant dire que je ne reconnais rien, sinon l'ascenseur, qui devrait être dans un musée. Je vois d'ailleurs au visage de Catherine que l'ensemble ne l'inspire que très modérément.

« Même avec le décorateur le plus fou de Paris ?

— Même. »

Et au reste, j'ai une autre carte dans ma manche. Françoise Lavater, qui pratique la chasse à l'appartement comme d'autres font du jogging, m'a signalé quelque chose d'intéressant avenue Henri-Martin. C'est presque un hôtel particulier, c'en serait un sans l'appartement du troisième et dernier étage où campe la propriétaire à la façon du seigneur d'un château assiégé qui se serait réfugié dans le donjon. Nous nous trouvons face à face — c'est relatif — avec une vieille petite dame de un mètre douze environ qui nous scrute d'un œil sévère. Je n'aurais pas mis ma cravate, elle nous prendrait pour des hippies, notre jeune âge la déconcerte : « Et vous seriez prêts à payer quatre cents millions ? » Elle s'exprime en anciens francs (du moins je l'espère). « Pas quatre cents mais trois cents, oui. » Je n'ai même pas eu le temps d'ouvrir la bouche, c'est Catherine qui a répondu à ma place. Suivent trente à quarante minutes de discussion féroce — feutrée mais féroce — entre mon épouse et notre interlocutrice : « Trois cent soixante-quinze — deux cent quatre-vingts — trois cent cinquante — deux cent quatre-vingt-dix à condition que vous nous laissiez la disposition de la chambre de bonne supplémentaire... » Et ainsi de suite. Je ne suis même pas parvenu à placer un mot, ce qui ne m'arrive pratiquement jamais. Je contemple Catherine avec ahurissement, et le sentiment merveilleux que je suis en train de la retrouver, voire plus simplement de la découvrir.

Dehors, je lui dis : « Nom d'un chien, qu'est-ce qu'il s'est passé ? C'est moi, le financier de la famille !

— On pouvait l'avoir pour trois millions.

— La question n'est pas là. »

Elles ont arrêté les négociations à trois cent vingt, je veux dire trois millions deux.

Pour un peu, je me sentirais vexé. Nous éclatons de rire ensemble. C'est bon. Et c'est ensemble que nous allons passer chaque heure des jours qui suivent. En attendant que la petite vieille dame de un mètre douze se rende sans conditions, je loue un appartement dans la rue Raynouard, où nous emménageons sur l'heure, puisqu'il est meublé.

J'aurais déjà dû repartir pour les Etats-Unis, on m'y attend, on a besoin de moi. Rosen m'a appelé plusieurs fois pour Tennis Dans le Ciel ; Adriano Letta accomplit des merveilles, à la tête d'une formidable armée de démarcheurs qu'il a recrutée avec l'aide de ses cousins italo-américains. De son côté, Rosen lui-même, par le truchement d'une agence de publicité qu'il a mise sur l'affaire, a noué des contacts prometteurs avec une chaîne de radio, qui parrainerait volontiers toute l'opération ; par ailleurs, pas mal d'annonceurs, entre autres les fabricants de matériel tennistique, sont plus qu'intéressés. Bref, tout marche à souhait. Pourtant, de nombreux points restent à régler, par exemple la construction des courts eux-mêmes. Sur ce sujet, j'ai une idée. Je rappelle le Turc à Londres. Il accepte de venir à Paris. Il débarque au George-V avec ses hétaïres en tenue de campagne.

« Ute n'a pas pu m'accompagner. Elle est à Copenhague avec Papa Ute. Ou à Stockholm. En tout cas, ils excursionnent tous les deux sur les toits scandinaves, avec un mètre pliant.

— Je me contenterai de toi, je ne suis pas si difficile. »

Je lui explique de quoi il s'agit.

Un terrain de tennis, revêtement, filet, poteaux, grillages enfin tout compris revient, à la construction, à environ vingt et un mille dollars. Cela dans le cas où il n'est pas couvert. C'est un prix moyen établi à partir d'une demi-douzaine de constructeurs différents. Bien entendu, il est certainement possible d'obtenir un prix de gros, dès lors qu'on ne fait pas construire un seul court mais des centaines, voire des milliers.

« Tu me suis, Turc ?
— Pas à pas. A toi de servir.
— Maintenant, prenons le cas d'un terrain couvert. A en croire les hommes de Rosen... »

Je récite une interminable série de chiffres. Dont le Turc, en fin de compte, ne retient qu'une chose.

« Investissement rentabilisé en un an environ, calcule-t-il.
— Justement. Mais on peut aller plus vite. En construisant nous-mêmes les terrains. Turc, c'est une affaire rentable même sans ça, non ?
— Il me semble.
— Tu marches toujours ?
— Je marche **toujours**.
— Et Ute ?
— Avec les jambes qu'elle a, elle nous précède.
— Turc, il est possible de gagner bien plus encore en étant nos propres constructeurs.
— J'ai horreur du travail manuel.
— Rosen nous a déjà trouvé une entreprise qui nous conviendrait parfaitement : une société spécialisée dans les piscines et les courts de tennis privés. On peut récupérer une bonne partie des actions. La majorité.
— Américaine ?
— Oui. Et capable d'intervenir aussi bien à New York qu'à Los Angeles ou Denver.
— Combien ?
— Part à deux. Cinquante et un pour moi, qua-

rante-neuf pour Ute et toi. Vous vous débrouillerez ensemble.
— Cinquante-cinquante.
— J'ai une tête à accepter, Turc ? C'est mon idée. »

Il rit : « D'accord. Et combien faut-il mettre ?
— Deux unités.
— Deux millions de dollars ?
— Non, de bananes. Oui ou non ?
— Je vais aller sur place pour voir de quoi il retourne, si tu permets. A ce prix-là... »

Je pensais bien qu'il le ferait et même je l'espérais. Plus il s'engagera à mes côtés et moins je serai vulnérable, dans cette affaire de tennis du moins. Je sais bien que le Turc n'est pas de taille à affronter un Martin Yahl tête à tête, mais avec lui aux créneaux, la forteresse sera un peu mieux gardée.

Sauf bien entendu si le Turc est d'ores et déjà dans le camp de Yahl. Et s'il me trahit. Il en est capable.

Coup de téléphone de Li et Liu appelant de San Francisco. Ils veulent à tout prix me faire partager leur fou rire. Ils sont, me disent-ils, en train de travailler aux effets spéciaux de Safari. Ils ont notamment mis au point avec leurs experts d'extraordinaires gorilles robotisés qui font superbement houba-houba en montrant les dents, et lorsque ces monstres de deux mètres cinquante de haut se martèlent la poitrine, on entend le Destin de Ludwig van Beethoven qui frappe à la porte...

« Mais ça n'est pas pour ça qu'on t'appelle, Franz. C'est pour les Tarzans. »

Je ne me souviens plus très bien de cette histoire de Tarzans. Surtout au pluriel. Je demande : « Pourquoi des Tarzans au pluriel ? Vous en mettez combien ?

— Environ trois cents. Et autant de Janes. Encore plus de Janes que de Tarzans d'ailleurs, et elles auront de ravissantes petites culottes en peau de tigre. »

Il n'y a pas de tigres en Afrique mais passons.

« Et alors ?

— Trois cents Tarzans et quatre cents Janes font sept cents personnes. Mille avec les doublures. Le mieux est d'engager des acteurs, il y en a des quantités au chômage. Mais les acteurs ont un syndicat... »

Ces deux fous à l'autre bout du fil rigolent tellement qu'ils n'arrivent plus à parler...

« Et alors ?

— Alors le syndicat a posé une condition : dix-huit virgule six pour cent de nos Tarzans et de nos Janes devront être des Noirs. »

12

Nous avons acheté l'appartement de l'avenue Henri-Martin. Catherine y a mis au travail un décorateur qu'elle a elle-même choisi, qui n'est rien moins que japonais, et qui s'est mis en tête de transformer les lieux en paysage normand typique. Enfin, typique pour un œil nippon. Les dessins qu'il me montre me laissent rêveur, il ne manque plus que des vaches dans le hall. Je demande : « Et je suppose qu'il nous faudra tondre la moquette une fois par semaine ? » L'homme du Soleil levant me toise avec un mépris souverain. Catherine s'amuse comme une folle : « Franz, nous allons avoir l'appartement le plus dingue de Paris ! » C'est le moins qu'on puisse dire, j'en ai des frissons dans le dos.

En ces jours de la fin d'octobre qui suivent ce que je crois être notre réconciliation définitive, Catherine me semble totalement changée : elle est d'une gaieté exubérante, quoique, aussi, d'une nervosité qui par instants me préoccupe, une nervosité un peu fiévreuse de quelqu'un cherchant à s'étourdir. Elle ne tient pas en place, nous sortons tous les soirs, courant d'une pièce de théâtre qui m'assoupit à des concerts qui m'endorment, accumulant les vernissages, les cocktails, les dîners.

Une chose toutefois me frappe, même si sur le moment je n'y attache pas trop d'importance, au vrai ce n'est pas tellement pour me déplaire : elle évite manifestement sa famille. Hors sa mère et encore ne vient-elle que rarement, nous ne voyons aucun de ses innombrables oncles, tantes, cousins, cousines et alliés que j'ai dû affronter en bataillons serrés depuis que je la connais.

« Tu t'es fâchée avec eux ?

— Qu'est-ce que tu vas imaginer ! Bien sûr que non. Il se trouve simplement que c'est avec toi que je suis mariée. »

Il me semblait bien, à moi aussi.

Mais c'est à n'y rien comprendre : deux semaines plus tôt, je ne semblais pratiquement plus exister à ses yeux ; je lui parlais et elle ne semblait pas m'entendre.

Je ne fais pas trop d'efforts pour comprendre. Sa mère avait probablement raison, qui me donnait comme justifications de son attitude sa jeunesse, sa maternité et mon propre comportement, débarquant d'un avion pour sauter dans un autre, enchaînant les entreprises et m'agitant avec frénésie. Non, je ne cherche pas à comprendre, l'essentiel est là, ma femme et mon fils et moi vivons ensemble, de sorte que je suis absurdement, totalement heureux. Au jeune Marc-Andrea, qui a maintenant cinq mois et continue plus que jamais de m'émerveiller, Catherine témoigne un amour presque farouche, dont je suis le seul à n'être pas exclu.

Mes affaires évidemment souffrent pas mal de la situation. Et après ? La vérité est que pour la première fois depuis des années, depuis le début, je suis sur le point de basculer, c'est-à-dire de suivre ce conseil que Marc Lavater m'a donné : me contenter de ce que j'ai déjà acquis, qui n'est pas rien, il s'en faut. J'ai de quoi vivre pendant deux cents ans sans le moindre souci matériel, alors pourquoi courir ?

La Danse marque le pas. A plusieurs reprises, j'ai décliné les propositions de Rosen, de Li et Liu, de Lupino, de Philip Vandenbergh lui-même, qui tous me demandent quand je serai à New York et aux Etats-Unis.

Le Turc lui-même s'en étonne. Il a passé quelques jours à New York, s'y est occupé de Tennis Dans le Ciel. « Franz, si je comprends bien, tu me laisses faire tout le travail ? — Et pourquoi pas ? C'est quand même moi qui ai eu l'idée de départ et elle est bonne, non ? — Pas de doute sur ce point, me confirme le Turc. Ton Letta a beau parler l'anglais comme un cosaque, il obtient quand même de sacrés résultats ; il a déjà recruté plus de deux mille clients potentiels et est en route pour faire mieux, beaucoup mieux. » Tout permet de croire que d'ici à quelques mois, nous pourrons envisager d'installer et d'ouvrir cent cinquante clubs Tennis Dans le Ciel, soit un peu moins de cent courts. « Content, Franzy ? »

Content. Sauf quand il m'appelle Franzy. D'autant plus content que l'opération se développe ailleurs qu'à New York. Aux Etats-Unis d'abord où, suivant en cela mes directives, Jimmy Rosen et Adriano Letta sont de même passés à l'attaque sur Chicago, Boston, Philadelphie, Washington, Baltimore et j'en oublie.

En Europe ensuite, où Ute Jenssen la géante, juridiquement assistée par Lavater et ses propres conseils, vient de passer des accords avec quatre grandes chaînes de supermarchés, pour l'utilisation de leurs toits et aussi celle de leurs parc de stationnement les jours de fermeture (quand ces parcs ne sont ni souterrains ni trop bas de plafond).

Au Japon enfin. Dans un premier temps, j'avais pensé à utiliser les services de Hyatt, qui se trouve toujours à Hong Kong. Mais il lui manque le punch nécessaire. Je me suis alors souvenu que Li et Liu, non contents d'investir fructueusement dans le cinéma à grand spectacle, sont également associés à la production de séries de télévision japonaises, des dessins animés à base de justiciers de l'espace appelés Quelque Chose en Rak ou en Tor, et qui passent sur tous les petits écrans du monde. Soit dit en passant, rien d'étonnant à ce que deux Chinetoques toqués aient les moyens d'aligner un quart de milliard de dollars pour contribuer à Safari. Consultés, Li et Liu n'ont pas tardé à me trouver l'homme dont j'avais besoin, capable d'animer Tennis Dans le Ciel du Mikado. Ute Jenssen a effectué un saut à Tokyo, a rencontré l'impétrant, l'a trouvé très bien, vraiment très bien (quel sorte d'examen lui a-t-elle fait passer ?) : « Franz, est-ce que tu sais la différence qu'il y a entre un Japonais et un Turc ? — Ne me dis rien, ta vie privée ne regarde que toi, malheureuse. — Un Japonais a les deux yeux pareils.

Surtout le gauche. » Ute est ravie de la tournure que prennent les événements ; cela lui rappelle les jours glorieux où elle vendait du gadget à la pelle.

La technique, que ce soit celle utilisée par Ute ou celle de Letta, est tout à fait celle que j'ai mise au point, que j'ai même enregistrée sur le vif : d'abord repérer sur les terrains, puis s'assurer qu'il est possible de les louer ; ensuite déterminer les joueurs susceptibles d'être intéressés dans un rayon de quelques centaines de mètres (et dans une grande ville, cela représente des dizaines de milliers de personnes). A partir de là, deux options : soit les joueurs se contentent d'adhérer à un club formé par nous, auquel ils versent droit d'entrée et cotisations, soit ils se voient offrir la possibilité de devenir carrément propriétaires, non pas du terrain lui-même et de ses installations dans leur totalité, mais de telles ou telles cases horaires (achetées à vie ou pour un, cinq, dix, vingt ans, voire pour le temps du séjour dans une ville donnée — les Américains notamment déménagent souvent) ; c'est le principe des achats en propriété à temps partiel, par exemple de chalets à la montagne dont on se rend acquéreur pour quinze jours pendant les vacances de Noël chaque année.

A noter que dans cette opération Tennis, où j'ai investi, j'aurais pu ne rien engager du tout, c'est-à-dire la réaliser sans débourser un centime. Et naturellement percevoir quand même des bénéfices, cela va de soi.

Seulement cela m'aurait pris beaucoup plus de temps. Or, ce temps, j'en avais besoin pour mes autres occupations.

Avenue Henri-Martin, le décorateur nippo-normand a commencé à transformer l'endroit en bocage. Ce sera peut-être prêt pour Noël, dit-il, plus sûrement vers la mi-janvier. En attendant, rue Raynouard, dans cet appartement qui est la propriété d'un metteur en scène anglo-saxon parti je ne sais où tourner la suite des aventures d'un super-espion, Catherine donne des réceptions. Et moi je la laisse faire, tandis que les jours passent, octobre achevé et deux semaines de novembre. Jo Lupino est venu à Paris accompagné de sa femme pour me rencontrer. Il me rend compte des progrès de Safari. Les Texans avancent à toute allure, les études sur le terrain ont considérablement progressé ; le calendrier des travaux n'est pas encore tout à fait fixé mais, comem prévu, les premières pelletées de terre seront soulevées dès la fin de janvier et le gros œuvre pourrait être entrepris dans moins d'un an.

« Ce sera le plus gros chantier ouvert aux Etats-Unis depuis la construction du barrage Hoover. »

Il me parle des maquettes de Li et Liu qu'il a vues à l'occasion d'un déplacement à San Francisco. Me décrit ce que les Chinois appellent la Réserve de Chasse, qu'ils ont maintenue dans leur projet.

« Il faudra des professionnels pour s'en occuper. Par exemple des guides de chasse authentiques... »

Et je pense soudain à mon vieil ami Joachim, à qui je dois après tout une partie de l'idée de

Safari, même s'il n'en sait rien. J'ai un mal fou pour le joindre à Mombasa mais je l'ai enfin en ligne. Je lui propose le job : conseiller technique. C'est un spécialiste reconnu des armes, qu'elles soient de chasse ou de guerre, et il a longtemps organisé des safaris au Kenya. Sa situation présente est, comme je m'y attendais, peu reluisante, en dépit de ses dénégations. « Je ne parle pas assez bien anglais. — Tu l'apprendras en Floride. — Je ne connais personne là-bas. — Tu y rencontreras un ami à moi, un Séminole du nom d'Ocoee, avec qui tu t'entendras à merveille. » Il finit par se laisser convaincre. Pour le joindre j'ai fait appel à un autre de mes vieux amis de Mombasa, un commerçant indien du nom de Chandra. C'est lui qui m'a acheté ma montre à l'époque où je m'étais retrouvé sans le sou au Kenya. Avec le produit de cette vente, non seulement j'ai alors pu survivre mais encore entamer ma première opération. Depuis, en reprenant l'affaire de location de voitures que j'avais créée, il a quasiment fait fortune. Je lui demande de mettre Joachim dans un avion et d'en prendre soin et, à cette fin, j'envoie vingt mille dollars. Chandra promet : Joachim sera à Palm Beach le 5 décembre au plus tard, même s'il doit l'embarquer de force.

« C'est bien d'avoir pensé à lui, me dit Chandra, il n'est pas dans une bonne passe. Il vieillit et sans le petit revenu que vous m'avez demandé de lui verser, il serait sans doute mort de faim. » Cimballi au grand cœur !

Jo Lupino continue imperturbablement de me citer des chiffres : Safari emploiera sans doute, quand il sera tout à fait opérationnel, entre dix et quinze mille personnes. Chiffres qui, sur l'instant, ne m'enthousiasment guère. Au point que l'avocat ne peut s'empêcher de me dévisager avec curiosité :

« Ça ne va pas, Franz ? »

Au contraire.

Et ce d'autant plus que depuis déjà plusieurs semaines, depuis que j'ai débarqué à l'aéroport de Roissy pour aller chercher Catherine avenue de Ségur, et presque l'arracher à sa famille, depuis ce jour-là les photographes qui me traquaient ont totalement disparu, comme par enchantement. S'ils sont encore sur mes traces, je ne m'en suis pas aperçu.

« Ils ont peut-être renoncé à cette traque stupide, me dit Marc Lavater. Je parle de Yates et de ceux qui le financent, quels qu'ils soient.

— Tu le penses, toi ? »

Il réfléchit, hausse les épaules : « J'ai du mal à le croire. »

Il est, de tous ceux qui m'entourent et avec qui je travaille, le seul à connaître dans le détail chacune des opérations où je me suis lancé. Il sait tout de Silver, de Safari, de Tennis, du moindre de mes investissements immobiliers et autres. C'est même Françoise, sa femme, qui nous a trouvé l'appartement de l'avenue Henri-Martin. Il me dit :

« J'ai repris chaque affaire dans le détail, en essayant pour chacune d'elle de trouver un point faible éventuel, que Martin Yahl ou quiconque te voulant de gros ennuis pourrait exploiter pour

tenter de te détruire. Ou du moins essayer avec des chances raisonnables de succès.
— Résultat ? »
En fait, j'ai moi-même procédé, et pas qu'une fois, à la même analyse.
« Je ne vois rien. Sauf peut-être... » Il hésite : « Peut-être cette opération en cours sur le café. »
Je lui souris : « Les grands esprits se rencontrent.
— Donc, tu y as pensé. Mais qu'as-tu fait ?
— Faire quoi ?
— Aller sur place, Franz ! Je ne vois pas d'autre solution. »
Et quitter Paris, quitter de nouveau Catherine et Marc-Andrea. Silence. Nous sommes dans l'appartement de la rue Raynouard. Il fait un temps splendide sur Paris, bien que l'on soit le 10 novembre. Le téléphone sonne et ce sont des amis auxquels Catherine a promis que nous les accompagnerions pour les quelques jours qu'ils vont passer dans les Dombes, à chasser je ne sais trop quoi et dont je me fiche éperdument. Ensuite, me disent-ils, je dois me souvenir qu'il est convenu que nous allions tous prendre le soleil hivernal au Maroc. Que Catherine les rappelle sitôt qu'elle rentrera. Je n'oublierai pas ? Mais non. Je raccroche.
« Aller où, Marc ?
— J'ai imaginé que j'étais Yahl. Ou Horst. J'ai cherché comment te piéger. J'ai pensé au café. On peut envisager de truquer le marché du café en deux points : sur place, chez les producteurs... ou sur le marché financier lui-même.
— Pas facile dans les deux cas.

— Non, c'est vrai. »

Nouveau silence.

« Et qui irait sur place, Marc ? Toi ? »

Dans la seconde qui suit, je devine qu'il s'est mépris sur ma question, qu'il a cru y deviner des soupçons.

« En effet, dit-il avec calme. Pourquoi irais-je ? Que vaudraient les renseignements que je rapporterais ? On n'envoie pas en avant, pour s'assurer qu'il n'y a pas d'embuscade, quelqu'un dont on pense qu'il travaille pour l'ennemi.

— Je n'ai jamais voulu dire ça ! »

Mais le mal est fait et je le sais. Quoi que je dise ou fasse. Et le pire est qu'il a sans doute raison, sinon quant à mes soupçons, du moins sur les précautions à prendre. Ou bien je liquide ma position sur le café, qui me paraît à moi aussi un marché dangereux, ou bien je m'assure. Auprès des producteurs pour commencer.

C'est au retour de cette stupide partie de chasse dans les Dombes, au cours de laquelle je me suis scrupuleusement appliqué à rater tout ce qu'on me demandait de tirer, que j'annonce à Catherine l'imminence et la nécessité de mon départ. Je lui dis : « Mais je voudrais que tu viennes avec moi. Nous devions aller à Marrakech, eh bien, nous irons un peu plus au sud et voilà tout. » Ce n'est pas le soleil qui manque, là-bas. Je m'attendais à tout, à une colère, à du dépit, à des reproches, mais certainement pas au flegme avec lequel elle accueille la nouvelle. Elle a, dit-elle, deux raisons pour ne pas m'accompagner : d'abord Marc-Andrea, qu'elle ne veut pas quitter et qui supporterait mal le brutal changement de climat, et ensuite le fait qu'elle me gênerait, me ralentirait.

Elle sait trop combien je me déplace vite quand je me déplace pour affaires.

Si bien que le 18 novembre, je m'envole seul pour l'Afrique équatoriale et, en l'espèce, l'Ouganda.

13

Au Kenya, à Mombasa, il s'appelait Chandra. En Ouganda, à Kampala aussi, sauf que ce n'est pas le même. Celui-ci est le cousin du précédent.

« Qui m'a beaucoup parlé de vous. »

Ce n'est pas moi qui ai choisi la date du 18 novembre pour effectuer mon voyage. J'ai appelé Chandra 1 à Mombasa pour lui demander s'il ne connaîtrait pas quelqu'un qui... Il m'a indiqué Chandra 2. Lequel justement doit se rendre prochainement à Kampala pour affaires. Pourquoi ne pas débarquer en Ouganda avec lui ?

« En fait, mon cousin m'a fait les plus grands compliments sur vous. Il vous doit une grande part de sa fortune actuelle. »

Chandra 2 est un Indien d'Ouganda. D'où il a été expulsé, en compagnie de milliers de ses congénères, en 1972, lorsque le gouvernement ougandais a décidé de se débarrasser de tous les Asiatiques monopolisant le commerce et l'industrie.

« Mais je suis revenu, quoique j'habite officiellement Toronto. Je reviens même très régulièrement. Il y a des affaires à réaliser dans ce pays, malgré tout ce qui s'y passe. J'y ai conservé des amis, dont plusieurs haut placés. »

Nous nous sommes, lui et moi, donné rendez-vous à l'aéroport d'Entebbe, lui arrivant de Nairobi et moi de Paris. Nous franchissons ensemble les contrôles de douane et de police, sans difficulté, sous l'œil inquiétant de soldats qui, m'explique Chandra, ne sont pas de vrais Ougandais mais des Anyanya, une tribu théoriquement chrétienne du Sud Soudan et qui constitue le noyau dur de l'armée. Je regarde autour de moi avec une curiosité pas tout à fait sereine : c'est dans ce même aéroport qu'un commando israélien a voici peu, en juillet 76, récupéré par la force les passagers d'un avion d'Air-France détourné par des Palestiniens. On distingue encore les traces de la fusillade. Et j'ai d'un coup un petit pincement au cœur : qu'est-ce que je suis venu faire ici ? Chandra a dû deviner mon appréhension, il me sourit : « Rien n'arrivera, j'en suis sûr, monsieur Cimballi. — Appelez-moi Franz. » Contrôles franchis, nous nous retrouvons dehors. Il fait moins chaud que prévu, sans doute en raison des treize cents mètres d'altitude, et de l'air humide apporté par le lac Victoria tout proche. Un instant mêlés à un groupe de Blancs, des Soviétiques on dirait, nous sommes pris en charge par un Noir élégant et cravaté qui accueille Chandra comme il le ferait d'un frère. Il s'appelle Yusuf Mwamba, il occupe un poste important au ministère de l'Industrie. « Et il sera bientôt ministre, il le mérite...

« En ce qui vous concerne, Franz, il a une excellente nouvelle : vous m'aviez demandé de vous mettre en rapport avec les responsables de la production et surtout de l'exportation du café ougandais. Mon ami Yusuf est ce qui se fait de mieux en ce domaine... »

(*In petto*, je me demande quels trafics peut cacher cette émouvante amitié. Et je me demande aussi combien cela va me coûter en pots-de-vin.)

« ... en ce domaine. A une exception près. Et c'est la grande nouvelle : vous allez rencontrer le Maréchal lui-même. »

On spécule sur le café comme sur n'importe quoi d'autre. Ça veut dire quoi ? Oh ! c'est simple : cela signifie que vous avez la possibilité d'acheter du café chaque année — on traite d'une année sur l'autre puisque la récolte n'a lieu qu'une fois l'an — avant qu'il soit récolté bien sûr. Après, cela n'aurait aucun sens puisque l'on connaîtrait la production exacte et donc, comparativement aux besoins mondiaux, les prix. Tout le suspense, et par suite les possibilités de gains ou de pertes, tient à ce que l'on ignore pratiquement jusqu'au dernier jour quelle sera cette production. Le marché peut certes subir les effets d'une spéculation proprement financière mais disons pour simplifier que le prix du café augmente en général si la production est insuffisante, et évidemment il diminue quand la récolte est bonne.

Quiconque aura acheté ou vendu en prévoyant la hausse ou la baisse pourra réaliser des bénéfices éventuellement énormes, ou subir des pertes considérables.

N'oublions pas le fait que la plupart des pays producteurs ne sont pas des modèles de stabilité politique, ce qui accroît le suspense. C'est un marché où il convient d'avoir les nerfs solides. Il est dangereux et je l'ai toujours su.

Mais l'élément clef de cette spéculation est le gel.

Le gel. Il faut savoir qu'un caféier gèle à zéro degré centigrade ; ensuite que tout plant de caféier gelé est tout juste bon à être arraché et brûlé ; enfin qu'il faut quatre années pour qu'un caféier qu'on vient de planter commence à produire. Ce qui revient à dire qu'une période de gel survenant au plus mauvais moment pour les producteurs aura des conséquences non seulement sur les prix de cette année-là mais sur les trois années suivantes.

Mais, dira-t-on, le café étant essentiellement produit par des pays tropicaux, les risques de gel doivent y être minimes et même inexistants ? Eh bien, non. Pour cette raison que le caféier ne supporte qu'une chaleur modérée ; on le cultive donc sur les hauts plateaux, notamment en Amérique latine, Brésil, Colombie et Mexique, et sur cent kilos de café mis sur le marché, près de la moitié provient précisément du Brésil, de Colombie, du Mexique.

Le marché du café est un marché à terme essentiellement. Dans le monde les places où on le traite sont spécialisées en fonction de la qualité du café. Le marché de New York traite de la qualité arabica, qui vient d'Amérique latine et centrale. Un contrat pour le café sur le marché de New York porte au minimum sur un lot de dix-sept tonnes, le prix étant fixé à la livre. Les contrats sont passés auprès de courtiers, qui réclament un dépôt de dix pour cent et peuvent exiger, chaque jour si nécessaire, des versements supplémentaires pour maintenir constant ce déposit, c'est-à-dire qu'ils peuvent lancer des appels de marge, des *margin calls*. Classique.

Même procédure pour l'autre qualité de café, le robusta, produit par la Côte-d'Ivoire, l'Angola, l'Ouganda et, dans une moindre mesure, le Cameroun, le Zaïre, Madagascar, le Kenya, la Tanzanie, etc. Le robusta se traite à Londres, ainsi qu'à Hambourg, Rotterdam et Le Havre. Le lot minimal est de cinq tonnes, prix fixé à la tonne.

Je me suis engagé sur le café sur la base de deux données qui m'ont paru et me paraissent encore importantes, favorables et génératrices de bénéfices. La première est une information que m'a donnée Jimmy Rosen en mars dernier : Brésil et Colombie s'apprêtaient selon lui à créer une sorte d'OPEP du café, comparable à l'association des pays producteurs de pétrole et visant pareillement à stabiliser, voire à faire grimper les cours. Information qui s'est ensuite révélée exacte : l'OPEP du café a bel et bien été constituée.

Deuxième donnée : la situation politique de certains pays producteurs de premier rang : soit ils jouent à la révolution permanente, soit ils se déchirent dans une guerre civile comme l'Angola, soit ils sont dirigés par des personnages dont les connaissances en matière économique et financière tiendraient à l'aise sur un quarante-cinq tours, et encore il y aurait pas mal de place pour mettre de la musique. C'est le cas de l'Ouganda. L'Ouganda, pour ses exportations, dépend dramatiquement du cordon ombilical (route asphaltée et voie ferrée) qui, *via* Nairobi et le Kenya, le relie à l'océan Indien. Or, entre le Kenya que je connais bien et le Maréchal-Président-Docteur-

Professeur-Etc., les relations se sont gravement détériorées. Nairobi exige désormais le paiement en devises convertibles de toutes les marchandises transitant sur son sol à destination de Mombasa. En représailles, l'Ouganda a coupé aux Kényens le courant (fourni par le barrage de Jin Ja, construit à l'endroit où le lac Victoria se déverse dans le Nil). Sur quoi, le Kenya s'est retiré de la communauté économique unissant Kenya, Ouganda et Tanzanie.

S'ajoute à cela l'insécurité régnant sur le territoire ougandais, et l'augmentation du prix du café décidée par le Maréchal-Président.

Tous facteurs qui ont eu pour effet de gêner considérablement les exportations ougandaises de café.

Je serais Martin Yahl et je voudrais tendre un piège à Cimballi Franz, une telle situation attirerait à tout le moins mon attention.

D'où la méfiance de Marc Lavater et la mienne. Et j'ai même eu une idée quant à la façon de savoir si Yahl avait manigancé quelque chose. Quand j'ai expliqué à Marc ce que je comptais faire, il a haussé simultanément les sourcils et les épaules. En un sens, il y avait de quoi.

Mais pour les idées farfelues, je ne crains personne.

Et c'en est carrément comique. Nous sommes là face à face si l'on peut dire, lui avec ses presque deux mètres et ses cent quarante kilos, moi trente centimètres et quatre-vingts kilos en dessous. Je m'attendais à le trouver habillé en maréchal à la Offenbach, mais non, il porte un pantalon et une chemise comme tout le monde. Il est assis derrière un bureau et comme il ne m'a pas invité à prendre un siège, je reste debout. Chandra et Mwamba m'ont accompagné ; il y a deux autres hommes dans la pièce dont un que je jurerais être palestinien (Chandra m'a révélé que beaucoup d'hommes de la garde personnelle du Maréchal sont des Palestiniens et ça ne me rassure pas outre mesure).

« Vous étiez au Kenya ? »

Nairobi et surtout Mombasa.

Il manipule une règle de fer, qu'il tord et détord.

« Moi aussi, j'ai été au Kenya, il y a vingt ans au moins. J'ai tué des Mau-Mau et des voleurs de bétail. »

Il se met à décrire ce qu'il faisait à ses prisonniers quand il les prenait, à la tête du détachement dont les Anglais lui avaient confié le commandement. Il accumule les détails les plus épouvantables. S'il veut m'épouvanter, il est en train d'y parvenir, pas de doute. Je ne suis pas du tout à mon aise. Il éclate soudain de rire :

« Vous êtes inquiet, hein ? »

Je lui réponds qu'il est tout à fait impressionnant. Apparemment, c'est la bonne réponse. Il a l'air satisfait et changeant de sujet, me demande si je connais l'Angleterre. Oui ? Et qu'est-ce que je pense de l'indépendance écossaise ? Est-ce que je sais qu'il va aider les Ecossais à se débarrasser de l'inpérialisme anglais ? Et les Irlandais aussi. Et même les Gallois. J'ai envie de lui faire remarquer : et pour Jersey et Guernesey, rien ? Mais je me tais. Ce n'est pas le moment de faire le malin.

« Vous vous intéressez au café ? Pourquoi ?

— Parce que j'ai vendu un café que je n'ai pas encore et que je ne dois livrer que dans plusieurs mois, en septembre prochain. »

(En fait, c'est exactement le contraire de ce que j'ai fait, puisque j'ai acheté et non vendu du café. Mais je joue ici le rôle de Yahl.)

« Vendu à qui ? »

A des torréfacteurs. Non, pas des Anglais, des Suisses. (J'espère qu'il n'a rien contre les Suisses.) Et si, en septembre prochain, juste avant la livraison à laquelle je me suis engagé par contrat, le prix du café a baissé, je pourrais l'acheter à ce moment-là et le revendre le lendemain, ou le jour même, non pas au cours de septembre mais au prix convenu par contrat un an plus tôt.

« Quel âge avez-vous ? »

Je lui réponds. Silence. Il continue à jouer avec sa règle et j'ai là très désagréable impression qu'il pourrait m'en cravacher le visage, si la fantaisie lui en prenait. Je me souviens de cet otage de l'avion d'Entebbe, Dora Bloch, dont on n'a jamais retrouvé la trace.

Vient alors la question que j'attendais et pour laquelle j'ai préparé ma réponse ; c'est même pour elle que j'ai effectué mon voyage : et en quoi mes spéculations concernent-elles l'Ouganda ?

Réponse :

« Parce que l'Ouganda est l'un des plus gros producteurs mondiaux de café. L'Ouganda a donc du café, il en a en stock. Si, dans quelques mois, avant que je ne conclue mon opération personnelle, des stocks de café ougandais apparaissent soudain sur le marché, le prix du café baissera très nettement.

— Et vous gagneriez beaucoup d'argent », dit-il.

Et je serais prêt à partager une bonne part de ces bénéfices futurs avec quiconque m'aiderait à les réaliser, c'est ça ?

Je lis dans ses yeux que je commence à l'agacer sérieusement. D'ailleurs, il se lève, contourne son bureau, passe très près de moi, à me frôler ; et je me sens comme un canoë-kayak croisé par un porte-avions.

« Vous vous appelez Cimballi ? Franz Cimballi ? »

J'acquiesce en donnant de l'Excellence, du Président, du Maréchal, du Docteur, du Professeur, de l'Eminence, tout ça ensemble et à tout hasard.

Il revient vers moi. Il parle d'abord calmement, m'expliquant que l'Ouganda est un pays pur, que lui le plus grand Ougandais de tous les temps a nettoyé de toutes ses impuretés. Et il a consacré sa vie entière à lutter contre la corruption et l'affairisme. Sur quoi, il hausse de plus en plus le ton et me confirme qu'il ne pense pas trop de bien de moi, et que j'ai un culot monstre, et que si j'étais ougandais, j'aurais, dit-il, des ennuis sérieux. Il se met pas à hurler pour me flanquer à la porte mais c'est tout juste.

Dehors ma popularité dans la région a enregistré une chute spectaculaire. Yusuf Mwamba s'est brusquement souvenu d'un rendez-vous urgent. Quant à Chandra 2, malgré « tous les compliments qu'on lui a fait sur moi », il se tient à l'écart comme si j'étais devenu contagieux. Il me dit : « Mieux vaut que vous repreniez le premier avion en partance. »

En voilà une bonne idée !

Sur le café, j'ai engagé trois millions de dollars de dépôt. Ce dépôt représentant dix pour cent de la valeur globale du contrat, je me suis donc porté acquéreur de trente millions de dollars de café, cent trente-cinq millions de francs français, treize milliards cinq cents millions de centimes, livrable en septembre prochain.

J'ai passé mes contrats sur les marchés de New York et de Londres, en arabica et en robusta ; à proportion de soixante pour cent à New York et donc quarante à Londres.

A mon habitude, je n'ai pas opéré sous mon nom, mais par le truchement de mon dispositif ordinaire : société anonyme de Panama, elle-même propriété d'une société de Curaçao, cette dernière ne connaissant que mon banquier de Nassau.

Restent les aléas du marché du café. A noter que dans le pire des cas — une formidable baisse du produit, alors que j'ai tout joué à la hausse — je n'aurais pas de raison d'envisager le suicide. Je perdrais mes dépôts, bien sûr, et les éventuels appels de marge auxquels j'aurais eu à répondre. C'est-à-dire qu'une machination de Yahl me ferait au pis perdre trois millions, ou cinq ou six au maximum. Cela n'aurait rien de réjouissant mais je n'en serais pas ruiné pour autant.

Et puis quelle machination ? En Ouganda, j'ai opéré exactement comme si j'avais été Martin Yahl ou l'un de ses émissaires. Je ne me suis pas présenté comme quelqu'un ayant joué le café à la hausse, ce que je suis en réalité, mais comme quelqu'un de l'autre camp. En laissant entendre à Yusuf Mwamba, puis (mais là ç'a été la surprise !) au Maréchal-Président lui-même, que j'étais prêt à payer pour cela, j'ai tenté de convaincre les Ougandais de participer à une manœuvre ayant pour but de faire tomber le prix du café avant septembre prochain. Le résultat est éloquent : on m'a flanqué dehors sans autre forme de procès.

C'est exactement ce que j'espérais. Et si demain Yahl ou Horst ou n'importe qui vient essayer une manœuvre du même genre, il devrait subir le même sort que moi. C'est rassurant.

Marc Lavater est venu me chercher à mon retour d'Afrique. Je lui raconte mon entrevue avec le chef d'Etat ougandais. Il remarque :

« Tu as pris des risques.

— Lui aussi, en me recevant : j'aurais pu lui passer mon rhume.

— Je vois que tu es passé par la Côte-d'Ivoire, avant de rentrer. »

En quittant Kampala, j'ai en effet fait un saut à Abidjan. Puisque la Côte-d'Ivoire joue, sur le marché mondial du café, un rôle déterminant. J'ai pu y rencontrer quatre hommes, tous spécialistes véritables de la production, de l'exportation, de la mise sur les marchés mondiaux du café ivoirien. A chacun d'eux j'ai, comme en Ouganda mais en prenant beaucoup de précautions oratoires, laissé entendre que je serais TRES reconnaissant aux hommes qui m'aideraient à monter un gros coup sur le café dans les mois suivants.

J'ai même été carrément ignoble en faisant miroiter les centaines de milliers de dollars qu'une telle assistance pourrait rapporter, discrètement déposés sur un compte suisse ou autre. Deux de mes interlocuteurs m'ont éconduit, un troisième a accepté mais il a très vite prouvé qu'il n'avait pas les moyens de ses ambitions malhonnêtes, le quatrième a franchement rigolé de ma « naïveté » : « La Côte-d'Ivoire n'est pas l'Ouganda. Et pour une opération telle que vous l'imaginez, un truquage aussi énorme, il faudrait acheter le Président lui-même. Je préfère en rire, monsieur Cimballi. » Au point que j'ai fini par lui dire la vérité, à savoir que j'étais en train d'essayer de m'assurer qu'un gigantesque coup fourré n'était pas en préparation. « Pas en Côte-d'Ivoire en tout cas... », m'a-t-il répondu.

Bref, le bide total. Mais un échec qui me comble. Puisque je jouais le rôle de Yahl. Marc, tandis que nous attendons mes bagages : « Tu n'avais sans doute pas besoin d'aller à Abidjan. C'est vrai que ce n'est pas l'Ouganda. Mais enfin, c'est fait, tu les as peut-être fait rigoler, à Cocody, mais au moins tu as éveillé leur méfiance. Ils vont surveiller le marché, désormais.

— En Ouganda aussi.

— Sans doute. Comment s'appelle l'homme que tu y as rencontré ?

— Yusuf Mwamba.

— C'est bien ce nom-là. On m'a parlé de lui. C'est l'homme de la situation, le café ougandais, c'est lui et nul autre. Tu as mis les pieds dans le plat.

— Dans la tasse.

— Hilarant, je me tords de rire. »

Marc me sourit et je lui souris, notre amitié rétablie. Et c'est à ce moment-là que, par-dessus l'épaule de Lavater, à dix mètres de moi, au beau milieu de la foule des passagers, je rencontre les

yeux noirs de la fille d'Amsterdam et de San Francisco, Sharon Maria de Santis elle-même. Je ne peux m'empêcher de m'exclamer, tandis qu'elle prend de moi photo sur photo. Marc se retourne :
« Où est-elle ? »

Il est impossible qu'il ne l'aperçoive pas, impossible et exaspérant, on ne voit qu'elle. D'ailleurs, elle abaisse son appareil, pivote sur elle-même et s'éloigne, non sans m'avoir adressé un petit sourire ironique. Elle se perd dans la foule.

« Je n'ai rien vu », répète obstinément Marc.

14

Je ne suis resté absent de Paris que quatre jours, mais ce court laps de temps a suffi au froid pour s'installer. C'est d'autant plus sensible que le système de chauffage de l'appartement de la rue Raynouard n'est pas dans sa meilleure forme, au vrai il bat de l'aile et les pièces immenses, avec leurs gigantesques baies vitrées donnant sur le front de Seine, sont glaciales ou peu s'en faut.

« Fichons le camp d'ici. »

Cela me prend trois ou quatre jours, mais je parviens à convaincre Catherine. Avec l'aide très inattendue de mon beau-père, c'est la première fois qu'il me sert à quelque chose. Coadministrateur avec la mère de Catherine — de pure forme mais il prend son rôle au sérieux — du ranch d'Arizona, il se voit assez bien couler là-bas des jours ensoleillés, surtout à mes frais. Il suggère même que nous passions par Nassau. Pourquoi pas ? Je tiens une ultime conférence avec le décorateur japonais de l'avenue Henri-Martin, on se dispute un peu ; il veut installer une mangeoire (avec de la paille en plastique, tout de même) dans la salle à manger : « Humoul, tlès dlôle », m'explique-t-il, ayant au naturel l'accent que prennent Li et Liu quand ils font les clowns. Je reste inébranlable : pas de mangeoire. Et tant pis si je révèle ainsi mon manque total « d'humoul ».

Nous quittons Paris le 2 décembre, à destination directe des Bahamas. Nous, c'est-à-dire Catherine, Marc-Andrea, mes beaux-parents et moi. Et pendant que le détachement prend ses quartiers au Britannia Beach, je file pour ma part à New York, où je fais rapidement le point avec Lupino sur la Floride ; avec Rosen sur le café (je lui confie la surveillance de l'opération) et sur le tennis ; avec Vandenbergh sur le silver.

Un point par lequel, pour la vingtième fois, je passe en revue toutes les données du problème, en essayant de me mettre à la place de Martin Yahl rêvant de me détruire. Je ne vois rien, aucun piège possible. Rien sur l'argent métal, rien dans dans mon association avec Chinois et Texans, rien sur le café. A propos de ce dernier, pour plus de sûreté, j'envisage de compléter ma tournée africaine par un voyage en Amérique du Sud, Brésil et Colombie puisque ce sont les deux producteurs principaux, afin de vérifier une fois encore les assurances que ne cessent de me donner tous les spécialistes européens et américains que j'ai déjà consultés. Que puis-je faire d'autre, nom d'un chien ?

Mais en fait, pour le moment, je continue à m'accorder des vacances. Une idée amusante m'est venue. Ce ne sont sûrement pas les maisons qui me manquent : il y a la villa de Saint-Tropez, celle de Beverly Hills, le ranch d'Arizona, l'appartement de Manhattan que je vais finir par revendre ou louer puisque nous ne nous en servons pas, et maintenant le duplex de l'avenue Henri-Martin à Paris. « C'est de la rage, m'a fait remarquer Marc, tu devrais consulter un psychiatre. — Je serais capable de lui acheter son cabinet. »

Bon, je veux bien admettre que c'est enfantin, superflu, qu'un psychiatre y décèlerait sans doute je ne sais trop quelle recherche du foyer, mais le fait est là : j'ai très envie de m'acheter une île.

Retour de New York à Nassau. Catherine n'aime pas New York. La ville l'oppresse, elle est sale et on ne peut pas s'y promener sitôt la nuit tombée. Et que dirait-elle de quelque temps en Floride ? Va pour la Floride. Et tandis que mes beaux-parents s'envolent pour l'Arizona et le ranch, nous débarquons à Palm Beach de l'avion de Flint. Nous n'y restons pas, nous partons visiter Disney World, dans le sud-est d'Orlando, accompagnés de la seule Française chargée de s'occuper de Monsieur mon fils. Un peu au hasard, j'ai fait les réservations au Lake Buena Vista Club ; le béton de l'Hôtel Contemporain ne m'inspirait guère, et le Paradis des Golfeurs pas davantage, puisque je ne joue pas au golf. Quant au Village Polynésien desservi par monorail...

Mon fils a six mois, c'est évidemment un peu jeune pour goûter le monde de Mickey. J'ai l'impression d'être de ces pères qui achètent à leur rejeton des trains électriques à seule fin de pouvoir eux-mêmes jouer avec. Et me voilà gai comme un pinson, en fin de compte, à arpenter avec Catherine le Château de Cendrillon, le Village de Pinocchio, le Monde de Peter Pan, de Merlin, des Aristochats...

Moment choisi pour m'appeler par Hassan Fezzali.

« Où êtes-vous, jeune Franz ?
— Vous contournez l'Eléphant Dumbo, vous saluez Blanche-Neige poliment et vous ne pouvez pas me manquer. Et vous ?
— New York. »

Il me donne un nom d'hôtel inconnu, quelque part vers la 30ᵉ Rue. C'est bien de lui, avec son habitude de descendre dans de petits hôtels modestes, alors qu'il a les moyens d'acheter et de payer cash le Carlyle, le Pierre et le Waldorf réunis. « Qu'est-ce que c'est que cette histoire d'éléphants ? » Je lui explique à mon tour où je me trouve : Disneyworld. Il ricane : « C'est de votre âge.

— Encore un an ou deux et ça redeviendra du vôtre. Vous vouliez me parler ou vous m'appelez juste pour m'insulter ?

— Vous parler mais pas au téléphone. »

Je réfléchis rapidement, me demandant si j'ai vraiment envie de faire une navette Orlando-New York dans la journée, avant le dîner du soir. Mais il me précise : « Je peux faire un saut, j'ai un peu de temps devant moi. »

Il saute et nous nous retrouvons l'après-midi du même jour devant de monstrueux ice-creams, face au dôme futuriste du pavillon Monde de

Demain, ayant à notre droite la Carpette Magique, qui m'a paru de circonstance. Fezzali est en civil, si j'ose dire : c'est-à-dire qu'il porte un costume comme tout le monde, sauf qu'il n'a pas dû le payer cher, on croirait qu'il l'a loué. Avec son grand nez busqué, il ressemble à un vieux chef indien en fin de tournage, à Hollywood. Il lampe sa glace, demande, la bouche pleine :

« Vous m'avez bien téléphoné, il y a quelque temps, apparemment pour que je vous rassure à propos de l'une de vos affaires ? »

Comme s'il ne se rappelait pas chaque mot ! Vieux farceur. Je lui ai téléphoné au sujet de la spéculation sur le silver. Et je me souviens très bien que je lui ai tout dit de Horst et de son défi.

« Pourquoi, il y a du nouveau ?
— Je préfère les italiennes, elles n'ont pas tout à fait le même goût. (Il parle des glaces, je suppose.) Non, rien de nouveau. Je mange votre glace, si vous n'en voulez pas. »

Inutile de le presser de parler, je le sais. Il engloutit mon ice-cream comme il a avalé le sien, contemple la table vide avec regret et manifeste le désir, « puisque je suis là », dit-il, de visiter le Monde Magique de Walt Disney. Et nous voilà tous deux recommençant l'itinéraire que j'ai parcouru depuis deux jours. Voir ce grand diable de bédouin noueux, la soixantaine passée, se mêler à des hordes d'enfants américains, n'est pas précisément triste. Mais mes sarcasmes le laissent de marbre ; avec une majestueuse et ferme dignité, il veut tout examiner, du Vaisseau des Pirates au Vol de Peter Pan.

« Je vous ferai confectionner un costume de

Mickey à votre taille. A Beyrouth ou au Caire, vous ferez un tabac terrible. »

Nouvelle tournée de glaces. « Elles ne sont pas trop mauvaises, après tout. » Mais il dit enfin :

« Parlons affaires, jeune Franz. Je cherche un associé pour une affaire personnelle. »

Son œil aigu de rapace me fixe, sous les sourcils trop fournis :

« Ça vous intéresse, jeune Franz ?
— Et de quoi s'agit-il ? »

Il a un ricanement bref, comme un aboiement :

« Et de quoi d'autre peut-il s'agir ? Du pétrole, évidemment. »

Le jour même, je téléphone à Lavater resté à Paris, et que je n'ai pas eu en ligne depuis plusieurs jours. Il ne me laisse pas le temps d'aller trop loin dans mes explications :

« Je suis au courant, Franz. Hassan m'a d'abord appelé avant-hier, avant d'essayer de te joindre... »

Alors pourquoi diable Marc ne m'a-t-il pas mis aussitôt au courant ? A peine me suis-je posé la question que j'en trouve moi-même la réponse : Marc a voulu s'assurer que je lui faisais confiance au point de l'informer de cette nouvelle affaire en train de se dessiner.

« Et il t'a parlé de sa proposition, Marc ?
— Oui.
— Tu en connais les détails ?
— Oui.
— Et qu'en penses-tu ? »

Il a préparé sa réponse, c'est évident : « Franz, j'ai demandé à Fezzali si je pouvais moi-même mettre de l'argent dans cette affaire qu'il propose.

Il m'a répondu qu'il serait d'accord si tu l'étais aussi.

— Combien veux-tu mettre ?

— Quatre millions de francs. »

Soit presque un million de dollars. Marc : « Disons un million de dollars. »

Pour autant que je sache, cela représente la quasi-totalité des ressources de Marc, en disponibilités, ses biens immobiliers étant exclus. Et je comprends ce qu'il veut faire : engager sa fortune personnelle, c'est sa façon de me démontrer sa complète bonne foi.

Ou alors, c'est un piège minutieux qu'il me tend, pour la circonstance associé à Hassan Fezzali...

Arrête, Cimballi, tu deviens complètement fou avec tes soupçons...

Je dis à Marc : « Tu n'as pas besoin d'engager cet argent. »

Dans ses rares moments d'excitation, il retrouve une légère pointe d'accent bourguignon. C'est le cas : « Je le place dans cette affaire parce que j'y crois. Dès l'instant où des amis en qui j'ai une confiance absolue, comme Hassan et toi, y participent eux-mêmes. » Petit rire : « J'espère même réaliser de très gros bénéfices. »

Je me trouve dans l'une des cabines téléphoniques en bordure du lagon de Buena Vista. La nuit tombe sur la Floride, toutes les lumières du Monde Magique viennent de s'allumer. Juste en face de moi, l'*Impératrice Lilly*, un bateau à aubes, dresse ses cinq superstructures enluminées et sa double cheminée. L'affaire qu'Hassan Fezzali est venu me proposer, et que Marc Lavater m'incite à accepter, au point d'y engager lui-même son propre argent, est une spéculation sur le pétrole du marché libre de Rotterdam. Pas n'importe quelle spéculation. Hassan Fezzali se fait fort de nous obtenir des prix d'achat défiant toute concurrence, auprès des producteurs iraniens. Ce pétrole ainsi acquis, nous le revendrons, partie à Israël, partie aux Sud-Africains, qui ont les difficultés que l'on sait à s'approvisionner directement. C'est une affaire considérable. Fezzali a avancé le chiffre de trente millions de dollars et il m'offre de m'engager pour le tiers, les deux autres tiers étant à sa charge.

« Franz, tu es d'accord pour que j'entre avec vous dans l'affaire ?
— Si tu y tiens.
— J'y tiens. »
La sirène de l'*Impératrice Lilly* retentit, comme pour annoncer son départ imminent.
« D'accord, Marc. On y va. »

J'ai raccroché, traversé l'embarcadère, je suis monté à bord. Catherine et Hassan sont déjà attablés dans l'un des restaurants du bateau, Le Pont-du-Pêcheur, au deuxième niveau. Avec cette nervosité presque fébrile qu'elle manifeste depuis des semaines, Catherine s'efforce de paraître gaie et enjouée ; elle m'explique qu'Hassan et elle, tandis qu'ils m'attendaient, discutaient du sort de la femme en pays musulman ; elle me demande : « Et toi, qu'en penses-tu ? » Le regard de Fezzali soutient le mien ; cette espèce de Libano-Bédouin mangeur de glace, de toute évidence, sait parfaitement ce qui se passe dans ma tête, les questions que je me pose à son sujet, à propos de cette affaire qu'il me présente, concernant Marc Lavater, m'interrogeant sur leur bonne foi ou leur duplicité. Et tout cela a l'air de l'amuser beaucoup. « Qu'en penses-tu ? » insiste Catherine, qui semble bien avoir déjà un peu trop bu.

« Je vais me convertir à l'islam et l'on m'appellera El Cimballi.

— Et nous irons à La Mecque ensemble, dit Fezzali. Je vous prêterai mon Coran personnel. »

Je contemple les roues à aubes qui sont juste de l'autre côté de la vitre. J'éprouve l'inexplicable sentiment, purement intuitif, que je suis en train de m'engager dans quelque chose d'essentiel, bon ou mauvais, je l'ignore. Je dis : « Nous serons trois dans l'affaire. Je marche, ou plutôt nous marchons. C'est ma réponse définitive à votre offre. »

Il acquiesce, le visage impassible.

« J'ai une très grosse faim, dit-il. Je crois que je vais prendre une autre glace, avec les fruits de mer. »

Il repart le lendemain. Jusqu'au dernier moment, il a voulu continuer à visiter Disney World, tant et si bien que je lui ai offert son Mickey d'un mètre cinquante de haut, en plastique gonflable. Et gonflé. Toujours aussi imperturbable, il est monté dans son avion comme il serait monté sur son chameau, serrant son Mickey sur sa poitrine, en vrai Fils du Désert que le ridicule ne saurait atteindre.

Pour nous, c'est-à-dire Catherine, Marc-Andrea, la nurse et moi, nous regagnons Palm Beach. Le premier visage familier dans le hall est celui de Joachim, débarqué le matin même, en provenance directe de Mombasa. Il est quelque peu affolé par ces événements. Suivant mes instructions, Chandra l'a vêtu de pied en cap.

« Tu es superbe. »

Il grogne, pataud, intimidé même par Catherine, mal à son aise et n'ayant qu'une envie : ficher le camp au plus tôt de ce palace floridien où il n'est pas chez lui. Je me rappelle son gourbi, à Mombasa, une simple case en planches meublée essentiellement d'une énorme malle en fer.

« Tu l'as apportée ? La malle ? »

Mais évidemment qu'il l'a apportée ! Il n'allait pas la laisser là-bas, où on la lui aurait sûrement volée. Il a également embarqué avec lui ses quatre fusils de chasse, pour l'instant bloqués par la douane...

« Je vais m'en occuper. On va te les rendre. »

... Et la statue de Notre-Dame de Fatima, au pied de qui il prie tous les soirs. Et justement, en parlant de religion... Il tire de sa poche de poitrine quelque chose enveloppé dans une peau de daim : une chaînette soutenant une médaille.

« Pour ton fils, Franz. Ça lui portera bonheur. »

La médaille est en or. Sur une face on a gravé la silhouette de Notre-Dame de Fatima, sur l'autre un type inconnu.

« Qui est-ce ?

— Eusebio. Le plus grand footballeur de tous les temps. Bien meilleur que Pelé. »

Joachim est sérieux comme un pape. Je ne ris pas, je sais que je le vexerais. Mais tout de même, quelle association que celle d'un footballeur et de la Vierge dans sa version portugaise !

« C'est une très jolie médaille », dit Catherine.

Et à l'appui de ses dires, elle passe la médaille autour du cou de Marc-Andrea. Joachim est enchanté. Nous dînons ensemble, à parler du Kenya et dès le lendemain, j'emmène mon ami portugais et sa malle — elle doit peser trois cents kilos, Dieu sait ce qu'il y a fourré ! — chez Ocoee le Séminole. Qui profite de l'occasion pour renouveler son numéro de cirque avec un alligator. Ça n'affole pas du tout Joachim, pour un peu il voudrait en faire autant. Reste que les deux hommes, comme je l'avais espéré, semblent s'entendre parfaitement, même s'ils ont encore quelques difficultés pour se comprendre. « Mais je suis content », me dit Joachim. La Floride lui plaît, les Everglades lui conviennent parfaitement, il a même hâte de s'occuper de la réserve de chasse qu'il va aider à créer.

Nous avons prévu d'aller passer les fêtes de fin d'année en Arizona. En attendant, je consacre mon temps à installer Joachim dans ses fonctions de conseiller technique et à faire visiter le terrain de Safari à Catherine. Je ne m'absente de Floride qu'une seule fois, pour trois ou quatre jours aux alentours du 15 décembre. Officiellement pour me rendre à New York. Mais je ne passe à Manhattan qu'un après-midi et une nuit, juste le temps de dresser un nouveau bilan avec mes conseils, ainsi qu'avec Adriano Letta, dont les équipes de courtiers font du très bon travail, décidément. Je règle les formalités relatives à la prise de participation — de part à deux avec Ute et le Turc — dans l'entreprise de construction des courts de Tennis Dans le Ciel. C'est dire que tout va bien, sur tous les fronts. Je rembarque dans l'avion de Flint. Direction : Nassau.

Il est dix heures trente du matin quand nous nous y posons. Nous en repartons aussitôt, cette fois à bord d'un hydravion que j'ai loué, mais que pilote Flint. Cap au sud-sud-est.
Les Antilles forment une ligne de grandes îles, commençant avec Cuba, se prolongeant avec Hispaniola partagée entre Haïti et la république Dominicaine, puis par Porto Rico, les îles Vierges et enfin le chapelet des îles plus petites — Antilles françaises et britanniques — orientées plein sud jusqu'à presque rejoindre la terre ferme du Venezuela. Mais, posté en avant-garde de cet alignement, un autre chapelet court sur plus de mille kilomètres, fait de milliers d'îles et d'îlots perchés au bord immédiat de l'Atlantique profond. Il s'agit des Bahamas sur la plus grande longueur, des Caïcos et des Turks à l'extrême sud. L'île que je veux acheter se trouve à peu de chose près sur le tropique du Cancer, officiellement sur le territoire bahamien.
Flint étudie sa carte : « Je ne suis même pas sûr de la trouver. » Il rit et, pour preuve de sa belle humeur, entreprend de me démontrer la parfaite maniabilité de son appareil, rasant une mer fabuleusement claire et teintée par les coraux, ou bien frôlant les cimes des palmiers et des campêches. Toute cette aventure l'amuse énor-

mément et moi aussi d'ailleurs. Il y a dans tout cela un côté île au trésor qui m'enchante positivement. Flint entonne *My Bonny is over the Ocean* et je l'accompagne, essayant de hurler encore plus fort que lui. Nous laissons sur notre droite Watling-San Salvador, où Christophe Colomb prit terre pour la première fois. A gauche, l'île Longue et sa petite agglomération de Deadman's Cay, littéralement îlot de l'Homme-Mort. Ça sent la flibuste et le boucanier. Mais à mesure que nous volons vers le sud, îles et îlots se multiplient et deviennent de plus en plus déserts.

« La voilà. »

La différence de coloration des eaux révèle sa position : la mer est bleu sombre, presque noire à l'est (la carte indique une profondeur de plus de cinq mille mètres), elle est bleu clair, presque violette à l'ouest, partout où les bancs coralliens dessinent leurs arabesques polychromes, dès lors que les fonds ne sont plus qu'à quelques mètres. Cette île est un balcon prodigieux, grand large sur une face, douceur et quiétude caraïbe sur l'autre.

« Pas de doute. C'est celle-là. Maria Cay. »

Les photos que m'a adressées l'agent immobilier de Nassau me le confirment, nous y sommes : neuf kilomètres de long, environ dix-huit cents mètres dans sa plus grande largeur. Une sorte d'élévation de terrain — on ne peut pas parler de montagne, pas même de colline — se découvre sur la partie droite, son point culminant à une cinquantaine de mètres au-dessus du niveau de la mer. Il y a de la végétation, plus dense que je ne m'y attendais : acajous, cèdres, campêches et les palmiers inévitables. Aucune trace de vie humaine, comme prévu, nous le constatons quand Flint effectue deux passages successifs à très basse altitude. Flint se pose, coupe le contact, laisse l'hydravion courir légèrement sur son erre marine. Le silence éclate, presque assourdissant.

« Je peux me rapprocher encore.
— Inutile. »

J'enfile mon maillot de bain et je n'ai que quelques brasses à faire jusqu'à la plage d'une étincelante blancheur. Merveille d'être en décembre, à quelques jours de Noël, et de sentir ce soleil sur mes épaules, sur cette île qui paraît inchangée depuis toujours, depuis avant les caravelles de Colomb. Je consulte la carte jointe aux photos : la maison doit se trouver quelque part sur ma droite, à deux ou trois cents mètres, appuyée au flanc boisé du tertre. Et elle est bien là, enfouie sous une végétation exubérante, envahie par elle. Il y a bien l'immense véranda qu'on m'a décrite, desservant tout à la fois l'intérieur et les dizaines de volières autrefois installées par le couple de retraités anglais qui possédait l'île. Ils étaient l'un et l'autre des amoureux fous des oiseaux et ils avaient organisé leur demeure pour qu'elle fût en permanence ouverte à tout ce que les Caraïbes comptent d'oiseaux ordinaires ou extraordinaires. Aujourd'hui, quatre ans après que le couple a disparu, leurs amis ailés sont là plus que jamais, dans leurs cages sans portes. Je m'attendais à un vacarme de volière mais non : pas mal de roucoulements, certes, mais l'atmosphère sonore est fantastiquement paisible, feutrée, fascinante.

J'ai du mal en vérité à m'y arracher. Je descends vers l'autre côté de l'île, vers l'Atlantique. Les quinze ou vingt mètres d'altitude de l'ancien chemin suffisent à dégager la vue et elle est à couper le souffle : le vide total hormis l'océan. Baissant les yeux, je repère l'embryon de port en eau profonde, constitué d'une jetée à peine amorcée et d'une baraque qui semble n'attendre que ma visite pour s'effondrer enfin, ayant fait son devoir jusqu'au bout. Les Anglais retirés à Maria Cay possédaient un yacht de fort tonnage, dont voici l'embarcadère.

Je suis revenu m'asseoir à côté de Flint dans l'hydravion. Je lui dis : « Un dernier survol, s'il te plaît. »

Il a dû lire sur mon visage l'émotion que je ressentais car il se tait et m'exécute sa valse lente au-dessus de mon île avec une douceur presque voluptueuse. Nous regagnons Nassau sans un mot.

A Nassau, l'agent immobilier me remet les papiers. Des dispositions légales limitent considérablement les possibilités, pour un étranger, d'acheter de la terre, mais j'ai quand même obtenu un bail de quatre-vingt-dix-neuf ans pour Maria Cay. Moyennant quatre cent trente mille dollars que mon banquier verse dans l'heure. En dehors de ces deux hommes, et de Flint, personne n'est au courant de la transaction. Je n'en ai même pas parlé à Catherine, à qui je veux faire la surprise.

Je passe le reste de la journée à discuter avec l'agent des travaux d'aménagement que je souhaite. Ils ne sont pas très importants, mon intention est de laisser les lieux à peu près tels qu'ils sont, à quelques détails près destinés à en améliorer le confort.

Les photographes — ils sont deux — surgissent au moment où, sur l'aéroport de Nassau, je m'apprête à reprendre place dans le Gramman de Flint. Mitraillage. J'ai un geste de rage brutal et irraisonné. A l'un des deux hommes qui s'est trop approché, j'arrache son appareil. Et je vais l'écraser sur le sol quand, tout aussi brusquement que je me suis enflammé, je me calme. C'est précisément le but de cette traque insensée : me pousser à bout. Je ne vais pas leur donner ce plaisir de craquer, si peu que ce soit. Je rends son appareil au photographe, je réussis même à lui sourire : « Mes prochaines étapes sont dans l'ordre : New York, Palm Beach et Phoenix, Arizona. » J'aurais tout aussi bien pu m'adresser à une roue de l'avion, il ne semble même pas m'entendre et se remet à me photographier.

Sur le moment, je ne m'en suis pas rendu compte. Ce n'est qu'avec le recul du temps que je réalise à quel point les événements, les rencontres, les incidents, les décisions, les surprises sont venus s'emboîter pour former un tout. Même les hommes : Marc Lavater et Hassan Fezzali pour l'affaire du pétrole, Jo Lupino pour Safari en Floride, Rosen pour Tennis Dans le Ciel et l'opération sur le café, Philip Vandenbergh pour « l'argent-silver ». Et Horst, Yahl à peu près grabataire, presque mourant, étroitement surveillé par « la meilleure équipe de détectives du monde ».

Et Catherine en Arizona avec Marc-Andrea.

Et l'île.

Tout est en place.
Jusqu'au piège dont, à mon insu peut-être, le mécanisme s'est déclenché.

TROISIEME PARTIE

LES MONTAGNES, DE SAN BERNARDINO

15

« DE deux choses l'une, me dit Paul Hazzard. Nous sommes tombés soit dans un fossé très profond, soit dans le Mississippi. »

Notre cabriolet Ford immatriculé au Texas penche en effet nettement vers l'avant, je suis obligé de me retenir au volant pour ne pas être précipité contre le pare-brise. Paul ouvre la portière, met pied à terre, va jeter un coup d'œil et, en deux mètres, disparaît complètement dans le brouillard, englouti. Il réapparaît et vient s'accouder à ma portière :

« Je ne crois pas que ce soit le Mississippi. Il n'y a pas de péniches. C'est probablement le fossé. En tout cas, ça glougloute drôlement. »

Il s'esclaffe.

« D'accord, lui dis-je. Considère que l'hilarité m'étouffe, moi aussi. Mais à part ça, qu'est-ce qu'on fait ? »

C'est impressionnant : le brouillard est à ce point épais que je ne distingue que son torse. « Qu'est-ce que tu as fait de tes jambes ? » On dirait un truquage de cinéma. Il me dit : « Klaxonne. »

J'appuie docilement sur l'avertisseur. A mon avis, c'est inutile, on ne doit pas nous entendre à vingt mètres. Nous sommes en janvier, le 10, et en Louisiane ; dans le sud-ouest de La Nouvelle-Orléans, en principe aux alentours immédiats d'une petite ville appelée Larose.

« Klaxonne encore.

— On va vider la batterie.

— Ça vaut mieux que de passer la nuit dans la voiture. Qui s'enfonce, soit dit en passant. »

C'est ma foi vrai que la gîte augmente, comme on dirait dans la marine : la Ford s'incline de plus en plus par tribord avant. Et ça glougloute indubitablement. Nous sommes en Louisiane venant du Texas voisin. Paul Hazzard a passé les fêtes du Nouvel An en Arizona avec nous. Il n'a pas peu contribué à mettre de l'ambiance mais très vite, il est devenu clair qu'il n'était pas seulement venu au ranch pour des agapes. Il m'a pris à part et m'a demandé : « Est-ce que ça te dirait de faire le *wildcater* avec moi ? » J'ai rigolé : « Pas de propositions malhonnêtes. » Bien entendu, je n'avais pas la moindre idée de ce qu'est un wildcater. Il me l'a expliqué : presque littéralement, c'est un « récoltant sauvage », quelqu'un qui recherche et extrait du pétrole dans des zones non exploitées par les grandes compagnies, et le revend à ces mêmes compagnies baril par baril. « Et pourquoi est-ce que je deviendrais un wildcater ? — Parce que ça peut te rapporter quelques millions de dollars et en tout cas une sacrée rente mensuelle. Et tu n'auras pas besoin de sortir un cent, si tu n'y tiens pas. » J'ai un faible pour ce genre d'affaires où l'on peut gagner beaucoup sans engager de son argent personnel...

« Klaxonne encore. Par à-coups. »

Je joue *Viens Poupoule* sur l'avertisseur. « Ah ! je reconnais ! dit Paul très satisfait, c'est *La Marseillaise*, hein ? » Toujours à propos des wildcaters, il m'a encore expliqué que le problème principal n'était pas de trouver de l'argent, mais du pétrole. Je m'en serais douté. Et que faut-il faire pour résoudre ce problème ? Oh ! c'est très simple : s'assurer les services du meilleur spécialiste, du meilleur nez, pour ce qui est de déterminer si un terrain est ou non pétrolifère. Pour cela, la méthode classique consiste à recruter un ingénieur. Mais Paul a mieux : il connaît un type en Louisiane, « un type extraordinaire qui a un nez fabuleux ».

« Continue à jouer *La Marseillaise*, me dit Paul. Mais tu devrais descendre de cette voiture, ça s'enfonce de plus en plus. »

Des clous, je coulerai avec mon navire. Après tout, c'est moi qui l'ai louée, cette fichue voiture.

Je continue à pianoter *Viens Poupoule* sur l'avertisseur. Et là-dessus, des phares percent le brouillard, un petit camion apparaît, un homme en descend et, entre autres choses, me demande en français ce que nous pouvons bien fiche dans son jardin, à jouer stupidement *Sur le pont d'Avignon* sur un klaxon de voiture.

« Vous parlez français ? me demande Thibodeaux.

— Je crois bien. »

Il me dit quelque chose dans une langue qui, pour ce que j'en comprends, pourrait tout aussi bien être du croate. Je ne bronche pas, et pour cause.

« Vous avez compris ce que j'ai dit ?

— Pas tout.

— Vous êtes sûr que vous parlez français ? »

Je lui explique qu'à mon avis nos difficultés proviennent de ce que je suis né à Saint-Tropez. Il dit qu'il ne connaît pas Saint-Tropez, jamais entendu parler. « C'est dans le sud de la France », je lui explique, « un coin perdu, en pleine campagne, rien que des bouseux, le français qu'on y parle est arriéré, pas le même qu'à Paris forcément. » Moi je parle le français de Saint-Tropez et lui, ce serait plutôt celui de la région parisienne, c'est normal que nous ayons du mal à nous comprendre.

C'est que je ne tiens pas à me le mettre à dos, ce brave homme. D'abord parce qu'il a des mains grosses comme des annuaires téléphoniques et qu'il est aussi grand que Paul Hazzard et bien plus lourd que lui. Malgré ses soixante-dix ans, il me paraît capable de m'expédier d'une baffe au milieu du golfe du Mexique. Ensuite, parce que l'homme au « nez fabuleux » dont Hazzard m'a parlé, c'est lui.

Il me dévisage et soudain éclate de rire :

« Vous êtes un sacré fumiste, hein ? »

Cette fois, en un français presque normal. Il s'est payé ma tête, c'est clair.

« Vous n'êtes pas mal non plus, dans le genre. »

En fait, il connaît Saint-Tropez, il en a entendu parler, c'est là où les gens vont tout nus sur la plage. Il nous offre à boire d'un cruchon, dans lequel séjourne pour peu de temps un whisky que bien sûr il produit lui-même, en sa qualité de bouilleur de cru clandestin officiellement patenté. Thibodeaux est son vrai nom, comme la ville voisine, et son prénom est Duke. Nous lampons à tour de rôle et, probablement sous l'effet de l'alcool qui est des plus raides, j'ai l'impression que le brouillard autour de nous se dissipe. Je distingue la maison où nous sommes, bien plus grande qu'elle n'y avait d'abord paru et — je m'en rendrai compte en la visitant — infiniment plus luxueuse que les apparences extérieures pourraient le laisser croire. Nous nous trouvons sur une véranda typique, avec un fauteuil à bascule typique, dans lequel Duke Thibodeaux s'est assis et se balance, image vivante du bonheur total.

« Il y a des alligators, dans le coin ?
— Quelques-uns. Vous en voulez ? »

Le brouillard se lève rapidement, à présent. Il dévoile un jardin qui n'est pas sans rappeler ceux des palaces de Floride. Différence avec la Floride, je perçois un bruit que je ne reconnais pas ; on dirait un halètement un peu mécanique. Pour Paul Hazzard, c'est apparemment un son caractéristique. Il demande : « Combien de barils par jour ? »

Duke Thibodeaux lève la main droite, tous les doigts dressés sauf le pouce : quatre. Paul : « Cent à cent vingt dollars par jour de revenu, c'est ça ? »

Thibodeaux repose le cruchon, se rencogne dans son fauteuil, reprend sa guimbarde dont il se met à faire vibrer la languette d'acier avec l'air de croire fermement qu'il produit de la musique.

« A peu près.
— D'autres puits ? »

La guimbarde s'interrompt. Doigts de la main droite : cinq autres puits. La guimbarde repart. « Et combien de barils par jour pour chacun de ces puits ? » Trois barils. Soit quinze barils en tout. Plus quatre du premier puits, dix-neuf. Duke Thibodeaux s'est remis à sa guimbarde, en me regardant avec malice. Il est bien sûr en train de faire un peu de cinéma, mais ça m'amuse aussi.

« Voilà, me dit Paul. C'est ce que je voulais te montrer, et c'est pour ça que je t'ai traîné jusqu'ici, entre autres raisons. Bien entendu, tous ces chiffres sont absolument authentiques, Franz. Tu peux les vérifier. Duke est un wildcater, un petit wildcater...

— Toutes proportions gardées, commente Duke.

— Il a six puits, qui produisent dix-neuf barils par jour. Bénéfice net : environ cinq cents dollars par jour. Tu sais ce qu'il a fait pour ça ? »

La guimbarde est repartie de plus belle. Le brouillard a disparu, il fait très beau sur la Louisiane.

« Strictement RIEN, dit Paul Hazzard. Et ça ne lui a pas coûté un cent. »

Vous avez quelque part en France, à Boulogne-Billancourt, Colombey-les-Deux-Eglises ou Saint-Quay-Portrieux, un jardin potager. Imaginons qu'il vous prenne la fantaisie d'y chercher du pétrole. Mieux encore, imaginons que vous en trouviez. Inutile de vous précipiter pour vous habiller en émir : le sous-sol de votre propriété de vous appartient pas, et donc pas davantage le pétrole qu'il peut contenir.

Ce n'est pas le cas aux Etats-Unis. Où non seulement vous aurez le droit d'extraire tout le pétrole que vous pourrez de votre jardin, entre deux rangées de tomates, mais où rien ne vous empêche de vendre ce pétrole au plus offrant. Qui plus est, vous n'avez même pas besoin de posséder un jardin potager ou un terrain quelconque, on le verra.

Mais revenons à votre hypothèse de départ : vous avez un jardin et vous êtes convaincu, à tort ou à raison, qu'il s'y trouve un gisement. L'idée de creuser un puits vous vient tout naturellement. Et c'est à ce moment-là que tout commence. Parce qu'il vous faut de l'argent et, parce que, bien entendu, vous n'en avez pas. Ne vous désolez pas, attendez. Il vous faut tout d'abord faire procéder à une étude par un ou plusieurs spécialistes, ayant par exemple reçu une formation appropriée à l'université du Texas, complétée par quelques années d'expérience soit au Texas même, soit en Californie, en Arabie ou ailleurs. Ces spécialistes existent, ils sont capables de vous garantir la présence de pétrole sous vos tomates ou votre herbe des pampas avec un coefficient de réussite d'environ soixante pour cent.

Ces spécialistes, il vous faudra les payer. Tout comme il vous faudra financer le matériel, les travaux d'installation d'un derrick dans votre jardin, le travail de l'équipe de forage.

Si bien que *grosso modo*, tous frais et assurances compris, un puits va vous coûter cinquante mille dollars. Soit pour un dollar à quatre francs cinquante, deux cent vingt-cinq mille francs, vingt-deux millions et demi de centimes.

Dont vous n'avez pas le tout premier ?

Ça n'est pas grave.

Il existe une différence capitale, extraordinairement spectaculaire dans la façon dont une banque française et une banque américaine organisent leur promotion publicitaire. L'une proclame énergiquement : *VOTRE argent nous intéresse.* La seconde : *IF YOU NEED A MILLION DOLLARS, COME TO SEE US* (Si vous avez besoin d'un million de dollars, venez nous voir).

Car ces 50 000 dollars, vous allez les emprunter à une banque. Dans leur totalité. La banque prendra quelques précautions, comme de s'assurer que vos chances sont réelles de découvrir du pétrole sous vos tomates. Mais elle vous ouvrira ses coffres avec une promptitude qui vous surprendra.

Elle conviendra avec vous d'un remboursement étalé sur dix ans, avec un intérêt de 12 % l'an. De sorte que vous aurez à lui payer, intérêts compris, 916 dollars par mois.

Ce ne seront pas vos seuls frais (dans le cas où vous trouvez vraiment du pétrole). Vous devrez en premier lieu acquitter des taxes, pas aussi lourdes toutefois qu'on pourrait le croire. En tant que petit wildcater, c'est-à-dire produisant moins de mille barils par jour, vous bénéficierez d'un avantage fiscal considérable (afin précisément de vous encourager à cette recherche pétrolière privée). On ne vous réclamera que 7 % par baril. Soit 2,66 dollars.

Autre taxe, celle du « un-quart » et qui est de 30 % au-dessus d'un prix de 15,50 dollars par baril. Soit 6,75 dollars.

Enfin, une fois votre derrick en place et produisant du pétrole, vous aurez des frais d'exploitation : entretien du matériel, fournitures d'énergie, papiers, torchons, chien de garde ou clochettes cristallines pour empêcher qu'on ne vous vole votre pétrole pendant votre sommeil. Au total : 3,26 dollars.

Ajoutez 2,66 à 6,75 et 3,26, vous obtenez 12,67 dollars par baril.

Pour un mois de trente jours : 380 dollars et 10 *cents*. Et si votre puits vous livre — c'est le minimum accepté — trois barils par jour, vous triplez ce dernier chiffre qui devient : 1 140,30 dollars de frais par mois.

Auxquels vous devez ajouter les remboursements à votre banque, 916 dollars par mois.

Total de vos frais, absolument tout compris : 1 140,30 plus 916 égale 2 056,30 dollars.

Notez bien ce chiffre.

Qui va vous acheter ce pétrole issu de votre potager ? Tout simplement les grandes compagnies et sans la moindre difficulté. Entre collègues, n'est-ce pas ? Vous allez donc vendre vos trois barils par jour à la Exxon ou à la Gulf.

Il y a 42 gallons dans un baril et un gallon américain vaut 3,7854 l. Un baril de pétrole contient de ce fait 158,99 l. Exxon ou la Gulf vous le paiera 38 dollars.

Comme vous produisez par votre seul puits 3 barils par jour, vous percevrez donc 114 dollars par jour, soit 3 420 dollars pour un mois de 30 jours. Et vos frais étant de 2 056,30, votre bénéfice sera de 1 363,70 dollars par mois — moins 20 dollars d'assurance : 1 343,70 dollars, soit 6 046,65 francs français.

Que vous encaisserez à ne strictement rien faire d'autre qu'être assis dans un fauteuil à bascule, à fumer votre pipe.

Etant entendu que trois barils par jour feront de vous un (très) petit wildcater et qu'aucune loi ne vous empêche de répéter votre opération de financement bancaire, surtout si la première a réussi, jusqu'à multiplier le nombre de puits au milieu de vos tomates. Multipliez dans ce cas 6 046,65 francs français mensuels par le nombre de puits.

Etant entendu également que si vous ne trouvez pas le moindre millilitre de pétrole, vous devrez quand même rembourser votre banque. Mais toute aventure comporte des risques.

Et ce n'est pas fini. Vous avez donc trouvé du pétrole dans votre jardin et cela vous donne des idées (vous êtes décidément diabolique). Par exemple l'idée de proposer à votre voisin de creuser, en VOTRE nom, un puits dans SON jardin. La loi vous y autorise, si votre voisin est d'accord. Et c'est vous qui empruntez à la banque, pas lui. La loi prévoit même le montant de la redevance à verser au propriétaire du terrain, en pareil cas, si le pétrole jaillit : 5,40 dollars par baril. Donc 480 dollars par mois.

En supposant que le puits creusé par vous chez votre voisin fournisse le minimum de trois barils par jour, vous voyez que cette opération vous rapporte 1 343,30 moins 480 soit 863 dollars, nets d'impôts.

Et si vous creusez PLUSIEURS puits chez votre voisin...

Et si vous avez PLUSIEURS voisins complaisants ou paresseux...

Je demande à Duke Thibodeaux : « Et je me trompe en pensant que vous avez creusé quelques puits dans les jardins potagers de vos voisins ? »

Sa fichue guimbarde n'arrête pas. Voilà déjà des heures que nous sommes là, Paul Hazzard et moi. On nous a invités à déjeuner, et nous avons partagé le repas familial avec une horde de Thibodeaux de tous âges et de tous sexes. Vers la fin du repas, le chef de clan a repris place dans son fauteuil et me sourit en reprenant *O Suzannah* :

« J'en ai peut-être bien creusé quelques-uns par-ci, par-là, concède enfin Duke.

— Combien ? »

O Suzannah pour la seize ou dix-septième fois.

« 67 productifs.

— Et ça fait combien de barils ? »

O Suzannah !

« Disons 220, mon garçon. »

Et il compte là-dedans les 19 barils par jour produits par les puits dans son propre jardin ?

O Suzannah.

« Ouais, mon garçon. »

19 barils par jour de ses puits personnels, plus 201 barils extraits chaque jour des puits creusés chez ses voisins, cela fait...

« 68 915 dollars et 90 *cents*, si je ne me trompe pas. C'est ça ? »

Il hausse les épaules. Aucune idée. *O Suzannah* ! grince la guimbarde. Bonté Divine ! 68 915 dollars de revenus mensuels, tous impôts déduits. Soit 310 117,50 francs français. Je cherche le regard de Paul Hazzard et je découvre que cet abruti est mort de rire. Il m'avait dit : « Le problème avec Duke sera de le convaincre de travailler avec nous. Moi, je le lui ai demandé quatre fois. Il a refusé quatre fois. — Pourquoi ? — Il aime sa tranquillité. » Sa tranquillité ! tu parles ! A près de 32 millions de centimes de revenus nets d'impôts par mois ! Juste pour jouer de la guimbarde.

A propos de guimbarde, Duke Thibodeaux se décide enfin à déposer la sienne. Il s'étire, bâille, il suçote encore un petit coup le cruchon, me sourit :

« Bon, dit-il. Et maintenant vous allez me trouver une seule bonne raison pour que j'aille avec vous arpenter le Texas et l'Oklahoma, au lieu de rester tranquillement chez moi. »

O Suzannah !

16

Il n'est pas question de jardin potager dans l'offre que m'a faite Paul Hazzard. Pour lui, un Duke Thibodeaux n'est qu'un petit wildcater. Paul me propose une association pour que nous devenions, lui et moi, de gros wildcaters. En suivant la même démarche que l'homme à la guimbarde, mais sur une échelle considérablement plus grande.

Paul Hazzard est ce Texan de San Antonio que j'ai connu aux Bahamas. C'est lui qui m'a mis en contact avec le groupe de Dallas qui est entré dans Safari. De ce service qu'il m'a rendu, il a tiré la conclusion plus ou moins avouée que je lui devais quelque chose : par exemple faire équipe avec lui.

Nous ne nous sommes pas attardés chez Thibodeaux ; nous y risquions une cuite carabinée d'une part, et d'autre part mes nerfs commençaient à lâcher aux glings-glings de la guimbarde. Nous nous sommes repliés à La Nouvelle-Orléans, au Royal Sonesta Hotel, dans Bourbon Street. Là, Paul reprend ses arguments : il a tout prévu, tout calculé ; les terrains que nous pourrions prospecter se trouvent en Oklahoma, dans trois comtés différents aux alentours de Tulsa ; des études préliminaires y ont été conduites par un géologue.

« Franz, je t'ai préparé le dossier, tout y est. »

Et de fait, rien n'y manque : carte détaillée de la région concernée (sur les bords du fleuve Arkansas et, je m'amuse à le découvrir, non loin de Coffeyville où ont été abattus les frères Dalton) ; photos des terrains, nombre de puits envisagés, production espérée de ces puits, bénéfices à retirer une fois amorti l'investissement initial. Qui est de deux millions et quarante-sept mille dollars.

« Dont nous n'aurons évidemment pas à verser la totalité, Franz, tu t'en doutes. Il nous suffit de mettre les premiers cinq cent mille et la Mercantile National Bank de Dallas avancera le reste, sous réserve que les premiers forages se révèlent satisfaisants. Et tout annonce qu'ils le seront, dit-il.

— Tout le prouve mais tu souhaiterais quand même que le vieux Duke aille jeter un coup d'œil. »

Il rit : « C'est vrai. Cet original a la réputation justifiée de ne s'être jamais trompé. Les grandes compagnies le connaissent et lui ont fait des ponts d'or. Sur lesquels il n'a jamais voulu poser le pied. Avec lui, même la banque se sentirait plus tranquille. »

Et de repartir sur d'autres chiffres. Il me propose plusieurs concessions. Sur une seule d'entre elles, qui a une capacité de vingt à vingt-six puits, le rendement espéré est de six cents barils par jour. Soit un revenu quotidien de douze mille dollars et, sur la base de trois cent cinquante jours par an, de quatre millions deux cent mille à l'année. Les puits devant théoriquement produire pendant vingt ou vingt-cinq ans.

J'écoute Paul et ne parviens pas à me décider. C'est vrai qu'au point où j'en suis, un demi-million de dollars ne devrait être qu'une goutte d'eau. Mais entre les capitaux que j'ai engagés dans les spéculations sur le café et l'argent, ceux que je dois investir en Floride, ceux que je place entre les mains de Fezzali pour qu'il les utilise sur le marché libre du pétrole, ceux enfin consacrés à Tennis Dans le Ciel, sans parler de l'achat de l'île, de mes frais personnels importants, des sommes allouées tant à Callaway qu'à l'équipe anglaise surveillant Yahl, en additionnant tout cela, je suis bien obligé de reconnaître que j'ai engagé presque toutes mes réserves. J'ai dû monnayer mes obligations en francs suisses, j'ai puisé dans mes tiroirs. Ma rencontre avec Horst, à l'hôtel Biltmore de New York, date de huit mois, nous sommes en janvier. Au cours de ces huit mois, pour répondre à une attaque éventuelle (mais dont je ne vois aucun signe, sinon l'obsédante présence des photographes), je me suis déployé presque à l'extrême limite de mes possibilités, allant de l'avant sur tous les fronts. Et l'attaque ne s'est toujours pas produite.

« Franz, 500 000 à verser tout de suite, 2 millions avec le prêt bancaire.

— Qu'il faut tout de même cautionner.

— C'est vrai. Mais en réinvestissant le revenu des premiers puits forés, sans autre apport d'argent frais, nous pouvons atteindre en cinq ans une production de 2 500 barils par jour. Pour un revenu de 40 à 50 000 dollars par jour, donc de 14,6 à 18,2 millions de dollars par an. Soit, en francs français, entre 65 700 000 et 81 900 000 francs, plus de 8 milliards de centimes ! Ça vaut le coup, non ? »

Ça vaut le coup mais j'ai besoin de réfléchir. A cela et au reste. Je le dis à Paul Hazzard qui finit par acquiescer, déçu et même un peu surpris de mon manque d'intérêt. Il repart le lendemain matin pour San Antonio. Je reste seul à La Nouvelle-Orléans. La veille, j'ai appelé le ranch en Arizona et Catherine ne s'y trouvait pas, ses parents non plus, tous partis dîner chez des amis. Je rappelle et après un peu réjouissant intermède avec Beau-Papa qui se refuse tout d'abord à réveiller sa « fille qui s'est couchée tard », j'ai quand même ma femme en ligne. Mais elle décline mon offre de me rejoindre à La Nouvelle-Orléans. Elle n'aime pas plus La Nouvelle-Orléans que New York, elle préfère rester au ranch, à moins qu'elle ne décide de rentrer en France, elle ne sait pas encore. Même au téléphone, son extraordinaire nervosité transparaît. A deux reprises, je lui ai proposé de consulter un médecin à ce sujet, ces comprimés qu'elle avale en se cachant de moi m'inquiètent. Elle a refusé avec colère, appuyée par ses parents, surtout par mon beau-père, dont je me demande ce qu'il venait faire là. Je raccroche, furieux.

Je marche dans les rues de La Nouvelle-Orléans, qui est l'une des villes américaines les plus agréables pour se prêter à cet exercice, dans son centre du moins. J'enrage et j'en ai assez. Ces huit mois d'attente qui se sont écoulés depuis le défi de Horst commencent à m'éprouver nerveusement, s'ajoutant à mes problèmes conjugaux. Pour un peu, je souhaiterais que l'attaque dont on m'a menacé se produise enfin. Si elle doit se produire, car certains jours, je me demande si je ne suis pas la victime d'un gigantesque bluff.

Hypothèse qui me semble peu probable lorsque je revois le regard de Horst, dans la chambre de l'hôtel Biltmore à New York.

Coup de téléphone de Marc Lavater : « Qu'est-ce que tu fabriques à La Nouvelle-Orléans ?

— Comment m'y as-tu trouvé ?

— Paul Hazzard, j'ai appelé chez lui. Franz, il faut qu'on se voie. Je serai à New York dans trois, non dans deux jours, le 15 janvier.

— J'y serai. Que se passe-t-il ?

— Ça bouge à Genève. Yahl est parti en voyage. »

Il est parti pour Londres où il se trouve depuis hier soir à l'hôtel Browns. Vérification faite discrètement auprès de la réception, il attend quelqu'un.

« Tu devines qui ? »

Bon sang, je ne suis pas d'humeur à jouer aux devinettes !

« Erwin Horst. Et ce n'est pas tout, Franz. Il a effectué des transferts de capitaux, en se servant de cet Hubrecht, son ancien assistant, dont on t'a parlé. Sept millions de dollars dans la seule journée d'hier. C'est parti de Zurich, quatre millions pour New York et trois autres pour La Nouvelle-Orléans. Quand es-tu arrivé toi-même à La Nouvelle-Orléans ? » Ce n'est pas une coïncidence : l'argent a été versé sur un compte d'une banque louisianaise de Carondelet Street vers dix heures du matin, soit au moment où Paul Hazzard et moi, en plein brouillard, tentions de retrouver la demeure ancestrale des Thibodeaux.

Quant au virement à destination de New York, il a été effectué sur le compte d'un certain Solon R. Ridgewood, dans une banque de Fulton Street à Manhattan.

« Qui est ce Ridgewood ?

— Aucune idée. On cherche à le savoir. Franz, nous ne savons pas quoi mais il se prépare quelque chose et c'est imminent.

— Où est Horst ?

— En principe en route pour Londres, où il ne devrait pas tarder à arriver.

— Je veux qu'on s'occupe de lui désormais, à plein temps.

— On ne peut pas surveiller la terre entière.

— Pourquoi pas !

— Du calme, Franz. »

Mais oui ! Je dis à Marc qu'il pourra me joindre, en attendant que je regagne New York, au Royal Sonesta. Je raccroche.

Le Royal Sonesta se trouve dans Bourbon Street en plein cœur du Vieux-Carré. C'est un hôtel plus vaste qu'il n'y paraît, avec ses quelque cinq cents chambres, et bien moins bruyant qu'on ne pourrait le craindre malgré la proximité immédiate des innombrables boîtes à strip-tease et autres cabarets où des orchestres, tous prétendant jouer le seul dixieland authentique, s'évertuent à se couvrir les uns les autres. Mais il comporte un patio central d'un calme surprenant. J'y ai pris mon petit déjeuner avant de recevoir l'appel de Lavater. Je suis ensuite remonté dans ma chambre pour une série de coups de téléphone, à Catherine et à mes avocats de New York. Il est environ onze heures quand je redescends. Je quitte l'hôtel à pied. Pour un Américain, il existe deux lieux de débauche par excellence : Las Vegas et ici, dans ce French Quarter où je suis, où les rues s'appellent Bourbon, Chartres, Dauphine, Bienville, Ursulines ou Toulouse ; où l'on peut trouver un marché aux primeurs qui aurait presque sa place à Toulon ou à Nice ; où le Presbytère avoisine le Café du Monde. Pour moi, j'ai toujours été frappé davantage par la saleté des rues, la décrépitude des bâtiments, la médiocrité absolue de cette débauche. Tout ici sent la vase. On n'y enterre même pas les morts, les cimetières ont depuis deux cent cinquante ans leurs tombes en hauteur, faute de pouvoir enfouir quoi que ce soit dans le sol spongieux. Quant au Mississippi, on ne le voit pas, une énorme digue le dissimule et d'ailleurs ça vaut mieux : il est puant et gris. Quiconque a rêvé d'un fleuve ensoleillé portant de joyeux bateaux à aubes déchante très vite ; le port de La Nouvelle-Orléans a le charme exotique et raffiné de celui de Newcastle ou de celui de Hambourg.

Je l'aperçois à une trentaine de mètres de moi au moment où elle traverse Bourbon Street et je reconnais aussitôt ses cheveux noirs, la ligne de ses épaules, cette façon presque méprisante de porter la tête. Elle est en jean et chemisier à manches roulées, elle tient ses deux appareils photo dans sa main gauche. Tout indique qu'elle ne m'a pas vu.

J'étais en route pour Carondelet Street, afin de jeter un coup d'œil sur cette banque où, voici vingt-quatre heures, dans une troublante simultanéité avec ma propre entrée en Louisiane, Yahl a fait virer trois millions de dollars, à des fins que j'ignore. Sans hésiter, je me mets à suivre Sharon Maria de Santis.

Elle n'a pas l'allure de quelqu'un qui se rend à un rendez-vous, elle flâne, s'arrête devant les vitrines des antiquaires de Royal Sreet. Je suis à trente mètres derrière elle et malgré l'étroitesse si peu américaine de la rue, je ne cours guère le risque d'être repéré, les trottoirs sont pleins de monde. Plus loin dans Royal, elle tourne à droite dans la petite Pirate Alley qui longe la cathédrale, elle débouche sur l'ancienne place d'armes, aujourd'hui Jackson Square. Nouvelle flânerie nonchalante devant les peintures exposées en plein air, au long des grilles du jardin. Dont, l'un derrière l'autre, nous faisons le tour, hélés par les cochers des calèches. La filature m'amuse, pour une fois les rôles sont inversés.

Elle finit par prendre place à l'une des tables du petit café Pontalba, à l'angle de Chartres Street et de la place. Dès cet instant, j'ai envie d'aller tout bêtement m'asseoir auprès d'elle, mais quelque chose me dit d'attendre. Et ce quelque chose a raison : cette même serveuse à qui elle a parlé en entrant revient vers elle et lui fait un signe. Ma montre à ce moment-là marque exactement onze heures trente. La communication téléphonique est très brève, la jeune femme ressort aussitôt, notant quelque chose dans un petit carnet, qu'elle pose sur la table en y reprenant place elle-même. Pas pour longtemps ; elle fouille l'espèce de petite cartouchière qu'elle porte à la ceinture, cherchant sans doute de la monnaie. Allons-y. Je m'étais posté à l'entrée du Petit-Théâtre, je traverse Royal Street en quelques pas et l'aborde en espagnol. « Quiere dinero ? » (Besoin d'argent ?)

Elle se retourne et me considère, à peine surprise, une lueur amusée au fond de ses yeux noirs.

« Qui n'a pas besoin d'argent ? »

Une fois de plus, je suis frappé par sa ressemblance avec Sarah Kyle, avec qui j'ai vécu plus d'un an, avant mon mariage, et qui m'a quitté d'elle-même, sachant que j'avais rencontré Catherine. Sarah avait des cheveux châtain-roux et des yeux verts et elle était irlandaise ; Sharon de Santis est brune aux yeux noirs et son ascendance est indubitablement italienne. Mais les visages sont les mêmes ou peu s'en faut, également triangulaires ; les deux femmes ont encore en commun ce demi-sourire sur les lèvres, cette façon de me considérer avec une ironie qui n'est nullement agressive et, dans le cas de ma photographe, presque amicale. Je lui dis :

« J'ai de graves reproches à vous faire : vous choisissez toujours mon mauvais profil. »

Elle me scrute : « Tournez la tête, pour voir ? » Elle m'examine, acquiesce : « Vous avez tout à fait raison, le gauche est meilleur. Je suis vraiment navrée. »

Je m'assois.

« Pas bouleversant, mais meilleur, ajoute-t-elle. Je boirais bien une autre bière. »

Le petit carnet est toujours sur la table au plateau de marbre. Je commande deux bières et tandis que nous attendons, elle soutient mon regard avec une impudence tranquille, un rien narquoise. Je lui demande :

« Pas de photos aujourd'hui ?

— Vous faites bien de m'y faire penser. »

Elle se relève, dégage un de ses appareils de sa gaine de cuir, s'écarte de quelques pas et prend paisiblement quelques clichés. Vient se rasseoir.

« Le profil gauche comme demandé.

— Voyons un peu, dis-je, vous vous appelez Sharon Maria de Santis. Comment vous appelle-t-on, Sharon ?

— Maria.

— Vingt-cinq ans, divorcée, une fille de trois ans...

— Bientôt quatre.

— Que vous avez confiée à vos parents qui habitent Flushing. Votre patron s'appelle Yates. Votre ex-mari est médecin, remarié, un enfant à lui, quelque part du côté des chutes du Niagara. »

Je regarde tout en parlant le petit carnet.

On nous apporte nos bières. Je n'y touche pas, elle si. Et au moment où elle porte le verre à ses lèvres, je prends le carnet, je l'ouvre et je lis à la dernière page utilisée : « Royal Sonesta, Room 265. » Ma chambre. Elle repose tranquillement son verre et me sourit : « Eh oui ! » dit-elle. Son naturel et sa décontraction sidéreraient n'importe qui. A croire que nos rencontres précédentes, à Amsterdam, San Francisco et Paris, ont fait de nous de vieux amis. D'accord, je suis prêt à jouer le jeu. Elle accepte d'un petit haussement d'épaules, l'air de dire « Pourquoi pas ? », mon invitation à déjeuner. Si elle sait l'espagnol et le portugais, à croire les rapports de Callaway, elle ignore le français et la grande carte du restaurant d'Antoine, qui ne contient pas non plus un seul mot d'anglais, la laisse tout de même perplexe. Un peu plus tard, quand je lui demande si elle a aimé les huîtres à la Rockefeller, elle me répond flegmatiquement : « C'est parfaitement dégueulasse. » Et qu'est-elle venu faire à La Nouvelle-Orléans, à part me photographier ? Justement : me photographier et rien d'autre. Ce n'est qu'à ce moment-là qu'elle change d'attitude. Sa main s'allonge et ses doigts touchent presque furtivement les miens : « Monsieur Cimballi, je n'aime pas trop ce que je fais en ce moment. » Mais si ce n'est pas elle, quelqu'un d'autre le fera, me dis-je, tout en me demandant si elle ne me joue pas la comédie. « Et j'aime autant que ce soit vous. » Elle me remercie d'un signe et tandis qu'elle courbe gracieusement la tête, la vue de ses courtes boucles sur sa nuque et jusqu'au dessin de son menton et de ses lèvres font affluer mes souvenirs de Sarah.

« Vous ressemblez à quelqu'un que j'ai connu. »

Moqueuse : « Elle était sûrement ravissante.

— Surtout quand il était rasé de près. »

Elle rit : « Touché », dit-elle en français, et ce doit être l'un des seuls mots qu'elle connaisse. Nous concluons le déjeuner par un café-brûlot diabolique mais dehors, elle m'annonce brusquement : « On m'a téléphoné, juste avant que vous n'arriviez, pour me dire que vous étiez descendu au Royal Sonesta.

— Qui vous a appelée ?

— Le secrétariat de Yates, comme d'habitude.

— Quand vous a-t-on appris que vous deviez vous rendre à La Nouvelle-Orléans ?

— Hier soir, à New York. J'ai pris un avion ce

matin. » Autrement dit, s'il ignorait hier soir dans quel hôtel j'allais descendre, Yates savait depuis la veille que je me trouvais en Louisiane. Apparemment pas par Paul Hazzard, qui a effectué lui-même les réservations au Royal Sonesta. On m'aura donc suivi depuis mon départ du Texas, voire depuis le ranch. Inquiétant et irritant.

« Combien vous paie-t-on ?

— Quatre cent cinquante dollars par semaine plus les frais. »

Elle a tout de suite compris où j'allais en venir. Elle secoue la tête, non sans avoir manifestement hésité : « Non, ne me proposez rien. Je n'accepterais pas.

— Deux mille dollars par semaine. »

Nous sommes en train de revenir vers le Sonesta.

« Vraiment non, dit-elle enfin. Je ne vais pas travailler éternellement pour Yates. On m'a parlé d'un job au Brésil.

— Je pourrais aussi vous aider à trouver du travail. Après. »

Elle avance à mon côté et je la sens tentée, prête à dire oui. Elle se décide enfin : « C'est non. Mais merci quand même. »

Devant l'hôtel, elle s'écarte de moi et prend ses photos, son visage encore marqué par l'incertitude où ma proposition l'a plongée. Par réaction, ou plus simplement parce que je ne déteste pas faire le pitre, je prends des poses farfelues. Elle finit par sourire, hoche la tête : « Vous êtes gentil », dit-elle. Avant que j'aie pu bouger, elle s'est rapprochée de moi et m'embrasse sur les lèvres. « Et merci pour le déjeuner. » Après quoi, elle s'éloigne, se retournant une fois pour m'adresser un petit signe de la main. Curieuse fille. Dont je ne sais trop quoi penser.

Lavater a appelé en mon absence, laissant un message dans lequel les patronymes sont remplacés par des initiales : Horst est arrivé à Londres, où il a retrouvé Yahl, et où il est neuf heures du soir. Horst en provenance de La Nouvelle-Orléans, où il se trouvait presque au moment où j'y arrivais, où je suis encore et où ont été virés trois des sept millions de dollars déplacés par Martin Yahl.

Je n'y comprends rien.

Dans la soirée du même jour, j'arrive à New York.

La période des fêtes de fin d'année passée au ranch, puis ma visite chez Thibodeaux avec Paul Hazzard, ont été comme une sorte de parenthèse. Il est temps maintenant pour moi, et nécessaire, de faire le point précis sur mes différents engagements financiers : Tennis Dans le Ciel, Safari, Silver, Pétrole, Café avec les hommes que j'ai chargés pour mon compte de surveiller la bonne marche de ces diverses opérations.

En premier, Rosen.

17

Jimmy Rosen est plus petit que moi, c'est réconfortant. Il travaille probablement même quand il dort. Il me noie très vite sous un déluge de chiffres à propos de Tennis Dans le Ciel. Je le coupe d'entrée de jeu :

« Bonne affaire ou non ?

— Elle sera bonne, très bonne même, elle l'est déjà. »

Simplement il est en train de se passer ce qui m'est déjà arrivé avec les gadgets, entre autres : sitôt mon idée initiale tombée dans le domaine public, elle a été cueillie au vol par d'autres, qui la mettent d'ores et déjà en pratique, et donc me font concurrence.

« Franz, ils vont très vite. Il s'agit d'aller plus vite qu'eux. Je n'ai pas de reproches à vous faire mais vous nous avez un peu négligés, ces temps-ci.

— Qui sont-ils ?

— Des hommes d'affaires de Chicago. De gros moyens.

— Et le Turc ? »

Le Turc est venu, c'est vrai, par deux fois. Et

c'est déjà beaucoup pour lui qui n'aime guère quitter sa propriété de Hampstead. A New York, faisant mon travail et le sien, il a mis en place pas mal de structures, poussé les feux, activé la société de construction que nous avons rachetée, en même temps que les équipes de Letta qui désormais opèrent non seulement à New York, de Long Island à Yonkers, en passant par Queens, Brooklyn, le Bronx, Staten Island, Newark et naturellement Manhattan, mais aussi dans d'autres grandes villes américaines : Boston, Chicago, Philadelphie, Washington...

« Voici les listes complètes, les objectifs atteints et ceux à atteindre au vu des études qui ont été faites... »

Rosen me tend des papiers. Je suis un peu effaré. L'ampleur de ce que j'ai mis en marche a de quoi me souffler. Pas trop tout de même. Je demande :

« Le sponsoring ? »

Ça ne va pas trop mal de ce côté-là non plus. Sinon que nos concurrents, là également, ont engagé la bataille contre nous. De gros annonceurs qui avaient presque donné leur accord, la chaîne de radio qui s'était déclarée prête à patronner toute l'opération, en semblent d'un coup réticents, hésitants...

Une idée m'est venue en Louisiane, tandis que j'écoutais en essayant de ne pas l'entendre la guimbarde de Duke Thibodeaux. Deux idées, en fait. La première :

« Jimmy, je veux qu'on organise un tournoi inter-quartiers, le club Tennis Dans le Ciel de la 23ᵉ Rue contre tel autre du Bronx. Pas de joueurs classés ou cotés, rien que des gens du quartier concerné. Le club vainqueur pourra être défié par un autre club. Le champion hebdomadaire recevra une médaille, ou mieux encore, un maillot jaune comme dans le Tour de France cycliste, avec une rente à la semaine, soit en argent soit en équipement. Ou un voyage à Wimbledon pour la finale du tournoi. Bien entendu, cette rente et les frais ne seront pas payés par nous mais par un annonceur. Je ne sais pas, moi ! Par exemple Coca-Cola, ou bien les raquettes Boum-Boum ou les slips Je-Te-Tiens. »

Rosen acquiesce. Voilà, dit-il, qui va certainement emporter la décision des hésitants. C'est déjà un premier résultat. J'explique à Jimmy ma seconde idée. Et elle doit être assez drôle parce qu'elle le fait franchement sourire, or il n'est pas plus que Letta du genre à s'esclaffer.

« Un autre problème, Jimmy ? »

Un autre problème. L'argent. Le développement ultra-rapide de Tennis Dans le Ciel, la véritable armée mise sur pied pour réaliser l'affaire, ce combat que nous devons mener pour résister à l'attaque des gens de Chicago, tout cela a entraîné des frais considérables. Et en laisse entrevoir d'autres à venir...

« Combien ? »

Deux millions de dollars. Une relance à son avis indispensable, sans laquelle l'organisation concurrente risque d'occuper les places que nous aurons laissées vides. Il paraît même assuré que ce groupe, par la suite, essaiera de nous éliminer. Mieux vaut s'accrocher solidement.

« Jimmy, qui sont-ils exactement ? Ils ont réagi à une vitesse que je trouve anormale ; leurs propres équipes de démarcheurs, indiquent les rapports d'Adriano, sont entrées en piste moins de trois semaines après les nôtres.

— Et ils appliquent exactement votre méthode.
— Horst ou Yahl ?
— Aucun de ces noms. Mais un certain Ridgewood. »

C'est comme un éclair : « Solon Ridgewood ? »
Rosen acquiesce, surpris. « Vous le connaissez, Franz ? »

Je ne le connais pas. Mais Solon R. Ridgewood, c'est l'homme sur le compte new-yorkais de qui, il y a une trentaine d'heures, Martin Yahl a fait virer quatre millions de dollars.

J'en étais arrivé à souhaiter une attaque ? La voici.

Retour à l'hôtel Pierre où m'attend Jo Lupino. Lui au moins a l'air de penser que la vie est belle. « Où étais-tu, Franz ? J'ai téléphoné partout. Tu t'es trouvé une blonde, petit canaillou ? » Lui, ça va très bien merci, dit-il, il est allé faire un tour en Floride et il est très content de son voyage. « Surtout à tes frais, Cimballi Franz, il faisait très beau là-bas et à propos ça fait une heure que je t'attends.

— Rosen m'a retenu. Où en es-tu ? »

Il a tenu à Palm Beach une conférence avec ses homologues texans et chinois. Des types très sympas paraît-il et même ils ont terminé la conférence par une étude approfondie de Floridiennes faites au moule, ça sautait aux yeux tant leurs maillots...

« Jo ?
— Oui, Franz ?

— Je m'en fous complètement. »

Bon, parlons travail puisque j'y tiens. Ça marche du tonnerre là-bas, Franz. Est-ce que je sais que ce chantier qui a démarré est le plus gros jamais entrepris aux Etats-Unis depuis... Oui, je sais. Je lui fais remarquer aigrement qu'il est onze heures du soir et que tant qu'à me garder éveillé, j'aimerais autant que ce soit pour de vraies nouvelles. Mais c'est qu'il n'a pas de vraies nouvelles, sauf me confirmer que tout va bien...

« En somme, tu m'as attendu une heure pour me dire que tu n'avais rien à me dire. »

Il me sourit gaiement : « Nerveux, hein ? Non, sérieusement, tout va pour le mieux. Tes copains chinois ont déjà versé cinquante millions de dollars qui vont servir à la conception générale. Comme prévu dans nos accords. Les Texans confirment leurs engagements pour deux cent cinquante, et ne s'en tiendront pas là. Franz, ils sont sacrément accrochés à l'idée. De notre côté, j'ai également confirmé ta participation à ce stade, comme tu me l'avais prescrit.

— Le chiffre exact ?

— Cinq millions six cent trente mille dollars. A verser d'ici vendredi prochain. »

Il me scrute : « Des problèmes, Franz ?

— Rien de grave.

— Si ça te dit, tu as toujours la ressource d'aller déguster des spaghetti alla carbonara chez les Lupino. Braves types, ces Lupino. Un cœur d'or. »

Il s'en va. Si cet homme me trahit, alors il mériterait un oscar.

Il est onze heures, soit neuf heures en Arizona qui est en Mountain Time. Au ranch, ça sonne interminablement dans le vide. Et puis, surprise, c'est Catherine elle-même qui décroche. Je demande :

« Qu'est-ce qu'il se passe ? Il n'y a donc personne pour répondre ? Et les domestiques ?

— J'ai été la première à décrocher et c'est tout. Pourquoi en faire un drame ?

— Je n'en fais pas un drame, mais je... »

Ça y est, nous voilà à nouveau lancés dans ce qui s'annonce comme une dispute. Je me calme : « Tu es seule ? »

Sarcastique et agressive, plus nerveuse que jamais : « Bien sûr que non, j'ai deux de mes amants allongés près de moi. Et un troisième sous le lit, à l'insu des deux autres.

— Bon sang, Catherine, arrête un peu...

— C'est toi qui as commencé en me faisant cette réflexion stupide et désagréable. Et maintenant tu me soupçonnes... »

Et ainsi de suite. Si bien que je m'en tiens à l'essentiel. Ses parents ? Ils regardent un film sur le magnétoscope. Et Marc-Andrea ? Il dort. « Il est neuf heures du soir, figure-toi, et à cette heure-là, un jeune enfant dort, pour le cas où ça t'intéresserait. Ce qui me surprendrait... »

Oh ! nom de Dieu ! Je finis par raccrocher, en rage. Pendant que j'étais en ligne, un appel pour moi est arrivé. Je le prends. C'est Ute Jenssen qui m'appelle de Londres.

« Franzy, je n'arrivais pas à t'avoir.

— Tu m'as eu. Feu.

— J'ai des problèmes, beau Viking. Quelqu'un nous fait des misères.

— A propos de Tennis Dans le Ciel ? »

Elle éclate de rire : « Franzy, le type qui essaierait de me violer en aurait pour son argent. Mais oui, bien sûr, je parle de Tennis... »

En d'autres termes, quelqu'un est en train de faire en Europe ce que les hommes de Chicago font sur le territoire nord-américain : on a de même mis en place une organisation concurrente puissante qui contre systématiquement le travail d'Ute, en quête d'emplacements pour construire des terrains de tennis.

« Franzy, ou bien ces types ont eu la même idée en même temps que toi, ou bien ils ont copié par-dessus notre épaule, les vilains. Ils ont réagi comme la foudre. »

Et chaque fois que nos démarcheurs (ou démarcheuses, Ute utilise beaucoup de femmes) se présentent quelque part, ils ou elles sont suivis, voire précédés par une équipe adverse.

« Ils offrent toujours un peu plus que nous. Ils sont parfaitement renseignés. J'ai repéré deux de mes filles qui travaillaient pour eux, je les ai virées mais il y en a sans doute d'autres. On est noyautés. »

Autre chose encore : tout se passe comme si l'ennemi acceptait de ne pas faire de bénéfices si nécessaire.

« Ils visent avant tout à nous éliminer. Et c'est grave. Franzy, nous sommes entrés dans ton affaire parce que nous y avons vu la possibilité de réaliser de gros bénéfices sans gros investissements. Le rêve. A la limite, nous pouvions ne pas mettre un shilling. Mais si ces types veulent la bagarre, ils vont l'avoir.

— Autrement dit, vous souhaitez d'autres investissements.

— Comment faire autrement ? Franzy, le Turc

a mis de l'argent dans cette société de construction. Il ne peut plus lâcher, c'est un coup à perdre tout ou partie de sa mise. Pour toi comme pour nous. Elle vaudra quoi, cette société, si elle n'a plus de terrains à construire ? »

Ils ont fait leurs comptes, dans leur villa de Hampstead. Un million de dollars devrait suffire pour l'instant. Part à deux, évidemment.

« Je te fais parvenir les papiers, les bilans et tout et tout. Ou mieux, je t'apporte tout ça moi-même. »

Et comme je ne réponds pas tout de suite...

« Franzy, ça n'a pas l'air d'aller.

— Tu rigoles, je pète le feu.

— Mon œil. C'est dit : j'arrive demain. Gros câlins partout. »

J'ai quitté l'Arizona le 9 janvier pour Dallas, Texas, où j'ai retrouvé Paul Hazzard. C'est au soir de ce 9 janvier qu'il m'a réitéré son offre de jouer les wildcaters en gros, me faisant même rencontrer un géologue de Tulsa spécialement convoqué pour moi. Le lendemain 10, nous étions en Louisiane, chez Thibodeaux. Soirée et nuit à La Nouvelle-Orléans, où je suis resté seul. Avant de rencontrer Maria de Santis. Puis départ pour New York.

C'est donc le 12 janvier au matin que le taxi venu me chercher au Pierre — devant les objectifs de deux des photographes de Yates, comme toujours — me débarque dans Vesey Street, devant le bâtiment de l'administration fédérale des Postes.

C'est à pied que je pénètre sur la plaza au sol de marbre, avec sa fontaine cernée de bancs de pierre. En été, je me souviens d'y avoir vu des fleurs, mais nous sommes en hiver et tout est glacial et nu. Le temps est exactement celui que j'espérais, encore assez clair pour l'instant, quoique des nuages arrivent de la baie de New York, et, par-delà le pont de Verrazzano, de l'Atlantique. Il est neuf heures quinze.

Et pour la première fois, je lève les yeux. C'est un choc. Elles sont réellement gigantesques, leur blancheur est étincelante, leur verticalité à ce point absolue qu'elle en devient monstrueuse : les tours jumelles du World Trade Center à la pointe de la presqu'île de Manhattan sont devant moi. Quatre cent onze mètres et quarante-huit centimètres de hauteur, cent trente mille personnes allant et venant à l'intérieur. Je suis un instant des yeux l'étrange bête mécanique qui est en train d'escalader l'une des façades, sorte de minuscule nacelle mobile emportant un seul homme : le laveur de carreaux qui nettoie méthodiquement quelques-unes des quarante-trois mille six cents fenêtres ; il met deux mois pour donner un coup d'éponge à chacune et quand c'est fini, il recommence.

Je me mêle au véritable fleuve humain dégorgé par les accès souterrains desservant parkings et lignes de métro. L'homme que je veux rencontrer a son bureau au soixante-quatrième étage, bureau d'angle découvrant à gauche tout Manhattan et à droite East River et Brooklyn. C'est un Italo-Américain, il est lié d'amitié avec Jo Lupino, qui l'a prévenu de ma visite, et il est le véritable chef de cette ville. Quand je lui expose mon idée, il a à peu près la même réaction que Rosen, sauf que lui rigole franchement : « Pour une idée farfelue, c'est une idée farfelue ! — Mais réalisable ? — Et pourquoi pas ? » Il téléphone et me confie à l'un de ses adjoints. C'est en compagnie de celui-ci que je reprends l'ascenseur, cette fois jusqu'au dernier étage. Nous débouchons au sommet. Première surprise : le froid, qui est nettement plus vif qu'en bas. « Dix degrés centigrades de différence avec la rue. » Seconde surprise : la vue. Elle est faramineuse. Les immeubles-tours ne sont plus que des cabanes, même l'Empire State Building a d'un coup perdu son prestige, l'énorme agglomération new-yorkaise n'est plus que simple maquette d'architecte, on distingue l'Atlantique dans son immensité. C'est-à-dire qu'on le distinguerait sans les nuages, que j'ai aperçus tout à l'heure tout au-dessus de ma tête quand j'étais dans la rue, et qu'à présent je domine. Leur front progresse rapidement. Deux minutes plus tard, ils s'étalent au-dessous de moi, New York disparaît dans une brume épaisse dont les deux tours surgissent seules. Extraordinaire. « Et ça se produit souvent ?

— Encore assez. Certains jours, les gens qui travaillent aux étages supérieurs sont obligés de téléphoner aux portiers pour savoir si, à New York, il pleut ou il neige. »

Nous arpentons les dalles de béton. J'en suis à regretter de ne pas avoir emporté un décamètre. « Inutile, me dit l'ingénieur qui m'accompagne, je joue moi-même et je peux vous garantir qu'il y a la place pour un court. Avec quelques petits aménagements. » Il rit, se tape sur les cuisses : « Ça va être le court de tennis possédant les plus épaisses fondations du monde ! quatre cent quarante-cinq mètres de béton ! »

Car voici la deuxième idée que j'ai eue, concernant le tennis ; celle qui a fait rire jusqu'à Jimmy Rosen : organiser un match tout en haut de la plus haute tour de New York. L'ingénieur me demande :

« Et vous n'allez organiser qu'une partie ?
— Une seule. Trois cent mille dollars en jeu.
— Borg contre Jimmy Connors ?
— Ou contre John MacEnroe. Ou MacEnroe contre Connors.
— Je n'aime pas Junior.
— C'est votre problème, mon vieux. Et le sien. »
Il rit, hoche la tête :
« Et ça s'appelle comment, votre opération ?
— Tennis Dans le Ciel.

18

J'ai fait le point sur Tennis Dans le Ciel avec Rosen, sur Safari avec Jo Lupino.

Maintenant Philip Vandenbergh :

« Entendons-nous bien, monsieur Cimballi : vous m'avez confié la gestion de vos intérêts en ce qui concerne certaines opérations sur le marché de l'argent. Je m'en suis occupé, je m'en occupe encore. »

Si j'avais à choisir, en me basant sur le seul critère de l'efficacité, entre les trois cabinets d'affaires dont j'utilise les services à New York, celui de Rosen, celui de Lupino et celui de Vandenbergh, c'est très certainement ce dernier que je choisirais. Au plan des relations humaines, c'est autre chose. Vandenbergh me hérisse le poil, et je lui produis sans nul doute le même effet. Je dis : « Poursuivez donc, mon brave. »

Regard glacé à congeler un Esquimau entraîné.

« Et je ne continuerai à m'en occuper qu'à la seule condition de garder un contact permanent avec vous. Je n'admettrai pas que mon personnel passe le plus clair de son temps à essayer de vous joindre. »

Je paie à ce type cent cinquante mille dollars d'honoraires par an, six cent soixante-quinze mille francs français. Et si je ne suis pas son seul client, je suis sûrement l'un des plus importants. Même s'il n'a pas tort, je ne veux pas qu'il m'engueule, en plus.

« C'est dans le sud-sud-ouest, direction approximative de Chihuahua, Mexique, province du même nom. A environ 3,12 m de vous. Il y a une porte. Vous la prenez. »

Il se lève. Il va effectivement jusqu'à la porte. Il se retourne.

« C'est moi qui vous ai mis en contact avec Erwin Horst, vous vous en souvenez ? »

Où veut-il en venir ? Il ajoute :

« Ce même Horst m'a téléphoné, hier. »

J'attends.

« Il m'a proposé de nous rencontrer, lui et moi. Dans notre intérêt commun. »

J'attends toujours. Me souvenant que d'après Lavater, Erwin Horst doit se trouver — se trouvait en tout cas hier — à Londres, à l'hôtel Browns.

« Il m'appelait de Londres », reprend Vandenbergh comme s'il venait de lire dans ma pensée.

Un temps.

« J'ai décliné sa proposition.

— J'en ai les larmes aux yeux, dis-je. L'émotion et la reconnaissance me submergent positivement. Bon, à présent, si vous reveniez et que nous parlions sérieusement, à présent que nous avons échangé nos torpilles ? »

Il revient avec dignité. Mais son intelligence froide et méthodique reprend vite le dessus, sitôt qu'il parle affaires. J'ai, sur le marché du silver, passé cent quarante-deux contrats représentant, par l'accumulation des cent quarante-deux déposits, un investissement de neuf millions neuf cent quarante mille dollars, soit un contrat réel dix fois supérieur. Vandenbergh :

« Dans l'ensemble, la tendance à la hausse se maintient. De cinq dollars l'once, il y a environ un an, l'argent pourrait dans les prochains mois, voire les prochaines semaines, atteindre quarante et peut-être cinquante. »

Raison de cette hausse extraordinaire : les achats massifs et répétés du même groupe texan, soutenu par des investisseurs arabes et brésiliens. Apparemment tous unis pour parvenir en position de ce que l'on appelle en jargon : *corner-stone*. C'est-à-dire une position à partir de laquelle on peut influencer les cours quasiment à volonté. Pour cela, il faut posséder des moyens fantastiques...

« Au train où vont les choses, ces hommes ne devraient pas tarder à détenir dix à douze milliards de dollars d'argent métal. »

Silence. Je remarque : « Vous êtes décidément bien renseigné. » Il hausse les épaules : « En effet. — Et vous avez vous-même investi ? — Dans la mesure de mes moyens qui ne sont pas les vôtres. » Nouveau silence. Il soutient mon regard, impassible. Je jurerais qu'il sait quelle question j'ai en tête : si ses renseignements sont exacts, pourquoi me les communique-t-il, à moi pour qui il n'a aucune sympathie ? Inutile de lui poser la question, je devine sa réponse : parce que je travaille pour vous. Honnête et loyal Philip Vandenbergh !

Comme de bien entendu, il peut y avoir une

autre réponse : le silver dissimule un piège, où il veut m'entraîner. Je romps le premier le silence :

« Et pourquoi ce besoin si pressant de me parler ? »

Parce qu'en dépit de la hausse, des soubresauts se produisent, des chutes passagères qui peuvent être sanctionnées par des appels de marge ; puisque j'ai joué la hausse.

Cinq cent mille dollars. A peine. Je m'en tire bien.

« Vandenbergh, désormais, je veillerai à ce que vous puissiez me joindre à toute heure du jour et de la nuit. »

Le visage sans expression :

« Je n'en demande pas plus, monsieur Cimballi. »

Le lendemain 13 janvier, Marc Lavater débarque de Paris. Son premier regard est pour les inévitables photographes : « Ils sont toujours après toi ? — Plus que jamais. — Franz, comment arrives-tu à les supporter ? Moi, ça me rendrait fou. — Merci de me remonter le moral. »

Il me demande des nouvelles de Catherine. Je lui dis qu'elle est au ranch.

« Seule ? »

Sa question m'agace. « Evidemment non. Ses parents sont là-bas. Et il y a quatre domestiques. Plus des amis français de Californie qui vont passer quelques jours là-bas. Pourquoi cette question ?

— D'accord, je la retire », dit-il en souriant et, en signe de reddition, il lève les bras en l'air. Je le devine pourtant qui m'examine, avec une curiosité inquiète. Je me fais peut-être des idées.

Je le mets au courant de ce que j'ai entrepris (sauf de l'île dont il ne saura rien pendant longtemps) et de son côté, il me parle de Martin Yahl, du voyage que ce dernier a fait à Londres. « Il y a rejoint Horst. Ils se sont vus longuement, n'ayant de conversation sérieuse que dans une voiture circulant dans la campagne anglaise. » Une information tout de même intéressante : avec Horst, Yahl a rencontré deux banquiers, l'un britannique, l'autre allemand de Francfort. « Mais on ne sait rien d'autre. C'est discret, un banquier. Dans tous les cas, les quatre hommes sont tous rentrés chez eux aujourd'hui. Regarde. »

Une photo au téléobjectif comme toujours, de qualité moyenne : on y voit Martin Yahl quitter le Browns, pour monter dans une voiture dont les vitres arrière sont voilées de rideaux.

« On dirait un vieillard dont les heures sont comptées.

— C'est l'impression de tous les enquêteurs qui le pistent. D'ailleurs, un médecin l'a accompagné durant tout son voyage. Et il y a encore ceci... »

Photocopies de fiches à en-tête. Je les lis sans trop les comprendre : « Et ça veut dire quoi ?

— N'importe quel médecin te dirait que le patient ayant fait l'objet de ces fiches est dans un fichu état. La mort peut survenir à tout moment. Il n'aurait même pas dû voyager.

— Et c'est bien de Yahl qu'il s'agit ?

— Sauf si trois des meilleurs cardiologues français se sont prêtés à une supercherie. Et c'est improbable. Tous trois ont examiné Yahl, et leurs conclusions sont identiques. »

L'en-tête porte précisément le nom de l'un de

ces cardiologues. Je m'avise de ce que cela signifie : peut-être un vol avec effraction.

« Marc, tu ne crois pas que nous allons trop loin ? »

Il ne me répond pas. Pas tout de suite du moins. Préoccupé par mes propres problèmes, habitué à le voir, je n'ai pas pris le temps depuis des lunes de le regarder vraiment. A présent, je le fais et je le découvre amaigri, tendu comme un câble, modifié. Malheureux à coup sûr. Et c'est à moi qu'il le doit, à moi qui l'ai arraché au paisible ronronnement de sa semi-retraite, pour le tirer à mes côtés dans ce que j'appelle follement ma Danse. Une brutale poussée d'amitié et, au vrai, d'affection :

« A mon tour de retirer la question, Marc. »

Il me rend mon sourire : « Le jury est prié de ne pas en tenir compte. » Je lui dis encore : « Je t'invite à déjeuner au Four Seasons. Les petits plats dans les grands. »

Il rit carrément : « Ça tombe bien : pour moi, c'est l'heure du thé. »

Fichu décalage horaire !

Avant de partir pour New York, il a travaillé comme une brute sur le dossier pétrole. Donc, sur cette affaire que Fezzali m'a proposée et dans laquelle il est lui-même entré, en misant toutes ses réserves.

Il existe un marché officiel du pétrole, avec un prix plancher fixé par l'O.P.E.P. en accord avec les consommateurs (en principe).

Mais parallèlement à ces opérations officielles, il existe aussi un marché libre. Le baril n'y a pas de prix fixe, sa valeur dépend de l'offre et de la demande. A ce marché libre, les pays producteurs réservent une partie de leur production. C'est leur intérêt et c'est aussi la porte ouverte à la spéculation.

Marc a effectué un travail colossal. Le mécanisme de l'opération n'est guère difficile à comprendre : Fezzali se fait fort d'acheter du pétrole à la source, disons dans le golfe Persique. Ce pétrole est embarqué sur des tankers qui seront affrétés par nous auprès d'armateurs indépendants (indépendants des grandes compagnies qui ont leur propre flotte), affrétés « au voyage » ou « à temps ». Marc a calculé tous les prix, dégagé les solutions les plus rentables. Il me fait remarquer : « En somme, nous voilà armateurs.
— Exactement. Appelle-moi Socrate, à partir d'aujourd'hui. » Ces pétroliers, naviguant par exemple sous pavillon panaméen ou libérien, iront du golfe à Rotterdam, où leur cargaison sera vendue. Mais elle sera peut-être vendue — et plusieurs fois ! — en cours de route. Ça arrive fréquemment, et l'on a vu certaines cargaisons changer quinze fois de propriétaire entre le canal de Mozambique et l'arrivée en mer du Nord. Selon les fluctuations du marché libre.

Marc a mis au point les aspects financiers de notre opération. Qui sera exécutée par une société de Curaçao télécommandée par une autre du Lichtenstein, laquelle opérera à partir des capitaux versés par Fezzali (dix-neuf millions de dollars), par Marc (un million) et par moi (dix millions).

« Encore une fois, Marc, tu n'aurais pas dû t'engager à ce point. »

Il s'entête, à sa façon courtoise. Non, l'affaire est bonne, il y croit, ce n'est pas tous les jours qu'on a l'occasion de s'embarquer avec un Fezzali et un Cimballi associés. Il n'en démord pas. Et même si je suis sûr qu'il veut avant tout me démontrer sa bonne foi et sa confiance en ce projet qu'il m'a poussé à entreprendre, je peux difficilement lui refuser sa participation. Après tout, moi aussi je crois en la rentabilité.

Autre point important : les capitaux de la nouvelle société ne pourront être utilisés qu'avec l'accord unanime des trois parties ou de leurs représentants désignés en cas de décès.

« Hassan est d'accord ? »

Marc acquiesce. Il s'est rendu au Caire pour y rencontrer le Fils du Désert et a tout réglé. Et ils doivent se revoir à la fin du mois, sans doute en Italie.

Sitôt connue l'offre de Fezzali, j'ai demandé à un cabinet d'affaires de Londres une étude complète sur le marché de Rotterdam, ses risques et ses avantages. J'ai cette étude sous les yeux et je n'y lis rien qui contredise les conclusions de Marc. Je prends deux heures pour tout relire, passant quelques coups de téléphone quand une phrase me paraît obscure ou quand des termes de droit me hérissent le poil. Mais tout est en règle. Je signe.

Avec sa discrétion habituelle, Marc s'est éclipsé dans l'intervalle. Il revient en compagnie d'une Ute débordante de vitalité et d'amour pour l'humanité. Elle arrive à l'instant de Londres, elle nous adore Marc et moi. Elle a dû adorer Marc de très près, à voir la tête de celui-ci.

« Tu ne le croiras pas, mais cette Danoise nymphomane a essayé de me violer dans l'ascenseur.

— Il prend ses désirs pour des réalités, riposte Ute. Je voulais simplement lui prouver mon affection. »

Elle me fixe avec un regard inquiétant. Je mets la table entre nous :

« Allez coucher !

— Avec qui ? »

Nous partons dîner tous les trois. En cette mi-janvier, il fait à New York un froid de canard, les chevaux des policiers crachent des nuages par leurs naseaux, un Lapon endosserait un lainage mais pas Ute, son seul décolleté donne le frisson et si ce n'était son vison tourmaline et ses diamants — « cadeaux du Turc, mon pote ; ce rastaquouère m'adore » — elle ressemblerait à une danseuse nue en tenue de travail. Elle nous a invités dans un restaurant danois de la 58° Rue Ouest, elle nous traîne ensuite dans un club où nous faisons de notre mieux pour avoir l'air de danser, au sein d'une meute de diplomates scandinaves de ses amis, que cette froidure émoustille. Dieu sait comment, à un moment ou à un autre de ce maelström qui nous a emportés, elle a trouvé le moyen de me remettre les documents qu'elle m'avait annoncés, concernant Tennis Dans le Ciel en Europe : « Prends tout ton temps, Franzy, il suffit que tu me donnes ta réponse demain matin dans la matinée. Je viendrai te faire un câlin pour le breakfast. »

Vers quatre heures du matin, Marc et moi l'abandonnons lâchement à ses Scandinaves soûls. Nous rentrons au Pierre — les photographes de Yates nous accueillant sur le trottoir de la 5° Avenue. Marc est encore plus fatigué que moi, pour lui il est dix heures du matin, heure de Paris. Pourtant, je devine qu'il n'est pas tout à fait prêt à aller se coucher.

« Nous n'avons même pas fêté notre association. Jusqu'ici, je travaillais pour toi, et nous voilà associés.

— Sincèrement, j'en suis heureux. »

Il hoche la tête : « Ça ne changera pas grand-chose, remarque bien. » Effet de sa fatigue ou de la tension nerveuse, il a le visage de n'importe qui, sauf de quelqu'un ayant envie de faire la fête.

« O.K., Marc, dis-moi ce que tu veux me dire. »

Il s'assoit dans un fauteuil, appuie sa nuque, ferme les yeux. C'est une responsabilité dont il se passerait volontiers, dit-il, mais il se trouve qu'il est le seul à connaître le détail de toutes mes opérations. Et, dans tout ce que j'ai fait au cours des derniers mois, il discerne deux sujets principaux d'inquiétude.

« En premier lieu, le nombre et l'importance de tes engagements financiers. Ces derniers temps, tu les as multipliés à un point invraisemblable... »

Toujours sans ouvrir les yeux, il lève une main pour prévenir une objection :

« Je sais, je connais ta théorie de la contre-offensive et de la diversification des œufs et des paniers. Peut-être as-tu raison. Mais tu as dangereusement puisé dans tes réserves. Tant de millions pour Safari, tant pour le café...

— Tant pour le pétrole...

— Tant pour le pétrole, tant pour le silver. Et cette opération Tennis. Elle aurait pu attendre. J'ai vu qu'Ute t'offrait un investissement supplémentaire. Je me trompe ?

— Non.

— Tu vas accepter ?
— Je ne peux pas les lâcher, le Turc et elle. »
Marc se masse les globes oculaires, par-dessus ses paupières closes.

« Voilà pour mon premier motif d'inquiétude : tu te découvres trop. Je t'en prie, laisse-moi finir !
— C'est tout de même toi qui m'as engagé dans cette affaire de pétrole avec Hassan.
— Parce qu'elle est sûre.
— Merci Papa. »

Il choisit de ne pas entendre. Il reprend :
« Deuxième sujet d'inquiétude, qui d'ailleurs tient au premier : je suis convaincu que Yahl va bientôt passer à l'attaque. C'est imminent et... Pour l'amour du ciel, Franz, laisse-moi parler pour une fois ! Pas toujours toi ! »

Un temps.

« Franz, je n'ai pas aimé cette histoire de Londres. J'ai travaillé pour les Finances pendant trente ans. J'ai eu des fraudeurs en face de moi, certains supérieurement intelligents. Je savais reconnaître quand ils mentaient. Franz, il y a quelque chose qui ne va pas avec Yahl. »

Silence. Il ouvre les yeux et me regarde :
« Tu as eu aussi cette impression, n'est-ce pas ? »
Oui. Nouveau hochement de tête de Marc :
« Mais je ne sais pas quoi, Franz. Pas plus que toi. Et j'irai jusqu'à dire que je commence à avoir peur. »

Que pourrais-je répondre ?

« Franz, tu me dis qu'il y a actuellement une attaque de Horst sur Tennis. Je crois que ce n'est qu'une diversion. Le danger est ailleurs.
— Le café, par exemple ?
— Le-café-par-exemple. »

Je passe dans la salle de bain attenante et je sors une bouteille d'eau minérale du réfrigérateur. Je bois à même la bouteille. Après quelques secondes, j'entends Marc qui s'est levé et se tient sur le seuil : « Je t'énerve, hein ? »

Je dis : « Encore assez, oui. » Il est plus de quatre heures du matin et tout ce à quoi Marc a abouti, en ressassant des raisonnements que je me suis tenus interminablement, des nuits entières, c'est à relancer ma rage. Contre Yahl, contre Catherine. Contre Marc et contre moi-même. Et c'est beaucoup pour un seul homme. Le silence se prolonge.

« Je vais me coucher », dit enfin Marc.

Il s'en va et ce n'est qu'au prix d'un énorme effort sur moi-même que je le rappelle au moment où il va s'engager dans le couloir séparant nos appartements :

« D'accord, Marc. Je te donne raison. J'irai en Amérique du Sud, m'occuper de ce foutu café. »

19

A Rio, c'est le Turc qui m'a indiqué le meilleur contact possible : un Brésilien petit, élégant, un peu enveloppé mais très vif, qui parle en agitant ses menottes comme la vraie folle qu'il est (le Turc m'a prévenu de ce détail). Il s'appelle Joachim Gigio, on le nomme Gigi. Je lui dis dans le seul but d'engager la conversation :

« Je connais un autre Joachim. Je l'ai connu au Kenya.

— Joli garçon ? »

Le voilà qui tripote le trop large col ourlé de dentelle de sa chemise corail.

« A n'y pas croire. Un ange. »

Quand je pense au vrai Joachim, anciennement au Kenya, à présent en Floride, qui vous pèse cent vingt kilos à jeun, avec sa bonne grosse bouille d'assassin timide, j'ai presque le fou rire. « Vous me donnez envie d'aller au Kenya », me dit Gigi avec une moue charmante. Gigi est dans la finance, m'a dit pudiquement le Turc pour me le décrire. Sous-entendu : c'est un prêteur sur gages de très haute volée, le genre d'homme à vous trouver cinq ou six millions de dollars dans la journée voire dans l'heure, à condition qu'il soit *vraiment* sûr que vous pourrez le rembourser. Un Turc des Tropiques, en quelque sorte.

Il possède un fabuleux appartement dominant la lagune de Rodrigo de Freitas, un duplex d'au moins six cents mètres carrés dont la vaste terrasse de l'étage supérieur s'orne de rien de moins qu'une piscine. L'ameublement est très luxueux, le propriétaire a manifestement du goût et les moyens de le satisfaire.

« Le Turc m'a longuement parlé de vous, dit-il. Il m'a expliqué que vous vous intéressiez au café, en ce moment. »

A moi, le Turc m'a dit : « Franzy... — Ne m'appelle pas Franzy. — Franz, à Gigi tu peux demander n'importe quoi, des renseignements, de l'argent, des armes, des hommes et des femmes. Il connaît tout le monde et notamment tous les beaux militaires qui règnent sur l'Amérique du Sud. Ne te fie pas trop à lui, ne te fie surtout pas à son apparence, il est plus âgé qu'il n'en a l'air, et il est efficace. »

Est-ce que je ne trouve pas qu'il fait chaud ? me demande Gigi. Je ne voudrais pas me baigner, par hasard ? Pas besoin de maillot. Je réponds d'accord pour le bain, mais avec maillot si possible. Un instant plus tard, nous barbotons ensemble, et je découvre que le fond de la piscine est en verre transparent de sorte que depuis la terrasse inférieure on peut nous voir nager, ce que ne manquent pas de faire les trois ou quatre adolescents en train de prendre le soleil, nus comme la main. Curieuse ambiance.

« Bon », me dit Gigi quand j'ai fini de parler. « Je comprends ce que vous attendez de moi. Parlons d'abord de ce que vous appelez l'OPEP du café, et qui est le Groupe de Bogota. Ça existe et ça fonctionne. Vous savez sans doute qu'ils ont engagé six cents millions de dollars l'an dernier dans le but de stabiliser les cours et même de les inciter à la hausse. A ma connaissance, cette alliance entre Brésil et Bolivie devrait être reconduite cette année.

— Ce genre de choses se vérifie.

— Et je vérifierai, c'est entendu. J'*adore* votre prénom : Franz...

— Vous le vérifiez et vous me tenez au courant. Régulièrement, en m'avertissant de tout ce qui pourrait arriver. D'accord, vous pouvez m'appeler Franz.

— Maintenant, pour le reste... »

Il s'allonge sur l'eau, renverse la tête en arrière : « Regardez. » Je l'imite et ne vois rien d'autre que le ciel brésilien au-dessus de Rio, qui est bleu, comme on pouvait s'y attendre.

« Vous ne les voyez pas, reprend Gigi, mais ils sont là, les satellites météorologiques qui adressent leurs informations aux instituts spécialisés. Tous les jours, jour après jour. Dans l'état actuel des connaissances, ils ne peuvent évidemment dire s'il y aura ou non un gel dans plusieurs mois. Mais leur rôle devient de plus en plus important à mesure que l'on se rapproche de la période des récoltes, du tout début de juin à la fin août.

— Un truquage est-il possible ?

— Vous voulez parler d'un truquage des informations fournies par les satellites ? » Il me dévisage avec curiosité : « Quelqu'un qui s'arrangerait, en payant très cher, pour que soient totalement inversées ces informations, de sorte que les

satellites annonceraient le beau temps alors qu'ils prévoiraient en réalité le gel ? Ou le contraire ?
— C'est possible, ou non ? »

Il sourit : « Mon cher Franz, il faudrait qu'on soit très méchant avec vous. C'est rocambolesque, en tous les cas. Et il n'y a qu'une seule façon de répondre à votre question : établir la liste de tous ceux qu'il faudrait acheter pour une telle opération de falsification, et leur proposer cette opération, histoire de voir ce qu'ils en pensent. »

C'est exactement la tactique que j'ai employée en Ouganda et en Côte-d'Ivoire.

« Faites-le.

— J'aurai besoin de menue monnaie, mon cher Franz.

— Vous l'aurez. »

Et au moindre incident, sitôt qu'il entendra parler de quoi que ce soit ayant un rapport, même lointain, avec le café, immédiatement de jour ou de nuit il rendra compte à, par ordre de préférence : moi, Lavater, Rosen. Je lui remets une liste de numéros de téléphone et d'adresses. Il veut me garder à dîner.

« Mon très cher Franz, je vais vous organiser une soirée charmante... »

Au train où il est parti, il va finir par m'appeler Franz chéri. Je bats en retraite. D'ailleurs, j'ai un avion à prendre et même deux.

Je suis précisément dans le deuxième, un petit avion de tourisme qui, de La Paz, me conduit à cette autre ville bolivienne qu'est Cochabamba. Au-dessous de nous, l'incroyable et inhumaine désolation du versant oriental des Andes, avec ses crêtes fauves aux pointes aiguës, que le soleil couchant souligne d'un épais trait noir. Avec le pilote, qui est aussi le propriétaire de l'appareil, je parle français. Cela n'a rien de tellement surprenant puisqu'il est d'origine française. En effet, par une coïncidence qui, pour un peu, aurait éveillé ma méfiance, il se trouve être un lointain cousin de Françoise Lavater, la femme de Marc. De sorte que tandis que nous survolons la cordillère des Andes, il me parle de la Bourgogne et de Chagny, où il était cinq ans plus tôt. En Bolivie, il est propriétaire terrien à très grande échelle et s'occupe nonchalamment d'export-import. Il me raconte le mariage de sa grand-mère française avec un riche Bolivien, détail dont je me contrefiche. Il regrette que mon voyage soit si court.

« Sûr de ne pouvoir rester davantage ? »

Certain. Les affaires. Nous atterrissons à Cochabamba qui, pour se trouver au fond d'une vallée profonde, n'en est pas moins à deux mille six cents mètres d'altitude. Sur ma demande, il me montre des caféiers, des vrais, plantés dans la terre, et qui n'ont rien de bouleversant. Il m'a organisé un dîner et une soirée au cours desquels je vais simultanément rencontrer un très gros planteur de café, deux hauts fonctionnaires des ministères de l'Agriculture et du Commerce, un spécialiste du marché bolivien du café et un civil qui me paraît pour le moins colonel. Soirée d'un ennui mortel et je maudis Marc Lavater qui m'a entraîné dans cette enquête à dormir debout. On m'y parle de généraux qu'on vénère, des Indiens « dont il vaudrait mieux débarrasser la Bolivie », de la *salida al mar*, sombre histoire d'accès au Pacifique contesté par le Chili du brave général

Pinochet, un autre copain à eux ; on me demande si, en France, je connais ce « révolutionnaire » de Régis Debray. Non, je ne le connais pas et ce qui m'intéresse moi, c'est le café. On me considère avec surprise : le café ? Pourquoi est-ce que je me fais du souci à propos du café ? Le café va très bien, « nos accords avec les Brésiliens » ont eu les meilleurs effets et il continuera d'en être ainsi. Une machination pour en faire chuter les cours ? On fronce le sourcil : señor, la Bolivie est un pays d'ordre. Là-dessus débarquent des musiciens, tous indiens, femmes en larges jupes rouges, orange ou bleues, coiffées de grands chapeaux de paille blancs à haute calotte, hommes en poncho et portant le bonnet andin, le *chullo* à oreillettes. Ils dansent, avec leurs visages cuivrés de tortues strictement impassibles, sans joie, tandis qu'autour de moi, dans un espagnol dont je me suis bien gardé de dire que je le comprends, mes hôtes s'entretiennent, convaincus de leur supériorité. Et une écœurante impression monte en moi. Je me souviens d'une scène du *Kaputt* de Malaparte et il me semble être assis avec le gouverneur Frank, à contempler le ghetto de Varsovie.

Je repars dès le lendemain matin, à la faveur d'un vol direct Cochabamba-Rio, dans un avion de la Lloyd Aero Boliviano, qui est presque aussi inquiétant que mes commensaux de la veille. Qu'il m'a fallu remercier, en plus.

Normalement, j'aurais dû atterrir à l'aéroport international de Galeao. Pour une quelconque raison technique, le commandant de bord nous annonce que nous allons nous poser à Santos Dumont, à Flamenco. C'est plus près de mon hôtel, je n'y vois donc aucun inconvénient.

Mais le plus étonnant est que malgré ce changement, à peine franchis les contrôles, je vois venir vers moi le premier des photographes de Yates. Le premier, parce que ordinairement ils sont deux. Et machinalement, je cherche le second des yeux. Ce second est une seconde et c'est Maria de Santis. Je passe devant elle, cherchant ses yeux, mais elle ne bronche pas, me photographiant comme elle a l'habitude de le faire. Un très court instant seulement, nos regards se rencontrent et elle a un furtif mouvement de sourcil, l'air de me dire : « Ne me parlez pas. » Je passe.

Je suis descendu au Méridien sur Leme-Copacabana. Je me livre à l'habituelle gymnastique à propos des fuseaux horaires : quatre heures de différence entre Rio et Paris. Où il doit être seize heures quinze, donc. Il me faut une trentaine de minutes pour entendre la voix de Marc Lavater dans l'écouteur :

« Je te retiens, toi et tes intuitions ! »

Je lui ai surtout téléphoné pour exhaler ma rancœur. « Marc, ces salauds en Bolivie étaient les pires ordures que j'aie jamais rencontrées ! » Mais, avec son calme ordinaire, il a tout l'air de croire que j'ai néanmoins fait du bon travail ; il insiste pour avoir le détail de mes conversations.

« Et cet homme à Rio ? »

Il ne connaît pas le nom de Gigio. Je lui ai simplement dit que le Turc m'avait recommandé quelqu'un.

« Il s'appelle Gigio, Marc. Joachim Gigio. Il

nous appellera, toi ou moi, si quelque chose de bizarre se produit.
— C'est bien. »
Court silence. Après lequel Marc m'annonce qu'il va lui-même quitter Paris pour Rome et Naples. Il a rendez-vous à Naples avec Hassan, afin de mettre la dernière main à notre association tripartite. Quoique tout soit déjà réglé, la Curaçao a été créée, de même que la Liechtenstein, les capitaux ont été versés. Reste à mettre le moteur en route. D'où son voyage. D'ailleurs, il allait partir pour Orly au moment où je l'ai appelé. Je lui demande :
« Quand seras-tu de retour ?
— Après-demain. Le 23, dans la matinée. Tu seras toi-même rentré à New York ?
— Sûrement. Offre de ma part une glace à Hassan. »
Il est vrai qu'avec les dix millions de dollars que j'ai fait virer sur le compte de notre nouvelle société, le Fils du Désert est paré, pour ce qui est de s'acheter des glaces. Sauf qu'il ne peut toucher à cet argent, sans l'accord exprès de Marc et de moi. Sage précaution.
Après Lavater, je joins Philip Vandenbergh à New York, où il n'est pas tout à fait dix heures. Il est déjà à son bureau. « Besoin de moi ? Je serai à New York dans une quarantaine d'heures.
— Rien qui ne puisse attendre jusque-là. »
Même réponse de la part de Rosen et de Lupino.
Au tour de Gigio. Il s'exclame : il n'a pas déjà des résultats ! voilà moins de vingt-quatre heures que nous nous sommes rencontrés !
J'ai à peine raccroché au terme de ces appels successifs que l'on me passe une communication :

« Il faut que je vous voie, dit-elle. Discrètement.
— Maintenant ?
— Dans le quartier de Leblon, 1235 avenida Ataulfo de Paiva, le Baco Bar. J'y serai dans trente minutes. »

Elle porte le même pantalon de toile et le même blouson de cuir qu'elle avait à l'aéroport, à mon débarquement de Cochabamba. Elle s'est fait servir une bière.
« C'est joli, la Bolivie ?
— Pas si vous êtes un vrai Bolivien. »
Elle regarde autour d'elle avec une nervosité légère, à peine perceptible : « Ecoutez, me dit-elle, je ne tiens pas à ce qu'on nous voie ensemble. Et pourtant j'ai à vous parler. Vous avez votre voiture ? »
Quelques instants plus tard, nous roulons l'un derrière l'autre, elle au volant de son propre véhicule. Nous traversons toute la ville, en direction de l'est, et je commence à croire qu'elle me ramène vers l'aéroport de Galeao mais, au lieu de cela, elle s'engage sur le pont de Niterói. Par-delà celui-ci, nous finissons par déboucher sur une plage au bord de l'océan, ayant derrière nous la superbe lagune d'Itaipu.
Elle stoppe devant une petite villa solitaire, modeste, dont la terrasse est posée directement sur le sable. L'endroit est superbe. Je rejoins la jeune femme, un peu saisi par le silence et la solitude qui nous entourent.
« Et maintenant ? »
Elle me sourit, narquoise :

« Avouez que vous avez cru à quelque piège.
— J'étais terrifié. J'en tremble encore. Qui habite ici ?
— Moi. N'oubliez pas que j'ai travaillé au Brésil. Que diriez-vous d'un bain ? »

Elle ôte son fin blouson de cuir et je constate que dessous, elle est nue. Ses seins sont petits mais fermes, et uniformément bronzés. Le pantalon glisse à son tour. « Tournez-vous, s'il vous plaît. » Je m'exécute et quand je la retrouve, elle a échangé son slip contre un de ces maillots de bain inventés au Brésil même où nous sommes, la *tanga*, qui laisse les hanches nues et ne cache pas grand-chose. « Moi, je vais me baigner, dit-elle, vous me rejoignez ou pas. Nous parlerons après. » La seconde suivante, elle affronte calmement les lourds rouleaux de l'Atlantique et la barre inévitable de toutes les plages de Rio, peu propices aux démonstrations de crawl. Faute d'avoir emporté mon propre maillot, je me mets en slip et je plonge à mon tour. L'eau n'est pas très chaude, bien que nous soyons en plein été brésilien, rien à voir avec la tiédeur de la mer Caraïbe.

Nous ressortons ensemble.

Nous marchons le long de la plage. Il ne semble pas y avoir une âme à des kilomètres à la ronde.

« Je sais simplement que vous vous êtes rendu en Bolivie, dit-elle. Mon équipier et moi vous attendions à Galeao, ce n'est qu'à la dernière minute qu'on nous a prévenus que vous atterririez à Santos.

— Qui vous a prévenu ?
— Un homme travaillant pour Yates, comme

nous. Il ne s'est pas nommé mais j'ai reconnu sa voix au téléphone : c'est un Brésilien nommé Cabral, un journaliste. Beaucoup des hommes de Yates sont des journalistes.

— On vous a dit ce que j'étais allé faire en Bolivie ?

— Non. On ne nous dit jamais ce genre de choses. Notre travail est de vous photographier dans les lieux publics, rien d'autre.

— Quand avez-vous appris que je partais pour le Brésil ? Quand êtes-vous partie vous-même ? »

Elle tord ses cheveux noirs pour en exprimer l'eau de mer qu'ils contiennent. Des gouttelettes roulent jusqu'à la pointe dressée de ses seins. Il fait encore très chaud, plus de trente degrés centigrades, bien que le jour touche à sa fin.

« Avant-hier matin, le 19. Evans — c'est mon coéquipier — et moi avons quitté New York par l'avion d'onze heures cinquante. »

Moins de quatre heures après moi.

« Vous savez ce que j'ai fait à Rio ?

— Non. Dès votre arrivée, on nous a indiqué que vous aviez retenu un appartement au Méridien de Leme. Nous y sommes allés mais vous n'aviez fait qu'y passer pour déposer vos bagages. Evans a appelé je ne sais pas qui. Nous avons foncé à l'aéroport mais vous veniez de vous envoler pour La Paz. Regardez ailleurs pendant un moment, je vous en prie. Et puis zut, regardez si vous voulez... »

Un temps. Je n'ai pas bougé et mon pouls en a pris un coup. Nos regards s'accrochent.

« Voilà, dit-elle enfin. J'avais simplement un peu de sable dans mon maillot. C'est l'ennui, avec cette barre.

— Quelle idée aussi de porter un grand maillot flottant comme celui-là.

— C'est la pudeur, mon bon monsieur.

— Vous voulez me parler, m'avez-vous dit. »

J'ai un peu de mal à ne penser qu'affaires. Elle dit tranquillement : « Yates voudrait coucher avec moi. C'est une idée qui lui trotte dans la tête, comme ça, depuis pas mal de temps. Il est têtu, le bougre. Il est venu à New York pour reposer sa candidature.

— Vos histoires de cœur me passionnent à un point incroyable.

— Il est venu et m'a invitée à dîner. Et nous nous sommes retrouvés trois, en fin de compte. Le troisième était un grand type blond, la bouche rouge, quarante ans, yeux clairs. S'appelle Horst. Erwin Horst. Vous le connaissez ?

— Oui.

— Il vous connaît aussi. Il vous appelle le Danseur et même si Yates et lui n'ont jamais prononcé votre nom, j'ai compris qu'il s'agissait de vous. »

Nous nous étions remis à marcher. Je m'immobilise, m'accroupis, j'enfouis mes mains dans le sable chaud. Maria de Santis fait encore un pas ou deux puis, constatant que je me suis arrêté, fait de même, pivote pour revenir face à moi. Elle demande : « Vous avez un Arabe parmi vos amis ? »

Je relève la tête et la fixe au fond de ses yeux noirs. Elle ajoute :

« Ils ont parlé d'un Arabe, à propos de qui tout était réglé.

— Ils ont cité son nom ? »

Secouant la tête : « Simplement : l'Arabe.

— Les mots exacts. Essayez de vous souvenir.
— Yates a demandé : "Et l'Arabe ?", Horst a répondu : "Tout est réglé." Rien d'autre. »

Je me retourne et j'examine la petite villa solitaire, à presque deux cents mètres de nous :

« Vous y avez le téléphone ?
— Et puis quoi encore ? »

Je fouille ma mémoire et j'essaie désespérément de me souvenir de ce que m'a dit Marc Lavater au téléphone, voici deux ou trois heures : je l'ai eu en ligne au moment où il s'apprêtait à quitter Paris pour Rome. Et de Rome, il devait aller à Naples, où il devait retrouver Hassan Fezzali. Je consulte ma montre, me livrant à des calculs : à l'heure qu'il est, Marc a probablement débarqué à Rome, il est sans doute en route pour Naples. Par avion ou par la route ? Je me relève.

« Rentrons, s'il vous plaît. J'ai un coup de fil à donner. »

Je me souviens parfaitement qu'à cette seconde je n'éprouve pas d'appréhension nette. Plutôt de la colère et comme un soulagement : la première attaque sur Tennis ne pouvait être qu'une diversion improvisée ; cette deuxième attaque sur le pétrole que les informations de Maria de Santis me laissent présager a sûrement été préparée de longue date, avec ou sans la complicité d'Hassan Fezzali ; elle correspond à ce que j'attendais. Une chose est sûre : je dois absolument alerter Marc.

Je répète : « Il faut vraiment que je téléphone.
— Ça ne peut pas attendre un tout petit peu ? »

Elle a dit cela d'une petite voix calme et douce et pour la première fois depuis que je la connais, la lueur narquoise a disparu de ses prunelles sombres. Elle s'approche et ôte la tanga. Il y a des moments dans la vie où l'on se sent dans la peau d'un parfait imbécile. Celui-là en est un. Avec la triste mais absolue conviction que tout ce que je pourrais faire ou dire ne pourra qu'aggraver mon cas et souligner ma stupidité, je lui caresse la joue, je l'embrasse et je fiche le camp.

La ville la plus proche est Niterói. La poste y est fermée, évidemment, à pareille heure ; de même que les bureaux de la compagnie Embratel (j'ai envisagé un câble au bureau de Lavater à Paris, avant de réaliser qu'en raison de cette saleté de décalage horaire, il est en France dix ou onze heures du soir et donc que personne ne sera à la réception). J'essaie le standard du principal hôtel, le Samanguaià, mais un charter de touristes vient d'y débarquer et la pagaille est à son comble. Et ce n'est pas la traditionnelle nonchalance aimable des Brésiliens qui pourra arranger les choses.

Je ne sais même pas dans quel hôtel de Naples Marc Lavater est descendu ou va descendre. Le mieux pour moi est de rentrer à Rio, où j'ai laissé mes agendas.

Il est presque neuf heures quand je regagne le Méridien. Pas mal nerveux.

J'essaie successivement, grâce à des pourboires faramineux, la maison de Chagny — pas de réponse, même la femme de charge bourguignopolonaise est absente ; puis le bureau et l'appartement parisien des Lavater, rue de Lille — pas de réponse ; je joins des amis de Paris — non, ils ne savent pas où est Marc, ni même où est Françoise, mais ils vont se renseigner et me rappelleront s'ils recueillent une information ; j'appelle Cannat, l'adjoint de Marc — il est absent, aux sports d'hiver, croit-on, mais on ne sait pas où, peut-être L'Alpe-d'Huez ; j'obtiens les deux numéros de Fezzali au Caire — pas de réponse ; puis celui de Riyad — pas de réponse ; celui de Koweït — pas de réponse sinon quelqu'un qui baragouine un arabe incompréhensible pour moi ; j'entends sonner dans le vide aux deux postes d'Adriano Letta à Rome.

Tandis que l'un des jeunes assistants de la direction de l'hôtel est aimablement venu m'aider et tente de son côté de vérifier une éventuelle réservation de Lavater ou de Fezzali dans un hôtel de Naples. « Rien à l'Excelsior, ni au Vesuvio, ni au San Germano, au Parkers, au Royal, au Majestic. Ils seraient descendus dans des établissements plus modestes ? » Sait-on jamais avec les avaricieuses dispositions de Fezzali !

« Essayez les environs de Naples.
— Tous n'ont pas de télex. »

Le temps s'est écoulé et il est onze heures du soir à Rio, trois heures du matin en Europe. C'est à ce moment-là, je me le rappelle, que j'ai commencé à passer de la simple nervosité à l'appréhension ; à une inquiétude sourde, nourrie de l'intuition confuse que quelque chose était arrivé. Je finis par me résoudre à appeler Ute Jenssen à Londres :

« Je sais parfaitement l'heure qu'il est, Ute. Je ne te dérangerais pas au milieu de la nuit sans une raison sérieuse. »

Je lui explique ce que je voudrais qu'elle fasse. Elle s'exclame : « Et c'est ça que tu appelles une raison sérieuse ! Franz, il y a des milliers d'hôtels à Naples et dans les environs, où ils peuvent être tous les deux, Fezzali et Marc. Et à mon avis, ils y dorment tranquillement. Et tu voudrais que je parte en guerre sur une simple intuition ! »

Le jeune assistant qui m'aidait est parti se coucher mais...

« D'accord, Franzy. Je vais m'extraire de mon lit douillet, louer un Boeing et partir pour Naples. Mais si tu veux mon avis...

— Non. »

... mais avant de me quitter, ce jeune assistant a eu une idée : il a tout bêtement expédié un autre télex, cette fois au bureau Air France de Naples, à l'aéroport. La réponse vient de m'arriver : un passager au nom de Lavater est bel et bien arrivé par le vol de dix-neuf heures quarante.

Il va ensuite s'écouler près de six heures mortelles. Et c'est Ute qui la première rompt le silence.

« J'ai de mauvaises nouvelles, Franzy. »

Je contemple Copacabana qui sort de la nuit. A l'exacte limite de la mer et du sable, dans la première lueur de l'aube, un homme trottine doucement. Le Pain de Sucre apparaît, par-dessus la colline de Leme.

Hassan Fezzali a disparu. Totalement. Il ne s'est pas présenté à l'hôtel où il avait fait une réservation : le Parco dei Principi à Sorrente, à quarante-huit kilomètres de Naples.

Mais on a retrouvé Marc. Il a eu un accident de voiture. Il n'est pas mort mais son état est jugé grave. La voix d'Ute Jenssen :

« Franzy, j'ai vu les traces de l'accident. C'est à croire qu'il a voulu se tuer. »

20

Dès mon arrivée en Italie, je me précipite à l'hôpital où Marc a été transporté. Françoise, arrivée en catastrophe de L'Alpe-d'Huez, m'apprend qu'il n'a pas encore repris connaissance et qu'on ignore quand il pourra parler. Il ne servirait à rien de rester là. Je décide donc d'aller enquêter moi-même sur ce qui s'est passé.

L'accident s'est produit sur la route en corniche, très sinueuse et par endroits très étroite, qui va de Naples à Sorrente. Il a eu des témoins, quatre jeunes Italiens dans une petite Fiat. Je rencontre l'un d'entre eux dans le bureau des carabiniers de Sant'Agnello. Avec eux, je me rends sur place.

C'est-à-dire sur la « statale 145 », à huit ou dix kilomètres de Sorrente. Première surprise : la voiture de Lavater n'allait pas à Sorrente, elle en revenait. Et il était une heure du matin. « Ici, signor. Il nous a doublés en plein virage. Il y aurait eu une autre voiture en face, il nous tuait tous. Il roulait très très vite. Comment il est

resté sur la route, c'était déjà un miracle, mais après il a essayé d'enchaîner les deux autres tournants sans ralentir. Il a dérapé à l'arrière, il a frappé la balustrade, elle s'est mise en travers, elle s'est retournée plusieurs fois. On arrivait juste à ce moment-là. On s'est arrêtés juste à temps.
— Pas d'autre voiture que la sienne et la vôtre ?
— Aucune autre. Il allait vraiment très vite. »

Adriano Letta a fait le nécessaire : des spécialistes ont examiné le véhicule accidenté. Sauf les dégâts dus aux heurts et aux tonneaux, suspension, roues et freins, direction paraissent normaux ; rien ne laisse supposer un sabotage et d'ailleurs la Fiat était une voiture de location, choisie au hasard.

Adriano a également reconstitué l'emploi du temps de Marc. Qui a donc loué cette voiture en débarquant de l'avion de dix-neuf heures quarante et a aussitôt pris la route de Sorrente. Arrivé au Parco dei Principi un peu après neuf heures, il a dîné seul dans le grand hôtel à peu près vide en cette saison, après s'être enquis de Fezzali, dont on lui a appris qu'il n'était pas encore arrivé. Marc s'est ensuite attardé à discuter avec le barman, qui a travaillé en France. Il a gagné sa chambre vers onze heures trente. Le coup de téléphone est arrivé une vingtaine de minutes plus tard, venant du Caire. Une communication très brève, selon le portier de nuit de service au standard. Ensuite rien, pendant plus d'une heure. A ce moment, Marc Lavater est subitement revenu dans le hall. Il a payé sa note avec une carte de crédit. Il semblait extrêmement nerveux et contrarié, presque fébrile, au point que le portier s'est un peu inquiété. Marc est monté en voiture et est parti. L'accident s'est produit dix minutes plus tard.

« Qui a appelé ? Fezzali ?

— Le portier ne sait pas. Le correspondant a demandé à parler à M. Lavater. Sans se nommer. »

Je suis revenu à Sorrente même, dans cet hôpital où l'on a transporté Marc, et qui se trouve tout au bout du cours d'Italie. Ute est dans le hall :

« Tu peux monter, Franzy, mais ça ne servira à rien. Il est sous anti-inflammatoires et je ne sais trop quoi. »

Il est onze heures du matin, le 23 janvier. Je suis en Italie depuis la veille, je n'ai atterri à Rome arrivant de Rio qu'à dix heures du soir. Je n'ai pas encore réussi à échanger un mot avec Marc. Personne n'a pu lui parler. Même pas Ute. Ute qui, dès son arrivée à l'aéroport de Naples, a eu l'idée de vérifier si Lavater n'avait pas loué une voiture. Réponse affirmative obtenue, elle a appelé la police routière, qui lui a aussitôt signalé l'accident. Et cherchait justement qui prévenir.

Je monte pour la deuxième fois dans la chambre où l'on a placé Marc. Françoise m'aperçoit et secoue la tête : il n'a pas repris connaissance. Les examens radiographiques indiquent qu'il a les deux jambes brisées, une fracture du bassin, une autre au bras gauche ; et les vertèbres cervicales ont été touchées, sans qu'on puisse encore évaluer les conséquences de cette dernière blessure. « Quand se réveillera-t-il ? Pas avant plusieurs heures. Si son cerveau est intact. O Franz ! » Je reste à contempler Marc inconscient, son visage est tuméfié, presque méconnaissable. Je le revois tel qu'il était cinq ans plus tôt quand, l'ayant soustrait à un dîner, je l'avais attiré à un rendez-vous un peu mystérieux. Il avait alors cinquante ans environ, âge qui lui aurait permis d'être mon père, il paraissait ce qu'il était, un haut fonctionnaire passé dans le privé, mais ayant conservé une certaine raideur, trop intelligent et pas assez nonchalant pour demeurer rond-de-cuir, même aux degrés les plus élevés. « Vient un moment, m'avait-il alors expliqué en souriant, où il faut choisir. Pour ma part, je ne peux plus espérer la présidence de la République, un collègue y a pensé avant moi. Il ne me reste plus qu'à faire fortune. »

Les Lavater n'ont pas d'enfants s'ils ont quantité de neveux et nièces. Deux de ceux-ci viennent à Sorrente, au secours de leur tante. Ils me saluent à peine, visiblement ils ne m'apprécient guère. Ils vont pourtant accepter, avec presque de la condescendance, que je prenne à ma charge tous les frais de rapatriement en avion sanitaire. L'air de penser : « Tout n'est-il pas de votre faute ? » Et je ne suis pas loin de les rejoindre sur ce point.

Je contemple Marc allongé. Françoise me regarde. Pas de trace de reproche dans ses yeux mais je suis sûr qu'elle pense, comme moi-même, que sans la Danse de Cimballi, Marc et elle seraient sans doute au même moment dans leur maison de Chagny.

Je contemple Marc et une autre question me ronge : pourquoi a-t-il précipitamment quitté l'hôtel Parco dei Principi, en pleine nuit ?

Et où est Hassan Fezzali ?

Adriano Letta a passé un jour et une nuit blanche à essayer de joindre Hassan. Sans résultat. Tout ce que l'on sait au Caire, c'est qu'il s'est fait conduire à l'aéroport, directement au départ de chez lui, à l'aéroport d'où il devait s'envoler pour l'Italie. Depuis aucune nouvelle, sinon la certitude qu'il ne s'est pas présenté au départ de l'avion pour Rome.

Mais c'est bien son secrétariat qui a effectué les réservations, au nom de Fezzali et à celui de Lavater, à l'hôtel de Sorrente. Fezzali était un habitué de Sorrente, il y venait souvent, toujours hors saison.

Je pense déjà à lui au passé. J'ai l'intuition qu'il est mort.

Je quitte l'hôpital où ma présence est malheureusement inutile. Ute m'a réservé quelque chose à l'Excelsior Vittoria, qui domine la jetée d'où l'on s'embarque pour Capri, et par les terrasses duquel on découvre l'admirable vue sur la baie de Naples et le Vésuve. Malgré mon accablement je me remets à téléphoner. J'appelle Cannat à Paris. Au seul son de sa voix, je devine que les nouvelles ne sont pas des meilleures :

« Nos craintes étaient fondées, monsieur Cimballi. J'ai pris contact avec Vaduz : les virements ont bien été effectués, le vôtre, celui de Marc, celui enfin de votre associé arabe. Tout est parfaitement en règle et enregistré.

— Mais l'argent ne peut pas être débloqué, c'est ça ?

— Pas sans la triple signature de chacun des

trois associés que vous êtes. Les statuts de la société et le contrat fiduciaire sont formels.

— Je peux signer, Marc je l'espère le pourra tôt ou tard. Reste Fezzali. Lui non plus ne peut rien faire seul ?

— Pas plus que vous ou Marc. Ses dix-neuf millions ne lui appartiennent plus, sinon en théorie.

— Si Fezzali est mort, je me souviens parfaitement que son représentant peut signer à sa place. Il a bien désigné des représentants ?

— Il l'a fait. Mais ceux-ci ne sont habilités à prendre sa suite qu'en cas de décès ou d'incapacité physique.

— Il a disparu.

— Et justement là est la difficulté. Officiellement décédé, ou officiellement déclaré inapte par suite d'un accident, Fezzali ne poserait aucun problème. Sa disparition, si. Elle peut être volontaire.

— Et si elle ne l'est pas ? s'il a été enlevé, par exemple ?

— La procédure de remplacement ou de succession pourra alors être appliquée normalement. A condition d'apporter juridiquement la preuve de cet enlèvement et donc de l'incapacité où M. Fezzali se trouverait d'exercer ses responsabilités. Monsieur Cimballi, vous y pensez sans doute comme moi : la disparition de Fezzali, dans les circonstances où elle s'est produite, n'a sans doute pas d'autre but que de bloquer ces fonds. »

Qu'Hassan Fezzali soit ou non complice.

« Que peut-on faire pour les débloquer rapidement ?

— Rapidement, rien. Les possibilités de déblocage existent toujours. Mais si nous n'apportons pas la preuve de ce que votre associé ne s'est pas de lui-même mis à l'écart, la procédure va être très longue. Ça prendra un temps fou. »

D'autant que la société du Liechtenstein est accrochée à la Curaçao, elle-même anonyme, et que les fonds qu'elle détient désormais lui sont parvenus par un cheminement discret. L'argent versé par Marc a dû venir de Suisse, le mien des Bahamas, quant à celui de Fezzali, j'en ignore la provenance. Démêler cet écheveau sera déjà un travail ardu, pour tout un cabinet d'avocats.

En somme, nous voilà les victimes de notre propre prudence.

Et Cannat qui ne cesse de répéter, avec une obstination qui m'exaspère d'autant plus que je sais bien qu'il a raison : ça peut prendre des années.

Que faire d'autre ? Je lui dis : « Alors, ne perdons pas la moindre minute. Entamez toute action juridique qui vous paraîtra nécessaire. »

Et j'expédie Adriano Letta au Caire.

Marc Lavater se refuse à ouvrir les yeux mais un nerf bat convulsivement sur sa tempe.

« Qui t'a téléphoné, Marc ? C'était Hassan ? »

Il met un temps interminable à me répondre, comme s'il était à des milliers de kilomètres de moi. Et toute notre conversation aura cette irréalité, tandis que je me dégoûte moi-même, à torturer de mes questions cet homme qui est mon ami, dans l'état où il est.

« Pas Fezzali.

— L'un de ses collaborateurs du Caire ? Non ? Alors qui, Marc ? J'ai besoin de savoir. »

C'est haletant, syncopé, douloureux, les mots s'espacent de longs silences. L'homme qui a appelé Marc l'a fait en anglais, il parlait avec un accent arabe prononcé ; il ne s'est pas nommé, n'a pas prétendu téléphoner au nom de qui que ce soit, ou n'en a pas pris la peine. Il a simplement annoncé qu'Hassan Fezzali ne viendrait pas au rendez-vous, ni au jour fixé, ni les jours suivants. Rien d'autre. Mais le fait est là : Hassan disparu, volontairement ou non, si nous n'en avons pendant longtemps aucune nouvelle, sa disparition aura pour effet de bloquer « l'affaire du Liechtenstein ».

« Marc, il ne t'a vraiment rien dit d'autre ? »

Non. Mais il est clair que cela a suffi : Marc Lavater a immédiatement deviné dans quel piège il m'avait entraîné, en y tombant lui-même. Et il sait en outre que ce coup de téléphone anonyme n'aura pas la moindre valeur, quand il s'agira d'engager une action juridique pour récupérer l'argent : cet appel n'a pas eu d'autre témoin que Marc lui-même, partie prenante dans l'affaire. Son témoignage n'aurait aucune valeur dans un procès futur.

Connaissant Marc comme je le connais, il ne m'est pas difficile de reconstituer ce qui s'est alors passé dans sa tête à ces instants-là. Il s'est affolé, tel un comptable honnête qui découvre une monumentale erreur dans ses comptes.

« Tu aurais dû m'appeler. M'appeler dans la seconde suivante. »

Mais il ne l'a pas fait. Au lieu de cela, après presque une heure passée à ruminer l'affaire seul dans sa chambre du Parco dei Principi, il s'est jeté dans sa voiture, en proie à une surexcitation extraordinaire.

« Tout est de ma faute, Franz. »

Et où voulait-il aller ? Il ne sait plus, il ne se souvient pas au juste, il a agi sous l'impulsion du moment. Peut-être au Caire, essayer de savoir ce qui était arrivé à Fezzali — qu'il croit innocent en cette affaire. Ou contacter la police à Naples. Ou rentrer à Paris, à Chagny, s'y terrer, tenter de recouvrer son calme et d'y faire le point. C'est très confus dans sa mémoire, ce devait sans doute l'être plus encore au moment où il s'est lancé sur l'étroite et sinueuse route de Sorrente à Naples. Je l'ai toujours su : Marc Lavater est de ces hommes à l'intelligence brillante, apte aux plus étourdissantes acrobaties intellectuelles, sous cette réserve qu'ils n'aient pas à personnellement s'engager dans l'action qu'ils ont pourtant si bien rêvée. C'est ce qui nous sépare et ce qui nous unit.

« Tout est de ma faute, Franz. »

Même l'accident de voiture. Aucun doute pour lui, il en est le seul responsable. Il confirme les conclusions de la police et les remarques des témoins : il allait bien trop vite. C'est au moins ça : le piège de Yahl et de Horst qui s'est refermé sur nous ne visait qu'à nous priver, à me priver d'une bonne partie de mes capitaux.

En quoi ils semblent bien avoir parfaitement réussi.

L'accident de Marc n'était pas dans leur plan.

Il s'est pourtant produit. Avec cette conséquence que je vais être privé de l'aide, de l'appui de Marc Lavater au cours d'une période qui va connaître, j'en suis sûr à présent, la grande attaque qu'on m'avait annoncée.

Le médecin me fait signe que j'ai plus que suffisamment fatigué son malade. Qui répète inlassablement, comme une litanie désespérée : « Tout est de ma faute. »

Le 25 janvier au matin, je suis à Genève. L'homme que j'y rencontre dirige cette équipe d'enquêteurs privés chargée par Lavater de surveiller Martin Yahl. C'est un Anglais du nom de, disons, Chatham ; à peu près cinquante ans, tempes argentées, yeux bleus emplis d'innocence. De sa très probable activité au service secret de Sa Majesté, il a conservé une fausse nonchalance, un ton feutré, une extrême prudence dans le choix des mots, et le goût de paraître comme l'amateur qu'il n'est sûrement pas. Il ignorait l'accident de Lavater, je le lui apprends :

« De sorte que c'est à moi que vous rendrez compte désormais, directement. »

Oui, il savait qu'il travaillait en réalité pour moi. Il sourit : que vaudrait un espion qui ne connaîtrait pas son véritable employeur ? Je lui dis que j'aimerais aller jeter un coup d'œil sur la propriété de Yahl. Il me dévisage, un peu surpris : « Vous ne verrez pas grand-chose. » Il prend le volant et nous partons ensemble. La propriété se trouve au bord même du Léman, elle est desservie par la route qui longe le lac jusqu'à Hermance et donc jusqu'à cet endroit où, de Suisse, la rive devient française, vers Thonon et Evian. Un haut mur surmonté de barbelés la clôt tout entière. Beaucoup d'arbres, plus grands et plus denses que dans mes souvenirs, bien qu'ils soient dégarnis de leurs feuilles en cette saison. L'Anglais demande : « Vous y êtes déjà entré, vous-même ? »

J'acquiesce. Non seulement je suis déjà entré dans cette maison mais j'y ai même passé à trois ou quatre reprises mes vacances d'été, quand j'avais entre dix et quinze ans, après la mort de ma mère. Les souvenirs que je garde de ces séjours sont sinistres : une grande demeure déserte à l'exception des domestiques, tous à l'image de leur maître, c'est-à-dire funèbres. Je prenais mes déjeuners à la cuisine et dînais le soir en tête-à-tête avec Martin Yahl, mon tuteur au même titre que mon cher oncle Giancarlo l'Imbécile. Il me parlait de mes études, qui étaient inévitablement lamentables.

« A son retour de Londres, dit l'Anglais, il est revenu directement ici, et n'en a plus bougé. Peu ou pas de visites, sinon un cardiologue parisien qui le suit, et son généraliste genevois. Et un banquier et un notaire, qu'il connaît depuis toujours. »

Ce que m'a dit Marc Lavater à New York, avant mon départ pour Rio, me revient en mémoire :

« Parlez-moi de ce voyage à Londres. A ce sujet, Lavater m'a fait une réflexion curieuse : il m'a dit que, selon lui, quelque chose n'allait pas.

— Pas selon lui. Selon moi. C'est moi qui lui ai fait cette remarque qu'il vous aura rapportée. Je me trouvais moi-même à Londres quand Yahl s'y est rendu, j'ai assisté à son arrivée au Browns, à sa rencontre avec Horst. Et c'est là, très fugitivement, que ça a accroché : l'impression d'une mise en scène. Les deux hommes se sont comportés comme s'ils savaient que nous les surveillions, et nous jouaient une comédie en conséquence... »

Je scrute le visage de mon interlocuteur. Il hausse les épaules avec la bonhomie de l'Anglais qui vient de vous flanquer 6/0, 6/0 au tennis, et ne vous en veut pas du tout...

« Désolé, mais je ne sais pas du tout quel genre de comédie ils nous jouent et surtout dans quel but. Et d'ailleurs, je peux me tromper. J'ai tendance à ne pas faire confiance aux gens, je ne sais pas pourquoi.

— A force de vous regarder dans la glace, sans doute.

— *Very funny*, dit-il.

— Vous m'êtes vraiment d'une aide inestimable.

— Demandez-moi davantage. Ce travail-ci est assez ennuyeux. »

Je contemple la propriété de Martin Yahl. Ce n'est qu'à la faveur d'une toute petite trouée entre les branches qui pourtant sont nues, qu'on aperçoit la maison elle-même. Dès le printemps, les feuillages revenus, elle doit être totalement invisible depuis la route.

« Et Horst ?

— Marc Lavater nous a transmis votre demande d'une enquête sur ses déplacements. Nous faisons de notre mieux pour ne pas le perdre de vue. Pas facile. Il voyage énormément, sautant d'un avion dans l'autre. »

Je me rappelle la scène que m'a rapportée Maria de Santis, groupant la jeune femme, Horst et Yates, et au cours de laquelle on a parlé d'Hassan Fezzali, à propos de qui « tout était réglé ». Je dis à l'Anglais :

« Il se trouvait à New York vers le 17 ou 18 janvier dernier. Il a dîné avec Yates, le directeur d'une agence de presse. »

L'Anglais sourit : « Information exacte, quoique je ne voie pas comment vous l'avez obtenue. Cela s'est passé dans un restaurant chinois de la 2ᵉ Avenue et en fait, ils étaient trois à dîner ; y assistait également une jeune et très jolie photographe appelée Sharon de Santis.

— Quand Horst rencontre un homme comme Yates, et à New York, alors que je m'y trouve moi-même, je voudrais qu'on me l'apprenne. Je paie assez cher pour ça.

— Il nous a fallu le temps de situer ce Yates et la fille. Et mes ordres étaient de rendre compte à M. Lavater. Je l'ai fait. Mon rapport général sur les déplacements de Horst, qui il a rencontré et où et pourquoi, quand nous avons pu le déterminer, ce rapport a été envoyé à M. Lavater il y a déjà deux jours. Sans l'accident, vous en auriez déjà connaissance.

— Mais désormais, c'est à moi personnellement que vous adresserez vos rapports. Et vous me téléphonerez dans le cas d'informations qui vous paraîtront importantes, jour et nuit si nécessaire. »

Il acquiesce. Il me reconduit à Genève où un autre avion m'attend. Je lui demande encore :

« Les diverses destinations de Horst ?

— Ne me demandez pas de les réciter de mémoire.

— Les grandes lignes.

— Europe, Etats-Unis — aller et retour fréquents — mais aussi Extrême-Orient et Amérique du Sud.

— Il s'est rendu au Caire ?
— Non.
— Et en Amérique du Sud, où exactement ?
— Il était encore à Rio voici deux ou trois jours.
— Il s'y trouvait le 20 et le 21 ?
— Affirmatif. »
Soit en même temps que moi.
Et Horst était comme moi à New York quelques jours plus tôt. Il a dû partir pour Rio au moment où j'y suis moi-même parti.
C'est à croire qu'il me suit ! Peut-être est-il aujourd'hui à Genève ?

J'ai appelé une première fois Catherine en Arizona depuis Sorrente. Je l'ai sentie plus nerveuse que jamais, agressive au point que même la nouvelle de l'accident de Marc que je lui ai apprise ne l'a pas désarmée. En fait, c'est à peine si elle m'a écouté.
Je la rappelle de Paris où j'arrive le 25 dans la soirée. Cette communication-là est encore pire que la première. Je lui demande de me laisser parler à sa mère. Je voudrais que celle-ci vienne au téléphone. Ça rend Catherine folle de rage : « C'est à moi que tu dois parler. — Mais ta mère est là, non ? — Où veux-tu qu'elle soit ? — Et nos amis de Los Angeles ? — Aussi. Il ne manque que toi. Comme d'habitude. »
J'arrive à la calmer un peu en lui parlant de l'appartement de l'avenue Henri-Martin, et en louant le travail fantastique fait par le décorateur. (En réalité, je n'ai même pas mis les pieds dans l'appartement.)

Je finis par raccrocher, un peu déçu que ma belle-mère n'ait même pas pris la peine de demander le téléphone pour avoir des nouvelles de Marc, pour qui il m'avait semblé qu'elle avait de la sympathie.

Je ne me doute absolument pas de ce qui se passe en Arizona.

21

CHAGNY. Marc y a été ramené d'Italie. Il est absolument incapable de se déplacer, ayant tout le bas du corps pris dans le plâtre ; et de surcroît, une minerve lui enserre le cou. Il a refusé qu'on l'installe dans sa chambre habituelle et a voulu prendre position dans la bibliothèque, où on lui a finalement préparé un lit.

Ensemble, nous n'avons qu'une seule fois traité du problème posé par la disparition d'Hassan Fezzali (dont il persiste à croire qu'elle n'est pas volontaire ; pour lui Hassan a été enlevé). Quoi qu'il en soit, Marc est trop expérimenté pour ne pas comprendre ce que cette disparition signifie non pas tant pour lui-même que pour moi : le blocage de mes dix millions me touche au moment où je suis financièrement déployé à l'extrême, peut-être à l'excès. « A l'excès, Franz, et à mon avis... » Il s'interrompt aussitôt, avec un petit sourire amer : « Qui suis-je pour te donner des conseils ? C'est tout de même moi qui t'ai affirmé que cette affaire de pétrole était sûre... — Elle l'est. Simplement l'imprévisible est arrivé. »

La maison de Chagny s'emplit de neveux et de nièces qui me considèrent d'un œil torve. Je suis un intrus, on ne va pas tarder à me le faire sentir il me semble. Le 28, je rentre à Paris, et j'y retrouve Ute, arrivant d'Allemagne. Elle est en plein combat contre l'organisation mise en place, c'est évident, par Horst décidément omniprésent, et qui lui dispute les emplacements : « Une sacrée bagarre, Franzy. Mais nous tenons tête. » Elle me montre des chiffres, comme toujours en pareil cas.

« Navré de ne pouvoir t'aider davantage, Ute.
— Et moi je suis désolée pour Marc. Il va te manquer.
— Je sais. »

A Paris également, nouvelle concertation avec Cannat. Il s'occupe de l'action engagée pour récupérer les fonds de la société liechtensteinoise et, dans le même temps, doit faire face aux responsabilités abandonnées par Marc Lavater. Dont le retour aux affaires ne se produira sans doute pas avant plusieurs mois.

« S'il revient », note Cannat.

C'est lui aussi un transfuge des Finances. Il a trente ans, il est vif et dur, avec quelque chose d'un Vandenbergh dans sa façon délibérément froide de considérer tous les problèmes.

« Marc reviendra.
— Espérons-le. »

Comme convenu, dans l'affaire du Liechtenstein, il s'est assuré le concours d'une solide équipe de juristes internationaux : « Mais je vous avais prévenu : ça prendra du temps. — Faites pour le mieux. »

Le 29 au matin, départ pour New York. Je ne

comptais pas m'y arrêter. J'avais envisagé de poursuivre directement ma route vers Phœnix et le ranch. Mais Vandenbergh a insisté au téléphone.

Je le retrouve à son bureau. Ce qu'il a à me dire tient en peu de mots : l'once d'argent continue de grimper à une vitesse vertigineuse, les Texans et leurs associés poursuivent toujours aussi méthodiquement et aussi massivement leurs achats.

Ils ont déjà très largement dépassé la masse fantastique de cent cinquante millions d'onces. Tout indique qu'ils vont arriver à deux cents millions. Soit les deux tiers de l'argent métal possédé dans le monde par des particuliers et près de quatre-vingts pour cent de la production annuelle du monde occidental. Calculé au taux actuel, cela représente plus de dix milliards de dollars.

Le bureau de Philip Vandenbergh est le plus original, et d'une certaine façon le plus beau que j'aie jamais vu. Il est entièrement lambrissé de chêne ; le plafond est à caissons, du même chêne ; et aussi le plancher, simplement recouvert d'un immense tapis chinois bleu du même bleu que celui des yeux de l'occupant des lieux. Aux murs, rien, sinon un seul Claude Monet.

« Et que dois-je faire selon vous ?

— Peut-être vous laisser porter par le courant. Comme vous l'avez fait depuis le début.

— Cette hausse ne peut pas durer éternellement.

— Rien n'est éternel.

— Mais vous pensez que j'ai du temps devant moi ? »

C'est également l'avis de trois banquiers dont j'ai sollicité les conseils.

« Je dirais : plusieurs mois. »

Dix millions de mes dollars pour l'instant — et sans doute pour pas mal de temps — bloqués au Liechtenstein, inutilisables. Et dix autres engagés précisément dans cette spéculation sur le silver...

Cimbali, il est peut-être temps de jouer la prudence...

Dans l'avion tout au long de ma traversée de l'Atlantique, et même dans le taxi qui m'a ramené de Kennedy Airport, j'ai une nouvelle fois revu les chiffres, avec mon goût et presque ma passion pour ce genre de calculs. Tous les avis concordent, on me l'affirme de toutes parts : le prix de l'once d'argent peut et doit encore largement monter. En fait, mon choix est simple. De deux choses l'une : ou bien je laisse ma mise sur le tapis, avec l'espoir que le prix de l'once grimpera encore et que mon bénéfice sera d'autant plus important.

Je le répète : à cette seconde solution, tous me poussent, y compris Vandenbergh, qui ordinairement est des plus prudents.

Mais je n'oublie pas ce que ce même Vandenbergh m'a appris : il a été contacté par Horst, qui lui a proposé ou voulait lui proposer, sans doute, une alliance dirigée contre moi. A en croire Vandenbergh, la rencontre n'a pas eu lieu, l'honnête et loyal Vandenbergh l'a refusée. Vrai ou faux ? Et s'il y a un piège en tout ceci, où est-il ? Avec l'affaire Fezzali, Horst vient de m'administrer la preuve de ce que je n'ai pas rêvé : on m'en veut effectivement au point d'échafauder les machinations les plus rocambolesques, les plus dénuées de scrupule.

Admettons que Horst ait effectivement pris

contact avec Vandenbergh. L'a-t-il fait pour que je le sache ? Pour m'encourager à m'engager plus à fond sur le silver ou, au contraire, pour m'inciter à ne pas le faire, parce que l'affaire est bonne ? Je dis à l'avocat :

« J'ai besoin de réfléchir. »

Impassible : « Votre problème, monsieur Cimballi. »

En principe, mon escale à New York ne devait être que de trois ou quatre heures. Je décide de la prolonger. Depuis le bureau de Vandenbergh, j'appelle l'Arizona et le ranch ; encore une fois ça sonne à n'en plus finir avant qu'un domestique enfin décroche. C'est une jeune femme ou une jeune fille dont je n'ai qu'un vague souvenir, il me semble l'avoir vue aux cuisines ; récemment émigrée du Mexique, elle ne parle qu'un anglais assez balbutiant. Or, si je comprends bien l'espagnol, j'ai, comme toujours dans une langue étrangère, quelques difficultés au téléphone.

« Où est la señora ? »

Sortie, me répond la femme. Sortie *en el coche* avec le bébé. Elle est allée à Phœnix ? *No sé.* Et Mme et M. Jeffries, les parents de Madame ? *Marcharse :* partis aussi. Il n'y a donc plus personne au ranch ? *No señor.* Et ces amis de Los Angeles, et qui doivent séjourner chez nous jusqu'à la fin du mois ? Partis également. Tout va se jouer ridiculement, tragiquement, sur ce mot « partis » que je vais interpréter à tort, préoccupé par mes problèmes, et sur la timidité de cette jeune domestique face à un appareil téléphonique qu'elle n'a guère l'habitude d'utiliser. Je laisse un message : qu'on prévienne la señora, sitôt qu'elle rentrera, que mon retour prévu pour aujourd'hui n'aura lieu que demain. Elle a compris ? « Répétez. » Elle répète docilement, non elle n'oubliera pas. Je raccroche.

Le 29 janvier, vers onze heures trente du matin.

C'est un journaliste financier du *Washington Post*. Je l'ai rencontré à trois ou quatre reprises et nous avons sympathisé au point que je l'ai invité à venir nous voir « l'un de ces prochains étés » à Saint-Tropez, lieu qui exerce une indubitable attraction sur mes amis américains. Coup de chance, non seulement il est à New York mais encore il s'arrange pour être libre à déjeuner. Déjeuner que nous prenons au Rainbow Room, au soixante-cinquième étage de l'immeuble R.C.A. de Rockefeller Center. Je lui explique mon problème. Il éclate de rire :

« Je me demandais qui de nous deux allait payer l'addition. Mes doutes et mes scrupules viennent à l'instant de s'envoler. Ce sera vous. Quiconque s'est embarqué à temps dans le rapide texano-arabo-brésilien est un homme heureux.

— Pour combien de temps ? »

Il cesse de rire, et son œil aigu de journaliste brusquement en alerte me scrute :

« Des raisons de penser que ça ne va pas durer ?
— C'est à vous que je pose la question ? »

Il secoue la tête :

« Franz, on a coutume de dire que l'argent métal, le silver, devrait valoir le dixième du prix de l'or, l'or lui-même valant vingt-neuf fois le prix du baril de pétrole. Soit dit en passant, c'est l'un des principaux arguments des Arabes et

autres Vénézuéliens quand ils affirment que leur pétrole n'est pas cher.
— Je m'en fous complètement.
— C'est tout à fait possible. Seulement, l'or et le pétrole n'arrêtent pas de monter, et je les vois mal diminuer. Pourquoi l'argent ne ferait-il pas de même ?
— Même si cette hausse — je parle du silver — est surtout due à l'action d'un groupe cherchant à se placer en position de corner-stone, position à partir de laquelle ils pourront pratiquement imposer n'importe quel prix ?
— Vous exagérez : pas n'importe quel prix. Ça ne pourra jamais être aussi brutal que cela. Mais rien ne les empêche d'agir ainsi, aucune loi ne le leur interdit. Et puis ces Texans ne sont pas n'importe qui, ils ont les moyens : dix milliards de dollars et plus, ça pèse. »

Je n'ai même pas touché au homard qu'on vient de me servir. Quel argument ai-je à proposer ? Aucun, sinon ma crainte, pour l'heure purement intuitive, de ce que cette affaire peut dissimuler un piège. Je demande :

« Qui peut avoir intérêt à ce que l'argent baisse ?
— Les spéculateurs qui ont joué cette baisse, bien entendu. Mais ce n'est pas l'essentiel. Je dirais : surtout les utilisateurs de l'argent métal.
— Qui sont ? »
Haussant les épaules : « Notamment les industriels et de la photo et du film. L'argent métal entre dans la fabrication de la pellicule. Mais je ne suis pas un expert sur le sujet.
— Il existe un lobby de la photo, un groupe de pression renforcé de politiciens ? »

Il rigole : « Seigneur Dieu ! Il y a des lobbies des couches-culottes et des cacahuètes, pourquoi pas un de la photo ?

— Qui défend les intérêts de ce lobby, soit à la Chambre des représentants, soit au Sénat, soit même au gouvernement ? Qui s'est fait remarquer par ses interventions ? »

Silence. Il me dévisage. « Où diable voulez-vous en venir ? » Mais la question que je lui ai posée continue manifestement à trotter dans sa tête. Il repose sa fourchette. « Je reviens. » Il se lève, part en direction du téléphone, revient une bonne dizaine de minutes plus tard, se rassoit :

« Un sénateur surtout. Il s'est manifesté tous ces temps-ci par des déclarations virulentes, dans lesquelles il se présente comme le défenseur des petits investisseurs, sur le marché de l'argent. Selon lui, ces mêmes petits investisseurs — force vive de la nation américaine, de l'Amérique profonde et loyale et hardie, etc. — sont sauvagement agressés par les infâmes spéculateurs arabo-texans. Ce sont surtout les Arabes qui lui donnent des boutons. Si votre homme existe, c'est lui. »

Il contemple son assiette avec satisfaction : « Je vois que vous avez fait changer mon homard usagé contre un neuf...

— J'ai un cœur d'or. »

La secrétaire du sénateur a l'accent du sud des Etats-Unis :

« Quel nom avez-vous dit ?

— Horst. Erwin James Horst.

— Voudriez-vous épeler, monsieur Horst, je vous prie ? »

J'abats alors ma seconde carte. Je dis : « C'est inutile. Dites simplement au sénateur que je voudrais lui parler de la part de Martin Yahl. »

Et ça marche. Formidablement. Ce petit piège si simple fonctionne au-delà de toutes mes espérances. A l'évidence, le nom de Yahl est familier à cette secrétaire d'un sénateur, qui pourtant ne devrait pas le connaître.

« Oh ! Yahl ? ne quittez pas, je vous prie, je vous passe le sénateur... »

Je raccroche sans plus attendre. Ma conviction est faite. Et je forme le numéro de Philip Vandenbergh :

« Vandenbergh ? Cimballi. Je vous avais dit que j'avais besoin de réfléchir. J'ai réfléchi. On vend le silver. On vend tout. »

Je ne connaîtrai évidemment pas dans l'immédiat le bien-fondé de ma décision. En fait, il s'écoulera quelques semaines encore. Mais tout se déroulera alors presque magiquement, avec une mécanique implacabilité. Cela commencera par une campagne de presse, comme toujours. Et comme toujours celle-ci sera accompagnée d'une contre-campagne, les Texans ayant pour eux leur fabuleuse puissance financière. Ils livreront la bataille et la perdront.

Par la vertu de deux décisions gouvernementales.

La première visant à la protection des « petits investisseurs ». Il s'agira d'une modification de la valeur du déposit permettant de passer un contrat sur l'argent. Ce déposit variait, au moment où j'ai entamé mon opération personnelle, de cinq à dix pour cent du montant total du contrat suivant la qualité de l'investisseur, et n'importe qui pouvait donc — en schématisant pas mal — jouer cent dollars en n'en misant réellement que dix. Première décision du gouvernement fédéral donc : faire passer ce déposit obligatoire de dix à trente pour cent. Avec cette double conséquence de limiter l'accès des petits investisseurs au marché (en les protégeant contre eux-mêmes en quelque sorte) et par suite d'entraîner une première baisse du prix de l'once d'argent.

Une baisse qui va s'accentuer encore — et dans quelles proportions ! — quand sera rendue publique la deuxième décision, portant limitation du nombre de contrats qu'un seul et même individu, ou un seul et même groupe quelle que soit sa composition, peut légalement passer. Ce qui mettra les Texans et leurs associés arabes et brésiliens dans l'obligation de vendre. Et vendre sur un marché d'où les petits investisseurs, on l'a vu, ont été préalablement écartés. Donc, vendre à perte.

Leurs achats massifs avaient fait grimper fantastiquement les prix, leur position à la vente forcée les fera dégringoler à une vitesse encore plus vertigineuse. Tout se jouera en quelques jours, avec une brutalité inouïe. L'once va retomber à vingt dollars. La perte sèche du groupe texan sera de huit milliards de dollars.

Trois cent soixante millions de francs français, trente-six milliards de centimes. Et les hommes de Dallas n'en seront pas ruinés pour autant !

Pour ma part, de ce combat titanesque qui me dépassait jusqu'à l'ironie, je me suis retiré à temps. Et avec plus que les honneurs. En fait, ce simple coup de téléphone à la secrétaire d'un sénateur que je n'ai jamais vu, et au reste ne verrai jamais (mais qui connaît si bien un banquier suisse retraité du nom de Martin Yahl et cette preuve m'a suffi), va me rapporter environ neuf millions de dollars.

J'ignorai, et j'ignore encore, le rôle exact de Martin Yahl dans tout cela. Il est évidemment peu vraisemblable et même carrément invraisemblable qu'il ait été de la manœuvre. Quels qu'aient pu être ses moyens financiers ou ses relations dans les milieux politiques américains, il est hors de doute qu'ils ne lui auraient jamais permis d'entraîner d'énormes groupes industriels et le gouvernement fédéral à sa suite. A plus forte raison dans une offensive contre le seul petit Cimballi, si gentil et si fragile.

Sans doute, plus vraisemblablement, a-t-il, au bon moment et même avant moi, procédé à une analyse pertinente de la situation. Et il en a tiré parti en s'aidant d'un sénateur.

Mais en ce 29 janvier, je n'en suis pas encore là. Je viens de décider de liquider ma position sur le silver et ne suis pas tout à fait sûr d'avoir bien fait. J'ai joué la prudence et la prudence n'a jamais été la caractéristique essentielle de ma Danse. Ma décision me laisse un arrière-goût désagréable.

J'ai appelé Philip Vandenbergh à partir des cabines téléphoniques du Rainbow Room, presque au sommet de Rockefeller Center. Comme je m'y attendais, il ne s'est pas contenté d'un simple ordre par téléphone.

« Puisque vous êtes à New York, je préférerais un ordre écrit dans la journée. Un de mes coursiers peut passer le prendre.
— Allez au diable.
— Pas sans un ordre écrit. »

Je me souviens que j'ai failli sourire à ce moment-là. En fin de compte, mes rapports avec Vandenbergh m'amusent, par moments ; cette animosité qu'aucun de nous ne manque jamais de témoigner à l'autre finirait par devenir drôle.

Et puis, à y bien réfléchir, je suis soulagé par la décision que je viens de prendre. Je me sens déchargé d'un poids.

Sans surtout négliger ce fait qu'avec le bénéfice considérable que je viens de réaliser sur le silver, je rétablis ma situation financière que la disparition de Fezzali avait rendue préoccupante. Ce bénéfice ne m'exalte pas, depuis des semaines je le prévoyais, et j'ai eu l'idée de m'habituer à l'idée.

Il doit être à peu près trois heures et demie de l'après-midi. Il pleut sur New York, pas une pluie lourde mais un petit crachin glacé qui ne me gêne pas trop. Je marche en rêvant de mon île, de sa véranda ouverte à des milliers d'oiseaux libres. Je pense aussi à Vandenbergh — et c'est bien moins romantique — à qui j'ai promis-juré de passer à cinq heures pour lui remettre tous les papiers nécessaires à la liquidation. J'ai déjà fait l'essentiel en expédiant un de mes habituels messages codés à mon banquier des Bahamas. A Vandenbergh, somme toute, il ne manque plus qu'une confirmation, que j'ai rédigée et enfermée dans une enveloppe.

Et je me souviens brusquement qu'ayant à l'origine prévu de filer directement sur Phœnix, je n'ai pris aucune disposition pour pouvoir coucher à New York. Je ne suis pas très loin du Pierre, j'y vais à pied.

La réception m'écoute en souriant et me corrige aussitôt quand j'explique mon oubli d'une réservation :

« Mais pas du tout, monsieur Cimballi. Votre appartement habituel a bien été réservé.

— Réservé par qui ?

— Par votre secrétaire. »

Tiens donc ! Voilà que j'ai une secrétaire, à présent ! Je demande :

« Homme ou femme ?

— Un homme. »

Qui a téléphoné en fin de matinée, en fait à peu près à l'heure où ayant quitté Philip Vandenbergh et convenu d'un déjeuner avec mon journaliste du *Washington Post,* je me rendais à Rockefeller Center. Le réceptionniste ajoute :

« Et l'on a apporté un paquet pour vous. »

Je monte. Le paquet est là, posé en évidence dans le salon. Il est rectangulaire, presque carré en fait. Il mesure pas loin d'un mètre de côté, et vingt à vingt-cinq centimètres d'épaisseur. Un papier noir l'enveloppe, soigneusement ajusté.

Pas de carte de visite, pas la moindre indication quant à la provenance ou l'expéditeur.

Et si c'était une bombe ?

Cimballi fais désenfler ta tête...

Je finis par ouvrir le paquet. Il renferme des tirages sur papier de clichés en couleurs. Format : quatre-vingt-dix centimètres sur quatre-vingts. Il y en a environ soixante. On les a disposés dans l'ordre chronologique, la photo sur le desus étant la plus ancienne. J'y vois Cimballi Franz à Amsterdam devant la façade de l'hôtel Amstel, en compagnie de Maria de Santis. L'opérateur a choisi pour actionner son appareil le moment où je suis en train de parler à la jeune femme en souriant, disant quelque chose comme : « Vous avez eu le coup de foudre en me voyant, c'est ça ? » Bien entendu, le cliché ne restitue pas mes mots ; il offre simplement l'image d'un couple bavardant avec le sourire, en Hollande, au sortir d'un hôtel. Maria de Santis n'est même pas à un mètre de moi ; on ne distingue pas l'appareil photo qu'elle tenait pourtant en main, mon propre corps le dissimule. Par l'effet d'un cadrage étroit, on ne voit pas non plus Adriano Letta et Mike Mac-Queen, le journaliste de *Fortune*, qui étaient là, en réalité très près.

Et les yeux noirs de Maria de Santis qui apparaît de face, semblent me fixer avec une expression primesautière et tendre.

Cinq tirages pour Amsterdam, cinq autres pour San Francisco, on voit Maria de Santis émerger juste derrière moi du sas de l'aéroport. On la découvre attendant aux bagages en ma compagnie. Et surtout, nous voilà ensemble dans la rue en pente de Telegraph Hill, près de chez Li et Liu, marchant côte à côte, elle me jetant un coup d'œil plein d'amour fervent.

Et quantité de photos prises à La Nouvelle-Orléans. Nous y sommes attablés ensemble, d'abord devant deux bières et bavardant gaiement à la terrasse (ouverte sur la rue, ce qui est rare aux Etats-Unis) du café Pontalba. Puis un tête-à-tête chez Antoine. Puis nous marchons ensemble dans Royal Street, nous entrons apparemment au Royal Sonesta Hotel. Devant l'entrée duquel un photographe nous a surpris, elle maniant en riant son appareil et moi prenant des poses comme un crétin.

Et Rio enfin. Rien n'y manque. Surtout pas ces clichés au téléobjectif, énormément agrandis mais néanmoins d'une visibilité parfaite, elle est nue sur la plage d'Itaipu, à me considérer d'une prunelle alanguie, pendant que je lui caresse la joue et que je l'embrasse.

La sonnerie retentit interminablement, mais j'insiste longtemps, quelqu'un finira bien par venir. Mais non, personne, la maison semble abandonnée. Catherine ne peut pourtant pas avoir quitté le ranch sans me prévenir. Pour aller où ? Regagner l'Europe avec ses parents et Marc-Andrea ? Mais enfin c'est mon fils tout de même, j'ai le droit de savoir où il est. Et s'il s'était passé quelque chose ? Que faire ? Je suis envahi par une inquiétude irraisonnée.

Je me décide à joindre le shérif local. Il semble étonné de mon appel, pourquoi y aurait-il quelque chose d'anormal, tous les habitants de la maison sont peut-être sortis. Cependant, devant mon insistance, il se décide à aller faire un tour au ranch.

Il me rappelle après une interminable demi-heure. Je le remercie. Je forme le numéro de Flint qui se trouve à New York. Lui décroche presque aussitôt. Je lui dis :

« Où est l'avion ?
— Aéroport de La Guardia.
— Décollage dans quarante-cinq minutes pour l'Arizona. »

J'ai le pressentiment d'une catastrophe.

22

JE marche sous les voûtes courbes des pièces en adobe, je parcours chaque pièce l'une après l'autre pour la deuxième ou la troisième fois et le silence est toujours aussi pesant, le vide toujours aussi angoissant. Je finis par m'asseoir dans un fauteuil *mudejar* de bois noir incrusté d'ivoire, aux accoudoirs larges et plats. Et j'ai sur mes épaules le poids écrasant, s'ajoutant à celui de ma fatigue, de cette totale absence de vie dans la maison. Je me sens comme pétrifié.

Bruit de voiture. Je sors. Flint est là en compagnie du shérif. Qui me demande :

« Il n'y a même pas de domestiques ?
— Personne.
— Mais vous aviez des domestiques ? »

Ils étaient cinq, trois femmes et deux hommes.

« Vous avez sans doute leurs adresses quelque part », dit le policier. Il est clair que lorsque je l'ai appelé de New York, il n'a pas pris l'affaire au sérieux, il a cru à quelque dispute entre mari et femme. Il m'accompagne et ensemble nous fouillons des papiers. « En voilà au moins un. » Il s'agit du chauffeur, chicano c'est-à-dire américano-mexicain comme le reste du personnel. Le policier ressort et s'en va passer un message sur la radio de sa voiture. La nuit est depuis longtemps tombée. Il est dix heures du soir, Mountain Time. Parti de Paris au matin du 29, je suis debout depuis vingt-six heures.

Le policier revient :

« Mme Cimballi a pu brusquement décider de partir en voyage, en emmenant son fils ? »

Mais elle n'aurait pas laissé derrière elle son passeport, tous ses papiers, son sac, toutes les valises.

« Elle a pu aller passer la soirée chez des amis et s'y sera attardée. »

Mais nous avons Flint et moi téléphoné partout. Personne ne l'a vue depuis plusieurs jours.

« Je suis passé par le garage, remarque le policier. Il contient deux voitures. »

Il en manque deux : le *truck* servant aux domestiques à faire les courses et la Range-Rover. Flint explique, dans le détail, notre départ de La Guardia, notre arrivée à Phœnix puis notre entrée dans cette maison où, bien qu'il fît encore jour, à peu près toutes les lumières étaient allumées dans la partie résidentielle (au contraire du quartier des domestiques où tout était en ordre, fermé et éteint) ; où des portes étaient grandes ouvertes, suggérant un départ précipité. Mais les valises étaient là, bouclées. « C'est en retrouvant ses papiers, sans lesquels elle ne serait pas normalement partie, que nous avons commencé à nous inquiéter vraiment », dit Flint.

Couinement de la radio de bord, dans la voiture de police. Le shérif va répondre, nous rejoint :

« Nous avons retrouvé le chauffeur, Gil Lopez.

Il se trouve dans sa famille, normalement, et affirme que votre femme les a tous congédiés avant-hier, en leur prêtant le truck pour qu'ils puissent partir plus vite. Elle a expliqué le licenciement par le fait que le ranch venait d'être vendu, et que vous alliez venir la chercher. Il pense savoir où retrouver les autres domestiques. »

Il me demande :

« Dans la maison à votre arrivée, auraient normalement dû se trouver votre femme, votre fils et les domestiques. Quelqu'un d'autre ? »

C'est Flint qui répond pour moi : « Nous nous attendions à trouver les parents de Mme Cimballi et aussi des amis qui devaient séjourner au ranch jusqu'à la fin du mois au moins. »

Mais oui, nous leur avons téléphoné, c'est évidemment la première chose que nous ayons faite. Impossible de joindre les Jeffries, dont le téléphone avenue de Ségur à Paris n'a pas répondu. Quant aux Français de Californie, ils ont décroché aussitôt, une sorte de gêne dans la voix : ils ont quitté le ranch depuis cinq jours déjà. Pourquoi avoir ainsi écourté leur séjour ? « Franz, pour être tout à fait francs, tout simplement parce que Catherine nous a flanqués dehors. Vous savez bien qu'elle est un peu nerveuse en ce moment... »

Le policier me dévisage. D'abord il a cru à une dispute conjugale entre étrangers riches. Ensuite l'absence des domestiques lui a sans doute fait imaginer quelque complot sanglant auquel ces mêmes domestiques auraient été mêlés. A présent, il approche sans doute de la vérité. Ce mot « nerveuse » l'a éclairé. Le téléphone sonne juste à ce moment-là.

La voix de la mère de Catherine, que Cannat a réussi à joindre dans leur hôtel de Megève. Je dis :

« Catherine a disparu. Avec le petit Marc. »

Silence. La stupeur morne où j'étais plongé se dissipe. Je coupe ma belle-mère qui s'est mise à me poser des questions. Peu à peu, tout prend forme. Les parents de Catherine ont quitté l'Arizona voilà déjà une semaine, pour regagner la France. « Nous l'avons laissée avec vos amis de Californie. Et surtout elle nous avait dit qu'elle devait vous rejoindre le soir même à Los Angeles. Je l'ai même aidée à faire ses bagages.

— Elle vous a menti, tout comme elle m'a menti chaque fois que je lui ai téléphoné, en me laissant entendre que vous vous trouviez encore au ranch.

— Franz, c'est impossible ! Je lui ai encore téléphoné il y a trois jours et elle m'a assuré que vous étiez dans la pièce voisine !

— J'étais en Europe. »

Et mes beaux-parents aussi, ils étaient à Megève alors que je rencontrais l'Anglais à Genève. Ils ont ignoré l'accident de Marc, ce qui explique que ma belle-mère n'y ait pas réagi.

« Franz, pour l'amour du Ciel, où peut-elle être ?

— Il est possible qu'elle se soit mise au volant de la Range-Rover et qu'elle soit partie droit devant elle. »

Et je me rends compte que c'est comme si je disais : « Il est possible qu'elle soit devenue complètement folle. »

Quatre des cinq domestiques ont été retrouvés, un seul manque, un jardinier, qui est parti pour

Tucson où il a de la famille. Je dis au shérif :
« Quelqu'un m'a répondu ce matin, non hier, quand j'ai appelé. Une femme. »

C'est la plus jeune des trois, elle a entre seize et dix-sept ans, elle est affolée par ce déploiement de forces et cette convocation en pleine nuit. Oui, elle se souvient évidemment de m'avoir parlé. Mais elle m'a dit la vérité : au moment de mon appel, la señora était bien partie avec l'enfant, et aussi les parents et les amis de la señora. Partis. Pas « sortis ». Elle a utilisé correctement le mot *marcharse* et non *salir* (sortir). C'est moi qui ai mal traduit. « Quand la señora est-elle partie ?

— Ce matin même. »

Elle s'y perd tout comme moi. Etait-ce hier ou aujourd'hui ? C'était le 29 janvier au matin. Vers huit heures. Catherine est partie dans la Range-Rover. Quelle direction a-t-elle prise ? Elle ne sait pas, elle a simplement entendu la voiture dans la cour.

Il y a déjà plus de seize heures de cela.

Le shérif lance des appels sur sa radio : contacter tous les motels, les stations-service, les polices des comtés voisins. Il me demande :

« Quelle est l'autonomie de la Range-Rover ? »

Qu'est-ce que j'en sais ? Quatre cents kilomètres ? Et puis je me souviens qu'en vue de nos promenades dans le désert, j'avais fait équiper la voiture de deux jerricanes d'essence supplémentaires, et d'un jerricane d'eau.

« Autrement dit, elle a très bien pu rouler sans s'arrêter à un poste à essence jusqu'en Utah, au Colorado, au Nouveau-Mexique ou en Californie. En tout cas, sans doute au Mexique, elle n'aurait pas pu passer la frontière sans papiers. Mais tout ça ne va pas faciliter nos recherches. »

Nous continuons d'interroger la jeune femme de chambre. C'est pur hasard si elle s'est trouvée au ranch au moment où j'ai appelé depuis le bureau de Vandenbergh. Congédiée comme les autres, elle était revenue dans le seul but de reprendre un petit poste à transistor qu'elle avait oublié. Elle a même été surprise de voir que la señora se trouvait encore là : « Elle nous avait dit qu'elle partait avec le señor Cimballi, qui devait venir la chercher. » La sonnerie du téléphone a retenti deux ou trois minutes après le départ de la Range-Rover, qu'elle a entendue mais non pas vue partir. Elle a décroché et a dit : « La señora est partie. » Croyant à un rendez-vous entre Catherine et moi.

Les trois voitures de police présentes quelques instants plus tôt s'en sont allées. Le shérif lui-même nous quitte. Je reste seul avec Flint dans la maison déserte. Nous nous remettons à fouiller. Que faire d'autre ? J'ai hésité à accompagner les policiers. Mais ils m'ont dissuadé de le faire : pourquoi ne pas croire que Catherine, partie sur un coup de tête, finira par appeler, d'où qu'elle soit, afin de donner de ses nouvelles ?

Mais il est vrai qu'elle a, méthodiquement, préparé sa fuite et sa solitude, attendant le départ de ses parents en prétendant mon arrivée imminente, se débarrassant ensuite de nos amis français puis des domestiques, mentant à tous. Quelle autre explication qu'un coup de folie dépressive ?

« Franz ! »

Flint m'appelle depuis le balcon sur lequel

ouvrent les fenêtres à la française de notre chambre à coucher. Je le rejoins.

« Regarde. On dirait qu'elle a brûlé quelque chose. »

Les cendres sont froides. En les fouillant, je trouve d'abord un petit morceau de carton, de ce même carton noir enveloppant le paquet qu'on a déposé dans mon appartement du Pierre. Pas seulement cela : il y a aussi les restes calcinés d'une photographie en couleurs que j'identifie sans peine. On peut y lire quelques lettres du nom de l'hôtel d'Amsterdam. Devant lequel quelqu'un nous a si habilement cadrés, Maria de Santis et moi.

L'aube du 30 janvier se lève. Les recherches entreprises par la police n'ont toujours rien donné, bien qu'elles se soient à présent étendues à tout l'Etat d'Arizona. On décide même de mettre en alerte les polices des Etats voisins, ce qui est fait vers huit heures du matin, en leur communiquant le signalement de Catherine et de mon fils, ainsi que le numéro minéralogique de la Range-Rover.

Je n'ai pas réussi à dormir si peu que ce soit et je me sens fatigué jusqu'à la nausée. Vers dix heures, Flint me revient aux commandes d'un petit avion de tourisme qu'il a loué, à bord duquel nous nous mettons à survoler la région. J'ai sous les yeux une carte de l'Arizona et l'immensité du problème m'apparaît : ils — Catherine et Marc-Andrea — pourraient être n'importe où, sur les hauts plateaux du Nord creusés par le Grand Canyon aussi bien que dans le désert de Sonora, voire celui de Mojave. Catherine a pu aller à Las

Vegas ou en direction d'Albuquerque. Ou partir vers Denver. Ou se diriger vers l'énorme agglomération de Los Angeles (la villa de Beverley Hills a été fouillée en vain). Peut-être même est-elle parvenue à passer au Mexique. Même sans papiers, on n'est pas tellement regardant dans le sens nord-sud. D'ailleurs, elle a les papiers de la voiture, accrochés derrière le pare-soleil de cette dernière, et sans doute de l'argent. J'ai retrouvé ses cartes de crédit dans son sac mais j'ignore combien de liquide elle a pu emporter. Pour ce que j'en sais, elle dispose aussi bien de plusieurs milliers de dollars.

Pour la dixième fois, Flint me ressasse les mêmes arguments : rien de vraiment grave n'est arrivé, sûrement ; elle aura fait une simple fugue, pour se venger de mes absences ; elle s'est même soigneusement cachée, sans doute, et ne réapparaîtra que dans quelques jours ; tout le prouve, à commencer par la façon dont elle a si soigneusement préparé son départ.

Nous survolons une zone montagneuse dans le sud-est de Flagstaff, du château de Montezuma à la Réserve apache ; ici, on cacherait une division blindée, à plus forte raison une voiture isolée. Je sais bien que cette recherche à laquelle nous nous livrons n'a pratiquement pas de sens, que pouvons-nous espérer ? Mais rien au monde ne pourrait me faire tenir tranquille, à attendre. D'autant que je suis en contact radio permanent avec la police de Phœnix, qui ne peut que me révéler l'insuccès de ses propres recherches. Flint se pose près d'une petite ville appelée Holbrook, y refait le plein, repart. Nous remontons vers le nord de l'Etat, survolant à basse altitude la Forêt Pétrifiée, la Réserve navajo puis, tout à fait dans le nord-est de l'Etat, les stupéfiantes sculptures naturelles de Monument Valley ; nous faisons route à l'ouest, par-dessus le Grand Canyon et pour un peu je haïrais toutes ces splendeurs sous moi, qui prêtent à notre quête éperdue les allures d'une promenade touristique.

Flint n'en peut plus, il n'a guère dormi que deux ou trois heures la nuit précédente. Il voudrait cependant continuer mais je l'oblige à regagner le ranch. Nous y arrivons vers une heure de l'après-midi. C'est-à-dire qu'il y a maintenant vingt-neuf heures que Catherine s'en est allée au volant de la Range-Rover.

Je ne me souviens plus si je leur ai dit ou non de reprendre leurs postes, mais les domestiques sont là. On a beaucoup téléphoné en mon absence, disent-ils. Mais aucun de ceux qui ont appelé n'était au courant, c'est Narcisso le maître d'hôtel qui leur a appris la nouvelle. Et parce que j'en suis à m'accrocher au moindre espoir, j'épluche la liste des appels : Li et Liu, Rosen, un agent immobilier de Californie, un autre du Nevada où j'ai acheté des terrains, un acteur de cinéma français qui se trouve de passage à Los Angeles et veut que je le rappelle, plusieurs autres amis.

Et un nom qui ne me dit strictement rien : Jessica Walters, de Taos, Nouveau-Mexique.

« C'est vrai, dit-elle, nous ne nous sommes jamais vus. Et pourtant, je suis allée chez vous. »

Elle a connu Catherine, qu'elle appelle Kathy, à une exposition à Los Angeles. Elle est peintre, a également exposé ses toiles à Phœnix, a profité de la circonstance pour venir passer deux jours au ranch en mon absence (ça coïncide avec mon voyage à Rio). Jusque-là, je l'ai laissée parler à la fois par le fait de mon épuisement et aussi dans l'espoir qu'elle aurait à me dire quelque chose d'essentiel. Je vois bien que ce n'est pas le cas. A tout hasard, je lui demande :

« Où aurait-elle pu aller, selon vous ? »

Elle commence par dire qu'elle n'en a aucune... Et puis soudain s'exclame :

« Mon Dieu, j'ai peut-être une idée ! »

Un endroit du nom de Twentynine Palms, en Californie, aux abords du désert de Mojave, près de Joshua Tree National Monument.

« J'y ai une cabane. J'en ai parlé à Kathy. »

A vol d'oiseau, c'est à plus de quatre cents kilomètres du ranch.

Elle a d'abord roulé en direction de Las Vegas, Nevada. Ensuite, elle a mis cap au sud ; elle est passée à Needles, à la frontière de Californie et d'Arizona — un camionneur se souviendra d'avoir été doublé par elle, en Range-Rover découverte avec un enfant à ses côtés ; elle s'est alors engagée dans la traversée du désert de Mojave, jusqu'au moment où elle a quitté la route inter-Etats pour mettre le cap plein sud, droit sur les San Bernardino Mountains.

Un pompiste à l'entrée nord de Twentynine Palms se souvient parfaitement de les avoir vus, l'enfant et elle, aux alentours de deux heures quarante ou cinquante, le 29. Et la serveuse d'un restaurant à la sortie sud de l'agglomération se rappelle avoir servi la mère et le fils.

« Des campeurs nous ont signalé la Range-

Rover. Ils avaient entendu l'avis de recherche à la radio. »

L'un des policiers est monté avec moi dans l'hélicoptère. Ils sont deux en plus du pilote. Ils m'ont embarqué sur le petit aéroport de Palm Springs, là même où j'ai débarqué venant de Phœnix. Ils m'entourent de prévenances, me parlent doucement, avec ces précautions qu'on a pour quelqu'un sur qui la foudre s'est abattue. J'en hurlerais.

Le policier encore : « La montagne est pleine de touristes, campeurs et skieurs. C'est normal pour un week-end. Et puis on n'est qu'à une soixantaine de miles de Los Angeles, c'est pratique. »

Sur notre gauche, de hauts sommets enneigés, la réverbération du soleil sur cette neige m'aveugle presque et mes yeux s'emplissent de larmes. J'ai une extraordinaire impression d'irréalité. Rien de tout cela n'est arrivé, je rêve, je suis dans l'avion qui me ramène d'Europe, après cet accident survenu à Marc Lavater, un accident que j'ai sans doute rêvé lui aussi. Et je rentre chez moi, enfin je vais retrouver ma femme et mon fils. Rien n'est arrivé. Je suis épuisé, vidé.

« Nous y sommes. »

L'hélicoptère s'est posé. Je distingue des rochers, des cactus ou des candélabres dressés au-dessus de la mer broussailleuse du chaparral. Le Mojave est devant moi, inhumain. Mais quand l'un des policiers me contraint doucement à me retourner, ma sensation d'irréalité s'accroît d'un coup : un autre monde est là, conifères et sommets couverts de neige. Je suis sur le seuil de deux mondes inconciliables.

« Venez, monsieur Cimballi. »

On veut me prendre par le bras, je me dégage avec fureur. J'en titube.

« Vous êtes sûr que ça va, vous pourrez marcher ?

— Je marcherai jusqu'en enfer. »

Elle a tenté d'aller aussi haut que possible avec la Range-Rover, jusqu'à cabrer dangereusement la voiture. « Il y a un chemin, il y en a même deux, pour atteindre la cabane, mais elle ne les a sans doute pas vus, elle a voulu monter droit devant elle. » La Range en tous les cas a fini par refuser la pente. Ses pneus ont creusé un large et double sillon, jusqu'au moment où, près de se renverser, la voiture est partie dans une glissade arrière, venant culer contre le tronc d'un arbre, et se bloquant tout à fait.

« Elle a continué à pied... La cabane n'est en fait qu'à soixante-dix mètres, derrière cette bute... »

Après, on ne sait plus. On l'a retrouvée à près de deux kilomètres de là. Au moment où elle a été découverte, elle se trouvait en fait à quelques dizaines de mètres d'un groupe de campeurs qui n'ont rien vu, rien entendu. Elle avait dû se traîner et pourtant elle était adossée à un rocher, bras et jambes allongés, des fleurs à la main. « Monsieur Cimballi, c'est déjà un miracle qu'elle ne soit pas morte sur le coup, avec toute cette drogue qu'elle s'est injectée. Nous avons vu des quantités d'overdoses identiques. Ceux qui, comme votre femme, ont survécu aux premières heures, s'en sont tirés en général... »

Elle était assise, adossée à ce rocher, bras et jambes allongés, tenant des fleurs à la main.

Et seule.

En dépit de toutes les recherches qu'on a faites et qu'on continue de faire, seule. Marc-Andrea n'était pas avec elle.

Et je me souviens encore de Palm Springs, des policiers venant au fil des heures m'informer de ce qu'ils avaient en vain ratissé des hectares de forêt, de montagne et de désert, malgré l'aide de centaines de volontaires et de la Garde nationale, tous incapables de comprendre ce qu'il était advenu de mon fils de neuf mois.

Je me souviens même de mon beau-père arrivé d'urgence de Paris, choisissant ce moment-là, entre tous les autres, pour m'expliquer longuement, sans jamais hausser le ton de quelque manière, de sa voix précieuse d'Anglais bien élevé, à quel point tout ce qui était arrivé — de la disparition de mon fils à l'état de Catherine, qui allait survivre mais sûrement pas grâce à moi — que tout ce qui était arrivé était entièrement de ma faute. Prenant son temps pour me confirmer, s'il n'a peut-être pas utilisé exactement ce mot, que j'étais décidément le plus grand salaud qu'il fût possible de rencontrer.

QUATRIEME PARTIE

UN ORDINATEUR
PAS COMME LES AUTRES

23

On a officiellement interrompu les recherches au bout de quatre jours. Je ne m'en suis évidemment pas satisfait. J'avais déjà demandé à Callaway, le policier privé de Los Angeles, de se joindre à la police officielle. Après deux jours, j'ai compris qu'il n'avait pas les moyens d'une enquête aussi vaste.

J'ai donc fait appel à celui que j'appelle Chatham, disons l'Anglais, que j'avais rencontré à Genève et qui souhaitait des tâches plus ambitieuses.

Il n'a pas accepté tout de suite :

« C'est tout autre chose que de surveiller des hommes. Ce travail-là est peu dans mes habitudes. En outre, j'interviendrais presque une semaine après les événements. Mais c'est possible.

— La question ne se pose même pas : je veux retrouver mon fils et rien d'autre.

— Je peux assurer les deux enquêtes : contrôler Yahl et m'occuper des San Bernardino Mountains.

— Je veux des résultats. En priorité, mon fils !

— C'est une question d'argent, entre autres choses.

— J'ordonne à l'instant un virement d'un million de dollars. Où ce virement doit-il être effectué ? Et vous aurez plus d'argent si nécessaire. »

Je l'ai entendu déglutir, sous l'effet de la surprise.

« Monsieur Cimballi, nous allons vraiment faire tout ce qui est humainement possible, je vous l'assure. »

Dans les premières heures qui ont suivi la découverte de Catherine, je n'ai eu de cesse de pouvoir l'interroger. Elle est sortie, après plus de trente heures, de l'espèce de coma où la trop forte dose d'amphétamines l'avait plongée. Il lui a fallu d'autres heures pour être capable de dire ce qui s'était passé. Ou plutôt de ne pas le dire : elle en a été incapable, ne se souvenant de rien. Certes, elle s'est rappelé son périple en voiture, son approche de la cabane, l'incident de la Range manquant de se renverser, son départ avec Marc-Andrea. Elle a avalé ses saloperies de comprimés à ce moment-là, des tranquillisants paraît-il, et dès lors ses souvenirs deviennent confus. Elle a rencontré des gens. Quels gens ? Elle ne sait pas, ne peut même pas les décrire. Il y avait de la musique. Et Marc-Andrea à ce moment-là ? Il était encore avec elle. Croit-elle.

Ensuite la piqûre. L'a-t-on contrainte à subir cette piqûre ?

Elle ne se souvient pas.

Pas plus qu'elle ne se souvient de quoi que ce soit de ce qui s'est passé ensuite. Jusqu'à son réveil dans la clinique de Palm Springs.

Pourquoi est-elle partie du ranch ? Mutisme.

Avait-elle rendez-vous avec quelqu'un à la cabane de Jessica Walters ? Non. Pourquoi y être allée ? Mutisme. Quand a-t-elle reçu le dossier photo ? Quel dossier ? Elle n'a jamais reçu de dossier. Ne peut-elle donc rien faire ou dire qui puisse m'aider à retrouver notre fils ?

Elle a dit tout ce qu'elle pouvait dire.

Elle quitte la clinique le 4 février, s'installe d'abord avec ses parents dans une maison qu'ils ont louée aux environs de Palm Springs, une maison dont, très vite, la porte me sera interdite.

Et les policiers qui l'interrogent ne tireront pas davantage d'elle : « Monsieur Cimballi, elle ne se souvient vraiment de rien. Avec tout ce qu'elle a absorbé, plus cette piqûre, ça n'a rien de surprenant... »

Elle prend l'avion pour l'Europe le 12 février, toujours prostrée et je n'en sais pas davantage.

J'ai pensé à rendre publique toute l'affaire du défi que Horst est venu me porter. Cela revenait à déposer une plainte. Mettant en cause Maria de Santis et, avec elle, ceux qui l'ont lancée contre moi, quels qu'ils soient ; impliquant Yates et Horst ; et Yahl. Les avocats que j'ai consultés m'ont dissuadé de le faire : « En somme, vous ne possédez comme élément tangible que ces photos qu'on vous a fait parvenir à l'hôtel Pierre. Rien ne prouve que ce dossier a été constitué dans le but de vous nuire. Votre femme nie avoir reçu le même. Et on n'a pas essayé de vous faire chanter. Monsieur Cimballi, imaginons que l'on retrouve cette femme De Santis, qui se trouve probablement en Amérique du Sud aujourd'hui, vous-même le pensez. Imaginons qu'on l'interroge. Elle pourra parfaitement prétendre que ces photos ont été prises à son insu. Peut-être même par Yates lui-même, qui se posera en amant jaloux. Que leur reprocher ? Et à ce Horst ? Qui d'autre que vous a entendu ses menaces ? Il vous aurait fait surveiller ? Vous en avez fait autant à son égard, sans parler de ce banquier suisse, dont vous reconnaissez que vous aussi l'avez mis sous surveillance, et qui est en mauvaise santé, au point que des cardiologues réputés ne sont pas optimistes. Alors, monsieur Cimballi ? Nous pouvons intenter un procès à tous ces gens. Mais sans le moindre espoir de succès. Sinon peut-être même de nuire aux chances de retrouver votre fils. »

Le 8 février, je suis à Los Angeles. J'étais en communication avec Jimmy Rosen, je raccroche et ça sonne : « Monsieur Cimballi ? Erwin Horst. »

Je prends le temps de respirer à fond.

« Je vous écoute. »

Sa voix est parfaitement calme, à peine teintée de ce léger accent germanique que j'avais noté lors de notre face à face au Biltmore de New York.

« Monsieur Cimballi, j'ai hésité avant de vous appeler. Je m'y suis pourtant décidé. Je voulais vous affirmer une chose, que vous croirez ou non : nous ne sommes intervenus en rien dans la disparition de votre fils. D'aucune manière, monsieur Cimballi. »

Il attend que je parle à mon tour mais je me

tais. Il finit par ajouter : « Nous sommes des financiers, rien que des financiers. »

Silence. Je continue à me taire. Et comme il garde aussi le silence, je raccroche le premier.

Je relate à l'Anglais ma communication avec Horst. Il hoche la tête : « Curieusement, dit-il, j'aurais tendance à le croire. Voilà des semaines que nous pistons Horst, à son insu, croyez-moi. C'est incontestablement un homme d'affaires et pas autre chose. Soit dit en passant, nous avons découvert qu'il avait fait une partie de ses études en Allemagne et qu'il avait des amis d'un genre un peu particulier.

— Ça veut dire quoi ? des homosexuels ?

— L'un n'empêche pas l'autre. Vous ignoriez les goûts spéciaux de Horst ? Je vous les apprends. Mais je vous parlais de nazis, ou de sympathisants.

— Et ma mère était juive. C'est là où vous voulez en venir ? »

Il hausse les épaules : « Martin Yahl avait de solides amitiés dans le Troisième Reich. Vous vous êtes servi vous-même de ce passé entre autre pour l'abattre.

— Et c'est ce qui unit les deux hommes contre moi ?

— C'est une thèse qui en vaut une autre. Nous cherchons actuellement à l'étayer.

— Je vous ai demandé de vous occuper de mon fils, en toute priorité. »

Il me dit alors que les premières heures de son enquête dans les San Bernardino confirment les conclusions de ses prédécesseurs : l'explication la plus rationnelle de la disparition tient à ces gens dont a parlé Catherine, sans pouvoir fournir davantage de précisions ; ces gens dont elle ne se souvient pas autrement.

« Des campeurs, semble-t-il. Pas des caravaniers, de vrais campeurs avec des tentes.

— Et ils auraient emmené mon fils sans se préoccuper de qui il était, d'où il venait, qui l'accompagnait ? C'est impossible, il ne peut s'agir d'un hasard !

— Monsieur Cimballi : votre fils ne se trouve plus sur le terrain. On a fouillé dix fois chaque buisson, soulevé chaque pierre, examiné chaque anfractuosité. Les Marines de la base proche sont intervenus. Il n'est plus sur le terrain. »

Il tire des lunettes de sa pochette, en essuie calmement les verres. Puis les remet dans sa poche :

« Vous avez pensé à un enlèvement, bien sûr. Mais il n'y a eu aucune demande de rançon. Sinon des tentatives venant des illuminés et des escrocs minables habituels. Mais peut-être attend-on... »

L'Anglais me dévisage :

« Sales moments, hein ? »

Je n'ai que faire de sa commisération. Il y a des années que je me débats seul et j'en suis encore capable, malgré ma souffrance.

« Quelle sorte d'enquête menez-vous ?

— Votre fils aurait été, soit recueilli, soit enlevé sciemment par ces mystérieux campeurs qui ont parlé à votre femme et qu'elle ne peut décrire. Et qui malgré tous les appels à la radio et à la télévision, et dans la presse, ne se sont pas fait connaître. Eh bien, nous essayons de les retrouver.

— Qui peuvent-ils être ?

— N'importe qui. Les San Bernardino étaient

pleins de monde au moment du week-end. Nous allons tenter d'identifier un par un tous les hommes et femmes qui s'y sont trouvés entre le vendredi 29 à quinze heures, quand votre femme y est arrivée, et le samedi midi. »

Il m'explique ce qu'il va faire, et comment il va le faire. Il hoche la tête : « Je sais, c'est un fantastique travail de fourmi. Mais il n'y a pas d'autre solution. »

Li et Liu. Ils débarquent à Los Angeles vers la fin de février, Los Angeles où je me terre dans la petite villa de Beverly. Je suis retourné vingt fois peut-être dans les San Bernardino Mountains et si jamais terrain au monde a été passé au crible, c'est bien celui-là, dans un rayon de cinq kilomètres autour de l'endroit où Catherine a été retrouvée. Mais rien. Tout comme restent sans réponse les appels radio-télévisés, les promesses de récompense, mes supplications. Catherine et ses parents ont regagné l'Europe il y a deux semaines. Dans son dernier coup de téléphone, ma belle-mère m'a dit que, selon elle, il serait fou de continuer à espérer.

Li et Liu débarquent à Los Angeles et me disent : « Viens avec nous à San Francisco. » Ce sont eux qui vont me tirer de l'espèce de gouffre morbide où je suis alors. Ils demeurent impavides devant mes refus et même mes insultes. Rien ne les décourage. Je les flanque dehors et ils s'installent juste devant ma porte, dans mon jardin, l'un perché sur le plongeoir de la piscine, l'autre juché sur le réverbère du jardin. Li (ou Liu) est Mao Tsé-toung et Liu ou Li fait Tchang Kaï-chek.

Entre eux, la piscine, qui interprète le rôle du détroit de Formose. Et les voilà qui s'engueulent dans un chinois d'opérette. Li-Tchang passe en revue des troupes imaginaires mais dont il exige une discipline totale, tandis que Mao est piqué aux fesses par les Gardes rouges, tout en étant contraint à des frétillements dus aux papouilles que dans le même temps lui fait la belle miss China. De sorte que Liu-Mao opère de Grands Bonds en Avant. C'est du moins l'explication de leurs contorsions.

« Vous êtes vraiment cinglés.
— Viens avec nous à San Francisco. »

Ils se conduisent exactement comme si rien ne s'était passé. Même, ils ironisent : « Gland Cimballi Tlés Lusé se leplie sul lui-même. Ça s'appelle de l'autisme ça. C'est le premier pas vers la schizophrénie, mon gland. Tu sais ce que c'est que la schizophrénie, mon flère ? »

Ils entreprennent sur-le-champ de m'en illustrer les symptômes, ou ce qu'ils estiment en être les symptômes.

« Viens avec nous à San Francisco. »

J'essaie d'argumenter : je veux m'éloigner le moins possible des San Bernardino. « Et ça sert à quoi ? Est-ce que ta présence changera quelque chose ? Sans parler de la police fédérale, tu as mis sur l'affaire les meilleurs détectives privés du monde, paraît-il. Et tu vas te terrer à attendre ? Gland Petit Cimballi Rusé est en train de craquer, ça c'est la vérité. Tu craques, nous entendons distinctement les craquements. Et pendant ce temps-là ton copain suisse est en train de gagner le match. Remonte sur le ring et flanque-lui la pile. Viens avec nous à San Francisco. »

C'est à San Francisco que j'ai réglé le compte de l'un des hommes qui avaient trahi et volé mon père. Pour ce faire, Li et Liu m'avaient aidé, par pure amitié. Ils ricanent : « Quelle amitié ? Qui pourrait avoir de l'amitié pour toi ? On a fait ça pour le plaisir, on a rarement autant rigolé. » Ils ont toujours la même maison de Telegraph Hill, où ils me parlent de quelques-unes de leurs affaires, qui sont multiples. Aucun doute qu'ils sont en train de presque devenir milliardaires en dollars. Ils ont même acheté des vignobles dans la vallée de la Napa ; ils ont entrepris des affaires immobilières ; à la télévision, outre les séries en Ak et en Or, ils ont investi dans une pleurnichante petite fille également made in Japan, au prénom de sucrerie ; ils songent à l'hôtellerie, suite aux contacts pris pour Safari (Safari dont ils évitent de me parler, attendant que j'aborde moi-même le sujet) ; ils se passionnent pour les micro-processeurs et, par un cheminement selon eux logique, pour tous les jouets et les gadgets qu'il est possible de créer grâce aux progrès de la miniaturisation. Les jouets, en fait, sont leur dernier dada en date...

« Franz, nous n'avons fait que reprendre ton idée de gadgets.

— Escrocs.

— Il y a beaucoup à faire sur le marché mondial du jouet. Nous contrôlons plus ou moins tous les fabricants pas chers, au Japon, à Taïwan, en Malaisie, en Indonésie, en Corée, partout. Tu veux entrer dans notre affaire ? »

Je n'ai envie d'entrer dans aucune affaire, je

n'ai envie de rien. La maison de Telegraph Hill à San Francisco n'est en rien une propriété de milliardaire, bien qu'elle ne soit tout de même pas à la portée d'un conducteur de tramway. Elle est en bois, compte toujours trois étages superbement meublés, offre toujours la même vue admirable sur San Francisco Bay de Golden Gate à Bay Bridge. La femme écrivain qui habitait tout à côté a déménagé ; ses nerfs ont lâché à la diffusion, quinze à vingt fois par jour, de *Cerisiers roses et Pommiers blancs* par Yvette Giraud, un vieux 78 tours qui est le préféré de mes deux Chinetoques, lesquels ne comprennent pas un traître mot de français.

« Ça aurait rendu fou n'importe qui. Et vous ne le jouez plus ?

— Plus la peine puisqu'elle est partie. Nom d'un chien, elle avait dix-neuf chiens, tu te rends compte ? Et quand nous rentrions le soir, à pas de loup pour ne pas les éveiller, ces foutus clebs, ils étaient là tous les dix-neuf à nous regarder par les fenêtres, en se léchant les babines d'un air sournois. »

Ils m'ont dès mon arrivée accueilli avec une amitié tranquille. Aucune allusion aux San Bernardino. Dans l'état où je suis, c'est probablement la thérapeutique la plus sûre.

Li et Liu sont décidément uniques ; je ne découvre que par hasard qu'ils sont fiancés à deux Sino-Américaines d'ailleurs ravissantes, qu'ils comptent bien épouser dans le plus pur respect des traditions ancestrales. A mon égard, ils manœuvrent avec une subtilité que je devine, mais qui n'en est pas moins efficace. Ils me reparlent des jouets : « Ça t'intéresse, oui ou non ? —

Pas du tout. — Franz, on a des problèmes : on a créé de nouveaux jouets intéressants mais le marché est conservateur, trop stable, les nouveautés n'y sont pas tellement acceptées. » A l'époque, dans les tout derniers jours de février ou peut-être au début de mars, je marche interminablement dans San Francisco, de Market Street à Fisherman's Wharf, du moulin de Golden Gate Park à l'Embarcadero, escaladant Nob Hill dans les deux sens. L'Anglais m'appelle régulièrement, et non moins régulièrement ne m'annonce rien. « C'est un travail de fourmi, monsieur Cimballi, et qui portera ses fruits un jour ou l'autre. Nous mettons les structures en place. Quant à l'autre dossier... — Quel autre dossier ? » Il n'aime pas prononcer des noms au téléphone mais dit quand même : Horst. « Nous avons progressé un peu de ce côté-là. Nous avons même fait quelques découvertes intéressantes. Voulez-vous que je vienne vous voir ? » Non, je n'y tiens pas. Je suis, malgré Li et Liu et leurs amis, dans une indifférence morne, stupide, où finalement je me complais plus ou moins. « Non, ne venez pas. Je vous rappellerai. Occupez-vous de mon fils. »

En marchant dans California Street, dépassé Chinatown, je suis demeuré en arrêt devant un magasin de jouets. Je rentre à Telegraph Hill et j'explique à Li et Liu l'idée qui m'est venue. Et je suis finalement le dernier à comprendre que cette idée — qui n'est certainement pas extraordinaire — est le signe de ce que quelque chose en moi s'est remis en marche :

« Une campagne sur le thème des joutes non violents, pacifiques et même pacifistes. Assez de revolvers, de fusils, de pistolets mitrailleurs, de tanks offerts en cadeau aux enfants. On organise des défilés devant les grands magasins, toutes associations d'écologistes confondues. On occupe les rayons jouets, on y campe, on déploie des banderoles, on fait un schproumff de tous les diables, on est interviewé à la radio et à la télévision, on y apporte la preuve qu'il est possible d'offrir aux gamins des jouets qui n'impliquent pas forcément qu'ils doivent trucider leur prochain. Et ces jouets qu'on montre en guise de preuve sont essentiellement les vôtres, pas uniquement les vôtres, mais surtout les vôtres. »

Ils acquiescent. Ils vont faire ça, disent-ils. Et ils le feront. Ils réuniront par exemple à New York sept ou huit mille personnes aux portes des grands magasins d'Herald Square, bloquant la circulation dans Broadway et l'avenue des Amériques et obtenant toute la publicité possible.

Mais l'essentiel n'est pas là. Ils s'esclaffent ravis : Grand Petit Cimballi Rusé est de retour. « *Cimballi rides again.* »

Si bien que c'est moi, finalement, qui leur demande où en est Safari.

24

« Safari va bien, me dit Jo Lupino. Ça va même très bien. L'affaire grandit de jour en jour, elle devient carrément énorme. »

Il se lance dans les détails. C'est lui qui est venu me chercher à l'aéroport. Il y a vu les photographes qui m'attendaient à mon débarquement, deux des hommes de Yahl que j'ai reconnus au premier coup d'œil, mêlés à des reporters classiques (la disparition de mon fils n'a pas fait autant de bruit que le rapt du fils Lindbergh, mais la presse en a tout de même pas mal parlé). J'ai dû subir leurs flashes et même quelques questions à propos de Marc-Andrea : « Non, rien de nouveau. » Est-ce que j'ai encore un espoir ? J'ai failli frapper l'homme qui m'a posé cette question. En fin de compte, je me suis contenté de répondre : oui, encore et toujours. Et je conserverai cet espoir des années, s'il le faut.

Seule allusion de Lupino à la scène :

« Comment diable ont-ils appris que vous arriviez à New York ? »

Une seule explication possible, que je n'ai pas donnée à Lupino : c'est tout bonnement la preuve que la traque vient de reprendre. On m'avait laissé en paix à Los Angeles et tout le temps que j'étais à San Francisco, mais on relance la chasse à la minute même où, sortant de ma torpeur et de ma passivité, je redeviens homme d'affaires. Et on me fait comprendre que si l'on m'a accordé un répit, la guerre n'en est pas pour autant terminée.

« Les travaux sur place ont démarré et sont maintenant bien avancés, me dit Lupino parlant de la Floride. Vous devriez aller y jeter un coup d'œil. Ça vaut le voyage.

— J'irai. »

Dans son bureau, il me déploie des plans, en présence de deux des architectes qui travaillent depuis des mois sur le projet.

« Regardez, ça prend sacrément forme. L'équipe de vos amis chinois a fait un travail fantastique, dans les deux sens du mot : surnaturel et de très haute qualité. Elle est en train de créer un monde nouveau. Je dois dire que du côté de Dallas, parmi les représentants de vos autres associés, on était assez sceptique quant à l'apport — autre que financier — de messieurs Li et Liu. »

Lupino rit : « Reconnaissez qu'ils font le maximum pour apparaître comme des clowns..

— Eux au moins le font exprès ! »

Je me penche sur les plans. Il y a effectivement de quoi être impressionné, c'est plus qu'une ville qui est en train de naître. Les architectes hochent la tête : « Quinze à vingt mille personnes y seront employées, et même davantage en été au moment où l'afflux des visiteurs sera forcément plus important. Bien entendu, il a fallu penser à loger ce personnel. Au total, nous avons prévu une population de trente mille personnes, avec possibilité d'extension. Le site choisi pour l'implantation se trouve ici, dans cette zone commençant à environ trois kilomètres dans le nord-ouest, dans la direction d'Orlando et non loin de l'autoroute de Floride. Tout a été déjà étudié : transports en commun, écoles, aires de sport, supermarchés...

Je revois brusquement le terrain de Flint tel qu'il m'est apparu quand nous l'avons survolé pour la première fois : un terrain inculte, marécageux, à l'époque essentiellement fréquenté par quelques Séminoles survivants de la préhistoire et surtout par des bestioles en tout genre, dont les plus agaçantes étaient certainement les moustiques...

« De ce point de vue, là aussi, tout a été réglé. La zone est désormais parfaitement salubre. »

... Et parce que Flint avait des problèmes de fins de mois, parce qu'il ne pouvait plus payer les traites de son avion, tout le paysage est à présent fabuleusement bouleversé. Il y a de quoi être sidéré. On continue à me parler :

« La liaison avec l'Intracoastal Waterway est achevée. La petite rivière est élargie et on l'a prolongée par d'autres fausses rivières, d'aspect naturel et toutes navigables, de sorte que quelqu'un pourra parfaitement descendre de la baie de la Chesapeake et venir amarrer son bateau devant la porte même du bungalow qu'il aura loué.

— Accueilli par un Tarzan et une Jane en tenue léopard », précise Lupino.

Les architectes ont également apporté des maquettes. « Ça vous va ?

— Combien d'hôtels ?

— Cinq au total, en plus des logements individuels. Sept mille lits environ. »

Ils m'en montrent les emplacements.

« Et là ? »

J'ai repéré une zone vide.

« C'est la partie jungle du centre, celle où les animaux sont en liberté et que contrôle ce chasseur portugais venu du Kenya. Y placer un hôtel serait trop dangereux. »

Je me souviens de l'hôtel Tree-Top (littéralement Sommet de l'Arbre) que j'ai vu au Kenya, en haut duquel on pouvait, le soir, dîner confortablement tout en contemplant des lions en liberté se préparant à chasser et à tuer — réellement. Les architectes me confirment que répéter l'opération pour Safari n'aurait rien d'impossible. Cela viendrait même en complément d'une autre idée, celle-là produite par Li et Liu, qui ont imaginé de bâtir l'un des hôtels en l'imbriquant étroitement dans d'immenses aquariums reliés entre eux par des boyaux de verre, eux-mêmes en communication directe avec les marais demeurés intacts.

Autres maquettes : celles de ce que le public ne verra jamais, les sous-sols. Deux étages souterrains. Tout ce qui concerne l'animation générale de Safari, les approvisionnements en tous domaines, la sécurité, que sais-je encore, sera géré par l'informatique. Jusqu'aux mouvements de bateaux-clients sur les canaux, jusqu'aux positions des buffles dans la réserve de Joachim et le nombre de chasseurs s'y trouvant à l'œuvre, jusqu'aux évolutions des alligators qui devront bon gré mal gré défiler au bon moment devant les dîneurs.

Une autre idée me vient :

« Comme prévu, aucune utilisation d'argent liquide, de chèques ou de cartes de crédit ordinaires sitôt à l'intérieur de Safari ?

— Rien de changé sur ce point. On a déjà créé une carte spéciale, à durée limitée, que chaque visiteur recevra à son entrée. Elle est prête, du moins dans sa conception. »

C'est l'œuvre de l'une des agences de publicité travaillant sur le projet général. Sa création a un double but : supprimer toute notion d'argent à l'intérieur de Safari (et donc, soyons franc, encourager à des dépenses plus importantes) et d'autre part éviter des manipulations par le personnel de sommes qui seront forcément considérables. Elle a même, cette création, une autre raison d'être, moins glorieuse encore : l'administration délivrant ces cartes percevra deux pour cent des débits, au titre des frais de gestion ; il y a là matière à d'autres bénéfices. Par ailleurs, l'extrême centralisation des rentrées d'argent frais (six portes seulement seront habilitées à délivrer les cartes Safari) va permettre — les Texans et moi y avons pensé ensemble — de collecter immédiatement les sommes perçues, de les comptabiliser et de les investir le jour même sur diverses places financières, sur les marchés à court et moyen terme aux meilleurs intérêts.

Les architectes s'en vont, remportant plans et maquettes. Jo Lupino est radieux : « Qu'est-ce que je vous avais dit ? C'est énorme. »

Et quant à moi j'ai réussi à m'évader pendant trois heures.

« A propos, me dit Lupino, j'allais oublier : votre ami Joachim est reparti pour le Kenya. J'ai essayé de le retenir, il n'a rien voulu savoir. Pour lui, décidément, la Floride, surtout celle de Safari, n'a rien à voir avec la jungle kényenne. J'ai failli vous appeler pour vous apprendre la nouvelle, mais étant donné les circonstances... »

Ce ne devrait être qu'un détail. Je n'ai pas vu Joachim depuis ces quelques jours qui ont suivi son arrivée à Palm Beach et son installation aux côtés d'Ocoee. J'avais fait appel à lui en me donnant à moi-même comme prétexte une aide que je voulais lui apporter, en souvenir de notre amitié à Mombasa et au su de sa situation précaire. Mais sans doute mon geste était-il motivé par autre chose : le besoin de rapprocher de moi quelqu'un en qui, au moins, je pouvais avoir une confiance totale. Un ami. Je n'en ai pas tant. Et le voilà reparti sans même m'avoir revu. Sa défection me touche plus que je n'aurais jamais pu le croire. Je n'ai décidément pas de chance avec ceux qui m'entourent.

En bref, j'ai un cafard noir.

Autant que je me le rappelle, je suis arrivé à New York, venant de San Francisco, le 3 ou le 4 mars. J'en repars dès le lendemain, à bord de l'avion de Flint qui brûle de me faire survoler le gigantesque chantier qu'est devenu le terrain hérité de son grand-père.

Entre-temps, j'ai rencontré Jimmy Rosen. On s'en souvient, c'est lui qui veille à mes intérêts en matière de spéculation sur le café. Rien de neuf sur ce front-là.

« Comme toujours, tout va se jouer au moment de la récolte, je suppose. Soit dans trois mois environ, à partir du 1er juin et jusqu'au 30 août.

Le prix du café dépendra du gel. S'il se produit, le café va monter en flèche. Dans le cas contraire, il baissera et vous devrez vous accrocher. Mais vous savez ça aussi bien que moi... »

J'ai demandé à Rosen de prendre contact avec l'étonnant Gigio dit Gigi, le Carioca qui a une piscine sur son balcon.

« Je l'ai fait. Il est même venu me voir il y a de cela trois ou quatre semaines, à l'occasion d'un passage à New York. Curieux personnage. »

Gigi était accompagné de deux de ses jeunes amants. Ce qui a choqué Rosen, lequel chaque semaine se rend pieusement à la synagogue et n'est pas naturellement porté aux plaisanteries salaces.

« Il vous a parlé de ces repérages par satellites ?
— Selon lui, il n'existe aucune possibilité réelle de truquage. »

Par truquage, il entend évidemment la falsification des informations transmises par les satellites, au point qu'on leur ferait annoncer officiellement le beau temps alors qu'ils prévoiraient en réalité le contraire, ou *vice versa*. Rosen me dévisage, un peu embarrassé : toute cette histoire lui paraît abracadabrante. Il n'a pas tort ; j'ai la même impression. A vouloir à tout prix chercher un piège dans l'affaire du café, j'en suis arrivé à faire n'importe quoi. Je suis allé en Ouganda et en Côte-d'Ivoire, puis au Brésil et en Bolivie. Nulle part, je n'ai discerné le début du commencement de la queue d'un traquenard qu'on m'aurait tendu. Et d'ailleurs...

... D'ailleurs admettons que le gel que j'espère ne se produise pas (il ne ferait pas l'affaire des producteurs et je les plaindrais mais je ne suis quand même pas responsable des conditions météo, en plus !).

Admettons qu'il ne se produise pas et que, du 1ᵉʳ juin au 30 août, il fasse un temps superbe sur les hauts plateaux plantés de caféiers.

Et alors ?

Je vais perdre de l'argent, c'est certain, puisque j'ai acheté par avance du café à environ cent quatre-vingts *cents* américains la livre, dans l'espoir que d'ici l'échéance de mon contrat (le 18 septembre prochain) cette livre de café vaudra, le gel aidant, beaucoup plus que cela. Je perdrai de l'argent sans aucun doute. Mais c'est un risque normal dans une spéculation. J'ai gagné sur le silver, il est désagréable mais normal que je n'aie pas toujours la même chance. La façon même dont je me suis organisé fera que, dans le pire des cas, je pourrai perdre mes trois millions de dollars de dépôsit, voire un peu plus si, entre-temps, je subis des appels de marge et si je suis donc contraint d'ajouter un peu d'argent. Bon. Imaginons le pire du pire : dix ou quinze millions de dollars de pertes, en comptant dépôsits et effets des appels de marge accumulés.

Ça ne me fera pas plaisir, mais je n'en serai pas ruiné pour autant.

En ce mois de mars, mes ardeurs revenues, j'ai fait mes comptes et comme toujours, plutôt vingt fois qu'une (j'aime faire mes comptes, une vieille habitude que m'a inculquée un ami roumain).

J'ai trois millions de dollars engagés sur le café ; j'en ai environ sept et demi dans Safari ; quatre et demi pour Tennis Dans le Ciel.

Quinze en tout.

Les douze derniers mois avec toutes les dépenses que j'ai faites, plus l'achat de l'île et mon financement de l'enquête de l'Anglais, j'ai sorti deux millions et demi.

Suite à ma conclusion de l'affaire du silver, j'ai récupéré les dix millions de ma mise initiale — mes déposits —, puisque je me suis retiré avant la chute des cours, plus neuf autres représentant mon bénéfice dans l'affaire, tous frais déduits.

Et ce n'est pas tout : il y a encore mes biens immobiliers. Soit, outre l'île de Maria Cay déjà comptabilisée, les appartements en France, Paris et Cannes, ceux de Jupiter et de Palm Beach en Floride, ceux d'Oakhurst en Californie. Plus le ranch, plus un immeuble et un appartement à New York, plus la villa de Beverly Hills, plus la propriété de Saint-Tropez, plus des terrains au Nevada, au Texas, en Floride et au Nouveau-Mexique.

Huit millions de dollars supplémentaires.

Sans oublier des obligations en francs suisses qui me restent, et quelques liquidités, soit encore environ deux millions.

Considérant que mes participations à Tennis, Safari et à la spéculation sur le café sont, jusqu'à plus ample informé, des investissements sains, je me trouve donc à la tête de quarante-quatre millions et demi de dollars environ.

Auxquels je dois normalement ajouter les dix millions qui sont certes bloqués pour l'instant par la société du Liechtenstein mais dont personne ne me conteste la propriété. Je ne peux pas les utiliser mais ils sont tout de même à moi.

Cinquante-quatre millions et demi. A peu près

deux cent quarante-cinq millions deux cent cinquante mille francs français, vingt-quatre milliards cinq cent vingt-cinq millions de centimes.

Voilà le montant réel de ma fortune.

Quel piège réussirait à me ruiner ?

Il fallait que je sois complètement fou, ou plus sûrement aveuglé par la rage et la haine que je voue à Martin Yahl, pour ne pas comprendre que j'étais la victime d'un gigantesque coup de bluff !

Je demande à Jimmy Rosen : « Que prévoient les spécialistes météo au Brésil, pour ce qui est du gel ? »

Il hausse les épaules : « Rien pour l'instant. Mais on considère qu'il peut geler tous les trois ans, les statistiques le prouvent, et geler plus ou moins profondément. Or, il n'y a pas eu de gel depuis trois ans, précisément. Votre ami Gigi parie sur le gel pour cette année, il se fie à son perroquet qui ne s'est jamais trompé, à l'en croire. Plus sérieusement, avec les effets de ce groupement d'intérêts entre Bolivie et Brésil, les chances d'une hausse du prix du café sont, selon lui, d'à peu près soixante-dix pour cent.

— Le prix actuel de la livre ?

— Cent quatre-vingt-dix *cents* »

Moi, je l'ai payée cent quatre-vingts.

« Par ailleurs, dit Rosen, j'ai également contacté cet homme dont vous m'aviez parlé, en Bolivie, à... » Il cherche le nom : « A Cochabamba. Il a paru surpris de mon coup de téléphone. Il m'a dit vous avoir donné toutes les garanties quand vous êtes allé le voir chez lui. Pour lui, rien n'est changé, et il ne voyait pas la nécessité de vous rassurer une nouvelle fois... »

Silence. Je dis à Rosen :

« Vous pensez comme lui que j'en fais trop ? »

Un financier conventionnel se serait évidemment épargné cette cavalcade africano-sud-américaine ; il aurait consulté les oracles habituels, craché en l'air pour pressentir la direction du vent et autres opérations classiques en cas d'incertitude. Mais je ne suis pas un financer conventionnel. Rosen a soutenu mon regard. Il hausse les épaules : « Je ne sais pas. Je ne connais pas toutes les cartes. »

A ce moment précis, j'ai éprouvé, je m'en souviens parfaitement, une double tentation. Plus exactement, j'ai balancé entre deux routes. D'une part, je pouvais m'en tenir là. Ou même liquider toutes mes affaires d'un coup, non seulement l'investissement dans le café (je pouvais espérer gagner quelques *cents* par livre en le revendant au cours du moment et en tout cas rentrer dans mes fonds), mais aussi Safari et même Tennis. Quitte à indemniser le Turc et Ute que j'avais entraînés avec moi dans cette dernière affaire. C'eût été suivre le conseil initial de Marc Lavater : prendre ma retraite et vivre jusqu'à la fin de mes jours avec mes cinquante ou soixante millions de dollars, en ne me préoccupant que de mon fils.

D'autre part, tout au contraire, puisque l'affaire s'annonçait si bonne, puisque j'étais un financier, Franz le Danseur créé et mis au monde pour faire de l'argent, encore et toujours de l'argent... et peut-être aussi parce que je n'avais plus mon fils...

Bien entendu, j'ai dit à Rosen :

« Jimmy, je relance. Prenez contact avec Merril-Lynch ou Bache ou Elizabeth Taylor, qui vous voudrez ou quiconque acceptera mon argent. Je veux d'autres contrats, pour trois millions de plus. »

Soit six millions en tout engagés sur le café.

Bien entendu, je n'en ai pas à cet instant-là la moindre, la plus infime idée.

Pourtant, la vérité est que je viens de signer quelque chose qui ressemble de fort près à mon arrêt de mort.

25

Ocoee le Séminole subtil me tourne le dos, en fait, je le distingue à peine. Il fait nuit et nous sommes en pirogue, aux alentours de Blue Cypress Lake, en Floride. Et sa pirogue glisse silencieusement en dehors d'un chuintement quasi imperceptible et, à intervalles très réguliers, du léger clapotis de sa pagaie. Il fait nuit presque noire, comment peut-il y voir quelque chose ? Je ne vois même pas mes mains qui sont pourtant posées sur mes genoux. Je les ai posées sur mes genoux quand la tête d'un serpent surgissant de l'eau a caressé le plat-bord. Je suis un peu crispé.

Nous allons ainsi pendant une vingtaine de minutes, sans échanger un seul mot. Et puis la nuit semble s'éclairer, nous débouchons dans une sorte de mangrove où les troncs de palétuviers sortent directement d'une eau qui n'a guère plus de trente ou quarante centimètres de profondeur. Ocoee en laisse du coup la pirogue courir sur son erre. Je demande :

« Vous avez discuté avec lui ? »

Nous parlons de Joachim, mon ami portugais de Mombasa, Joachim que j'ai fait venir du Kenya pour travailler à Safari et qui est reparti après même pas deux mois, sans attendre de m'avoir parlé et expliqué sa décision.

« On a pas mal discuté.

— Il vous a dit pourquoi il ne restait pas ? »

Ocoee rit doucement dans l'obscurité. J'imagine ce qu'a dû être leur dialogue, lui le Séminole futé en diable, haut comme trois pommes, maigre mais capable de prendre dans ses bras un alligator vivant, et, en face, mon gros lourdaud sauvage et timide de Joachim, massif, avec son visage d'assassin, ex-mercenaire touché par la grâce et vous priant pêle-mêle Notre-Dame de Fatima, le Petit Jésus des Missionnaires et le Footballeur Eusebio. Peut-être même est-ce aussi la perspective de cette confrontation qui m'a poussé à faire venir Joachim jusqu'ici. Ocoee continue à rire :

« Vous savez très bien pourquoi », dit-il.

Parce que Joachim est un dinosaure, relique d'un passé révolu. Ou parce que c'était stupide de vouloir l'enrégimenter dans mon safari aseptisé, qui est à la vraie jungle naturelle ce qu'un robinet de cuisine est à un torrent de montagne. Ou bien plus sûrement encore, parce qu'on ne dispose pas de ses amis comme s'ils vous appartenaient, sous le prétexte de l'amitié qu'on leur porte.

« C'est bon, on rentre. »

Avec Flint, j'ai longuement survolé le chantier. J'ai presque été déçu, on n'y voit pas grand-chose, sinon des engins jaunes creusant des trous et des tranchées çà et là, sur des kilomètres carrés. Je ne suis pas parvenu à m'enthousiasmer. Mais dans l'état où je me trouve, je me demande ce qui pourrait bien m'enthousiasmer.

Retour à l'hôtel Breakers juste à temps pour y recevoir l'appel trihebdomadaire de l'Anglais qui a établi son quartier général à Los Angeles, y coordonnant les recherches autour des San Bernardino.

Il n'y a rien de nouveau. Enfin, pas vraiment.

« Désolé », dit-il. Et il ajoute, sans doute parce que mon silence accablé le met mal à l'aise : « En un sens, il est possible que notre échec jusqu'ici soit de bon augure.

— Comprends pas.

— Soyons nets, monsieur Cimballi : la disparition de votre fils remonte maintenant à quarante jours. L'hypothèse d'un enlèvement à but de rançon est désormais écartée. Celle d'un accident mortel perd chaque jour de sa valeur ; les ratissages ont été trop complets pour qu'on n'ait pas retrouvé son corps. Mais parlons de ce que nous avons fait. Nous avons réussi à identifier plusieurs centaines de personnes qui ont, à un moment ou à un autre entre le 29 janvier treize heures et le 30 à midi, traversé la zone de recherche. Beaucoup de ces gens habitant hors de la Californie, où ils n'étaient venus passer que quelques jours de vacances. Pour chacun de ces témoins retrouvés, nous nous sommes efforcés de reconstituer son emploi du temps, heure par heure et même minute par minute, en nous aidant de maquettes et de photographies prises sur le terrain ; cherchant à déterminer l'endroit exact où il était, à quel moment il y était, comment il y était venu, qui il a vu ou croisé, et la nature du moindre incident, même mineur. Nous avons ainsi obtenu une masse énorme d'informations, que nous sommes en train de mettre sur ordinateur. Le but est de reconstituer, à la boîte de conserve près, ce qui a pu se passer entre le moment de l'arrivée de votre femme et celui où on l'a retrouvée.

— Des résultats ?

— Cela nous a déjà permis de repérer une bonne trentaine de personnes qui, malgré tous les appels au public, ne s'étaient pas fait connaître, pour diverses raisons, par exemple, le fait que Monsieur et Madame n'auraient pas dû être ensemble, officiellement. Une enquête a été conduite sur chacune de ces personnes, mais ça n'a rien donné à ce jour.

— Autrement dit, vous n'avez rien.

— Je n'ai rien dit de tel. Pour l'ordinateur, nous avons découpé le terrain en cases de dix mètres sur dix, quel que soit le relief. Cela après avoir délimité la zone de recherches, c'est-à-dire le parcours maximum qu'a pu effectuer votre femme entre le moment où la Range-Rover s'est bloquée et le moment où elle est tombée. Cela représente évidemment quelques kilomètres carrés, neuf pour être exact, en tenant compte du relief. Avec un champ d'incertitude : la route panoramique qui fait partiellement le tour des San Bernardino Mountains, passe à quinze cents mètres de l'endroit où votre femme a été retrouvée. Monsieur Cimballi, je ne vise pas à vous démontrer à quel point nous avons été intelligents mais, à seul titre d'exemple, l'ordinateur a retracé le parcours d'un chevreuil entre quatre heures quinze de l'après-midi et dix-sept heures vingt, le 29 janvier. Grâce aux témoignages de vingt-sept personnes qui ont aperçu la bête. »

Je savais que l'Anglais avait entrepris une enquête systématique, je ne savais pas qu'elle était systématique à ce point.

« Monsieur Cimballi, nous savons aujourd'hui de façon certaine qu'il existe encore des gens qui se trouvaient dans la zone de recherches et qui ne se sont pas manifestés. Nous ne les avons pas encore repérés, moins encore identifiés. Mais nous savons qu'ils étaient là, le 29 janvier dans l'après-midi vers quinze heures. Et parmi eux se trouvent les gens à qui votre femme a parlé. »

J'ai une boule dans la gorge :

« Quand les identifierez-vous ?

— Peut-être jamais. Ou dans les heures qui viennent. Nous possédons quelques éléments : il y a trois couples isolés dont nous savons très peu de chose. Un couple âgé, les deux autres plus jeunes, tous trois dans des voitures dont nous ignorons la marque et la couleur. Il y a un jeune homme qui portait un blouson de cuir par-dessus une chemise à carreaux rouges et blancs, avec peut-être un foulard autour du cou, taille environ un mètre soixante-quinze. Et il y a encore deux groupes, chacun d'au moins trois ou quatre personnes. Un ou plusieurs des membres de l'un de ces groupes fumaient de la marijuana. Une quinzaine de personnes en tout, dont le recoupement de centaines, et même de milliers de témoignages car nous avons interrogé des milliers et des milliers de gens, nous révèlent la présence sur les lieux. Voulez-vous d'autres détails que l'ordinateur nous a sortis ? Une des femmes inconnues portait un bonnet de laine rouge et vert ; un homme inconnu était très gros et marchait difficilement ; un troisième — mais c'est peut-être le même que l'un des deux précédents — chantait une vieille chanson de Pery Como un peu avant la tombée de la nuit. Et ainsi de suite. Monsieur Cimballi, vous nous avez demandé l'impossible, nous essayons de le faire. Mais il y a deux cent trente millions d'habitants aux Etats-Unis, sans compter les visiteurs étrangers. »

Silence.

« Une quinzaine de personnes ?

— Je dirai seize. Seize personnes à retrouver. Et je pense sincèrement que l'une au moins de ces seize personnes sait ce qui est arrivé à votre fils. »

Après deux jours, je laisse Flint au Breakers et à bord d'une voiture de location, je prends la route. Par Tallahassee et Mobile, en direction de La Nouvelle-Orléans.

Ce n'est que par hasard que je repère la voiture qui me suit, mais les interminables lignes droites au sortir d'Orlando m'ont permis de la remarquer : une Ford de couleur crème avec deux hommes à son bord. Et aucun doute, c'est bien à moi qu'ils en ont. Ils s'arrêtent quand je m'arrête, repartent avec moi, stoppent à deux cents mètres du motel où je passe la nuit. Je mesure les conséquences de ma découverte : c'est la première fois depuis l'entrée en scène de Horst que je parviens à repérer ces mystérieux suiveurs qui ne m'ont sans doute jamais lâché.

Du motel, j'appelle Callaway à San Francisco. Nous sommes un peu en froid depuis que je lui ai enlevé l'enquête sur mon fils pour la confier à l'équipe anglaise, mais il réagit aussitôt : « Où êtes-vous ? » Je lui donne mes coordonnées : sur l'inter-Etats n° 10, quarante-cinq miles à l'ouest de Tallahassee, dans un endroit appelé Sycamore. Il relève le nom du motel, calcule rapidement : « Si vous ne reprenez pas la route avant huit heures, demain matin, je peux être sur place avec deux de mes hommes. — J'attendrai jusqu'à huit heures trente. » Nous convenons qu'il m'appellera au Royal Sonesta à La Nouvelle-Orléans pour me rendre compte de sa filature.

Le lendemain matin, la Ford crème a disparu et je ne remarque rien ni personne, pas plus Callaway que ceux qui me suivent et que donc il suit, en principe.

Mais quand j'arrive à La Nouvelle-Orléans vers sept heures du soir, un message téléphoné m'y attend. Il est signé de Callaway et m'informe que « l'affaire est en très bonne voie ». Autrement dit, ils ont, ses adjoints et lui, repéré mes suiveurs que quant à moi j'ai perdus.

Mieux, Callaway me joint plus tard dans la soirée :

« Pas de problème, nous les avons. Ils sont quatre dans deux voitures. Ils vous suivent pas à pas. Je suis moi-même à cinquante mètres de l'endroit où vous vous trouvez. »

A « l'endroit où je me trouve ce soir-là », j'en suis à me demander s'il a bougé de son fauteuil depuis que je l'ai quitté, en janvier dernier. Duke Thibodeaux dans sa gloire, avec son air d'être le plus heureux des hommes vivant sur la terre.

« Je m'attendais à vous revoir plus tôt, me dit-il.
— J'ai été très occupé. »

Il me considère : « Ça n'a pas l'air d'aller... »

Je réponds : « Pas trop. » Il acquiesce et ajoute simplement : « J'ai lu les journaux. Sale coup. » Il allonge la main, ramène un cruchon jusque-là posé sur le plancher de la véranda et me le tend.

« Non merci.
— Vous avez vraiment envie que je me remette à jouer de cette foutue guimbarde ?
— Pas si j'ai la moindre chance d'y échapper.
— Alors, buvez. »

J'avale un peu de whisky. Il secoue la tête d'un air attristé : « Quelle pitié ! Je ne vous ai pas demandé d'y goûter mais d'en boire un bon coup. Allez hop ! Une vraie rasade, mon garçon. » Cette fois, j'engloutis une « vraie rasade ». J'annonce :

« Je vais être rond comme une bille. Je n'ai pas l'habitude de boire. »

Il hoche la tête, à l'évidence accablé par cette révélation. Je m'assois face à lui, dans le second fauteuil à bascule et nous commençons à nous balancer de conserve, en nous passant mutuellement le cruchon. Il y a dans l'air, outre celle de la vase, une fade odeur de pluie et d'ailleurs la pluie se met à tomber, très doucement, sur la pointe des pieds en quelque sorte, tapotant délicatement le toit de la véranda.

« Entendu parler du pirate Jean Lafitte ?
— Vaguement.
— Il avait sa base pas loin d'ici, Barataria.
— Ça me fait un plaisir fou.
— Buvez. Il est bon, hein ?
— Terrible. Pour un peu, on aimerait ça. »

Alcool ou non, je commence à me détendre.

Duke Thibodeaux me sourit, ferme les yeux et se met à chantonner. Je me détends même par trop. J'ai envie de pleurer et je pleure, incapable de me retenir. Je ne suis pas dupe, c'est inexplicable mais c'est ainsi : j'ai tenu raisonnablement le coup devant la succession des événements : l'accident de Lavater, ce qui est arrivé à Catherine et notre séparation, la disparition de mon fils ; mais la défection d'un Joachim qui ne m'est pourtant pas grand-chose, à qui je n'aurais peut-être même plus pensé, cette défection achève de me démolir. Sans doute parce qu'elle vient en complément de tout le reste. Et je sais bien ce que je suis venu chercher chez ce vieux Louisianais qui me fait face et que je n'ai vu qu'une seule fois dans ma vie : une sorte de refuge paternel. Sous le prétexte de lui demander de nous aider, Paul Hazzard et moi, à trouver du pétrole.

Silence. J'ai moi aussi fermé les yeux et je ne les ouvre pas pendant que Duke interrompt un instant son balancement — mais pas sa chanson bouche fermée — pendant qu'il entre dans la maison et en ressort :

« Qu'est-ce que vous dites de ça, dit-il, on a déjà vidé le premier cruchon, rien qu'à nous deux. Ces cruchons ne sont plus ce qu'ils étaient. Au temps de ma jeunesse, ils se vidaient moins vite. »

Je dis : « Moi, en tout cas, je suis complètement soûl. La preuve : je vois des alligators partout. »

Il lampe et me repasse le deuxième cruchon.

« Mais il y a des alligators partout, mon garçon... »

Je rouvre tout à fait les yeux. Il a raison : il y a bien cinq ou six alligators en train de se balader tranquillement au milieu des fleurs du jardin. La véranda ne serait pas surélevée et fermée par une balustrade, je suppose que j'en aurais déjà un sur les genoux, à me lécher la figure.

Si Thibodeaux m'a vu pleurer, il n'en laisse rien paraître, il dit :

« Pour la surveillance des derricks, ça remplace avantageusement les chiens de garde. Mais il y a une autre raison... »

Il soupèse le cruchon que je viens de lui rendre.

« Quand vous les voyez roses, il est temps de s'arrêter de boire. Si vous me racontiez votre vie, à présent ? »

Le surlendemain, il dit à Paul Hazzard, en me désignant du pouce :

« Ça ne semble pas croyable mais ce garçon est encore plus menteur que moi. Si vous saviez ce qu'il m'a raconté comme mensonges, avec des guerriers massaïs d'Afrique au fond d'un trou, un Chinois à roulettes de Hong Kong, et un type qui pelait vivant dans la Vallée de la Mort. Il a une imagination extraordinaire. Et vous comptez trouver du pétrole là-dessous ? »

Nous survolons l'Oklahoma, qui a été français pendant cent cinquante ans, et qui est devenu américain par hasard : venu acheter La Nouvelle-Orléans à la France, Thomas Jefferson ahuri s'est vu proposer toute la Louisiane française, qui s'étendait alors jusqu'aux Rocheuses. Nous avons décollé de Dallas, où Duke Thibodeaux et moi avons retrouvé Hazzard et où nous avons tenu une conférence avec un géologue et un ingénieur.

Depuis notre dernière rencontre, Paul a élargi ses objectifs. Il était alors question d'un investissement de deux millions de dollars dont cinq cent mille, le quart, à verser par nous deux, le reste faisant l'objet d'un prêt consenti par une banque de Dallas, sitôt connus les résultats des premiers forages. Depuis, le nombre des concessions est passé de sept à vingt et un. Les investissements nécessaires ont grimpé, quoique pas tout à fait dans la même proportion. Il est maintenant question de six millions.

« Mais Franz, sur dix ans, nous devrions réaliser un bénéfice d'environ vingt-cinq à trente millions. Avec la possibilité d'un amortissement en quatorze mois de notre investissement de départ.

— Qui serait ?

— Un million et demi. Sept cent cinquante mille chacun.

— C'est le triple de ce que tu m'avais annoncé.

— Franz, j'ai réussi à obtenir des concessions supplémentaires, c'est une chance. »

Et une occasion à ne pas laisser passer, selon la formule. Nous survolons un grand lac, dont on m'apprend que c'est l'Eufala Reservoir. Les monts Ozark sont à notre droite, très nets dans le ciel très pur. Nous sommes le 10 mars.

« Franz, si tu ne veux pas t'engager à ce point, je me débrouillerai pour trouver un troisième associé. »

Juste avant de quitter ma chambre du Fairmont

à Dallas, j'ai reçu un autre appel de l'Anglais : sur la quinzaine de personnes dont l'ordinateur affirme qu'elles étaient sur les lieux, dans la « zone de recherches », et qui n'ont pas été identifiées, deux viennent de l'être. Le couple âgé. Pourquoi n'ont-ils pas réagi à tous les appels ? Parce que leur passage en Californie du Sud n'était que la première étape d'un long voyage touristique dans le Pacifique. L'Anglais : « Monsieur Cimballi, ils n'avaient que peu de chose à nous apprendre. Mais que nous les ayons retrouvés prouve que nous progressons. Et il ne manque plus que quatorze personnes... »

Notre avion se pose à Tulsa. Nous en repartons en voiture, toutes les concessions sont dans un rayon d'une soixantaine de kilomètres, certaines à la limite du Kansas et les premières se situent dans le bassin de la Cimarron, un affluent de l'Arkansas. Ceci est le pays de Jesse James et des Dalton ; mais il y souffle un vent glacé qui me transperce. Duke Thibodeaux, quant à lui, déambule avec les allures d'un ramasseur de champignons dans les Pyrénées françaises, nez au sol. De temps à autre, il ramasse une poignée de terre et la hume. Et il secoue la tête avec impatience à la moindre remarque qu'on lui fait. Paul et ses experts plus officiels font bande à part, quoique de temps à autre ils croisent le Louisianais. Je finis par aller me rasseoir dans une des voitures, gelé jusqu'à la moelle et surtout me demandant ce que je fais là, à chercher un pétrole dont je me contrefiche. Thibodeaux me revient le premier : « Vous avez l'air de vous en foutre totalement, dit-il. Est-ce que vous vous rendez compte que j'ai abandonné mon fauteuil à bascule uni-

quement parce que vous m'êtes sympathique ?
— Et parce que je vous ai promis de vous inviter à Saint-Tropez.
— Et de me faire élire président du jury qui désignera « Miss Saint-Tropez Nue ».
— C'est juré.
— Ça ne va pas trop fort, hein ? »
Je change de sujet : « Et il y a du pétrole, au moins ?
— Il y en a. Pas toujours aux endroits où vos prétendus experts croient qu'il y en a, mais il y en a. Ça s'appelle comment déjà, cette plage à Saint-Tropez ?
— Pampelonne.
— Et vous y êtes né ?
— Dans une maison juste en bordure. »
Et c'est comme si soudain une porte venait de s'ouvrir, libérant des parfums de garrigue provençale, très forts et très suaves. Sous mes paupières, la maison où je suis né réapparaît avec une précision presque cruelle. D'une certaine façon, elle a été l'enjeu de mon combat avec Yahl ; j'ai même cru qu'elle en avait marqué l'aboutissement, le jour où je m'y suis réinstallé avec Catherine. Et si j'y étais resté ?

« Je m'en vais rentrer chez moi, dit Duke Thibodeaux. J'ai fait pour vous plus que je n'aurais fait pour n'importe qui. Dieu sait pourquoi. Vous avez quel âge ?
— J'ai eu vingt-cinq ans en septembre dernier. »
Il s'en va le lendemain, après une dernière confrontation avec les géologues. Sur les vingt et une concessions de Paul Hazzard, il estime que dix-sept verront tôt ou tard jaillir le pétrole. Pour les autres, même pas la peine d'y planter

une bèche. Sur quoi se base-t-il pour lancer de telles affirmations ?

« Sur mon nez, garçon. Et n'oubliez pas votre promesse de m'inviter à Pampelune.

— Pampelonne. »

A Tulsa, le soir même, appel de Callaway. Il est à Tulsa lui aussi, ce qui signifie que mes suiveurs s'y trouvent également. Ensuite des considérations techniques sur l'art de la filature. Mais il a d'autres informations, autrement plus intéressantes :

« Ils travaillent pour une agence de Chicago... »

Et je me souviens que les hommes d'affaires qui m'ont si vite contré sur Tennis Dans le Ciel, sont également de Chicago. Callaway :

« Le nom de leur patron est MacIves. Le plus étonnant est que je le connais personnellement, nous étions ensemble dans les services de renseignement de l'Armée, il a même travaillé sous mes ordres.

— Qui le paie ? »

Callaway n'en sait rien. Mais il sait quelque chose : l'équipe de MacIves me suit depuis bien plus d'un an, presque un an et demi. Toutefois, il s'est produit un incident bizarre : leur travail de filature a été arrêté à la fin de janvier dernier, c'est-à-dire à la disparition de mon fils dans les San Bernardino Mountains. Ils pensaient en avoir fini avec moi. Or, on leur a demandé de s'y remettre, en date du 15 février. Callaway ignore les raisons de cette interruption, puis de cette reprise de la filature.

« Tout ce que j'ai pu apprendre, c'est qu'à partir du 15 février, leur client a réduit les frais, si bien qu'ils ne sont plus que quatre à vous pister, alors que pendant longtemps ils étaient huit. Huit hommes pendant quinze ou seize mois ! On a dépensé un argent fou pour vous surveiller ! »

Pas plus que je n'en dépense moi-même avec l'Anglais et lui, Callaway. A qui je dis :

« Je veux savoir pour qui travaille MacIves.

— MacIves. Ce ne sera pas facile.

— Si c'était facile, je demanderais ça au portier de l'hôtel.

— Très juste », dit-il.

Je rentre à Dallas avec Paul Hazzard. Nous achevons d'y mettre au point les détails de notre association pour la recherche pétrolière — les mots anglais me semblent plus évocateurs qui parlent d'*oil venture*. Je signe un chèque de près de huit cent mille dollars, représentant le montant de mon investissement personnel et ma part des honoraires à verser aux géologues et autres spécialistes. Paul est enchanté. Il fait des projets mirifiques, pour nous deux, et voudrait que nous allions fêter l'événement chez lui, à San Antonio. J'ai déjà décliné ses précédentes invitations, je n'ai aucune raison de le décevoir encore ; après tout je n'ai pour l'instant aucun endroit où aller et où je sois attendu et surtout souhaité. J'ai scrupuleusement fait adresser à ma belle-mère chaque rapport sur les recherches entreprises pour retrouver Marc-Andrea. On n'a pas pris la peine de m'en accuser réception, je ne sais même pas où est Catherine.

Et puis je n'ai rien d'autre à faire qu'attendre. Pour l'heure, à en croire Rosen, Lupino, le Turc, c'est le calme plat sur tous les fronts. D'Adriano Letta qui continue à mener son enquête sur la disparition de Fezzali, je n'ai reçu que des messages laconiques : Adriano n'a progressé en rien et nous ne voyons ni l'un ni l'autre d'urgence à lui faire traverser l'Atlantique dans le seul but de me dire qu'il n'a rien à dire.

J'accepte l'invitation de Paul Hazzard, et je passe quelques jours à San Antonio. Paul y a une très belle maison de style espagnol, à la sortie sud-est de la ville, en direction de Corpus Christi. Il y vit avec sa mère et ses deux sœurs, la plus âgée de celles-ci ayant tout juste vingt ans. Je visite consciencieusement l'Alamo où a eu lieu la bataille du même nom, et où sont morts James Bowie et Davy Crockett, je flâne au long des rues piétonnes du Paseo del Rio, je fais du cheval.

Et c'est là que m'atteint l'appel de l'Anglais : « Il y a du nouveau », dit-il.

26

L'Anglais m'avait parlé des maquettes des San Bernardino Mountains qu'il avait fait réaliser, mais je ne les avais pas encore vues. Elles sont là sous mes yeux, posées sur le tapis d'un salon, dans une maison de Harrison, qui est une petite banlieue résidentielle au nord-est de New York. Et pour avoir des heures et des heures durant, des jours d'affilée, parcouru ces ravins, ces blocs rocheux, cette forêt où mon fils a disparu, je suis véritablement fasciné par l'incroyable minutie de la reconstitution ; je reconnais ici telle anfractuosité où je me suis glissé, telle souche que j'ai enjambée maintes fois, et jusqu'à ce minuscule ruisseau que j'ai longé à la recherche d'un trou d'eau qui aurait pu recevoir un corps d'enfant.

L'Anglais demande au couple : « Vous reconnaissez les lieux ? »

Silence. Ils s'appellent Bertram et Shirley Strong ; ils figurent parmi les seize (l'Anglais tient pour seize) personnes dont l'ordinateur, sur la foi de milliers de témoignages collationnés et comparés, signale la présence sur les lieux, entre le 29 janvier à une heure de l'après-midi et le 30 janvier à midi.

Au bout d'un moment, l'homme s'accroupit. Il est âgé d'une cinquantaine d'années, blond et en partie chauve, il a des yeux bleus à l'expression rêveuse. Tout à l'heure, à notre arrivée, il nous a expliqué qu'il est propriétaire d'une petite usine d'électronique à New Rochelle, mais que son rêve a toujours été de monter sur scène pour chanter dans les comédies musicales.

« C'est la route panoramique, n'est-ce pas ? La Rim of the World Drive qui fait le tour des San Bernardino ? »

L'Anglais sort des photos en couleurs qui reproduisent les détails réels du terrain et complètent l'effet de la maquette.

« Nous nous sommes arrêtés ici. Nous avons garé la voiture à cet endroit, sous ces arbres-là. Nous n'avons pas vu la cabane...

— Elle se trouve à environ un mile, et, plus haut, vous ne pouviez pas la voir.

— Nous avons ensuite marché sur ce sentier, qui longe le ruisseau. Shirl ? »

La femme confirme. Et c'est elle qui dit :

« La jeune femme était là, debout au milieu de cette clairière. Elle tenait l'enfant dans ses bras. Elle avait l'air... »

Elle hésite et me jette un coup d'œil embarrassé. Je dis, la voix rauque : « Continuez.

— Elle avait l'air endormi... J'ai eu l'impression qu'elle avait bu... Je suis désolée... »

C'est à moi que s'adressent les trois derniers mots.

« Continuez », dit l'Anglais.

Shirley Strong a adressé la parole à Catherine, elle lui a demandé si tout allait bien.

« Elle m'a dit oui. Elle avait l'accent français. Elle m'a dit qu'elle habitait tout près de là, que je n'avais pas à m'inquiéter, et que... et que son mari était avec elle et qu'il allait la rejoindre...
— Et l'enfant ?
— Il était dans ses bras et nous souriait, un beau petit garçon avec de grands yeux dorés. Il avait une médaille en or au cou... »

La médaille de Joachim.

L'Anglais leur montre des photos de Marc-Andrea. Aucun doute, c'était bien lui.

« Ensuite, nous avons continué à descendre au long du ruisseau. Je me suis retournée et j'ai vu la jeune femme qui s'était remise à marcher. Dans cette direction... »

Elle désigne une enfilade de rochers.

« Ici... Elle était au pied de cet arbre quand je l'ai vue pour la dernière fois... Elle marchait... Elle donnait l'impression d'hésiter un peu... »

Il était environ trois heures trente de l'après-midi, ce 29 janvier, disent encore les Strong. Eux-mêmes se sont promenés pendant une vingtaine de minutes. Ils ont traversé le ruisseau un peu plus bas. Et ont avancé vers le nord. Ils pensent qu'ils ont donc progressé parallèlement à Catherine, mais deux cents mètres plus bas qu'elle, sur la pente. Ont-ils rencontré quelqu'un ? Oui, un couple âgé (c'est celui que l'Anglais a identifié et qui est parti le 30 janvier pour un périple dans le Pacifique). Et ils ont aperçu un autre couple de promeneurs, mais assez loin, et dans une direction opposée à celle de Catherine. Un couple jeune, une jeune fille blonde, c'est tout ce qu'ils peuvent dire. Et entendu quelque chose ? De la musique. Quelqu'un qui chantait en s'accompagnant à la guitare. Bert Srong croit qu'il y avait aussi un harmonica.

« Les musiciens devaient se trouver par là... »

Et de désigner une aire aménagée par les services forestiers. En droite ligne depuis l'endroit où ils virent Catherine pour la dernière fois, il y a environ quatre cents mètres.

Les Strong n'ont rien d'autre à nous dire. Quand, regagnant leur voiture garée sur le bord de la Rim of the World Drive, ils sont repassés très près de la clairière du début, elle était vide. Ils sont directement rentrés à Los Angeles. Ils ont dû quitter les San Bernardino, enfin cet endroit-là, aux alentours de cinq heures. Quant au fait qu'ils n'aient pas eu connaissance des appels à témoin lancés dans la presse et ailleurs, ils l'expliquent par le voyage qu'ils ont fait en Argentine, à Buenos Aires, où leur fils aîné Richard est en poste à l'ambassade américaine. Et ils ne sont rentrés que voici dix jours.

« Si nous avions su... »

Ils sont d'une gentillesse touchante. Je ressors avec l'Anglais. Qui me dit après un interminable silence qu'il finit par rompre :

« J'ai interrogé votre femme. Elle n'a absolument aucun souvenir de cette scène avec les Strong. »

Il a interrogé ma femme. A qui moi, je n'arrive pas à parler.

« Comment va-t-elle ?

— Pas trop bien, dit-il. Elle est convaincue que votre fils est mort... et qu'elle en est responsable.

— Où est-elle ? »

Après une hésitation : « Monsieur Cimballi, je n'ai pu la voir que sous la condition que vous ne seriez pas là. Je l'ai rencontrée à Paris, dans le hall d'un hôtel. Ses parents, et surtout votre beau-père, montent autour d'elle une garde... je dirais vigilante... »

Nous regagnons New York en voiture.

« Ecoutez, dit encore l'Anglais, nous avons tout de même progressé. Seize personnes n'avaient pas été identifiées, et qui pourtant se trouvaient sur les lieux. Nous en avons identifié deux, ce couple parti en croisière, et maintenant deux autres, les Strong, qui étaient en Argentine. Reprenons les chiffres : dans un premier laps de temps plus ou moins long, quatre cent sept personnes ont traversé la zone de recherches dans le créneau horaire que nous avons déterminé. Sur quatre cent sept, nous en avons déjà retrouvé trois cent quatre-vingt-quinze, dont les témoignages ont été recueillis avec le plus grand soin, ce qui nous a permis de reconstituer leur itinéraire avec la meilleure précision.

— Il en reste douze.

— Dont nous venons encore d'apprendre quelques caractéristiques. Ainsi de cette guitare et peut-être de cet harmonica.

— Dont vous n'êtes pas sûr qu'elles sont les seules. Des tas de gens ont pu se trouver là, sans que vous en ayez connaissance. Surtout si ces gens se sont cachés. »

Il secoue doucement la tête, avec une patience courtoise qui m'exaspère.

« Je ne crois pas, monsieur Cimballi. On ne parvient à cette cabane que par deux chemins : depuis la route panoramique et par la piste qui monte au départ de Twentynine Palms. Non, je crois que la ou les personnes qui savent ce qui est arrivé à votre fils se trouvent parmi ces douze. »

Soit un couple jeune et deux groupes de campeurs.

« Nous progressons, soyez-en sûr. Nous avons passé au crible tous les loueurs de tentes et de caravanes, toutes les compagnies d'autocars, les hôtels, tous les particuliers louant des chambres, les auberges de jeunesse, les centres de la Y.M.C.A.[1], les contrôleurs de péage, les collecteurs des taxes de camping, les gardes forestiers, les policiers locaux. Avez-vous une idée du nombre de personnes que nous avons interrogées depuis le début de février ? J'ai le chiffre exact à la date d'hier : sept mille deux cent quarante-trois. Monsieur Cimballi, ces campeurs dont nous savons qu'ils étaient là, un groupe notamment pas très loin de votre femme au moment où les Strong l'ont vue, ces groupes ne sont pas sortis du néant pour y retourner. Ils existent. Ils ont une raison pour ne s'être pas fait connaître. Tôt ou tard, nous relèverons leur piste. »

Au Pierre à New York, téléphone de Callaway :

« Ils vous ont suivi à Harrison. Je parle des types de MacIves.

— Et vous étiez derrière eux.

— Affirmatif. »

Mais il ne m'a pas téléphoné pour me confirmer une filature dont je sais tout :

1. Organisation catholique de jeunesse.

« J'ai rencontré MacIves, dit-il. Je l'ai carrément appelé comme si je me souvenais brusquement de notre vieille amitié. Je lui ai proposé de se joindre à moi dans une grosse enquête que voudrait me confier une boîte de Los Angeles qui a aussi des intérêts sur la côte est. Et je lui ai raconté que ma propre agence n'était pas assez étoffée pour travailler à la fois dans l'Est et en Californie ; bref, je lui ai offert une association, ses hommes et les miens travaillant ensemble. Il a refusé, à regret : toute son équipe est bloquée par un travail en cours, m'a-t-il dit, et qui lui a pris tant de temps que pendant plus d'un an, il a dû engager des types en plus, ce qui n'est plus le cas à présent. J'ai demandé pour combien de temps il serait ainsi bloqué : au moins trois mois encore, sans doute jusqu'en septembre. J'ai eu beau lui faire miroiter des honoraires fabuleux, rien à faire. Il m'a dit en riant qu'il touchait presque autant pour une simple filature pas très difficile, sauf que le sujet se déplace sans arrêt. Et le sujet c'est vous.

— J'avais compris. Et ne me racontez pas votre vie.

— Je lui ai demandé qui diable pouvait le payer aussi cher pour un travail aussi simple. Bien entendu, il a refusé de me répondre. Vous m'aviez dit de ne pas économiser l'argent : ça va vous coûter quelques milliers de dollars en plus mais une des secrétaires m'a craché le morceau : MacIves adresse ses renseignements sur vous à un avocat de Chicago du nom de Goldwater, Henry Goldwater. J'ai aussitôt mis quelqu'un sur l'avocat. Ça n'a pas traîné : mon homme vient de m'appeler, de Londres où il se trouve encore.

Goldwater y a déjeuné avec une personne que vous devez sûrement connaître... »

Qui d'autre qu'Erwin Horst ?

« Pas du tout, me dit Callaway. L'interlocuteur à Londres de l'avocat Goldwater s'appelle Alec Jeffries. N'est-ce pas votre beau-père ? »

Je débarque à Paris le 2 avril et deux photographes de Yates sont là à m'attendre, avec toujours ces mêmes visages indifférents de reporters professionnels pour qui tout ce qui apparaît dans le viseur, serait-ce la pire horreur des guerres, n'est qu'objet d'un autre monde. Je suis depuis tant de temps accoutumé à leur présence silencieuse que j'en suis arrivé à ne plus les voir vraiment, moi non plus. Ils ne sont pourtant pas en permanence sur mes talons ; leurs apparitions sont irrégulières ; il peut s'écouler jusqu'à deux ou trois semaines sans que je les rencontre ou bien au contraire ils ne me lâchent pas pendant un, voire des jours entiers.

Mais comme ils le font le plus souvent, ils cessent cette fois-là de me harceler sitôt que je suis monté dans un taxi.

J'appelle d'un café qui se trouve dans l'avenue de Suffren, près de l'Ecole militaire. C'est une femme de chambre qui décroche.

« Je voudrais parler à Mme Jeffries.
— De la part de qui ? »

Je n'ai pas revu mes beaux-parents depuis le moment où Catherine a repris connaissance dans la clinique de Palm Springs. J'ai dit que tous les rapports de l'Anglais concernant l'enquête sur la disparition de mon fils leur avaient été régulièrement transmis, sans qu'ils prennent la peine d'en jamais accuser réception. A trois reprises, j'ai tenté de joindre ma belle-mère au téléphone, sans compter la lettre que je lui ai écrite. Sans succès. Chaque fois, on m'a répondu qu'elle ne souhaitait pas me parler, tout comme ma lettre est demeurée sans réponse. Mais aujourd'hui, Callaway me l'a confirmé, mon beau-père adoré se trouve en Angleterre. Je réponds à la femme de chambre :

« Mon nom est Goldwater. Henry Goldwater. »

La ligne reste silencieuse pendant de longs instants et puis je reconnais la voix de la mère de Catherine : « Monsieur Henry Goldwater ? Je ne crois pas vous connaître... »

Je parle très vite : « Ne coupez pas, je vous en supplie. Ce que j'ai à vous dire est très important. »

Silence. Mais au moins, elle ne raccroche pas. Je poursuis : « Il faut absolument que je vous parle. Je vous en prie. »

Silence.

« Je vous en prie. »

Elle n'a pas voulu que je monte à l'appartement, mais a par contre accepté de venir me rejoindre. Elle est là devant moi, dans ce café d'où je l'ai appelée, et regarde obstinément au-delà de la vitre qui nous sépare de l'avenue de La Motte-Picquet. Et parce que sur ce sujet-là au moins, je suis à peu près sûr de moi, je commence par lui résumer ce que l'Anglais appelle les progrès de son enquête. Elle m'écoute sans broncher, les yeux un peu écarquillés. Elle a maigri et vieilli. Elle finit par secouer la tête : « Je n'ai plus aucun espoir, Franz. Mon petit-fils est mort, à quoi bon se leurrer ?

— Je ne renoncerai pas. Je ne renoncerai jamais.

— C'est ce qui nous sépare.

— Je ne suis pas responsable de tout ce qui est arrivé. C'est injuste. »

Elle se refuse toujours à croiser mon regard, boit un peu de son thé. Silence. Je demande : « Le nom de Henry Goldwater ne vous est pas familier ? »

Elle répond par un léger haussement d'épaules exprimant la dérision et le dédain. Ce nom de Goldwater est sans doute celui d'un personnage de mon monde à moi, peuplé de requins de la finance, d'aventuriers et d'extravagants ; son monde à elle est avenue de Suffren ou à Fournac ou ailleurs, on n'y spécule pas, on ne s'y enrichit pas en trois ou quatre ans par des procédés « à peine avouables », l'argent qu'on y a vient forcément de grand-père ou plus loin encore et il a été honnêtement gagné, cela va de soi, on n'y passe pas son temps à courir le monde avec un Turc, une Danoise ou des Chinois, on y va à son bureau tous les matins en lisant *Le Figaro* (voire *Le Nouvel Obs* pour preuve de ses sentiments socialistes).

« Non. »

Je lui rapporte alors tout ce que j'ai appris de Callaway, des étranges rapports de son mari avec ces hommes qui me suivent depuis un an et demi.

Durant de longs moments, c'est à croire qu'elle ne m'a même pas écouté.

Mais elle dit enfin avec un calme froid : « Vous avez inventé tout cela. Vous avez toujours détesté Alec. »

Avec des gestes lents et las, elle ramasse son sac et ses gants.

« Mais je parlerai à mon mari. S'il est de quelque façon préoccupé de vous, ce qui me surprendrait, pour servir je ne sais quelle vengeance, je lui demanderai de cesser. Je n'ai qu'une fille. Son enfant est mort et parce qu'elle se tient pour responsable, elle a tenté de se tuer. Tout est dit, Franz. Et mieux vaut que vous cessiez de m'écrire ou de me téléphoner. »

Adriano Letta m'a rejoint à Paris. A plusieurs reprises au cours des derniers mois, il m'a donné de ses nouvelles, surtout pour me rendre compte de son travail pour Tennis Dans le Ciel. Je lui avais en outre demandé de rechercher ce qu'il était advenu d'Hassan Fezzali, puisqu'il parle arabe. Il n'a rien trouvé ou du moins pas grand-chose.

« Mais une enquête de police a tout de même eu lieu ! On ne disparaît pas ainsi !

— Il y a eu une enquête. Officiellement, elle n'est pas encore close. »

Mais la vérité est que les policiers égyptiens prennent grand soin de ne pas toucher au dossier. Le 22 janvier au matin, Hassan Fezzali se trouvait au Caire, la chose est sûre. Il y habitait — je mets le verbe au passé presque inconsciemment — un petit appartement dans le quartier populaire de Zeïnhoun. C'est de là qu'il est parti, c'est là que commence le mystère de sa disparition. Il avait un bureau officiel, avec deux secrétaires, rue de Faggalah, dans le secteur syro-libanais de la capitale égyptienne. Normalement, il aurait dû y arriver vers neuf heures trente. Ses secrétaires ne l'ont pas vu. Ils (les secrétaires sont des hommes) savaient que leur patron devait s'envoler pour l'Italie au début de l'après-midi. Ils se sont d'autant moins inquiétés de ne pas le voir apparaître qu'un peu avant midi, Fezzali lui-même les a appelés, disant qu'en fin de compte il ne passerait pas à son bureau, ayant un autre rendez-vous, et qu'il prendrait l'avion directement.

Et il n'a jamais réapparu.

Adriano secoue la tête. Il a longuement interrogé les secrétaires, il a parlé avec le policier qui mène avec prudence l'enquête officielle.

« Le seul élément dont on est certain, c'est que Fezzali n'a pas pris son avion pour Rome. On ne sait pas ce qu'il a fait depuis le moment où il a quitté son appartement, conduisant lui-même sa voiture. On ignore d'où il a téléphoné à ses secrétaires, et même si c'est bien lui qui a téléphoné.

— Sa voiture ?

— Retrouvée dans le parc du Shepheards. C'est un hôtel.

— Je sais. Pourquoi dis-tu que les policiers du Caire sont prudents dans cette affaire ? »

Parce qu'il y a cinq ou six ans, Hassan Fezzali a eu des ennuis avec les Palestiniens d'Habache. On lui a même tiré dessus, son chauffeur a été grièvement blessé mais lui s'en est tiré indemne. Et les policiers cairotes croiraient volontiers — c'est moins épuisant qu'une enquête serrée — qu'à l'époque Fezzali avait déjà acheté sa tranquillité ; et donc qu'il est tout à fait possible qu'on lui ait à nouveau réclamé de l'argent. Et qu'il a refusé de payer. Auquel cas, on a pu l'exécuter en l'enterrant au pied des Pyramides (mais la police n'y croit pas trop), ou bien on l'a enlevé ; et on le gardera jusqu'à ce qu'il ait payé sa rançon.

Adriano lit l'incrédulité dans mes yeux. Il hausse les épaules : « C'est la version de la police du Caire. Et la raison qu'elle met en avant pour ne pas trop se tuer au travail.

— C'est déjà arrivé ? A d'autres hommes d'affaires ?

— Plusieurs fois. Surtout parmi les Syriens et les Libanais. Quoique ce ne soient pas forcément les Palestiniens qui soient dans le coup. On m'a parlé de Siciliens. La Mafia. Mais en général, les gens enlevés paient rapidement. Ou alors on retrouve leurs cadavres dans une malle.

— Ça ne tient pas debout, Adriano. La coïncidence serait par trop énorme : Fezzali a rendez-vous avec Lavater à Sorrente, il vient de recevoir dix millions de dollars que je lui ai versés, enfin que j'ai versés sur notre compte commun et le voilà qui serait enlevé ? Ça ne tient pas debout. »

D'autant que dans l'affaire, ce qui vaut pour moi et pour Marc, vaut également pour Hassan : lui aussi a versé de l'argent, dix-neuf millions de dollars qui sont également bloqués et non productifs d'intérêts.

Un souvenir me revient :

« Quelqu'un a appelé Marc Lavater à Sorrente dans sa chambre d'hôtel, pour lui annoncer que Fezzali ne viendrait pas à son rendez-vous et même ne réapparaîtrait plus. On a une idée de l'identité de cet homme ? »

Aucune. Adriano a enregistré les voix des secrétaires et les a même fait entendre au portier de nuit de l'hôtel Parco dei Principi. Aucun résultat.

« Mais l'appel venait du Caire ? »

On en a retrouvé la trace : il provenait du même hôtel Shepheards, dans le parking duquel on a retrouvé la voiture de Fezzali. Mais le personnel a complètement oublié qui lui a demandé une communication avec Sorrente. Et la rumeur selon laquelle la Mafia ou les commandos extrémistes palestiniens seraient mêlés à l'affaire ne fait rien pour rafraîchir les mémoires.

Le fait est là : Hassan Fezzali disparaît dans la journée du 22 janvier. Mais on prend soin — je crois comme Marc qu'Hassan est plus une victime que l'instigateur de la manœuvre — d'avertir Lavater que cette disparition est définitive. Aucun doute : on a manœuvré pour bloquer mes dix millions de dollars. Qui me sont pour l'heure aussi inutiles que si je ne les avais pas.

Et indisponibles, même pour une éventuelle nécessité vitale.

Marc Lavater est allongé sur le dos. Il m'explique qu'il doit passer ainsi vingt-quatre heures par jour, à ne pas bouger.

« Ça ne facilite pas les voyages, dit-il avec un petit sourire triste.

— Essaie le tennis. Je peux t'installer un court, j'ai des relations dans le milieu. »

La maison de Chagny est sombre et paisible, le chêne y est présent partout, noir et ciré, sous la forme de poutres, de solives, de parquets, parfois de lambris, toujours de meubles lourds et sculptés ; de ces meubles qui nous voient naître et mourir, génération après génération, et s'en foutent éperdument. Le grand salon est d'une qualité sonore particulière, faite de délicats craquements de tout ce bois qui nous entoure et qui, après trois ou quatre cents ans, vit encore. Je me revois dans cette même pièce et dans cette maison où j'étais venu chercher refuge, avant mon mariage, en l'absence des Lavater partis en vacances et qui m'avaient offert l'hospitalité.

« Vous étiez au Yucatan, Françoise et toi. Au Yucatan ! quelle idée !

— C'était très beau. »

S'ajoutant au parfum de la cire, il y a dans l'air une odeur que je n'identifie pas.

« De la pervenche, m'indique Marc. Marie-Thérèse et Françoise m'en font boire des hectolitres. C'est la boisson des vieillards, en Bourgogne.

— Tu as le moral, on dirait. »

Cannat, son adjoint, est venu à Chagny avec moi, c'est même dans sa voiture que nous avons effectué le parcours. Marc lui dit : « Pierre, vous voulez nous laisser un moment ? » Cannat quitte la pièce et le silence qui suit son départ se prolonge à ce point que nous avons le temps, par l'une des fenêtres, de le voir s'engager sous les arbres. Marc demande : « Il t'a expliqué ce qu'il faisait pour débloquer l'argent du Liechtenstein ? »

J'asquiesce : « Mais il m'a également dit que ça prendrait des mois, voire des années.

— Sauf si nous apportons la preuve de la mort d'Hassan.

— Nous ne l'aurons jamais. Inutile d'y compter. »

A mon tour de lui rapporter les maigres renseignements recueillis par Adriano Letta.

« Nous nous sommes fait piéger, Marc.
— Par ma faute.
— D'accord, par ta faute. Et tout ce qui est arrivé par ailleurs est de ma faute à moi, y compris le récent tremblement de terre. Je propose que nous organisions une séance d'expiation collective, toi et moi. On pourrait se flageller et ensuite s'arroser d'essence et craquer une allumette. En se faisant hara-kiri, pour plus de sûreté.
— Du calme.
— Alors arrête de geindre. »

Je me lève, fourmis dans les jambes, et je marche dans la pièce longue et basse, prolongée par la très belle bibliothèque. Tout au fond, une cheminée de pierre où flambent des ceps de vigne. « Marc, je dispose d'environ quarante-cinq millions de dollars.
— Je ne te savais pas si riche.
— Je le suis.
— Tu as compté les dix millions du Liechtenstein ?
— Non. J'ai quarante-cinq millions, vingt milliards deux cent cinquante millions de centimes, sans eux. Quel piège pourrait me démolir ? Aucun. Et je vais te dire ce que je vais faire. Je vais d'abord retrouver mon fils, qui est vivant pour cette raison que je crois qu'il l'est. Et quand je l'aurai retrouvé, je vais leur rentrer dedans, tous tant qu'ils sont : Yahl, Horst, Yates et le beau-père chasseur de grouse. Je vais leur démolir le portrait, Marc. Il n'en restera plus grand-chose après mon passage. »

Il dit avec une agressivité que je ne lui avais jamais connue :

« L'irrésistible Cimballi ! Qui l'arrêterait ? Qui a jamais pu l'arrêter ?
— Cause toujours. »
Mais il est lancé : « Franz, Martin Yahl et toi, vous êtes finalement semblables. Le même acharnement fou, et inhumain. Toi et lui étiez faits pour vous entendre, et pas pour vous combattre. Vous... »
Je quitte la maison et je m'en vais au volant de la voiture qui m'a amené. Cannat n'aura qu'à se débrouiller.

Callaway au téléphone : « Ils vous ont suivi jusqu'à Chagny. Ils étaient derrière vous quand vous êtes rentré à Paris. Il ne vous ont pas lâché les quatre jours suivants. Et c'est là que ça s'est produit : ils ont décroché.
— Ils ne me suivent plus ?
— Non.
— Je veux en être certain.
— Vous pouvez l'être. Ils avaient engagé deux Français pour les aider, pendant votre séjour en France. Ils viennent de rompre l'engagement. Et les deux hommes de MacIves sont montés il n'y a pas une heure dans l'avion pour New York. Ce n'est pas tout : MacIves lui-même vient de m'appeler : il voudrait savoir si ma proposition d'un boulot en commun tient toujours. Il dit qu'il est libre, désormais. »
Conséquence d'une intervention de la mère de Catherine auprès de son mari ? Ou bien une autre cause, que je ne devine pas ?
« Callaway, je vous avais également demandé de vous occuper de cet avocat, Goldwater.

— Je l'ai fait. C'est surtout un avocat d'affaires. Et parmi ses clients, il y a bien ces types de Chicago qui ont monté une affaire de tennis concurrente de la vôtre.

— Donc, Goldwater connaît Erwin Horst ?

— Aucun doute. »

Je descends vers le sud, vers Saint-Tropez. La maison où je suis né se trouve immédiatement en bordure de la plage de Pampelonne, à toucher le sable, dont un mur de soutènement la sépare, lui-même ouvert par un escalier et une porte basse. Catherine avait voulu apporter des modifications, abattre quelques cloisons, transformer ceci ou cela. Je m'y étais opposé et en fin de compte elle avait cédé. De sorte que La Capilla est aujourd'hui encore parfaitement semblable à ce qu'elle était quand j'avais huit ans, à la mort de mon père. Est plus que tout inchangé le bureau dans lequel mon père a succombé à une crise cardiaque, un 28 août.

Je m'installe. Je n'ai pas de projets précis. Venir à Saint-Tropez n'est qu'une façon de me calmer un peu, de faire le point, avant l'attaque finale. Et même de préparer cette attaque.

Le seul à qui j'aie donné connaissance de ma présence à Saint-Tropez est l'Anglais. Il m'appelle le 15 ou le 16 avril :

« Nous sommes sur la piste de l'un des deux groupes de campeurs dont je vous ai parlé.

— Ça veut dire quoi, sur la piste ?

— Ils sont probablement quatre. Peut-être des étrangers. »

Les équipes de l'Anglais — soixante-dix personnes travaillent sous ses ordres, plus les quatre informaticiens qui collationnent les renseignements obtenus sur le terrain et les font avaler à l'ordinateur pour que celui-ci les recoupe — ces équipes, donc, ont relevé la trace de quatre jeunes gens qui ont fréquenté toute une série de terrains de camping. (Aux Etats-Unis, on perçoit des taxes de un à cinq dollars par tente et par nuit dans les parcs nationaux et les parcs d'Etat.)

« En quatre endroits différents, on nous a fait d'eux une description à peu près identique. En nous reportant sur une carte, on constate que cela esquisse un itinéraire : ce groupe aurait traversé la Californie par petites étapes, peut-être de San Francisco à Los Angeles. Nous nous occupons actuellement de tous les responsables de camping, officiels ou privés, de toutes les épiceries où ils ont pu s'approvisionner. Et comme ils ont très bien pu voyager en stop, nous interrogeons un à un tous les camionneurs qui ont traversé la région.

— C'est un travail colossal.

— Colossal, monsieur Cimballi. Mais les résultats sont là : voici peu de temps, je vous annonçais qu'ils étaient seize à n'avoir pas été identifiés. De seize, nous sommes passés à douze.

— Et maintenant quatre autres... »

Une fièvre me parcourt. *Et s'il avait raison ?*

En avril, Saint-Tropez est à peu près désert, en tous les cas spectaculairement différent de la ville folle de l'été. Il y a du varech sur le sable. Et s'y rencontrent aussi, déjà, quelques amateurs de nature qui trouvent suffisant le soleil pâle, au point de se mettre tout nus. J'aurais dû inviter Duke Thibodeaux. Je n'ai pas allumé le chauffage de la maison et le soir seulement, je fais un feu dans la cheminée. Je reste des jours entiers sans voir qui que ce soit, ni parler à quiconque. Les gardiens de la propriété, qui habitent à six ou sept cents mètres de là, vont jusqu'à s'inquiéter de ma solitude et insistent pour me faire accepter un peu de leur propre cuisine. Les jours passent.

« Ça y est, monsieur Cimballi. Nous les avons repérés. »

L'Anglais parle des quatre jeunes gens. Deux garçons et deux filles. Ils sont suédois. A force d'enquêter, on est enfin tombé sur l'informateur nécessaire : le contremaître de ce que l'on appelle aux Etats-Unis, dans l'Ouest, un *Dude-Ranch*, sorte de ferme ouverte aux vacanciers contre un paiement modeste. Les quatre jeunes Suédois y ont passé une semaine. Cela se trouve non pas en Californie mais dans l'Utah, à Cedar City, aux abords du parc national de Zion. L'un des garçons portait un bonnet très caractéristique (en fait, un bonnet lapon, on le saura plus tard), qui a été remarqué par trois témoins, à en croire l'ordinateur. C'est ce bonnet qui, à lui seul, a permis l'identification.

« Ils habitent Vasteras en Suède. Je m'y suis rendu, maquettes et photos sous le bras. Ils ont en effet passé la nuit du 29 au 30 janvier dans les San Bernardino Mountains, à moins d'un mile dans le sud-est de la cabane. Ils n'ont pas vu votre femme, pas plus que votre fils. Ils ne jouent ni de la guitare, ni de l'harmonica. Et ils ont vu quelqu'un... »

Il y a presque de l'excitation dans la voix ordinairement si calme de l'Anglais.

« ... Une fille, monsieur Cimballi. Appartenant à l'autre groupe. Selon eux, américaine. Nous avons fait d'elle un portrait-robot très précis. »

Un temps.

« Nous approchons, monsieur Cimballi... »

On est le 27 avril. Et je suis partagé, écartelé entre deux sentiments : un espoir fou, et la peur de connaître la vérité. Il y a maintenant trois mois moins trois jours que Marc-Andrea a disparu.

Je prends l'avion à Nice pour, *via* Lisbonne, gagner les Etats-Unis. En dépit des conseils de calme que me prodigue l'Anglais, affirmant que rien n'est encore joué et qu'il lui faudra peut-être des mois pour identifier ces six personnes dont l'ordinateur souligne la présence dans les montagnes de San Bernardino, je reste anxieux.

A New York, je trouve Rosen inquiet : des rumeurs courent sur le marché du café, contradictoires d'un jour sur l'autre. Tantôt on parle d'un gel comme on n'en a pas connu depuis des lunes, et qui aurait pour effet de faire grimper les cours à un niveau inouï, tantôt au contraire on annonce une récolte abondante et sans problème, qui fera chuter ces mêmes cours.

J'écoute à peine, presque indifférent. Mes pensées sont loin de là.

« Franz, la possibilité d'un appel de marge paraît de plus en plus grande. Votre absence commençait à me préoccuper. Ça peut se produire d'un jour à l'autre, maintenant. »

Il ne croit pas si bien dire : ça se produit trente-six heures après mon arrivée. Le premier appel de marge sur le café est modeste : trois cent cinquante mille dollars environ. J'en met en œuvre le paiement, l'esprit à ce point ailleurs que j'oublie de dater mon ordre écrit qui confirme à mon banquier de Nassau, code secret d'accès à l'appui, l'ordre téléphonique que je lui ai passé. Une erreur que je corrige rapidement mais comme je n'ai pas dû en commettre deux fois dans ma vie.

Or ce premier appel de marge que j'accueille avec tant d'indifférence est très exactement le premier claquement du piège dans lequel je me précipite.

CINQUIEME PARTIE

UNE ILE AUX CARAIBES

27

Le portrait-robot est sous mes yeux. Je le contemple avec une avidité fascinée : il m'offre l'image d'une jeune fille de vingt ou vingt-deux ans, aux cheveux noirs retombant presque jusqu'à ses épaules, mais serrés autour de la tête par une sorte de bandeau indien qui lui passe sur le front. Le visage m'est évidemment tout à fait inconnu, il n'est ni joli ni laid et pourrait correspondre à celui de centaines de milliers, de millions de jeunes filles ou jeunes femmes, rien que sur la côte ouest des Etats-Unis.

« Et vous pensez la retrouver à partir de ce simple dessin ?

— Nous n'avons rien d'autre. Quoique si, nous avons autre chose : le fait que cette fille n'ait pas réagi aux appels que nous avons lancés pendant des semaines et des semaines.

— Je ne vois pas en quoi c'est un atout.

— C'en est pourtant un : ça élimine des centaines de milliers et des millions de ces jeunes filles et jeunes femmes dont vous venez de parler et qui, elles, ont forcément entendu nos appels et n'y ont pas répondu, parce qu'elles n'avaient rien à nous apprendre. Monsieur Cimballi, cette fille existe, nous en avons maintenant la preuve. Les Suédois lui ont parlé. Elle existe et se trouvait sur les lieux. De deux choses l'une : ou bien elle a eu connaissance de nos appels et refuse d'y répondre, parce qu'elle a quelque chose à cacher et non seulement elle mais ceux qui l'accompagnaient ce jour-là ; ou bien elle ignore que nous la recherchons, en toute bonne foi. Et dans ce cas, il y a une explication à son silence. Les Strong chez qui je vous ai conduit à Harrison étaient partis en voyage, de même que cet autre couple qui, lui, effectuait une croisière, de même que nos quatre campeurs suédois qui ont repris l'avion à Los Angeles le 30 janvier pour rentrer chez eux. Autrement dit, nous devons orienter nos recherches en direction d'une jeune fille très vraisemblablement américaine ou à la rigueur canadienne qui, soit est absente des Etats-Unis depuis trois mois, soit fait partie d'un groupe refusant tout contact avec l'autorité, en dépit des fortes récompenses que vous avez offertes. Vous le voyez : cela restreint pas mal le champ de nos recherches.

— Elle est peut-être morte.

— Nous y avons pensé, bien entendu. Vous avez réagi très vite, au soir du 30 janvier : vous avez lancé vos appels à témoins à la radio, à la télévision et dans la presse dès le début de la nuit du 30 au 31 ; on a pu les entendre ou les lire dès le 31 au matin. Or, nous avons enquêté sur toutes les morts de jeune fille ou de jeune femme qui se sont produites sur le territoire américain, au Canada et au Mexique, entre le 30 janvier et le 10 février. Chaque fois, nous avons comparé le visage des mortes avec ce dessin. En cas de ressemblance, nous avons reconstitué l'emploi du temps de la défunte. Pour aboutir à une conclusion : si cette jeune fille que nous recherchons est morte, elle n'est pas morte aux Etats-Unis, pas davantage au Mexique ou au Canada. Non, elle est vivante. »

Je regarde le visage dessiné. Les yeux sont sombres, assez nettement enfoncés dans les orbites ; le bandeau barrant le front accentue un certain effet de dureté de tous les traits, de la bouche aux lèvres minces. Elle regarde droit devant elle. Elle me regarde. Et elle saurait où est mon fils ? Elle saurait s'il est vivant ou mort ?

« Monsieur Cimballi, dit très doucement l'Anglais, dans une traque, quand on recherche quelqu'un, ce qu'il m'est souvent arrivé de faire, vient parfois un moment où l'on pressent qu'on touche au but...

— Et c'est elle ?

— Oui, je le crois. »

Le Turc appelant depuis sa villa de Hampstead à Londres :

« Ça ne va pas, Franzy. On a des emmerdements sérieux.

— Tu es le seul !

— Oui, je sais que tu n'es pas à la noce. Mais je parle de Tennis. L'une des plus grosses affaires du monde en matière d'équipements sportifs s'est rangée de leur côté, après avoir promis de s'allier avec nous, et elle a mis des capitaux chez eux. Donc, contre nous. Et ce n'est pas tout : ils ont récupéré pas mal de nos propres vendeurs, ainsi qu'une bonne partie des emplacements que nous avions trouvés ; et deux des chaînes de supermarchés qui avaient signé avec nous viennent de nous lâcher...

— Rien que des bonnes nouvelles, en somme...

— On peut leur faire un procès mais ça va durer cent cinquante ans. Ils nous attaquent partout, en France, en Allemagne, aux Pays-Bas et même au Danemark chez Ute qui est folle de rage. A Londres même, nous avons perdu le tiers des emplacements que nous avions acquis, pour des raisons variées. Franzy, ils avaient paru se calmer, mais depuis deux semaines leur offensive a repris brutalement. On dirait qu'ils sont pressés, tout d'un coup...

— Arrête de pleurer.

— Franzy, c'était ton idée et si nous nous laissons faire, ils vont nous la piquer. Qu'est-ce que je dis ? Ils nous la piquent ! Ils appliquent exactement nos méthodes, ils nous copient en tout, mais avec des moyens supérieurs aux nôtres.

— Remets de l'argent, contre-attaque. Ou bien laisse tomber et reste chez toi à jouer avec tes petits chevaux.

— Mais nom de Dieu, je n'arrête pas de remettre du fric ! Je ne suis pas Onassis, moi !

— Et aux Etats-Unis ? »

Aux Etats-Unis où nous avons, le Turc et moi, racheté une entreprise pour la construction des courts de tennis.

« Ça va un peu moins mal là-bas grâce à ton idée de rencontres inter-quartiers, qui plaît beaucoup, et qui nous a valu le patronage de la radio. Nous avons même passé des accords avec la télé-

vision. Non, aux Etats-Unis, en s'arc-boutant, on fait match nul. Le tout est de tenir. Soit dit en passant, tu m'as sacrément laissé tomber.
— Je sais. Désolé.
— Ça va, Franzy. Je sais bien que tu as d'autres problèmes. »

Il se calme. Non, Ute n'est pas là, dit-il en réponse à la question que je lui pose. La Danoise géante est en Allemagne, à se balader sur les toits de Munich ou de Hambourg.

« Franzy, cette fille est sensationnelle.
— Qu'elle arrive à te supporter en est la preuve. »

Je finirai bien par m'habituer à ce qu'il m'appelle Franzy. Mais son appel me fait éprouver une curieuse sensation : celle que quelque chose est en train, très délicatement, de se mettre en place. C'est comme contempler l'intérieur d'un mécanisme d'horlogerie, avec ses quantités de roues dentées et de ressorts, se communiquant les uns aux autres, assez mystérieusement, un mouvement invisible. Qui va aboutir à une sonnerie.

Ou à une explosion.

Passe le 7 mai. Un an, jour pour jour, après ma rencontre avec Erwin Horst. Je suis alors à Los Angeles, avec l'Anglais. J'ai commencé d'échafauder des plans pour, non plus me défendre de Yahl et de Horst et de leurs alliés quels qu'ils soient, mais les attaquer. Mais je veux auparavant élucider le mystère de la disparition de mon fils, qui reste ma préoccupation première et même ma hantise. Quant à cela l'Anglais n'a que peu de chose à m'apprendre. En ce début de mai, il ne détient qu'une information nouvelle, qui lui paraît d'importance quoiqu'elle me semble à moi bien mineure : une de ses équipes a relevé la trace d'un petit groupe de quatre ou six hippies, qui pourraient être ces campeurs qu'ils recherchent depuis février. Un groupe dont la fille au bandeau ferait partie. « Mais nous n'en savons pas plus pour l'instant. — Et vous appelez ça une information ? — C'en est une. »

Li et Liu me joignent dans la journée du 9 : ils ont besoin de me voir, et de me parler. Quelque chose de grave ? Non, rien de grave mais c'est important. Eux-mêmes rentrent de Tokyo où ils ont partagé le suki-yaki avec leurs associés nippons. « Le péril jaune montre les dents. » Nous convenons — puisqu'il s'agit de Safari — de nous retrouver deux jours plus tard en Floride.

Le lendemain, piloté par Flint venu me chercher à Los Angeles, je m'envole vers la Floride. Au passage, j'effectue une escale à Taos, Nouveau-Mexique. C'est une petite ville pittoresque, bâtie à plus de deux mille mètres d'altitude sur un plateau creusé par le canyon du rio Grande, que l'on survole en se posant. Y habite Jessica Walters, la femme peintre propriétaire de la cabane dans les San Bernardino. C'est un petit bout de femme au nez agréablement retroussé, vive et gaie ; qui n'a pas grand-chose à m'apprendre, dit-elle, et d'ailleurs les hommes de l'Anglais sont venus par deux fois l'interroger, à toutes fins utiles. Elle me considère avec embarras : je ne savais donc pas, avant le 30 janvier, qu'il arrivait à Catherine de fumer de la marijuana ? Et même qu'à deux ou trois reprises, elle avait essayé autre chose ? Je hausse les épaules.

« J'ignore tout de la drogue. Je ne m'en suis jamais préoccupé. »

Apparemment, ma femme en savait sur le sujet bien plus que moi. « Parce que je suis peintre et artiste donc fatalement dépravée, elle m'avait même demandé des conseils, voire de l'approvisionner. Je ne lui ai rien répondu d'autre que d'arrêter de faire l'imbécile : mélanger drogue et alcool est le plus sûr moyen de se suicider. »

Jessica Walters n'en sait guère plus. Du temps où elle vivait à Los Angeles, elle avait acheté la cabane afin de pouvoir aller y peindre tranquille ; ensuite, elle a obtenu cette bourse d'une fondation, qui lui a permis de s'installer à Taos. Son histoire est sans histoires.

Le soir du même jour, je suis en Floride. Un message de Rosen me demandant de le rappeler : il souhaite ma présence à New York. Des rumeurs courent, dit-il.

« C'est pressé à ce point, Jimmy ? Ça peut attendre un jour ou deux, non ? »

Il est difficile avec lui de faire la part des choses : il est d'un sérieux mortel, en vérité constamment inquiet. Mais il finit par me donner son accord, non sans avoir hésité.

Li et Liu arpentent le chantier de Safari, coiffés de casques coloniaux. Avec eux, toute une bande de jeunes gens aux carrures d'athlètes.

« Quelques-uns de nos futurs Tarzans. Et attends de voir nos Janes ! »

Eux au moins n'ont pas de penchant pour la

mélancolie. Pourquoi d'ailleurs s'y abandonneraient-ils ? Ils me parlent pêle-mêle de leurs prochains mariages et de leurs affaires japonaises, qui vont on ne peut mieux. Ils viennent encore d'investir à Tokyo, mais pas seulement là-bas, à Hong Kong aussi. Simultanément. Ils sont en train de devenir les rois des jouets à micro-processeurs, en même temps que ceux des films d'animation télévisés à l'usage des enfants. Ce qui ne les empêche pas de placer quelque argent dans la nouvelle production, purement cinématographique celle-là, de leur copain de San Francisco, celui qui a obtenu un succès mondial avec son film de bataille spatiale.

Sans parler des capitaux qu'ils engagent dans Safari.

« Et justement, c'est à ce sujet que nous voulions te voir, Franz. »

Il paraît que nous avons quelques petits problèmes avec les Texans, nos associés communs en cette affaire floridienne. Oh ! rien de grave ! simplement les Texans renâclent un peu, s'agissant de rajouter de l'argent dans un projet qui grandit au fil des semaines. Voici quelques mois, on estimait le coût total, étalé bien entendu sur plusieurs années, à un milliard quatre cents millions de dollars. Ce n'est pas l'enveloppe globale qui est remise en cause, elle n'a pas véritablement augmenté ; à peu de chose près, on continue à parler toujours d'un milliard et demi. Mais...

« Franz, il s'agit des investissements à réaliser dans les mois qui viennent, les plus urgents ; ceux qui permettront, et permettent déjà, d'obtenir le soutien des grandes firmes intéressées par le projet. »

En bref, on est court d'une cinquantaine de millions de dollars.

« Pourquoi ne les mettrais-tu pas, Franz ?

— Parce que je ne les ai pas. Et il s'en faut de beaucoup.

— Mais tu en as une partie. Et nous mettrions le reste. »

Quitte à obtenir des Texans une répartition nouvelle des parts, ce qu'ils sont disposés à accorder.

Autour de nous, des centaines d'ouvriers casqués de jaune et de rouge s'agitent sur ce qui était il y a peu un simple marécage. Les travaux ont formidablement avancé. On a déjà remué Dieu sait combien de millions de mètres cubes de terre. Çà et là les premières fondations de béton commencent à affleurer. Des canaux ont été ouverts, pour l'heure encore à peu près tous presque à sec.

« Qu'est-ce qui arrive aux Texans ?

— Ils ne faisaient pas partie du groupe qui a tenté cette opération de dingue sur le silver, mais, comme beaucoup, ils ont plus ou moins suivi la tendance. Et ce qui est arrivé le mois dernier leur a coûté pas mal. »

« Ce qui est arrivé le mois dernier » a justifié, au-delà de l'imaginable, ma propre réaction. On s'en souvient, pour ce qui me concerne, j'ai brutalement liquidé ma position sur le silver le 29 janvier. Ce faisant, j'ai réalisé un bénéfice considérable. Je ne me suis préoccupé que de loin de ce qui s'est passé ensuite, j'avais autre chose en tête. Pourtant les événements m'ont donné raison. Le 27 mars, les premiers signes de la catastrophe sont apparus, sous la forme d'un début de liquidation par la très grosse maison de courtage Bache Halsey Stuart et Shields. Sans entrer dans le détail, deux chiffres : l'once de silver, d'argent métal, valait à son cours le plus haut le 21 janvier (huit jours avant que je ne me retire de la partie) aux alentours de cinquante dollars. Le 27 mars, deux mois et quelques jours plus tard, elle tombait à dix dollars.

« Mais Cimballi rusé s'est tiré à temps, lui. Alors, tu le mets, cet argent, oui ou non ? »

J'hésite.

Une chose doit être parfaitement claire : à aucun moment, pas une seconde, je n'ai douté du bien-fondé d'investissements dans Safari. C'est une affaire à laquelle j'ai toujours cru.

La raison de la décision que je prends à ce moment-là est donc ailleurs. Je ne sais pas au juste où. Peut-être suis-je marqué par tout ce qui vient de m'arriver. Ou sous l'impression trouble, malsaine, que m'ont donnée, d'abord mon entretien avec le Turc, ensuite la nervosité inquiète de Jimmy Rosen. Dans tous les cas, j'ai plus sûrement obéi à un réflexe instinctif que je n'ai suivi un raisonnement méthodique.

« Non. »

Li et Liu insistent.

« Les conditions que nous font les Texans sont avantageuses, il faut en profiter. Et si tu ne marches pas avec nous, tu vas nous obliger à racler nos fonds de tiroirs...

— Des fonds de tiroirs de cinquante millions de dollars, j'en connais quelques-uns qui en feraient leurs dimanches. »

Pas très contents, mes amis chinois. Depuis

que nous nous connaissons, c'est la première fois qu'un désaccord naît entre nous.

« Désolé, c'est non. »

A Jimmy Rosen : « Et vous m'avez harcelé pour de simples rumeurs ?

— Il ne s'agit pas que de rumeurs. »

Autant le cabinet d'un Philip Vandenbergh proclame avec éclat la réussite, le goût des belles choses, le niveau social élevé de l'ancien étudiant de Harvard, autant celui de Jimmy Rosen exprime la personnalité, modeste et laborieuse, de son propriétaire. Apparemment modeste. C'est John Carradine dit Scarlett qui m'avait conseillé de m'adjoindre Vandenbergh, Lupino et Rosen, trois de ses anciens assistants. Pour Scarlett qui est mort aujourd'hui, Rosen était le plus intelligent de tous, le plus féroce ; et j'ai encore dans l'oreille la voix de Scarlett mourant enregistrée sur cassette : « Jeune Cimballi, si vous deviez vous fâcher avec l'un de ces trois hommes au point de vous en faire un ennemi mortel, ne choisissez surtout pas Rosen. Par contre, si vous avez à livrer une vraie bataille de financiers, les plus sauvages qui soient, placez-le à vos côtés. A n'importe quel prix. »

« J'ai eu Marc Lavater au téléphone, me dit Rosen avec son habituel air triste et accablé. Nous avons longuement parlé. Il est du même avis que moi.

— Je peux savoir de quoi il s'agit, ou je suis indiscret ?

— Cette affaire de café est dangereuse. »

A la différence de cet homme qui me fait face, il m'arrive souvent d'être exaspéré et surtout de le manifester. Je suis exaspéré :

« Parce que j'ai dû répondre à un appel de marge ?

— Il va y en avoir d'autres.

— Et je les paierai. J'ai subi des margin calls sur l'argent, j'y ai répondu et je n'en suis pas mort, au contraire. C'est Lavater qui vous a appelé ou l'inverse ?

— C'est lui. »

Nom de Dieu, de quoi se mêle Marc ? Que peut-il savoir de ce qui se passe ou risque de se passer, lui qui ne peut même pas bouger de son lit, à Chagny, et qui me fait défaut en un moment où j'aurais tant besoin de lui ?

« D'accord, Jimmy. Pour Marc, ça a toujours été une obsession. Mais vous ?

— Il y a une semaine que je cherche à joindre cet homme de Rio, Joachim Gigio. Impossible. »

Ça veut dire quoi, impossible ? Il ne répond pas ?

« On me répond chaque fois qu'il est absent. J'ai demandé qu'il me rappelle. Sans résultat. Et vous m'aviez dit qu'il était entendu entre lui et vous qu'on pourrait le toucher à toute heure. »

Je ne peux tout de même pas prendre le premier avion pour Rio à seule fin de voir à quoi joue cet abruti de Gigi...

« Autre chose qui vous inquiète ?

— J'ai envoyé l'un de mes assistants en Europe. Il a fait le tour des marchés à terme de Londres, de Rotterdam, de Hambourg. Il a découvert de gros mouvements. Très discrets, aussi camouflés que possible mais au-dessus de la moyenne. En Europe, on, quelqu'un a commencé à jouer à la baisse...

— Qui ça, " on " ? »

Avec son air triste : « Nous n'avons pas réussi à le savoir. Mon adjoint a démonté un certain nombre de filières. Il s'est à chaque fois heurté à une banque privée française, spécialisée dans les opérations de placements pour son propre compte ou pour celui de clients importants. C'est elle qui coordonne tout, aucun doute. Mais la loi française autorise le secret le plus strict en matière boursière : impossible de savoir pour qui elle travaille. »

Les marchés à terme européens traitent la variété robusta du café. L'arabica se traite aux Etats-Unis.

Et à New York ?

— Rien à signaler pour l'instant. Pourtant, il y a une certaine nervosité dans l'air. L'un de mes amis travaille chez Merril Lynch [1]. Il trouve la situation " bizarre ". Mais il n'a pas pu m'en dire plus. »

Je dis : « Et les cartomanciennes, vous y avez pensé ? »

Il ne bronche pas ; l'humour et le sarcasme glissent sur lui. Mais au vrai, je ne peux en vouloir à Rosen. Il fait son travail, et il le fait bien.

« Ça va, Jimmy, excusez-moi. »

Silence. Des employés de l'étude entrent et sortent telles des souris, aussi incolores que leur patron.

---

1. Très grosse agence new-yorkaise de courtage ; agent de change.

« Et je dois m'attendre à d'autres appels de marge ? »

Il prend le temps de feuilleter des papiers qu'il a devant lui, en bon juriste qui ne veut rien avancer qu'il ne puisse étayer par des preuves écrites :

« Peut-être dans les jours qui viennent. Une semaine, deux au plus... »

Mon entrevue avec Li et Liu est du 10 mai. J'ai débarqué à New York avec Flint au soir du même jour. La nouvelle tombe le 17 : baisse de dix pour cent sur le café.

En termes clairs et nets, c'est-à-dire en chiffres, cela signifie que je dois régler le jour même six millions de dollars à la maison de courtage.

28

PRENONS un exemple de marché à terme :

Vous achetez le 1er janvier un kilo de haricots verts à un certain M. Schpoumff. M. Schpoumff accepte de vous vendre ce kilo. Il s'engage à vous le livrer dans trois mois, le 31 mars, date à laquelle vous comptez faire une salade.

Vous vous mettez d'accord avec lui sur un prix, qui est celui pratiqué normalement sur le marché du haricot vert le 1er janvier ; étant clair qu'en aucun cas, on ne pourra — pas plus M. Schpoumff que vous-même — revenir sur ce prix. Vous paierez donc votre kilo de haricots verts à la livraison, le 31 mars, au prix du 1er janvier.

Ce prix est de 10 francs le kilo.

Maintenant trois possibilités :

— La première : le kilo de haricots verts demeure imperturbablement à 10 francs. Il valait 10 francs le 1er janvier, il vaut toujours 10 francs le 31 mars. M. Schpoumff qui a désespérément attendu pendant trois mois que cette saleté de haricot vert baisse, se résigne. Il achète le kilo qu'il doit vous livrer. Il le paie 10 francs et vous le revend 10 francs. Bénéfice (pour lui) : nul.

Vous mangez tranquillement votre salade. Elle est bonne mais sans plus.

— La deuxième : le prix du kilo de haricots verts dégringole. Au point, le 31 mars, de n'être plus que de 6 francs, M. Schpoumff, ravi, achète ses haricots 6 francs et vous les revend le jour même 10 francs. Il a gagné 4 francs, que vous avez perdu. Vous mangez votre salade en lui trouvant un goût amer.

— La troisième : le prix de ce même kilo a, au contraire, grimpé allégrement. Le 31 mars, il vaut 18 francs. Au tour de M. Schpoumff de faire la gueule. Car pour tenir la promesse qu'il vous a faite, il sera bel et bien obligé d'acheter 18 francs ces haricots verts à seule fin de vous les revendre 10 francs.

Et vous pourrez vous empiffrer de votre salade avec délectation.

Sauf si vous êtes un financier. Auquel cas, plutôt que d'en faire bêtement une salade vous revendez aussitôt 18 francs ces haricots verts que vous avez payés 10. Bénéfice : 8 francs.

Dans cette affaire, M. Schpoumff a espéré la baisse tandis que vous escomptiez la hausse.

Remplacez les haricots verts par du café (ou de l'or, de l'argent, des devises, du pétrole, du blé, du maïs ou du cuivre), faites l'opération non plus avec un kilo mais avec des tonnes, des milliers et des dizaines de milliers de tonnes, et le tour est joué.

Vous spéculez.

A deux points près : tout d'abord, il y a rarement des livraisons effectives. La meilleure des preuves en est, par exemple en ce qui concerne les transactions sur le silver, que le volume des onces d'argent échangées a pu atteindre vingt-cinq fois la production mondiale. En fait, on opère dans l'abstrait, on ne voit jamais le produit qu'on achète ou qu'on vend ; tout se joue entre ces deux chiffres : le cours officiel au moment où la transaction est conclue, et le cours officiel au moment de la livraison théorique.

Ensuite, second point, la présence d'intermédiaires. Entre M. Schpoumff et vous, dès lors que vous effectuez une opération de vente ou d'achat à terme sur un marché financier, va nécessairement apparaître un courtier. Dont le rôle sera en quelque sorte d'équilibrer vos demandes respectives, garantissant que l'un et l'autre vous tiendrez vos engagements. Ce courtier acceptera votre ordre d'achat ou de vente en échange de votre versement du dépôt. Lequel, outre qu'il prouve le sérieux de vos intentions, servira à couvrir les fluctuations éventuelles des cours entre le premier et le dernier jour du contrat à terme. Que ces fluctuations vous soient défavorables, et le courtier exigera *instantanément* que vous le créditiez d'un montant permettant de laisser intact ce dépôt, qui doit demeurer constant pendant toute la durée de l'opération.

C'est l'appel de marge, le margin call. Dont rien n'empêche qu'il se reproduise *tous les jours*.

J'ai versé 6 millions de dollars de dépôt pour ma spéculation sur le café. Je me suis donc porté acquéreur de 60 millions de dollars de café.

Date d'échéance de mes contrats, de leur liquidation ou de la livraison, comme on voudra : le 18 septembre.

Je ne me suis pas engagé à la légère dans un tel marché. Je l'ai fait comme toujours au terme d'une longue étude, auprès de plusieurs spécialistes, tant aux Etats-Unis qu'en Europe. Outre leur avis unanimement favorables, j'ai tablé sur deux événements conjoncturels : la création de ce que j'appelle l'OPEP du café, réunissant Brésil et Bolivie, d'une part, et d'autre part le fait qu'il n'y ait pas eu de gel depuis trois ans, si bien que les statistiques étaient pour moi.

Je me suis porté acquéreur de café — j'ai donc joué à la hausse — en deux temps. J'ai passé mes contrats à la fois sur du robusta et sur de l'arabica, sur les marchés de Londres et de New York. En dollars et en livres sterling. Pour simplifier, ramenons tout au dollar.

Dans un premier temps, j'ai acheté pour 30 millions de dollars d'un café valant 180 *cents* la livre. Soit 16 666 666 livres de ce café. Soit, à raison de 2 200 livres par tonne, 7 575 tonnes et des poussières (qui feraient pas mal de tasses, ces poussières).

Deuxième contrat : j'ai payé mon café 190 *cents* la livre. Soit pour 30 millions de dollars encore : 15 789 473 livres. Soit 7 177 tonnes.

Le calcul est simple : je me suis engagé à acheter, au 18 septembre prochain, 14 752 tonnes de café.

Qu'on doit théoriquement me livrer, que je dois théoriquement payer ce 18 septembre.

Bien entendu, personne n'aura l'idée farfelue de me livrer ce café, de me le livrer physiquement.

Et surtout, quelles que soient les péripéties en

cours de route, je ne le paierai pas 60 millions de dollars. Ou plus exactement, je le paierai *après* l'avoir revendu, ce que je m'empresserai de faire ; n'ayant versé réellement que mes déposits et éventuellement le montant des appels de marge, toutes dépenses qui m'assurent officiellement la propriété de ces 14 752 tonnes ; mais ayant touché de mes futurs acheteurs la valeur réelle du café.

Et que puis-je espérer sur ce plan-là ?

Si la livre de café n'atteint, ayant augmenté comme je l'espère, que 200 *cents* la livre, ce qui est très peu, mon bénéfice sera déjà de 4 912 000 dollars. Moins quelques frais.

Mais je peux espérer mieux, tous les avis concordent depuis le premier jour où je me suis lancé dans l'opération. Je peux espérer revendre 250 *cents* la livre un café que j'aurai payé en moyenne 185.

21 millions de dollars de bénéfices dans ce cas-là !

Et je m'affolerais parce que j'ai reçu un appel de marge ?

Je prends certes au sérieux les inquiétudes d'un Rosen, voire celles d'un Marc Lavater qui pourtant me paraissent un peu plus obsessionnelles. Mais je dispose d'une masse de manœuvre qui, en cette mi-mai, est de 20 à 25 millions de dollars, compte tenu de mes autres engagements. Et si même je dois répondre à de nouveaux appels de marge dans les semaines ou les mois à venir, je m'estime en mesure de le faire.

Ce n'est pas tout. On peut toujours imaginer le pire, c'est-à-dire une baisse continue, tout au long des quatre mois qui me séparent encore de l'échéance. Je suis même allé jusqu'à envisager la catastrophe : un café qui, au 18 septembre, ne vaudrait plus qu'un prix dérisoire. Par exemple 120 ou 130 *cents* la livre. De quoi perdre une fortune et la mienne n'y résisterait pas.

Or, contre un tel danger mortel, je suis prémuni. J'ai une parade, dont même Jimmy Rosen l'Inquiet a convenu qu'elle présentait toutes les garanties. Et non seulement Rosen, d'ailleurs, mais aussi Lavater et tous les experts discrets que je suis allé consulter à ce sujet.

Le 17 mai, il y a un an et dix jours qu'Erwin Horst est venu m'apporter son défi, qui participait plus du western que des usages financiers. Pendant les trois cent soixante-quinze jours qui se sont écoulés depuis, j'ai cherché à découvrir si ce piège qu'on m'avait annoncé existait vraiment, et ensuite où il pouvait avoir été placé.

Safari et Tennis, malgré les difficultés actuelles de cette dernière affaire, sont deux entreprises où je ne suis pas véritablement vulnérable. On peut à la limite les faire échouer, mais on peut difficilement les utiliser contre moi au point de m'abattre comme j'ai abattu Martin Yahl. (Et encore sans parvenir à le ruiner.) Pour l'affaire du pétrole avec Fezzali tout a été bloqué en même temps que nos fonds, et il ne peut rien arriver d'autre. Les wildcaters avec Paul Hazzard se déroulent comme prévu et ne semblent guère pouvoir entraîner en aucun cas de gros problèmes.

Le silver ? Je ne suis plus sur le marché.

Ne reste que le café. Mais voilà précisément un an que je bute sur une impossibilité : l'efficacité absolue de ma parade. Sur ce sujet, mes discussions avec Marc Lavater ont régulièrement tourné à la dispute, parfois violente, tant j'étais irrité par son obstination à me répéter : « Le piège est dans le café. »

« Marc, tu es la seule personne au monde à connaître à peu près tout de la façon dont mes affaires sont organisées. Oui ou non ?

— J'en connais tout ce que tu as bien voulu m'en dire.

— Tu admets que tu en sais plus que quiconque ?

— Oui.

— Et tu sais que dans aucune opération, quelle qu'elle soit, je n'apparais officiellement ? Oui ou non ?

— Oui.

— Qu'il s'agisse de l'achat de la plus petite maison, du moindre morceau de terrain ou, à plus forte raison, d'affaires comme Tennis ou Safari, d'opérations spéculatives sur le silver ou le café. D'accord ?

— D'accord. »

C'est rigoureusement exact : le plus petit de ces investissements a été réalisé non pas par moi, Franz Cimballi, mais par une société anonyme de Panama. Cette société m'appartient-elle ? Pas du tout. Elle est la propriété d'une deuxième société, tout aussi anonyme que la première, et établie quant à elle à Curaçao — j'ai retenu les leçons de feu Scarlett. Mais on peut sans doute reconnaître Cimballi Franz derrière cette seconde société ? Toujours pas. Car elle reçoit discrètement ses directives d'une banque installée à Nassau, Bahamas. Et il serait tout aussi malvenu qu'inutile d'aller dire au banquier de Nassau : « Vous ne

connaîtriez pas un certain Cimballi, par hasard ? »
Même pour effectuer un dépôt. Car le banquier
répondrait obstinément : « Je ne connais aucun
Cimballi. » Et il ne me connaît pas, sauf si, en
lui téléphonant ou en lui écrivant, je lui indique
tout à la fois un nom de code convenu et le
numéro secret de mon compte.

« D'accord, Marc ?
— D'accord.
— Tu connais les codes d'accès à mon compte ?
— Non.
— Crois-tu que quelqu'un les connaisse, à part moi ?
— Non. Pas que je sache. »

A chaque fois, j'explose à ce point de notre discussion :

« Alors, nom d'un chien, explique-moi comment on peut remonter jusqu'à moi ! Explique-moi comment, dès lors qu'une société de Panama place de l'argent sur le marché du café et puis, parce que d'invraisemblables circonstances se produisent, se trouve en difficulté au point de se saborder, explique-moi comment je peux être en danger, moi ! Ce n'est pas moi qui ai risqué ces déposits. Et je n'ai pas davantage répondu officiellement aux appels de marge. C'est la Panama et elle seule. Eh bien, imaginons le cataclysme : le café baisse dans des proportions fantastiques. Que fait la Panama ? Elle se retire, elle abandonne ses déposits, et les sommes déjà versées au titre des appels de marge, elle perd tout, elle est en faillite. Quelles traces laisse-t-elle ? Aucune. Il n'y a pas de recours possible. Même pas, surtout pas la Curaçao qui, le jour même, dans l'heure même, va liquider discrètement tous ses avoirs, les passer ailleurs, ni vu ni connu et, si besoin est, sera elle aussi déclarée en faillite, toutes traces là encore effacées. Qui ira demander des comptes à Cimballi que nul n'a vu ? Même toi, Marc, tu ne pourrais rien prouver. Tu pourrais démontrer que la Panama et la Curaçao m'appartiennent ou m'appartenaient ? Tu pourrais le démontrer devant un tribunal ?

— Non. »

Il dit non. Mais il ajoute : « Je ne sais pas, Franz. Je reconnais que c'est une parade sans faille... »

Cependant, avec obstination, il continue à penser que le café...

A devenir fou !

29

Le 17 mai au début de l'après-midi, après avoir dans la matinée effectué les opérations nécessaires au règlement des six millions de dollars de l'appel de marge, je suis à Nassau.

A Nassau, j'ai mes habitudes, en l'espèce au Britannia Beach Hotel. Flint m'a conduit aux Bahamas, lui-même un peu pressé : sa femme attend un nouvel enfant, le cinquième ou le septième, je ne sais plus et lui à peine davantage.

« J'aurais pu prendre un avion de ligne.

— Et puis quoi encore ? » riposte l'héritier de trois ou quatre milliards de dollars. « Je suis ton pilote, oui ou non ? »

Il repart tête sur queue. Mon rendez-vous avec le banquier me prend une heure à peine, je lui ai demandé divers bilans, avec mon goût de vouloir savoir où j'en suis, au dollar près. De sorte que je suis au Britannia vers quinze heures trente. J'ai le choix entre la piscine et la plage, j'opte pour la première. Et à quoi tiennent les choses...

Je n'avais pas vraiment besoin de venir aux Bahamas, du moins pas à cette date-là. Je ne m'y suis décidé qu'à la dernière seconde, parce qu'il pleuvait à New York. Et ce voyage inopiné va entraîner une rencontre qui, à ce tournant de l'histoire, au moment où celle-ci se précipite vers sa fin, sera comme une miraculeuse éclaircie...

Car elle est là, en compagnie d'une autre jeune femme, à bavarder tranquillement, à l'ombre de l'un de ces parasols faits à l'imitation des paillotes ou des jupes de danseuses hawaiiennes. Et d'un coup, avec une extraordinaire vivacité, des images resurgissent, comme si elles avaient toujours guetté l'instant de réapparaître : cette autre plage d'Afrique, au long de l'océan Indien, ce sourire moqueur et amical qu'elle m'avait adressé à l'heure où, à Mombasa, on m'emmenait dans une cage ; et notre vie commune au White Sands Hotel puis à Hong Kong, dans cette villa de Stanley où elle avait choisi de nous faire habiter ; et notre course drolatique à travers l'Europe, au temps où j'en étais encore à faire mes preuves, bazardant mes gadgets et recherchant le premier moyen de prendre ma vengeance de quelques hommes...

Sarah Kyle elle-même.

L'autre jeune femme s'est éclipsée. Sarah n'a pas dit un mot, elle s'est contentée de hausser les sourcils en témoignage de sa surprise. Et maintenant elle me coule entre ses paupières mi-closes le regard sarcastique et vert que je connais si bien et que je n'ai jamais oublié.

Je lui dis enfin : « La dernière fois que tu m'as parlé, je me trouvais à Hong Kong, dans notre chambre, et toi je ne sais où...

— Londres.
— Je ne l'ai jamais su. Mais je me souviens de ce que tu m'as dit ce jour, ou plutôt cette nuit-là, après m'avoir appris que tu me quittais, sous un prétexte ridicule...
— Tu allais te marier, même si tu ne le savais pas encore. Ça m'a paru une bonne raison, à moi.
— ... Tu m'as dit très exactement : « Ce serait « plutôt amusant de tomber un jour l'un sur l'au-« tre, un de ces jours ou dans vingt ans, quand « tu seras tout à fait milliardaire... »
— Et c'est amusant, non ? »
Elle a les larmes aux yeux et je ne vaux pas mieux. J'acquiesce : « A hurler de rire. »
Silence. A seule fin de meubler ce silence :
« Cette même nuit, tu as ajouté : « N'achète « jamais l'hôtel où je serai. » Je suis tout à fait milliardaire, Sarah.
— Je sais. J'ai lu les journaux.
— Tu travailles au Britannia ?
— Non.
— A Nassau ?
— Non.
— Aux Bahamas ?
— Non. »
Je la fixe intensément. Elle est la même Sarah de Mombasa et de Hong Kong. Et la Sarah de Genève, quand nous passions ensemble, main dans la main, devant la façade de la banque de Martin Yahl, en jouant à avoir peur. Comment ai-je pu trouver une ressemblance entre une Maria de Santis et elle ?
« Mariée ?
— Six mois. Même pas. Il m'énervait. »

391

Son corps mince, uniformément bronzé, dont le minuscule maillot blanc deux pièces ne dissimule pas grand-chose.

« Tu es toujours dans l'hôtellerie ?
— Oui.
— Je ne te demande pas où ? »

Elle sourit, l'air moqueur : « Tu ne me le demandes pas. »

La Sarah Kyle éternelle. Et pour moi un sphinx derrière le regard filtrant de ses yeux verts d'Irlandaise. Avec son air de penser que je suis du plus haut comique.

« Tu dînerais avec moi ? »

Elle était jusque-là assise, à l'ombre, adossée à l'espèce de faux tronc du parasol. Elle s'allonge tranquillement sur le ventre, au soleil, dégrafe son soutien-gorge.

« Je vais y penser, dit-elle. Et passe-moi un peu d'huile solaire. Puisque tu es là. »

Elle est au courant pour mon fils : « Franz, j'ai été horrifiée. J'ai bien failli essayer de te joindre. — Tu aurais dû le faire. Tu es sans doute la seule personne au monde qui m'aurait apporté quelque chose, à ce moment-là. » Elle baisse un instant la tête, fixant son assiette puis dit doucement, avec ce calme qui, chez elle, m'a toujours déconcerté : « Mon Dieu, je ne pensais pas être importante à ce point-là, pour toi. » Et elle ne serait pas Sarah Kyle, que je n'ai jamais connue autrement que maîtresse d'elle-même, je jurerais qu'à cette seconde, elle est sur le point de se mettre à pleurer. Long silence. Qu'elle rompt pour me demander où en sont les recherches. Je lui parle de l'Anglais, de l'énorme et complexe dispositif qu'il a mis en place.

« On pourrait difficilement faire plus », remarque-t-elle.

Pour Marc Lavater aussi, elle savait. Elle a même écrit à Marc après l'accident de Sorrente, ce que j'ignorais.

« Ça n'a rien d'étonnant, dit-elle. Je lui ai fait promettre de ne pas parler de moi à un dénommé Cimballi. »

Après le dîner, ce soir-là, nous allons marcher sur la plage, nous nous baignons ensemble, nous regagnons l'hôtel ensemble. Je lui ai tout raconté, l'histoire des douze derniers mois dans ses moindres détails, jusqu'à cette île que j'ai achetée. Et elle de me considérer avec cette expression qui n'appartient qu'à elle, tout comme si j'étais le type le plus extravagant qu'il fût possible de rencontrer, en tout cas impossible à prendre au sérieux : « Il n'y a que toi pour avoir des idées pareilles ! — Je suis cinglé, c'est ça ? — Qu'est-ce que tu attends de moi, une confirmation écrite ? »

Elle devait quitter Nassau le lendemain, elle accepte de rester un jour de plus, pas davantage. J'ai beau insister, rien n'y fait.

« Et tu vas disparaître à nouveau ?

— Je travaille, si tu veux bien t'en souvenir, bonhomme. Mes vacances sont terminées. Je ne me suis arrêtée ici qu'au passage, en revenant d'Irlande.

— Il ne me serait pas difficile de te retrouver. Quitte à fouiller toutes les chambres de tous les hôtels du monde.

— Ne le fais pas. Ne me force jamais la main, Franz. »

La vérité est que je l'ai sentie hésitante, tout comme cette autre fois où elle travaillait à l'administration du White Sands Hotel de Mombasa et où je la pressais de venir me rejoindre à Hong Kong. A l'époque, elle avait pour finir accepté de me retrouver, à condition que fût préservée sa sacro-sainte indépendance, ce qu'elle avait fait en trouvant du travail dans la Colonie, au Repulse Bay Hotel, je crois.

Mais les circonstances ont changé, sans doute parce qu'elle n'est plus aujourd'hui une simple employée, qu'elle a probablement des responsabilités professionnelles plus grandes, et surtout parce que nous ne sommes plus les mêmes, ni elle ni moi. C'était une chose de poursuivre une liaison de jeunesse d'un continent à l'autre, c'en est une autre de la reprendre après plusieurs années. Et d'ailleurs, suis-je tellement assuré de vouloir d'elle chaque jour, chaque heure ? me dit-elle. « Je ne suis pas si facile à supporter... Tais-toi, Cimballi... Je ne suis pas si facile à supporter et tu ne l'es pas davantage, il s'en faut. Oui, je sais, nous tombons l'un sur l'autre, en un moment où tu es désemparé, un peu perdu et peut-être plus... »

Mais elle ne veut pas s'engager, pas ainsi, sur la base de retrouvailles de hasard.

« Tu y réfléchis, j'y réfléchis. Nous verrons. Nous ne sommes pas si vieux, bonhomme. »

Elle s'en va.

Je ne reste pas à Nassau moi-même. Une heure ou deux, j'ai joué avec l'idée de faire appel à Callaway pour lui confier le soin de m'apprendre dans quel hôtel elle travaille (cet hôtel se trouve en réalité à Montego Bay, Jamaïque, et elle le dirige, mais je ne le saurai que plus tard). J'ai finalement renoncé, selon le vœu de Sarah. Les événements qui vont suivre dans les jours et les semaines à venir vont prendre de la vitesse, bousculés par une mécanique implacable. Ils ne me feront pas oublier Sarah, mais laisser provisoirement nos retrouvailles entre parenthèses.

Des Bahamas, directement vers la Californie. L'Anglais n'y est pas, je ne trouve que l'un de ses adjoints. C'est assez pour m'apprendre qu'il n'y a rien de nouveau.

« Et la fille au bandeau ?

— Nous avons montré son portrait à des milliers de personnes. Rien de probant. »

Mais l'adjoint a confiance. C'est sans doute ce qui m'agace le plus, chez mon interlocuteur comme chez l'Anglais son patron : cette assurance, cette certitude tranquille (du moins elle m'apparaît ainsi) qu'ils ont de tenir la bonne piste, à l'exclusion de toute autre. Et près de quatre mois ont passé. L'idée que mon fils est mort prend en moi toujours un peu plus de réalité, même si je m'en défends avec rage. Certaines nuits, j'en arriverais à penser qu'il eût mieux valu qu'il fût mort ce 29 janvier ; c'eût été préférable à ce doute angoissant, qui semble avoir toutes les chances d'être éternel.

De Californie, le Texas et, ayant récupéré Paul Hazzard au passage, Tulsa, Oklahoma. Je contemple des derricks, qui ne me font ni chaud ni froid.

Quoiqu'on m'explique que les premiers forages permettent l'optimisme le plus net, ce qui m'intéresse autant qu'un comice agricole en Mongolie extérieure. Au grand dam de Paul qui, quant à lui, patauge dans la joie.

Il ne m'a pas demandé des nouvelles des recherches sur mon fils.

Qui peut y croire encore ?

New York, Ute Jenssen et le Turc. Ils sont plutôt gais, parce que c'est dans leur nature et aussi parce que leurs affaires ne vont pas si mal que ça, aux toutes dernières nouvelles.

« Je t'avais dit qu'ici aux Etats-Unis, nous arrivions à faire match nul. Bon, eh bien, en Europe, on en est à peu près au même point. Franzy, on a réinjecté du fric. »

Six cent mille dollars.

« Et vous comptez sur moi pour en faire autant ? »

Ute me sourit du haut de son mètre quatre-vingt-six ou sept, qui fait presque deux mètres avec ses talons.

« On est associés, non ? »

Un quart d'heure plus tôt, Rosen m'a appris qu'un troisième appel de marge allait sans doute m'être adressé. Le café a encore baissé. Je dis :

« Je préférerais attendre un peu. »

Les yeux noirs, fendus, féminins, du Turc, se durcissent en un centième de seconde. Si j'avais jamais oublié que cet homme, sous ses dehors de fantaisie, peut être dangereux, ce regard me l'aurait aussitôt rappelé. Le Turc est un financier, l'amitié qui nous lie est réelle mais s'agissant d'affaires, il est impitoyable :

« Cimballi, on a fait des papiers pour ça : moitié-moitié, et chacun met ce que met l'autre. »

Plus de Franz, plus de Franzy. Je jette un coup d'œil vers Ute. Elle secoue la tête : désolée, ce sont les règles du jeu.

Je paie.

Tout comme je paie, cinq jours plus tard, le 4 juin, le troisième margin call : six millions de dollars.

J'ai revu depuis, à la façon d'un film qu'on repasse inlassablement jusqu'à en connaître par cœur les répliques, tous les événements de cette période. Me posant la question de savoir ce que j'aurais dû faire.

Je n'ai pas trouvé de réponse.

L'appel de marge du 4 juin, s'ajoutant à celui du 30 avril (350 000 dollars) et à celui du 17 mai (6 millions) porte à 12 350 000 dollars le montant global des sommes que j'ai dû débourser pour conserver mon contrat sur le café.

Plus 6 millions de déposit.

C'est une situation qui n'est pas encore catastrophique. Après tout, ces 18 millions et quelques viendront, le 18 septembre, en déduction des 60 millions que j'aurai à payer à échéance (et que je ne paierai, encore une fois, qu'après avoir revendu — avec bénéfice je l'espère — ce café que j'ai acheté).

En de telles circonstances, conserver son sang-froid est essentiel. Le 4 juin, je suis encore à cent trente jours de l'échéance. Il peut s'en passer des choses, d'ici là. Il peut même se produire une remontée brutale du prix du café ; rien jusqu'ici, sinon ces baisses en série, qui peuvent fort bien n'être que passagères, n'infirme cette possibilité.

Mettre fin à mon opération, c'est perdre irrémédiablement ces 18 millions et quelques, en faisant disparaître la société de Panama. Et c'est renoncer à un bénéfice final auquel je peux encore croire, malgré tout. Car si, le 18 septembre, en dépit de toutes les fluctuations qui seront intervenues en cours de route, la livre de café vaut bel et bien 250 *cents*, mes 14 752 tonnes de café vaudront bel et bien aux alentours de 81 millions de dollars ; en ayant déjà payé une partie — ces 18 millions, je ne devrais plus verser pour les acheter que 42 puisque mon contrat à terme portait sur 60 millions de dollars et j'empocherai en bénéfice la différence moins les frais, c'est-à-dire une vingtaine de millions de dollars : soit 90 millions de francs français, 9 milliards de centimes. C'est clair, non ?

Rosen hoche la tête. C'est clair.

Et là-dessus, le 7 juin, Joachim Gigio dit Gigi se réveille brusquement. Les nouvelles qu'il m'annonce ne sont pas faites pour me plaire : non seulement les satellites américains ne prévoient pas la moindre gelée, mais il a entendu parler de quelque chose qui est infiniment plus grave :

« On m'a parlé d'un désaccord entre le Brésil et la Bolivie.

— Ça pourrait aller jusqu'à la rupture ?

— Pas impossible. »

J'étais ce jour-là encore dans le bureau de Jimmy Rosen quand Gigi a appelé. Et Jimmy Rosen secoue à nouveau la tête :

« Franz, si ce que vous appelez l'OPEP du café éclate, ça va se traduire par une sacrée baisse des cours. »

Je n'ai pas besoin de lui pour parvenir à une telle conclusion.

« Franz, vous faites ce que vous voulez, mais moi, je commencerais à envisager la retraite. »

Je ne sais pas. J'en suis à suspecter tout le monde, y compris Rosen et, plus que quiconque, Gigio le Carioca. Et si l'on cherchait à m'intoxiquer par de fausses informations ?

Si bien que, dans mon incertitude, je laisse encore s'écouler une douzaine de jours. Pendant lesquels je tente d'obtenir un maximum de renseignements. Le 8, j'expédie Callaway à Bogota, un peu au hasard, incapable même de lui assigner une mission précise, sinon celle d'aller voir ce qui se passe là-bas. Il m'appelle le 9 et, je crois, le 12, chaque fois pour m'apprendre que sa présence en Bolivie n'a pas d'autre résultat que de lui faire visiter le pays à mes frais. « Je rentre ?

— Restez là-bas. Vous connaissez Horst. S'il met un seul pied à Bogota, je veux le savoir. »

Les jours passent. Le 19, je me décide à appeler Marc Lavater à Chagny. Françoise décroche et m'informe que Marc ne peut toujours pas se dépla-

cer. Mais elle me le passe. Il m'écoute sans m'interrompre, me demande :
« Qu'en dit Jimmy ?
— Il me conseille de tout lâcher. »
Silence.
« Tu sais très bien ce que j'en pense », me dit enfin Marc.

Le seul fait de l'appeler à mon secours avait déjà porté un sérieux coup à mon amour-propre. J'envoie celui-ci au diable :
« Marc, tu me manques.
— On vient de m'opérer à nouveau de la hanche. Je ne pourrais pas traverser le salon même si ma vie en dépendait. »

Je suis furieux. Pour un peu, j'en viendrais à croire qu'il s'abrite derrière les séquelles de son accident pour me laisser tomber. Je me sens seul à un point incroyable.

Gigio, comme s'il m'annonçait une merveilleuse nouvelle :
« Cette fois, ça y est, Cimballi. La rupture. Elle devrait être annoncée dans les jours qui viennent. Sans doute lundi prochain.
— Qui en est responsable ?
— Deux ministres boliviens. Et derrière eux, tout un groupe de financiers allemands et suisses.
— Leur intérêt ?
— Vous avez joué à la hausse. Eux, c'est le contraire. »

Et toujours cette stupide obstination des événements à s'enchaîner les uns aux autres. Car à peine Gigio parlant de Rio a-t-il raccroché, que Callaway m'appelle de Bogota :

« Horst était ici hier. Je l'ai même photographié en compagnie de deux banquiers avec qui il avait rendez-vous. Et il est allé déjeuner dans une propriété à la campagne, une propriété qui appartient à un ministre bolivien. Vous voulez les noms au téléphone ?

— Vous pouvez rentrer. »

Etrange : ce que j'éprouve est à la fois de la fureur et du soulagement. Soulagement parce que je sais enfin. Pourtant, je ne me décide pas tout de suite. Je quitte le Pierre, traverse la 5° et je vais marcher dans Central Park, m'emboîtant dans un fleuve de joggers nonchalants.

Je ne rappelle Rosen que deux heures plus tard, le 20 juin donc.

Je liquide, je flanque tout en l'air, j'abandonne mes mises et le terrain.

Je m'enfuis, en d'autres termes.

Dans l'affaire, je l'ai dit, je perds plus de dix-huit millions de dollars. C'est dur à digérer.

Mais j'échappe au danger mortel d'être obligé d'acheter réellement, par des margin calls successifs auxquels je ne pourrais pas éternellement répondre, pour soixante millions de dollars de café. Bien sûr, on se retournera contre la société anonyme de Panama, pour la contraindre à respecter ses engagements. Mais que pourra-t-on faire contre elle ? Ce même jour et dans les minutes qui suivent mon ordre de liquidation à Rosen, je mets en route le mécanisme de dissolution de la Panama.

Je ne suis certainement pas fier de moi, je suis

fou de rage, je suis humilié, mais j'ai sauvé ma peau.

Du moins je le crois.

Pas longtemps. Je me fais servir à déjeuner dans ma chambre ; en pure perte d'ailleurs, je n'ai pas faim. Il doit être à peu près trois heures de l'après-midi quand on frappe à ma porte. Je dis « entrez » et l'on n'entre pas. Je me décide à aller ouvrir moi-même et je me trouve face à Erwin Horst.

Il dit en souriant : « Nous ne l'avons pas fait exprès mais avouez qu'il s'en est fallu de peu pour que nous ne nous retrouvions au jour anniversaire de notre première rencontre. »

Il est encore plus blond que dans mes souvenirs, mais ses yeux sont toujours aussi pâles et ses lèvres toujours aussi rouges.

« Nous ?

— Mes associés et moi. »

Je pourrais essayer de lui casser la figure. Essayer seulement, je ne suis même pas sûr d'y parvenir. Je dis simplement : « Vous êtes rentré bien vite de Bogota. »

Son regard pâle me fixe :

« Que savez-vous exactement ? »

Ce sera, face à lui, le seul point que je marquerai. Je ne l'ai pas invité à entrer, de sorte qu'il reste sur le pas de la porte, presque dans le couloir, où passe un couple. Horst attend que l'homme et la femme se soient éloignés.

« Bon, dit-il. Le moment est venu, Cimballi. Il s'agit bien entendu de cette opération sur le café.

Pour gagner du temps, disons qu'elle sera votre perte. »

Dans les minutes suivantes, il m'administre la preuve de ce qu'il n'ignore rien de toutes mes opérations : il connaît le nom des deux maisons de courtage par lesquelles j'ai opéré, le montant exact de mes transactions, tant à Londres qu'à New York, et toutes les sommes que j'ai versées.

« Vous avez déjà investi pas mal d'argent. Mais vous n'en êtes pas pour autant ruiné, c'est entendu. »

Il me sourit presque amicalement :

« Pas encore. Mais je vous l'ai dit, le moment est venu, ce moment que nous attendions depuis si longtemps. »

Il tire des papiers de sa poche.

« Oh ! c'est bien simple : nous avons les moyens de prouver que la Panama, c'est vous ; que la Curaçao, c'est vous ; que le client du banquier de Nassau, dont le numéro de compte est le 13320 et le code d'accès : Sarah-Mombasa, que ce client, c'est vous. A la minute où je parle, les courtiers détiennent la totalité des preuves que nous avons réunies. Ils ont les moyens de vous contraindre à endosser toutes les responsabilités de votre opération café. Vous le savez : ils ne manqueront pas de le faire. »

Il tient toujours à la main les papiers. Je n'ai pas esquissé le moindre geste pour les prendre.

« Cimballi, je vous avais prévenu qu'un jour viendrait où vous devriez payer *cash*. Nous y sommes. Ce jour est arrivé. »

Il me sourit encore :

« Cash. »

Silence. Il se baisse, dépose les papiers sur le sol à mes pieds et s'en va tranquillement au long du couloir. La porte de l'ascenseur s'est depuis un bon moment refermée sur lui que je n'ai toujours pas bougé.

30

Pas une seconde, je n'ai cru à un bluff. Et ce n'était pas un bluff.

Il y a six documents en tout dans les papiers de Horst.

Le premier est une reproduction du registre de la propriété à Panama, révélant que la société panaméenne appartient à celle de Curaçao ; le deuxième est un ordre de règlement, signé par moi et portant les codes habituels, adressé à mon banquier des Bahamas et concernant le règlement d'une note d'hôtel (le Britannia Beach en décembre) ; le troisième est un relevé de la comptabilité de ce même hôtel, dans lequel il apparaît que la note couvre les frais de séjour de « Monsieur et Mme Franz Cimballi, de Monsieur et Madame Alec Jeffries, de Mademoiselle Largon — la nurse de mon fils — et de Monsieur Marc-Andrea Cimballi » ; le quatrième est une lettre manuscrite — de mon écriture, signée par moi et portant les codes habituels — dans laquelle je réclame à mon banquier des explications sur le retard mis par sa banque à régler l'une des traites en paiement du ranch d'Arizona, qui appartient officiellement à la Panama ; le cinquième est la réponse de ce même banquier, par lettre adressée à « Monsieur F. C., Britannia Beach Hotel, Nassau » (dans sa réponse, le banquier présente ses excuses pour ce retard et m'assure que le nécessaire « sera fait en date du 15 janvier prochain », par la procédure ordinaire, auprès de la banque de Phœnix ayant conclu la vente du ranch à la Panama) ; le sixième enfin est une série de photocopies et constitue la preuve de ce que le banquier a bien tenu sa promesse : la traite en retard a été acquittée en date du 14 janvier, par la société de Panama.

J'ai appelé le banquier de Nassau : il se souvient parfaitement de ma lettre à propos de la traite en retard, il se souvient des circonstances de ce retard, et de la réponse qu'il m'a faite. Pourquoi ne m'a-t-il jamais parlé de cet incident quand il m'a vu par la suite ? Oh ! eh bien, parce que sa banque avait effectivement commis une erreur en payant la traite avec du retard ; et il n'était pas tellement fier de cette erreur ; et comme je semblais moi-même avoir passé l'éponge, pourquoi serait-il revenu là-dessus ?

Jimmy Rosen relit les documents pour la troisième ou la quatrième fois, me demande :

« Et vous n'avez pas écrit cette lettre manuscrite ?

— Pas plus que je n'ai adressé cet ordre de règlement de la note d'hôtel. L'un et l'autre sont des faux.

— Mais le numéro de compte, le code d'accès, étaient authentiques. Ils se les sont procurés. Comment ? »

Quant aux faux, ils sont absolument parfaits jusqu'à ma signature. Moi-même, je m'y tromperais. Et à force de fouiller ma mémoire, j'en ai extirpé le souvenir de ce vol de mon portefeuille, l'été dernier à New York, aux alentours de la fontaine Pulitzer. Tout est parti de là.

Mais malgré l'état d'énervement et de rage extraordinaires où je suis en cette fin d'après-midi du 20 juin, je me rends bien compte moi-même que pour l'instant l'essentiel n'est pas là. D'ailleurs, Rosen me l'a souligné, Lupino et Vandenbergh convoqués en conseil de guerre me le soulignent de même : ce qui importe avant tout est la situation dans laquelle je vais me trouver dès le lendemain matin :

« Franz, ces courtiers ne vont pas vous lâcher. Ils vont exiger de vous que vous teniez tous les engagements de la Panama jusqu'au dernier dollar, sur votre argent et vos biens personnels. »

Et si j'avais eu encore le moindre doute, la première (il y en aura deux, une par maison de courtage), la première visite que je reçois le lendemain matin aurait suffi à m'éclairer. C'est un représentant de l'agence de courtage Maddox Berg et Atkinson. Il ne se montre même pas agressif, il est courtois mais ferme, avec derrière lui tout le poids écrasant de son bon droit, de la justice, des règlements : que la Panama soit ou non en faillite, que la Curaçao soit ou non effacée, ne change strictement rien pour eux, puisqu'ils ont désormais la preuve que les deux sociétés n'étaient que des ombres de Cimballi.

Qui devra payer, sur ses biens personnels et jusqu'au dernier *cent*.

Et cash.

Le piège s'est refermé à cet instant-là. Et pour autant qu'un piège puisse avoir un visage, il prend celui, glacé et impassible, de Philip Vandenbergh qui, tout en me considérant de toute sa hauteur, me dit simplement :

« Vous êtes fini. »

Et le pire pourtant reste à venir.

Il m'a fallu une nuit blanche pour enfin accepter les arguments de Rosen et de Lupino qui, tous deux, soutiennent que mes chances de prouver qu'il y a eu faux devant une cour de justice sont à peu près inexistantes, sinon nulles. « Et puis Franz, en admettant même... Les sociétés étaient-elles à vous, oui ou non ? » Une nuit blanche durant laquelle j'ai, littéralement, hurlé de rage, la seule idée de la complicité de Yahl, de Horst et de mon beau-père me relançant à chaque fois dans une crise quasi homicide.

Bon, nous n'irons donc pas devant les juges. Je suis arrivé à presque me calmer, à accepter ce fait, et cette première défaite. Reste la suite. Il est certain que d'autres appels de marge vont intervenir ; l'éclatement de l'OPEP boliviano-brésilienne ne peut qu'entraîner une chute des cours, encore accentuée par le temps clément qui règne sur les plantations. Je vais avoir, j'ai déjà besoin d'argent, de tout l'argent que je peux réunir.

Dès l'aube du 21, je me mets à téléphoner.

J'appelle Cannat à Paris et lui demande de mettre immédiatement en vente tous mes biens immobiliers en France, à la seule exception de la propriété de Saint-Tropez, que je ferai tout pour sauver du naufrage. Je lui pose inévitablement la question des dix millions de dollars bloqués par la société du Liechtenstein. Tout aussi inévitablement, il me répond que je n'ai pas la moindre chance, à son avis, de récupérer mes capitaux avant au moins un an, et encore ; pour ce motif que les « représentants de Fezzali », très vraisemblablement inspirés par quelqu'un, s'opposent par tous les moyens au déblocage.

Sur le territoire américain, je suis propriétaire, sous diverses formes, d'immeubles, de terrains, d'un ranch. J'ordonne à Lupino de tout liquider.

Ensuite, j'appelle le Turc à Londres : « Je te vends toutes mes parts sur Tennis. » Réponse qui fuse : « Tu es complètement fou ! Je n'ai pas les moyens de te les acheter ! » Plus grave encore : il éclate. Selon lui, et il n'a pas tort, une telle vente, aussi précipitée, va porter un coup mortel à toute l'affaire, étant donné la concurrence que nous subissons de la part du groupe américano-allemand suscité par Yahl et Horst : « Cimballi, tu vas te ruiner et m'entraîner avec toi ! » Bref, il refuse, et furieusement.

Au tour de Li et Liu. Ils sont déjà au courant : les Texans les ont appelés pour leur apprendre la nouvelle de mon prochain effondrement. Qui a prévenu les Texans ? Ils ne savent pas. « Mais tu t'en doutes, Franz. Et dans tous les cas, nous ne pouvons rien faire, absolument rien. Nous te l'avions expliqué à notre dernière rencontre en Floride. Ça t'a peut-être fait ricaner quand nous avons parlé de racler nos fonds de tiroirs, mais c'était la vérité. Nous sommes à zéro en cash. »

Une à une, toutes les portes se ferment devant **moi.**

Et quand, sachant par avance ce qu'ils vont me répondre, je joins les Texans, l'un de leurs avocats (ils ne prennent même pas la peine de venir eux-mêmes en ligne) m'annonce tranquillement, d'abord qu'il est hors de question pour ses clients d'investissements supplémentaires dans les mois à venir, ensuite que, de toute façon, même s'ils devaient accepter le principe d'un rachat de mes parts sur Safari, ils le feraient à leurs propres conditions. A moitié prix peut-être. Et encore. Et sûrement pas dans l'immédiat.

Paul Hazzard à San Antonio. Il est atterré, dit-il, mais que peut-il faire ? Tout au plus se mettre à la recherche d'un nouvel associé qui acceptera de se glisser à ses côtés à la place que j'abandonne, s'agissant du pétrole d'Oklahoma, et d'endosser les responsabilités financières que j'ai prises vis-à-vis de la banque de Dallas. Laquelle a débloqué des fonds et consenti un prêt pour cette raison entre autres que je présentais alors de solides garanties. « Franz, désolé de te le dire, mais tu me mets moi-même dans une sale situation. Pourtant, je ferai de mon mieux, tu peux en être sûr. »

Et son mieux c'est, avec optimisme, quelques centaines de milliers de dollars.

C'est dérisoire par comparaison avec ce dont je vais avoir besoin. Lupino et Rosen m'ont aidé à faire mes comptes, que j'ai moi-même faits et refaits cent fois, à en avoir la nausée : dans le meilleur des cas, c'est-à-dire en espérant le prix fort pour toutes mes ventes immobilières, je peux espérer une dizaine de millions.

Cela veut dire que je pourrais peut-être répondre aux appels de marge. Peut-être. Mais ces appels de marge que j'ai subis, et ceux que Rosen prévoit, signifient forcément qu'en date du 19 septembre, mon café aura baissé de trente, voire quarante pour cent. Mes quatorze mille sept cent cinquante-deux tonnes ne vaudront plus qu'entre trente-cinq et quarante millions. Ce qui ne m'empêchera pas d'être obligé de les payer soixante, au prix convenu.

« Franz, vos calculs et les nôtres coïncident exactement. Nous avons les mêmes chiffres. Même si vous réussissez à vendre Safari et Tennis, ce qui n'est pas précisément le cas pour l'instant, vous serez court d'une somme allant de douze à vingt millions de dollars. »

On ne prête pas d'argent à un homme qui se noie.

Je me présente le matin du 26 juin à cette banque de Manhattan, dans Fulton Street. On m'y connaît. C'est avec ces banquiers-là que j'ai réalisé l'opération Ceinture de Soleil, rachat et vente de centaines d'immeubles dans tout le sud ensoleillé des Etats-Unis, sur laquelle j'ai bâti une bonne partie de ma fortune et grâce à quoi j'ai pu trouver les fonds qui m'ont servi contre Martin Yahl.

J'ai même des relations personnelles avec l'homme qui la dirige. Il me reçoit, non sans m'avoir fait attendre une vingtaine de minutes et c'est déjà un signe, surtout aux Etats-Unis où les rendez-vous d'affaires sont en général scrupuleusement respectés.

Nous avons des relations personnelles et, en dépit de notre considérable différence d'âge, presque amicales. Mais il a voici quelques jours reçu un dossier complet à mon sujet, à l'évidence expédié par Horst, et dans lequel on détaille minutieusement ma situation précaire. Je remarque sarcastiquement :

« Merci de m'avoir aussitôt appelé pour me mettre au courant. »

Il réussirait presque à paraître gêné. Quoi qu'il en soit, il s'est renseigné, dit-il, à droite et à gauche, il a notamment pris contact avec les maisons de courtage, qui sont si respectables. Et qui lui ont confirmé chacun des éléments du dossier.

Bref, il n'est pas question d'un prêt. Et qui serait d'ailleurs gagé par quoi ? Mes biens immobiliers que je suis en train de vendre ? Ou mon café qui est en train de baisser vertigineusement ?

Non, pas de prêt. Pas plus de sa banque que, croit-il sincèrement, de n'importe quelle banque américaine ou étrangère.

Et quand je ressors dans Fulton Street, les photographes de Yates, soudain réapparus pour l'hallali, sont là à m'attendre, avec leurs visages indifférents et leurs gestes mécaniques. Ils me mitraillent jusqu'à ce qu'un taxi consente enfin à m'embarquer.

C'est Jo Lupino qui a le premier exprimé ce que lui, Rosen et moi pensions sans doute.

« Franz, tu n'y arriveras pas. Ces types ont pensé à tout. Je ne serais pas surpris qu'ils aient communiqué à toutes les banques voire à tous les prêteurs possibles, un dossier identique, les mettant en garde contre toi. Et c'est prudent, une banque. Tu es coincé. A bloc. Reste sur place et tu te fais massacrer. »

Silence.

« Fous le camp, Franz. Ramasse le maximum en quelques jours, avant le prochain margin call, et quitte les Etats-Unis. »

... Pour ne plus jamais y revenir. Pour avoir droit à ma photo dans les journaux (Yahl ne manquera pas de tirer parti de la situation et donnera à ma fuite toute la publicité possible, j'en suis convaincu). Pour devenir un escroc officiel et patenté, volontairement assigné à résidence dans quelque pays sans extradition possible. Je revois Zarra aux Bahamas, traqué par la police américaine, vivant entre ses gardes du corps jusqu'au moment où, serré de trop près, il dut aller se réfugier dans une *banana republic* d'Amérique centrale, au prix d'un écœurant accord avec la C.I.A. Et je deviendrais un autre Zarra ?

Quelle fin pour la Danse !

« Merci du conseil, Jo. »

Ils s'en vont, Rosen et lui. Je n'ai pas dormi depuis je ne sais plus combien de temps. Gorgé de café italien, le moindre bruit me fait bondir, je suis à bout, dans tous les sens du terme. Téléphone : c'est Paul Hazzard. Il m'a trouvé un remplaçant et pourra donc me restituer les sept cent et quelques mille dollars que j'avais versés pour la *venture oil* en Oklahoma. « Franz, si tu en as besoin à ce point, je peux t'en prêter un peu. Pas des masses, tu connais ma situation. Disons deux cent mille et des poussières, de quoi aller au million, en tout. Je ne peux pas faire plus... »

Je suis là à contempler ce récepteur téléphonique, en proie à une sorte d'hébétude. C'est sans doute à cette seconde-là que j'ai mesuré à quel point le piège de Martin Yahl m'avait cloué au sol, tel un ver qu'on a piqué dans le milieu du corps et qui se tortille en vain.

« Franz ? »

Paul Hazzard continue à me parler, m'annonce je crois qu'il va venir à New York pour me voir, me parler, me remonter le moral ; qu'il y sera le soir même, il m'invite à dîner. Il me dit quelque chose dans le genre : « Même si tu vas au tapis cette fois, tu finiras par te relever, pas de problème. Et on fera fortune ensemble, toi et moi... »

C'est un paquet que l'on m'apporte, semblable à celui qui contenait les photos de Maria de Santis et de moi. Quelqu'un l'a remis à la réception, en disant que je l'attendais.

J'ouvre.

Le paquet enferme là encore une cinquantaine de photos, plus la photographie d'un article paru dans un hebdomadaire. Les photos sont toutes celles d'enfants en bas âge, d'un à deux ans, inconnus. L'article explique qui sont ces enfants : ils ont fait l'objet d'un trafic ignoble entre certains pays d'Amérique latine et les Etats-Unis, voire tout le monde occidental, les premiers vendant aux seconds leurs enfants en surnombre, pour qu'ils puissent être adoptés par des parents sans descendance, sur un marché où le produit est rare.

Article et photos sont accompagnés d'un morceau de carton blanc, sans autre indication que ces trois mots tracés en lettres capitales : NOUS, NOUS SAVONS.

Quatre heures plus tard, je suis dans un avion pour l'Europe, en route pour — il n'y a pas d'autre mot — la plus grosse connerie de ma vie.

31

De Paris à Saint-Tropez. Le lüger 9 mm y est caché derrière des livres dans l'ancien bureau de mon père. J'ai même un permis de port d'arme. Je cache le lüger sous le siège avant de la voiture et prends la route.

De New York juste avant mon départ, j'ai joint l'Anglais à Los Angeles et lui ai demandé sans explications de lever immédiatement la surveillance que ses hommes exercent autour de la propriété de Martin Yahl.

De sorte que celle-ci est dégarnie quand j'y arrive la nuit tombée, comme je le souhaitais.

Je connais les lieux, je l'ai dit. J'ai passé ici, plusieurs fois, mes vacances d'orphelin généreusement recueilli. Le parc m'est familier, dans ses moindres contours, je sais comment y pénétrer : escalader le mur en s'aidant d'un frêne, suivre le faîte de ce mur sur trente mètres sans chercher à franchir le barrage des barbelés, gagner ainsi quatre mètres au-dessus du sol, parvenir à dominer le toit de l'ancienne grange. Et là, à douze années de distance, retrouver ce passage que je m'étais ménagé, invisible, pour mes escapades d'adolescent. Un bond court et je suis sur le toit de la grange.

Le bâtiment d'habitation est à vingt-cinq mètres de moi. Il y a de la lumière, d'une part sur ma droite où sont l'office et le logement des domestiques, d'autre part face à moi, dans cette grande pièce du rez-de-chaussée qui est le salon-bibliothèque. Les rapports de l'Anglais : « Il voit très peu de monde, ne reçoit presque jamais de visites. Avec lui dans la maison : trois domestiques plus deux infirmières, une de jour, une de nuit. Sa distraction favorite est le cinéma, il s'est fait aménager une véritable installation de professionnel, qui lui permet de visionner n'importe quel film. Ces derniers mois, il a acheté des centaines de films, dont pas mal de pornos. Ce dernier détail m'avait frappé : cette passion de Yahl pour le cinéma est nouvelle.

Du toit de la grange à celui, plat, des garages. Ensuite, il ne m'est même pas nécessaire de redescendre sur le sol, je le faisais autrefois, je peux le faire encore : utiliser à la façon d'une échelle ces pierres en saillie, les harpes, qui parent l'angle de la maison. J'atteins ainsi l'appui grillé de la fenêtre de la chambre qui a été la mienne ; la crémone ne fonctionne pas mieux qu'elle ne le faisait alors, elle cède et les battants vitrés qui s'ouvrent, libèrent un puissant fond sonore de musique.

Il faut qu'Il soit devenu sourd...

Je fais monter une balle dans le canon. Le couloir, où la musique est de plus en plus forte. Et je marche vers elle comme on marche au combat. Je m'étais imaginé allant à pas de loup, descendant cet escalier, traversant ce hall comme une ombre. Ça n'a plus de sens, dans cette maison où je pourrais hurler sans qu'on m'entende. A la musique, des voix ont succédé, ayant cette sonorité particulière des bandes-son de cinéma ; et je reconnais même le timbre caractéristique de Pierre Fresnay.

La double porte du grand salon est devant moi, le battant simplement poussé, laissant passer un rai de lumière. J'entre. La place d'aucun des meubles n'a changé. On a simplement, tout au fond de la pièce de quinze mètres, apposé un écran aux rayons de la bibliothèque.

Et Martin Yahl est assis face à cet écran, me tournant le dos. Je ne suis plus qu'à deux mètres de lui quand il se retourne...

« Je ne suis pas Martin Yahl ! Ne tirez pas ! Je ne suis pas Martin Yahl ! » hurle affolé cet homme qui lui ressemble mais qui n'est pas lui.

Le film s'est arrêté. Je n'ai pas tiré mais j'aurais encore pu le faire quelques instants plus tard, quand les domestiques ont surgi, alertés non par le bruit mais par l'arrêt brutal de ce bruit, par le silence. En fin de compte, je n'ai pas tiré parce que les trois hommes, accourus à l'aide du sosie de Martin Yahl, se sont écartés devant le canon de mon arme. Je n'ai même pas pris la peine de faire le tour de la maison. Dont je suis sorti en tenant le lüger à bout de bras, tout à fait dégrisé de mon coup de folie, partagé entre le soulagement de ce qu'il ne se soit rien passé, et un sentiment de dérision immense qui pour finir emporte tout, jusqu'à ce fait que je viens enfin de comprendre comment Yahl, depuis au moins un an, s'est joué de moi.

Car, en une fulgurante seconde, la vérité m'a sauté à la figure. Tout s'éclaire. Pour me tromper à ce point et, avec moi, pour tromper un Lavater et l'Anglais, il fallait quelque chose d'inimaginable. Eh bien, voilà : un sosie. Il y a sans aucun doute des mois, et peut-être davantage, que Martin Yahl n'habite plus Genève. Et tandis que nous le guettions avec tant de précautions, enregistrant chacun des mouvements, des appels, chacune des rencontres de celui que nous prenions pour lui, lui pouvait en toute liberté parcourir le monde. Dans une totale discrétion. Il m'a sans aucun doute précédé en Ouganda, au Brésil, en Bolivie, achetant les hommes nécessaires, organisant et finançant, avec l'aide de ses amis nazis d'Amérique du Sud (après tout, ce n'est pas pour rien qu'il a été durant la dernière guerre l'un des banquiers attitrés du Troisième Reich), tous les détails du traquenard qu'il me préparait.

Ce vieillard à bout de forces, presque mourant, sans aucun doute cardiaque, dont on a pris pour moi des photos, soit dans le parc de la propriété soit même à Londres ?

Ce n'était pas lui.

Lui est en pleine santé.

Et il m'a en fin de compte pulvérisé.

J'étais entré comme un voleur, je ressors par la grille. Et le premier visage que j'aperçois par-delà les barreaux, est celui du Turc, inquiet :

« Tu l'as flingué, Franzy ?

— Non. Qu'est-ce que tu fous ici ?

— Ton copain Flint m'a téléphoné. Lui et un dénommé Hazzard. Et Jo Lupino. Tu es sûr de n'avoir tiré sur personne ?
— NON ! »
Je hurle. Derrière moi, les domestiques sont à leur tour parvenus à la grille que j'ouvre. Ils s'immobilisent. L'un d'entre eux dit :
« Nous allons prévenir la police.
— Et l'armée et la marine suisses, tant que vous y êtes », réplique le Turc.
Il me prend le lüger des mains, en hume le canon. « Ça va. » Il allonge le bras, vise les domestiques et crie : « Pan ! pan ! pan ! vous êtes morts ! » Ça tourne à la farce.
« Fichons le camp d'ici », dit le Turc.
Il m'entraîne vers sa propre voiture, met en route, m'explique tandis que nous roulons vers Genève : « Ils m'ont téléphoné de New York en me disant que tu t'apprêtais visiblement à faire une grosse connerie. Jo Lupino est entré dans ton appartement du Pierre et il a vu les photos de gosses. Franzy, c'est dégueulasse, le type qui a fait ça mériterait qu'on lui coupe quelque chose. Mais tu t'es trompé : ça n'est pas Yahl.
— Tu parles ! »
Le Turc secoue la tête : « Inutile de grincer des dents, Franzy. La vérité est que Yahl et toi, convulsés par la haine que vous vous portez, vous n'êtes pas plus clairvoyants l'un que l'autre. Je ne parle pas des affaires, où vous seriez plutôt intelligents, tous les deux, mais en ce qui vous concerne personnellement. Franzy, on ne fait pas de la finance avec de mauvais sentiments ; il n'y faut pas de sentiments du tout. Pourquoi crois-tu que j'aie foncé pour te récupérer ? Par amitié ? » Je

ricane. « Tout simplement parce que si tu avais flanqué six balles, on t'aurait mis en prison, camarade. Et ça n'aurait pas arrangé mes affaires. Tu me dois du fric. »

Flint et Lupino ont appelé Marc Lavater, qui les a mis en contact avec l'Anglais ; celui-ci leur a appris que j'avais fait cesser la surveillance de la villa de Yahl.

« Ça nous a alertés. On t'a cherché partout. Où étais-tu ? A Saint-Tropez ? On a appelé sans réponse. Qu'est-ce qu'on pouvait faire ? Prévenir Yahl ? Sans compter qu'on pouvait se tromper sur tes intentions. On aurait eu l'air fin. »

Nous avons traversé Cologny, nous entrons dans Genève, nous le traversons directement.

« Revenons à ces photos, Franzy, Lupino était fou de rage, Lavater aussi. L'Anglais savait où trouver Horst. Lupino et Hazzard sont allés voir ce même Horst. A qui Hazzard a fortement cassé la gueule, pour le principe, avant de découvrir qu'il n'était pour rien dans les photos. Trop tard. Horst est à l'hôpital. Bien cassé, le pauvre. C'est un monstre, ce Hazzard, il paraît. »

Genève est traversé, nous filons vers l'aéroport. Le Turc : « Et si ce n'est pas Horst ni Yahl, c'est qui ? »

L'aéroport de Cointrin. Flint et son avion, cigare au bec. Flint qui m'interroge inquiet :

« Tu l'as flingué, Franz ?

— Il n'a tué personne, dit le Turc. Fais décoller ton aéroplane, s'il te plaît. »

Nous décollons.

« Franz, entre deux claques affectueuses de ton ami Hazzard, Horst a parlé de choses et d'autres. »

Nous survolons déjà la France.

« Maria de Santis, ça te dit quelque chose ? Bon. Elle n'a rien à voir avec Yahl ou Horst, ce ne sont pas eux qui l'ont payée mais quelqu'un d'autre. Le même type qui t'a adressé ces photos d'enfants, l'ordure. Le même qui, depuis le début, a servi d'indicateur à Yahl mais a aussi travaillé pour son propre compte, en surenchérissant à ses propres frais sur ce que Horst te faisait subir. Horst a reconnu qu'il avait engagé un certain MacIves pour te faire suivre. Mais la filature a cessé fin janvier, quand ton fils a disparu. Et à ce moment MacIves a changé d'employeur. Quelqu'un a pris la suite de Horst. Toujours le même homme. Tu vois de qui je veux parler ?

— Mon beau-père. »

Paris. Où nous sommes à une heure du matin. Où Marc Lavater m'attend, amaigri, vieilli, usant de béquilles mais debout.

J'ai refusé de l'accompagner à Chagny, si bien que c'est lui qui me suit à Saint-Tropez. Physiquement, il est diminué, ne se déplace que difficilement ; pourtant, tout se passe comme s'il veillait sur moi. Il craint peut-être que je ne me relance dans un autre commando exterminateur, cette fois avec mon beau-père pour objectif. Mais non :

« Marc, j'ai été idiot une fois. Pas deux. Je règlerai autrement le compte de ma belle-famille. »

Rapport de l'Anglais sur le sosie de Yahl : c'est un vieil acteur allemand, qui est effectivement cardiaque — d'où l'authenticité des diagnostics des cardiologues — et qui attend de mourir dans cette retraite dorée, à regarder des films à longueur de journée. « Mais monsieur Cimballi, pourquoi ne pas m'avoir parlé de cette De Santis, et de ces photos ? Je vous aurais très vite apporté la preuve de ce qu'il y avait deux opérations distinctes, l'une purement financière quoique assortie de photographes vous harcelant, l'autre greffée sur la première mais en fait indépendante, entreprise par ce pauvre type qu'est Jeffries. »

Pauvre type, le mot est faible.

« Oublie-le, me dit Marc. Que peux-tu faire ? Un procès ? Alors quoi ? louer des tueurs ? Franz, soyons sérieux : tu n'es pas Billy le Kid. »

Je me suis souvenu d'une phrase de Philip Vandenbergh : on reconnaît un homme à ses ennemis, ou quelque chose d'approchant. Un ennemi aussi médiocre, aussi pitoyable, aussi grotesque et abject qu'un Alec Jeffries ne vaut pas qu'on s'en vante.

Mais ça passe mal.

« Et puis nom de Dieu, dit encore Marc, tu as autre chose à faire ! »

Mon fils en premier lieu. Mais je ne peux qu'attendre.

Ce qui n'est pas le cas de mes affaires, qui de jour en jour se détériorent. Tout au long de cet été-là, la vaste opération de liquidation de tous mes biens se poursuit. Aux Etats-Unis, Lupino réussit à vendre dans d'assez bonnes conditions tout ce qui m'appartient ; en tout, il récupère sept millions de dollars. Plus que je n'espérais, dramatiquement moins que ce dont j'ai besoin. Cannat à Paris m'a trouvé acquéreur pour l'appartement de l'avenue Henri-Martin aux couleurs nippo-normandes. Pas au prix que je l'ai payé, sans parler des frais de décoration : j'avais versé près de quatre millions de francs français, en tout, je n'en retire que trois. Même situation pour mes autres propriétés en France, toutes vendues à perte.

Toutes sauf Saint-Tropez. Le hasard seul a voulu que j'aie acquis *La Capilla* en me servant d'une autre filière que celle de Panama. Ce secret-là n'a pas été dévoilé. Je peux donc entretenir l'illusion, quoi qu'il m'arrive, d'en demeurer le propriétaire. Yahl ne pourra pas m'en priver.

... Sauf s'il a réussi, là encore, à me mettre officiellement en cause. Et peut-être attend-il le dernier moment pour m'en assener la révélation, à la façon d'un coup de grâce.

Une enquête de Lupino m'apprend, courant août, comment Martin Yahl a, précisément, opéré pour me débusquer derrière le camouflage de la Panama et de la Curaçao.

— **Premier point** : l'affaire de la note d'hôtel à Nassau. Elle correspond à ce séjour véritablement effectué, à l'issue duquel mon beau-père avait généreusement offert de régler lui-même la facture. Circonstance inouïe qui m'avait sidéré : quoique riche lui-même, il s'était jusque-là volontiers contenté de vivre à mes crochets. Eh bien, cette générosité si exceptionnelle cachait un piège : la note n'a pas été finalement réglée par lui mais par mon banquier, obéissant à un ordre (un faux) que je lui aurais prétendument adressé. Grâce à ce faux, mon beau-père avait entre les mains une preuve irréfutable du lien entre Cimballi et la société anonyme de Panama : la note acquittée portant mention de son mode de règlement.

— **Deuxième point** : l'affaire des traites du

ranch. Il est exact que la banque de Nassau a mis quelque retard à régler une traite concernant le paiement du ranch à son homologue de Phœnix, *via* la Panama. Mais c'est le seul élément authentique. Dont on a tiré parti par d'autres faux. Mon beau-père présent au ranch quand la lettre de rappel y est arrivée, en mon absence, l'a probablement subtilisée ; il a sans doute, avec l'aide d'un faussaire, rédigé une note à mon banquier, lui demandant de mettre bon ordre ; après quoi il a vraisemblablement intercepté la réponse, adressée à mon nom, du banquier, réponse qui, si elle m'était parvenue, m'aurait alerté. Deuxième preuve irréfutable de mon lien personnel avec la Panama et l'existence d'un donneur d'ordre nommé Cimballi sur le compte de la banque de Nassau.

Probablement, sans doute, vraisemblablement... autant de mots pour exprimer que dans cette affaire, je ne peux rien prouver, Lupino a raison. Lupino qui m'a fait tout de même remarquer :

« Franz, reste qu'ils se sont procuré, d'une façon ou d'une autre, le code d'accès à ton compte des Bahamas... »

Bon. Opérer à l'abri d'une société anonyme dans un paradis fiscal présente de nombreux avantages. Mais elle fait courir un danger : qu'il vous arrive quelque chose et les précautions prises de votre vivant pour conserver l'anonymat risquent de se retourner contre vous, ou plutôt contre vos héritiers. Pour pallier ce risque, j'ai multiplié les précautions : j'ai fait transcrire en trois exemplaires mes actes de propriété, mes comptes bancaires répertoriés, qui permettront à mon fils d'hériter de moi si je venais à disparaître. J'ai placé ces trois copies dans trois coffres différents à ouvrir en cas de décès, à Lausanne, Genève et Los Angeles. De ces coffres, trois personnes seulement avaient l'accès. La première était un avoué californien, la deuxième Marc Lavater, la troisième Catherine.

O.K. J'ai compris.

Le quatrième appel de marge sur le café est du 8 juillet. Six millions de dollars, répondant à une nouvelle baisse de dix pour cent sur le cours.

Je règle la facture.

Ma situation est alors dramatiquement claire : je suis en état de répondre à un ou deux autres margin calls, à condition qu'ils n'atteignent pas des hauteurs vertigineuses.

« Mais ça ne changera rien à ton problème », me fait remarquer Marc avec ce don qu'il a pour souligner les évidences. « En supposant que tu puisses répondre à tous les appels, il te faudra de toute façon régler le solde le 18 septembre. »

Au train où vont les choses, il me manquera toujours une vingtaine de millions de dollars. Mince consolation : même les dix millions bloqués par la société du Liechtenstein n'auraient pas suffi.

Je ne quitte guère Saint-Tropez, où je suis depuis la fin du grotesque épisode suisse. Episode que j'en viendrais presque à prendre avec le sourire, au fur et à mesure que les jours passent et pansent mes blessures d'amour-propre. Je revois le visage de ce pauvre acteur affolé, ayant enfin décroché un rôle et des plus douillets, se faisant servir comme un président de banque, visionnant *L'Arrière-train sifflera trois fois* ou *Chattes en folie*. Je le revois se dressant devant moi, arrachant sa perruque et hurlant : « Je ne suis pas Martin Yahl ! ne tirez pas ! » Un détail même m'a particulièrement frappé que je trouve croustillant, en fin de compte : « Marc, est-ce que tu sais quel film, entre tous les autres, ce pauvre diable était en train de regarder quand j'ai surgi derrière lui, le prenant pour Yahl ? — Non. *Le Retour de Zorro ?* — *La Grande Illusion* de Jean Renoir. »

Je me tiens au courant en permanence auprès de l'Anglais des recherches concernant Marc-Andrea.

Je ne quitte Saint-Tropez que pour de rapides voyages, tous visant au même but : trouver quelque part un crédit qui me permettra, le 18 septembre, de tenir mes engagements ; tous infructueux. On ne me prêterait même pas de quoi acheter un réfrigérateur.

Et pourtant, ça bouge, c'est comme une lente reptation.

Début août, coup de téléphone de Philip Vandenbergh qui a, le salaud, condescendu à s'occuper de moi. A force de négocier avec les Texans, il a enfin obtenu d'eux qu'ils me rachètent mes parts de Safari. C'est déjà un déchirement de voir cette affaire que j'avais rêvée seul m'échapper à jamais. Mais même Vandenbergh, qui a pourtant de l'assurance à en revendre au porte à porte, même lui hésite à m'annoncer le prix que m'offrent les hommes de Dallas :

« Quatre millions et demi de dollars. »

C'était mon idée et j'y ai investi plus de huit

millions de dollars ! J'en pleurerais. Vandenbergh de sa voix glacée :

« C'est à prendre ou à laisser. Vous avez quarante-huit heures pour vous décider. »

Nous sommes le 2 août, à quarante-sept jours de l'échéance de mon contrat sur le café.

« On peut signer quand ?
— Dès demain si vous pouvez être à New York. »

J'y serai. J'annonce mon départ à Marc, je me fais réserver une place dans l'avion de New York, que je rejoindrai à Paris par Nice. Cela me laisse cinq ou six heures, un court laps de temps somme toute. Mais qui suffira à contenir, par une de ces accélérations brutales du destin qui font dire : « tout arrive toujours en même temps », deux rebondissements essentiels.

D'abord un autre coup de téléphone, de Rosen celui-là. Rosen tient la nouvelle de l'un de ses correspondants à Londres : d'énormes quantités de café ougandais viennent de réapparaître sur le marché. On les croyait bloquées pour l'éternité dans un pays en proie à la guerre civile et au chaos, les voilà qui surgissent :

« Franz, quelqu'un — votre ami Yahl sans doute — a financé un véritable corps expéditionnaire pour en assurer l'acheminement par train à destination de Mombasa. Ce n'est pas tant la quantité de café ainsi injectée sur le marché qui impressionne les spéculateurs, que le principe même de cette réapparition. On sent le coup fourré. Et on s'abrite.

— Et ça baisse, naturellement.
— En catastrophe. Vos courtiers vont vous appeler en rehaussement de marge dès demain.

— On peut d'ores et déjà donner un chiffre ?
— Vingt pour cent, Franz, je suis navré. Douze millions de dollars ! »

Moi aussi je suis navré ! Je ressens comme un coup de poing dans l'estomac.

En comptant les quatre millions et demi que je vais recevoir des Texans, je disposerai, demain, de même pas quinze millions. La fin est proche.

Je repose le récepteur pour me trouver (Marc l'a fait entrer pendant que je téléphonais et il m'attend dans le salon voisin) en face d'un homme que je n'ai jamais vu. C'est un avocat parisien, et il a pris la peine de se déplacer en personne pour m'apporter la nouvelle : Catherine demande le divorce. Mieux que cela : elle l'exige, et dans les plus brefs délais, pour cette raison : « Ma conduite éhontée avec une certaine Maria de Santis ! »

32

J'AI paré au plus pressé. Je suis allé à New York, j'y ai rencontré les hommes d'affaires texans, j'ai signé les papiers qui me privent de tous mes droits sur Safari. Et, dans la foulée, j'ai réglé l'appel de marge de douze millions de dollars.

Ensuite, je suis rentré en France. Cela m'a pris une semaine, passée à insister au téléphone, menaçant, quémandant, raisonnant, mais je finis quand même par avoir la mère de Catherine au téléphone. Elle me dit :

« Vous perdez votre temps. D'ailleurs, elle n'est même pas en France. »

J'apprendrai plus tard et par hasard qu'elle se trouvait alors en Angleterre, sur les terres ancestrales des Jeffries.

« Et elle restera hors de France aussi longtemps que nécessaire. »

C'est-à-dire tant que le divorce n'aura pas été prononcé. Je remarque, en maîtrisant ma voix autant que je le peux :

« Elle ne s'inquiète même pas de savoir ce qu'est devenu notre fils. »

Silence.

« Franz, vous pensez vous tirer de la situation où vous êtes ? Je parle de votre situation financière.

— Oui.

— Malgré Martin Yahl ? »

... Qui est, je l'ai parfois oublié, son propre cousin germain.

« Malgré lui. »

Un temps.

« Et le plus extraordinaire, dit-elle enfin, c'est que vous en êtes capable. Et je vous le souhaite, Franz. Je suis sincère. »

Les larmes montent à mes yeux :

« Je vous crois. »

C'est alors que je lui explique que toute l'affaire De Santis est une machination, dont son mari est le seul responsable ; je lui parle de MacIves et de la filature dont Jeffries a chargé ce dernier, en prenant le relais de Horst ; je parle surtout des deux dossiers photos, du deuxième dossier, le plus ignoble, dont le seul souvenir me raidit de rage.

« C'est lui, et lui seul, qui m'a fait parvenir ces photos d'enfants... »

En ai-je la preuve ?

Non.

Silence. Je dis :

« Et c'est tout ?

— Je ne comprends pas.

— Vous me comprenez très bien... Oh ! bon Dieu, je croyais que vous aviez quelque affection pour moi ! »

La ligne reste muette un très long moment, je pourrais presque croire qu'elle a abandonné le récepteur. Mais je perçois sa respiration pressée et, au seul timbre de sa voix, je devine qu'elle est peut-être encore plus bouleversée que moi...

« Franz, mettez-vous à ma place. Puis-je accepter de vous croire, de tenir pour vraie chacune de vos affirmations ? Dans ce cas... »

Un silence.

« L'autre solution, Franz, consiste à essayer de tourner la page sur toutes ces abominations. Franz, je ne veux pas détruire ma vie actuelle. Il n'en est même pas question d'ailleurs. Qui peut se permettre de juger ou de punir ? Mon seul souci est dorénavant le bonheur de ma fille. Je crois sincèrement que la meilleure solution, pour Catherine et même pour vous, est une séparation définitive. »

Sa voix se raffermit.

« Tout comme je crois, en effet, que ce que vous appelez l'affaire De Santis ne doit pas entrer en ligne de compte. Je parlerai à Catherine et à ses avocats. Nous ferons en sorte que le divorce fasse le moins d'éclat possible, et qu'il soit prononcé dans les meilleurs délais.

— Je ferai ce que vous souhaiterez sur ce point mais je veux la garde de mon fils.

— Franz, quelle folie, vous savez bien qu'il n'y a plus rien à espérer !

— Pour moi, si. Accordez-moi cela et tout sera réglé très vite. »

Et il n'en faudra pas plus pour clore ce chapitre-là.

En août, je cours.

A l'exception de la propriété de Saint-Tropez, que j'espère toujours sauver, et de l'île de Maria Cay, j'ai désormais vendu tout ce que je pouvais vendre, tel ce capitaine de Jules Verne brûlant son navire dans le seul but de continuer à avancer.

Je fais inlassablement, fiévreusement mes comptes, cela tourne à la manie, et toujours je retombe sur les mêmes chiffres : en cette mi-août, je ne dispose plus que deux millions et demi de dollars.

Ça n'a donc tenu qu'à un cheveu. J'aurais, entre le 2 et le 30 août, reçu cet appel de marge que je ne recevrai en réalité que le 5 septembre, j'aurais éclaté en chaleur et lumière. Ce margin call-là étant à nouveau de six millions, moi-même ne pouvant en aligner que moins de la moitié, je n'aurais eu aucune chance de m'en tirer ; même en vendant en catastrophe Saint-Tropez et l'île.

Et de toute façon, restait encore l'échéance du 18 septembre.

Oui, il s'en est vraiment fallu de peu. Et ce qui va me permettre de surnager jusqu'au naufrage final est cette intervention d'Ute Jenssen en date du 29 août. Elle m'a téléphoné de Londres pour m'annoncer son arrivée à Saint-Tropez où je viens moi-même de rentrer après quatre jours désespérants à New York. Elle débarque sur le petit aérodrome de La Môle, vêtue en tout et pour tout d'une sorte de paréo à la tahitienne qui commence à la pointe de ses seins et stoppe sa course folle au ras des fesses. Et sous lequel n'importe quel contre-jour révèle qu'elle n'a point de culotte. Incroyable. « Tu m'as toujours dit qu'on ne s'habillait pas à Saint-Tropez ! — Pas à ce point. » Elle m'embrasse, embrasse Marc et un gendarme qui passait par là.

« Où en es-tu, Franzy ?

— Ça pourrait être pire. Je pourrais avoir mal aux dents, en plus.

— Ton fils ?
— Rien.
— Tu n'as toujours pas trouvé cet argent ?
— Toujours pas. »

Outre son paréo, elle a pour tout bagage un sac de voyage en crocodile. Elle l'ouvre, en retire un tube d'huile solaire, un paréo de rechange, un slip de bain aux dimensions d'un as de trèfle et un chèque de quatre millions de dollars.

« Bien sûr, dit-elle, j'aurais pu te l'annoncer au téléphone. Mais j'ai préféré venir moi-même. Le rastaquouère a craqué, tu l'as compris, j'espère. Ces Turcs, c'est bien moins solides que ça en a l'air. En bref, je l'ai décidé à accepter la proposition que tu lui avais faite : racheter tes parts de Tennis. Nous avons cassé notre tirelire, tous les deux et le résultat est là : quatre millions. Je ne peux vraiment pas faire plus. »

Elle me sourit. Je lui dis :

« Je t'aime. »

Elle hoche la tête, soudain émue :

« Je le mérite, mon pote, Et ce n'est pas tout. Je suis probablement idiote, c'est l'avis du Turc, mais je n'aimais pas cette idée de te débarquer d'une affaire qui est bonne, qui va le devenir plus encore malgré les misères qu'on nous fait, et qui n'existe que par toi. Papa Ute en était indigné. Il a eu une idée. Est-ce que tu sais ce qu'est une vente à réméré ? »

EUREKA

Et je me revois, sur la terrasse tout au bord de la plage ensoleillée de Pampelonne, tandis que nous signons les papiers qui ont pour résultat essentiel de me fournir quatre millions de dollars, en train peut-être de perdre Tennis Dans le Ciel après Safari mais pas abattu pour autant. Au contraire. Je me revois presque dansant...

... Tant je suis convaincu d'avoir à ce moment-là trouvé, tout à la fois, les moyens de clouer le bec à ces courtiers de Londres et de New York qui guettent mon scalp et, surtout, la riposte au piège si minutieusement élaboré par Martin Yahl.

Une vente à réméré, hein ?

Pas encore mort, Cimballi !

Le 2 septembre, à seize jours de l'échéance, je suis à San Francisco et face à moi, Li et Liu hochent mélancoliquement la tête :

« Franz, ça n'était vraiment pas la peine de venir jusqu'ici. Nous ne pouvons rien faire, nous te l'avons expliqué. Et d'ailleurs, combien te faut-il ? 20 millions ? »

Pour la cinq cent soixante-septième fois, dans l'avion, j'ai refait mes comptes :

« Plutôt 25. J'en suis même sûr : 25. »

Ils branlent du chef de plus belle : « 25 millions, Franz, tu es fou, c'est le délire. » Même en temps normal, sans ces investissements qui bloquent leurs capitaux, ils n'auraient pas marché. « On t'aime bien, mais pas pour 25 millions de dollars. » Et aucune banque ne me les prêtera.

Je leur pose cette même question qu'Ute m'a posée :

« Est-ce que vous savez ce qu'est une vente à réméré ? »

Ils savent. Tout le monde sait. Comment n'y avais-je pas pensé plus tôt ? Une vente à réméré est une vente qui comporte une clause très particulière, par laquelle le vendeur se réserve le droit de racheter, dans un délai convenu entre les parties, ce qu'il a vendu. Sous condition de rembourser, à la fin du délai, non seulement le montant de l'achat, mais encore des intérêts — qui peuvent être considérables — et tous les frais entraînés par l'opération.

Mais qu'ai-je donc à vendre qui vaille 25 millions de dollars, plus les intérêts, plus les frais ?

Réponse : mon café.

Si j'obtiens une vente à réméré, je pourrai le payer jusqu'au dernier grain. Je le paierai 60 millions. Sur quoi je le revendrai sur-le-champ et même si, ayant baissé, il ne vaut plus en réalité que 35 ou 40 millions, je pourrai avec le produit de sa vente, rembourser mon acheteur à réméré et...

Li et Liu me considèrent d'un air apitoyé.

« Gland Petit Cimballi Lusé devenil complètement fada ! Franz, ton café baisse tous les jours...

— Je sais. Résumons-nous : je l'ai payé entre 180 et 190 *cents* la livre, soit 185 en moyenne. Au train où vont les choses, il ne vaudra plus que 140 ou 130 dans quinze jours, au moment de l'échéance. D'accord. Disons 130. En achetant pour 60 millions de dollars de café à une moyenne de 185 *cents* la livre, j'ai acheté 14 752 tonnes de café. D'acord ?

— Puisque tu le dis.

— Bon. Même à 130 *cents* la livre, ces 14 752 tonnes valent encore quelque chose, non ? Ne cherchez pas, j'ai là aussi fait le calcul : sachant qu'il y a toujours (ou alors on m'a trompé) 2 200 livres par tonnes, 14 752 tonnes font 32 454 400 livres. Soit multiplié par 130 : 42 190 720 dollars. »

Silence. J'ajoute : « J'ai arrondi, hein ! En fait, il manque 67 *cents*. »

C'est, sinon l'avantage, du moins la caractéristique de Li et Liu : à partir d'un certain degré de loufoquerie, quelle que soit la gravité de la situation, ils se marrent.

Et ils se marrent.

« Et, bien entendu, tu comptes sur nous pour te trouver un banquier ou n'importe qui acceptant de t'acheter à réméré, pour 25 millions de dollars, un café qui... combien as-tu dit qu'il y en avait de tonnes ?

— 14 752.

— 14 752 tonnes... qui valent au cours actuel, mais ça peut baisser encore, aux alentours de 42 millions de dollars ? Tu comptes sur nous pour ça ? »

Je ne compte pas que sur eux : j'ai tenu le même raisonnement à Marc Lavater, à Cannat, au Turc et à Ute, à Lupino, à Rosen, à Vandenbergh, à Paul Hazzard, à Duke Thibodeaux, à Letta, à une dizaine d'amis financiers de toutes nationalités, et même à Hyatt à Hong Kong, sait-on jamais. Je ne compte pas uniquement sur Li et Liu mais pourquoi les vexer en le leur disant ?

« Et ton échéance est le 18 septembre prochain ?

— Oui.

— Et le délai que tu souhaiterais pour cette vente à réméré ?

— Un an. Jusqu'au 18 septembre de l'année prochaine.

— Le café peut encore baisser, d'ici là.

— Et je peux attraper la fièvre jaune. Je l'ai déjà, rien qu'à vous regarder. Nom d'un chien, mon café est déjà tombé de 60 à 42 millions ! Et il tomberait encore ? »

Li et Liu cessent de rire.

« Tu es vraiment cinglé, Franz. Tu te rends compte du risque que tu prends ? En admettant que nous te trouvions quelqu'un — en admettant — tu devras payer à ce type au moins 30 millions de dollars, car il va t'étrangler avec les taux d'intérêt. Tu devras les lui payer dans un an, ou moins s'il réduit le délai. Sinon, tout ton café lui reviendra. Et tu n'auras même plus de quoi t'en offrir une tasse.

— Mais j'aurai gagné un an. Vous allez chercher quelqu'un ?

— On va essayer. Donne-nous quelques jours.

— Il m'en reste 16. Même pas. »

De San Francisco à New York. Où je suis le 3 à la première heure devant Jimmy Rosen :

« Franz, désolé de n'avoir à vous annoncer que de mauvaises nouvelles... »

Un : il a vainement fait le tour de tous les financiers capables d'accepter ma vente à réméré. Deux : il m'annonce l'appel de marge que je subirai quarante-huit heures plus tard, le 5 septembre donc, qui sera le sixième de la série, et dont le montant sera de 6 millions de dollars.

Compte tenu de mes déposits, j'ai déjà versé, pour le seul café 36 350 000 dollars. Avec ce dernier règlement j'atteindrai 42 350 000 dollars !

Otés de 60, il reste 17 650 000 dollars.

Je règle le margin call du 5 à l'aide des quatre millions d'Ute. Au soir de ce même jour, mes petits calculs traditionnels me révèlent que je ne possède plus que 600 000 et quelques dollars.

A partir de ce moment-là, j'attends. Et les jours vont passer, scandés par tous ces appels que je reçois dans mon appartement du Pierre, tous venant effriter un peu plus le dernier espoir que j'avais formé : même une vente à réméré ne semble intéresser personne. Li et Liu eux-mêmes, sur qui je comptais beaucoup, m'appellent le 9 septembre de Tokyo :

« Rien à faire, Franz. Et ce n'est pas normal. Il est sûr que ton ami Yahl est en train de faire jouer toutes ses relations. Nous comprenons maintenant pourquoi les Texans ont manœuvré comme ils l'ont fait. Tout se tient, tous ces types sont plus ou moins en relation. Yahl a beaucoup d'amis en Amérique du Sud... »

C'est ce moment que choisit Sarah pour réapparaître. Elle m'appelle de Montego Bay à la Jamaïque, depuis cet hôtel qu'elle dirige. « Des ennuis, Franz ? — Plutôt. — Tu t'en tireras. J'ai confiance en toi. Tu t'en tireras là où personne ne s'en sortirait. Viens me voir. Après. — Après. »

On est le 10 septembre. Le 11, l'une de mes dernières chances, celle en laquelle je croyais peut-être le plus (une banque française dont le patron est un vieil ami de Marc Lavater), déclare forfait à son tour, après avoir longuement hésité. « Il a subi des pressions incroyables, commente Marc, suisses et allemandes. Et de la part de cette banque privée qui gère l'organisation concurrente de Tennis, et a fortement joué à la baisse sur le café. »

Et trois jours passent encore. Je ne tiens plus en place, au figuré du moins, en réalité je ne quitte pratiquement plus mon hôtel. Pour attendre quoi, je l'ignore. Mais je continue d'espérer que quelque chose va se produire.

... Tandis que deux des photographes de Yates montent patiemment la garde devant le Pierre, guettant sans doute la seconde ultime de la mise à mort.

Le 14, fausse joie : Vandenbergh a failli accrocher un banquier de Boston, qui n'est rien moins que son oncle. Mais l'oncle se désiste à la dernière minute, « sur un appel de cette banque de Fulton Street dont vous étiez le client, monsieur Cimballi ».

Philip Vandenbergh est même venu me voir pour m'expliquer son échec. Il me regarde impassible et dit : « Désolé. Sincèrement. J'ai fait tout tout ce que je pouvais. J'aurais voulu vous aider. Ça a quand même été un beau combat. » Il s'en va et ces quelques mots qui manifestent qu'il est peut-être humain, après tout, manquent de me flanquer en l'air, moralement parlant. Je dois être bien bas pour qu'il en vienne à me plaindre.

Le 16, je comprends que tout est fini. Après avoir vainement tenté de joindre l'Anglais à Los Angeles pour lui dire que je ne pourrais plus le payer, je quitte l'hôtel et je m'en vais marcher dans Central Park. Je me souviens d'être allé jusqu'au lac, je me revois aux alentours de Bethesda Fountain, écoutant sans les entendre trois ou quatre musiciens gratteurs de guitare, enveloppés dans la fumée de la marijuana.

De retour à l'hôtel, vers quatre heures de l'après-midi :

« Un appel pour vous, monsieur Cimballi. Votre correspondant est en ligne.

— Je prends dans ma chambre. »

Une voix glapissante, suraiguë dans l'écouteur :

« Honolables Fils du Ciel vouloil pallé à Gland Petit Cimballi Lusé... »

J'ai compris. Un spasme de joie me traverse comme une décharge électrique. Ces deux clowns ne feraient pas les pitres en un moment pareil...

Quoique...

« Chinetoques Pourris, oui ou non ?

— Ça va te coûter la peau des fesses, mon canard, mais c'est oui. Tu auras l'argent, dix-huit millions, demain matin. »

Je ne sais plus si je les ai remerciés. J'ai hurlé et dansé. Je suis allé me regarder dans le miroir de la salle de bain et j'ai envoyé de gros baisers à Cimballi qui me regardait d'un air hilare, cet abruti.

Je n'ai pourtant pas de temps à perdre. La banque qui a accepté la vente à réméré est chinoise, pas chinoise de Hong Kong mais chinoise de Chine populaire, la vraie, ayant son siège à Hong Kong, ce qui explique sans doute qu'elle soit demeurée indifférente aux pressions de Yahl et de ses amis. Je suis à Hong Kong le 17 en fin de matinée, j'en repars illico, après avoir signé tous les papiers nécessaires à la transaction.

Un détail capital, sur lequel toutes mes capacités de négociateur se sont révélées inopérantes : le délai qu'on m'accorde court non pas jusqu'au 18 septembre dans un an, mais jusqu'au 30 juin.

Mais ai-je le choix ?

Le 18 à l'aube, je suis de retour à New York. J'attends l'ouverture des banques et je me fais donner par la Chase Manhattan l'assurance que les fonds seront bien à ma disposition — en fait à celle des courtiers — avant midi.

Deux heures plus tard, à bord de l'avion de Flint (qui a payé de sa poche le plein de carburant), je m'envole pour les Bahamas et l'île de Maria Cay.

Je suis loin — à ce degré-là, mieux vaut parler en années-lumière — d'avoir réglé tous mes problèmes. Mais j'ai tout de même une énorme satisfaction, outre le délai de grâce qu'on m'a accordé : la tête de Rosen, Lupino et Vandenbergh quand je leur ai appris ce que j'allais entreprendre. Ils ont levé les bras au ciel : je n'allais tout de même pas faire ça ?

« Il y a une loi qui m'en empêche ?

— Mais ça ne s'est jamais vu, une livraison effective, en pareil cas ! »

Et je leur ai répondu :

« Nom d'un chien, il est à qui, ce putain de café ? A moi, non ? Eh bien, je le veux. Je l'ai payé, qu'on me le livre ! »

Car c'est très exactement ce que j'ai l'intention de faire : empiler des sacs et des sacs et des sacs de cette saloperie de café sur chaque mètre carré de mon île. Quitte à en faire doubler ou tripler l'altitude et à gêner la navigation aérienne.

Je n'ai pas la moindre idée de combien cela fait de sacs, quatorze mille sept cent cinquante-deux tonnes de café. Mais j'ai l'idée que je ne vais pas tarder à le savoir.

Et puis, en les comptant, j'aurai de quoi me tenir éveillé !

33

Bon, ça n'a pas été simple. Il ne m'a pas fallu longtemps pour mesurer à quel point était folle ce que tous, Li et Liu, Lavater, Lupino, Rosen et Vandenbergh, appelaient mon idée de fou.

L'hydravion piloté par Flint amerrit près de Maria Cay le 18 septembre en fin d'après-midi. Moins d'une heure après, nous sommes, Flint et moi, sur cette jetée en eau profonde que les Anglais ayant habité l'île avant moi avaient fait construire pour y amarrer leur yacht, qu'ils ne voulaient pas risquer sur les hauts-fonds coralliens de la côte ouest.

Je marche jusqu'à l'extrémité de la jetée, je me penche. C'est vertigineux : l'océan Atlantique ne serait pas là, il se retirerait d'un seul coup, je me trouverais tout au bord d'un gouffre gigantesque, presque à pic, de cinq kilomètres de profondeur. Je l'ai dit : c'est la caractéristique essentielle de mon île, que cette extraordinaire situation géographique, à la manière d'un véritable balcon, grand large à l'est, et sur l'autre côté la mer Caraïbe, par comparaison peu profonde et amicale. Je demande à Flint :

« Tu crois que des cargos pourront accoster ici ? »

Il est aviateur, dit-il, pas marin. Mais à son avis, pour répondre à ma question, oui. Nous sommes déjà deux à penser de même, c'est toujours ça. Flint éclate de rire, en me désignant du doigt la vieille cabane en planches, toute déglinguée, qui est sur la grève la seule construction visible. Entre deux hoquets :

« En tout cas, ce n'est pas là-dedans que tu entreposeras quinze mille tonnes de café ! »

Très drôle.

Nous passons la nuit dans l'ancienne maison des retraités anglais. On y a effectué tous les travaux que j'avais demandés, suite à ma première visite du 15 décembre dernier, neuf mois plus tôt. Le groupe électrogène démarre au quart de tour, les quatre chambres sont à peu de chose près prêtes à être habitées, on a tout nettoyé — et encore récemment, cela se voit ; notamment l'immense véranda en U, de quarante mètres de longueur totale sur six mètres de large, avec ses étranges et innombrables cages sans porte, où des centaines d'oiseaux sont installés, dans une liberté totale. De la végétation qui à mon premier passage couvrait presque complètement l'habitation, on n'a selon mes ordres dégagé que le strict nécessaire. Flint n'en revient pas, qui ne pensait pas que ce fût si beau.

Mais le lendemain 19, par une escale à Nassau, je suis à La Nouvelle-Orléans. Coup de téléphone à New York, où tout se passe normalement ; Rosen a fait le nécessaire, les dix-sept millions six cent cinquante mille dollars réclamés par les courtiers ont été réglés à temps ; il me reste, avec le solde de l'argent chinois et de mon capital, un million. « Vous voulez toujours votre café, Franz ? — Plus que jamais. » A La Nouvelle-Orléans, je retrouve Duke Thibodeaux. Il va m'être d'une aide inestimable, lui et ses innombrables fils, dans cette ville qui est la leur. C'est que je livre une véritable course contre la montre. Il s'agit, et tout cela en un temps record, d'abord de s'assurer que la côte est de Maria Cay est véritablement accore, accessible à des navires de moyen tonnage, à l'endroit de la jetée. C'est fait le 21, au prix d'un aller et retour d'un expert maritime piloté par Flint.

Il s'agit ensuite de remettre la jetée en état, voire de la prolonger ; puis de trouver et d'acheminer les matériaux destinés à la construction d'entrepôts, ainsi que les hommes appelés à édifier ces mêmes entrepôts ; puis de recruter les équipes de déchargement et d'entreposage, avec leur matériel propre ; enfin d'engager une demi-douzaine de gardiens ; que bien entendu il faudra loger, comme les précédents, et pour lesquels on devra donc construire.

La superficie de Maria Cay est d'un peu plus de douze kilomètres carrés. Je me suis renseigné (il était temps !) sur les conditions de stockage du café en sacs, tel que livré par les producteurs. Bonne nouvelle : ce stockage ne nécessite pas de conditions particulières de température, d'humidité ou autres et, somme toute, il est simple : il suffit d'entasser les sacs sur un caillebotis, un treillis de bois évitant le contact avec le sol, et de les couvrir par un toit. Il n'est même pas besoin de murs pour mes entrepôts. Brave café. Heureusement que je n'ai pas spéculé sur le sucre !

Grâce donc à Thibodeaux et à ses fils, que toute cette aventure de dingue amuse énormément, tout va aller à un train d'enfer. Les premiers ouvriers débarquent sur Maria Cay le 24 septembre, les premiers hangars se dressent à partir du 26, faits de poutrelles métalliques ; les premiers travaux sur la jetée ont débuté le 23 ; les équipes de déchargement arrivent le 30 ; le premier cargo chargé de café apparaît le 31 octobre.

Après quoi, les déchargements vont se succéder avec une belle régularité. Tout sera terminé le 11 novembre.

Et si je m'étais quelque temps plus tôt posé la question de savoir combien de sacs font 14 752 tonnes, je connais alors la réponse :

324 324.

C'est entendu : ce n'était pas triste de me contempler, de nous contempler, moi et ma montagne de café, sur la petite île perdue dans le fin fond des Bahamas. Pas mal de gens se sont même offert le voyage à seule fin de voir ça de près, et de rigoler un bon coup. Des journalistes par exemple, qui n'ont pas manqué ; il ne s'est guère passé de semaine pendant deux mois, les premiers, sans que je reçoive la visite d'une de leurs équipes.

Ce n'était pas triste mais, ces moments de rigolade passés, il m'a bien fallu revenir à la dure réalité.

Je m'explique.

Dans une situation normale, si j'avais été un spéculateur ordinaire, qu'aurais-je pu faire le 18 septembre, étant obligé de payer 60 millions un café n'en valant plus alors que 36, du fait de baisses affolantes ? et sur lequel j'avais déjà payé 42 350 000 dollars, sans compter les commissions et les frais ?

La réponse est claire (en principe) : j'aurais dans la même journée et presque dans la même heure, vendu mes 15 000 tonnes de café pour 36 millions (moins que cela en comptant commissions et frais) et avec ces 36 millions, j'aurais aussitôt réglé les 17 650 000 dollars (plus que cela en réalité, toujours en comptant commissions et frais) me restant à acquitter pour devenir officiellement le propriétaire du café.

Il peut paraître extravagant de pouvoir ainsi revendre un produit qu'on a pas encore tout à fait acheté, mais c'est ainsi. Les jeux d'écriture bancaire et les usages permettent ce genre d'acrobaties.

L'opération faite, au soir du 18, il me serait resté environ 6 350 000 dollars. J'aurais reçu la plus belle claque de ma vie, ayant en fait perdu sur le seul café quelque chose comme 36 millions de dollars soit 16 milliards 200 millions de centimes. Et ayant de surcroît perdu tous mes droits sur Safari et Tennis. Et ayant dû vendre en catastrophe et donc à perte tous mes biens immobiliers. Mais je n'aurais pas été véritablement ruiné.

A aucun moment, je n'ai envisagé une telle solution. Elle aurait signifié la totale victoire de Martin Yahl.

Inacceptable. En tout cas pour moi, qui ne suis pas un spéculateur ordinaire, et qui livrais en tout cela un combat qui n'était pas que financier. Le Turc avait raison de dire qu'on ne fait pas de la finance avec des sentiments, bons ou mauvais. Mais moi s'agissant de Yahl, et lui s'agissant de moi, nous avons bel et bien fait de la finance avec des sentiments. De haine.

J'aurais normalement dû sauter lors du sixième appel de marge, celui du 5 septembre. La miraculeuse intervention d'Ute Jenssen m'a sauvé *in extremis*. Ce miracle m'a convaincu que le destin était dans mon camp.

J'ai choisi de ne pas vendre le café, de l'acheter vraiment, en prenant les risques les plus fous. Et faute de pouvoir obtenir un crédit dont Yahl s'est ingénié à me barrer l'accès, j'ai tenté la parade désespérée qu'à été la vente à réméré.

Dans le seul but de gagner du temps.

A présent, la vérité se dévoile : les conséquences de cette parade sont dramatiques.

Car ce café que j'appelle mon café, qui est stocké sur mon île, n'est pas vraiment à moi, sinon en théorie. Dans la pratique, il appartient presque déjà à la banque chinoise de Hong Kong, qui me l'a payé 18 millions de dollars. En quelque sorte, elle m'en a confié provisoirement la garde (tous les frais étant à ma charge) et si, le 30 juin prochain, je ne suis pas en mesure de régler 18 plus 5 d'intérêts soit 23 millions à peu près, c'en sera fini.

Et où diable pourrais-je trouver 23 millions de dollars ? C'est impossible et je le sais.

Les Chinois ne s'y sont d'ailleurs pas trompés : j'avais prévu des gardiens pour mes entrepôts de Maria Cay ? Précaution inutile. Dès le début d'octobre, on m'a fait savoir de Hong Kong que l'on ferait assurer la surveillance par leurs propres agents. Pour le cas sans doute où je voudrais filer à l'anglaise, nuitamment, mes 15 000 tonnes de café sous le bras...

Ce n'est pas tout : l'aménagement de mon espèce de port, des hangars et des logements, le salaire des ouvriers et dockers, la location des matériels, l'affrètement des navires apportant le café qu'il a fallu dérouter de leurs destinations ordinaires, tous ces frais plus les assurances que j'ai dû prendre (exigées par le contrat de vente à réméré), tout cela me coûte les yeux de la tête. D'autant que, même le café une fois entreposé, ces frais énormes vont continuer de courir, mois après mois, dans une inéluctable progression que rien ne peut stopper.

Le 15 novembre, n'ayant plus que quelques dizaines de milliers de dollars en caisse, je parviens à convaincre Li et Liu, au nom de notre amitié et surtout en monnayant les quelques idées que j'ai pu avoir à propos de leur affaire de jouets, de me prêter un million de dollars. Ils acceptent, à quinze pour cent. On ne fait pas de finance avec des sentiments.

Mais cela ne suffit pas.

C'est au point qu'aux alentours du 25 novembre, c'est le déchirement ultime : je demande à Cannat de mettre en vente la propriété de Saint-Tropez. Cannat alerte Marc Lavater qui s'insurge : « Ne fais pas ça, Franz. — Je n'ai pas le choix et tu le sais. — Ça ne changera rien à la catastrophe finale et en vendant Saint-Tropez, tu perds plus que de l'argent... » Comme si je ne le savais pas !

Cannat me rappelle à Nassau trois semaines plus tard. Lavater et lui ont combattu avec acharnement et obtenu que Saint-Tropez soit l'objet d'une nouvelle vente à réméré, venant à échéance le 1ᵉʳ septembre prochain. Cannat : « Oui, je sais, vous recueillez ainsi moins d'argent que par une vente ordinaire. Mais au moins vous pouvez conserver l'espoir de racheter. Au cas où un miracle se produirait. Et le propre des miracles est de se produire quand ils paraissent impossibles. Monsieur Cimballi, c'est Marc qui a insisté. »

Je donne mon accord, soulagé par ce répit que j'ai obtenu mais dans le même temps tristement convaincu qu'aucun miracle ne pourra me sauver.

Reste qu'avec Saint-Tropez, je viens de tirer ma dernière cartouche.

Après quoi il ne me reste plus qu'à m'asseoir sur n'importe lequel de mes 324 324 sacs de café, et à attendre par exemple une Troisième Guerre mondiale qui me sauverait peut-être (et encore)...

... A attendre mon exécution.

Je dis à Marc Lavater :

« Tu paies le dîner, d'accord, mais c'est moi qui offrirai les cafés. J'y tiens. »

Ça ne le fait pas rire du tout. Moi non plus, d'ailleurs, à bien y réfléchir.

« Franz, tu t'es vraiment mis dans une situation impossible.

— Ne m'emmerde pas. »

Pourtant, je ne devrais pas être agressif avec lui. Il marche encore avec des béquilles, il souffre et le premier voyage qu'il a fait, en compagnie de Françoise, a été pour venir me voir. Nous nous sommes retrouvés à Nassau, où ils m'ont gentiment proposé de passer les fêtes ensemble. Ce n'est certainement pas à eux que je peux dissimuler combien je suis près de toucher le fond. Une semaine plus tôt, le divorce a été prononcé entre Catherine et moi. Et ce n'a pas été le seul événement propre à me faire broyer du noir : l'Anglais a fait tout exprès le voyage aux Bahamas pour m'annoncer qu'il venait d'arrêter ses équipes et d'abandonner les recherches pour retrouver Marc-Andrea. Que d'ailleurs je ne peux plus financer. Mais ce dernier argument n'a pas été essentiel dans sa décision, me dit-il : « Monsieur Cimballi, nous avons fait tout ce qu'il était humainement possible de faire. Nous avons échoué. Il nous restait à identifier un couple et un groupe de campeurs. Pour le couple, nous pensons avoir trouvé : deux jeunes mariés se sont tués près de Salinas, le 30 janvier dans la soirée, au cours d'un accident de voiture. Auparavant, ils avaient passé trois jours à Palm Springs. Ce ne peut être qu'eux, le couple que nous recherchions. Par contre, les campeurs demeurent introuvables. Désolé. »

Je ne sais pas ce que j'aurais fait, à ce moment-là, sans la présence à mes côtés des Lavater. Je sais simplement que ce sont les jours et les heures où j'ai vraiment touché le fond. D'une certaine façon, ma situation financière, la rapidité de sa course et son extraordinaire succession de coups de théâtre, m'avaient tout au long des dernières semaines, non pas fait oublier mon fils disparu, mais au moins atténué, si peu que ce soit, l'atroce brûlure. Cet appel de l'Anglais qui est le dernier, cette annonce que tout est fini désormais, est comme verser de l'acide sur une plaie à vif.

Il faudra toute l'inoubliable amitié de Marc et de Françoise pour m'arracher à mon chagrin.

Et ce Noël-là sera épouvantable. En dépit de la présence de Sarah qui, en réponse à un coup de téléphone (à plusieurs coups de téléphone en fait) dans lequel je lui demandais de venir au moins passer Noël avec moi, a finalement débarqué le 26 décembre. Pour Noël, son hôtel était plein de monde et elle ne pouvait pas s'absenter. « Itou pour la nuit du Nouvel An. Tu sembles toujours oublier que je travaille. » Elle me propose même de quitter les Bahamas et de repartir avec elle à la Jamaïque : « Ça te sert à quoi de jouer les Robinson Crusoé en manque de cafetière ? Non, non, ne compte pas sur moi pour prendre tout cela au tragique. Tu es ruiné ? Tu n'en mourras pas. Et d'ailleurs, tu referas fortune, j'en ai peur. C'est plus fort que toi, pauvre bonhomme, tu ne sais rien faire d'autre. » Et de me couler son habituel regard sarcastique : « Oh ! je vois ! Le preux et vaillant chevalier ne gagnera pas le donjon ancestral des Kyle avant d'avoir terrassé le dragon. Et comme le dragon est plutôt en train de lui flanquer une raclée, ô combien, le susdit chevalier parcourt mélancoliquement les bois, en l'occurrence, les palmeraies de Maria Cay. »

Je m'esclaffe bruyamment. « C'est sans doute ce qui rend intéressante la vie avec les gens intelligents : quand ils se mettent à jouer les idiots, ils battent tous les records. Fais-moi l'amour, Prince Vaillant, pourquoi crois-tu que je sois venue ? Mais la prochaine fois, il te faudra venir à Montego Bay. »

Signé Sarah Kyle. Qui s'en va. Comme s'en vont les Lavater rentrant en Europe dans les premiers jours de janvier. Non sans avoir ardemment insisté pour que je les accompagne. Marc s'est même emporté, ce qui ne lui est guère habituel : « Bon sang, c'est fini, tu ne le vois donc pas ? Où trouverais-tu trente millions ? J'enrage même en pensant que tu as mis Saint-Tropez en jeu, alors que rien ne t'y obligeait. Je pensais que, sentimentalement, tu y tenais par-dessus tout. Je ne te comprends pas. Franz, trop, c'est trop. » Et de reprendre les mêmes arguments que Sarah, Paul Hazzard et tous les autres : je suis jeune, j'ai vingt-six ans et trois mois, j'ai bien le temps de tout recommencer, j'ai fait la preuve que je pouvais réussir, je réussirai encore...

« Et je reconnaîtrai que Yahl m'a pulvérisé. Rien à faire ! »

La vieille haine de toujours, incontrôlable, remonte à la surface.

Il serait faux de dire que je n'ai rien tenté. Mais ce n'aurait pas plus de sens de prétendre qu'il y a eu un instant, un seul, où j'ai cru avoir la moindre chance de trouver trente millions de dollars.

Je me suis cependant accroché, tout comme je me suis accroché à l'idée de retrouvé Marc-Andrea. Après le retrait de l'Anglais, je ne laisse pas passer un seul mois sans aller en Californie dans les montagnes de San Bernardino. Cela n'avait sans doute aucun sens de revenir ainsi régulièrement sur les lieux de la disparition. Mais j'avais besoin de faire quelque chose pour me convaincre moi-même que je n'avais pas perdu tout espoir. Car j'avais peur de finir par croire l'Anglais, qui avait refusé mes derniers sept cent mille dollars que je l'avais supplié d'accepter pour continuer des recherches qu'il considérait dorénavant comme tout à fait vaines.

Thibodeaux en Louisiane, où je suis resté bien

plus que les quelques jours prévus. En fait, je m'y suis incrusté, sous la bienveillante tutelle de Duke. J'y suis resté tout février, j'y suis encore en mars quand Paul Hazzard vient m'y rejoindre. Il est presque gêné de m'apprendre que les forages en Oklahoma donnent les meilleurs résultats.

« Mais nous entreprendrons d'autres affaires ensemble, Franz. Sitôt que tu te seras refait. »

Par une habitude qui tournerait presque au tic, une nouvelle fois j'ai fait mes comptes : déduction faite des frais de stockage du café sur Maria Cay et des sommes pour l'heure minimes dont j'ai besoin moi-même pour vivre, il me reste à ce moment-là légèrement plus de sept cent mille dollars.

Je me lance dans des opérations spéculatives qui participent de la frénésie pure et simple et font appel à presque toutes les possibilités en ce domaine des opérations à gros risques, dans un sens ou dans l'autre. Je jongle, passant du cacao au cuivre, du soja au platine. Pour le platine par exemple, je tente un coup sur deux mois, dans lequel je mise mes 700 000 dollars en déposit d'un contrat de 7 millions. C'est une manœuvre classique, mais je la corse par ce fait qu'au lieu de payer en dollars, je me mets à découvert en lires italiennes (dont Adriano Letta m'a informé, à toutes fins utiles, qu'elle était sur le point de subir une dévaluation). Si bien que je vais gagner sur les deux tableaux, d'une part sur le platine qui a baissé comme je l'espérais, d'autre part sur la lire qui est bel et bien dévaluée de 12 %. J'ai emprunté sur cette lire à 16,8 %, soit 1,4 % par mois, pour deux mois, cela fait donc 2,8 %. La dévaluation intervenue entre-temps étant de 12 %

je gagne donc par le fait d'avoir opéré en lires :
12 moins 2,8, soit 9,2 %. Et 9,2 % de 7 millions,
montant de mon contrat sur le platine.

De sorte que je ressors de l'opération avec un
bénéfice de 1 288 000 dollars.

... Dont je perds à peu près tout quand je me
reporte aussitôt sur le cuivre (cette fois encore,
j'ai tenté le coup double cuivre/peseta espagnole,
mais ça ne marche pas).

Je perds un peu du reste dans un attelage
cacao/florin néerlandais.

Et il ne me reste plus qu'un million.

Qu'à cela ne tienne, je regroupe toutes mes
forces (j'ai avec l'aide de Gigi le Carioca joué
sur la dévaluation du cruzeiro, dans l'intervalle,
et ça n'a pas trop mal marché) et je me jette sur
le soja.

Je me ramasse.

Je me retrouve à — je me souviens du chiffre
exact, avec mon obsession de l'époque qui me
poussait à faire sans arrêt des calculs — je me
retrouve à 395 600 dollars.

Je double ma mise sur l'or puis je quadruple
presque grâce au sucre.

Retour à un million. Avec lequel je peux côtoyer
un milliardaire français méridional qui a de solides amitiés par-delà le Rideau de Fer. Voisinage
fructueux : il me permet une abracadabrante opération quadripartite dans laquelle, ayant acheté
des parfums français que je revends à l'U.R.S.S.,
laquelle me paie en pétrole (qui augmente sur
ces entrefaites et vaut en quelques jours 15 % de
plus), je revends aussitôt ce pétrole (tout cela va
très vite, souvent en quelques heures) en échange
de « matériel alimentaire » que je troque (entre

3 et 5 % de bénéfices à chaque fois pour le moins bon marché) contre des soieries...

... que je reconvertis en pétrole revendu à Rotterdam.

Ouf !

Et j'ai alors, au début de juin, 2 650 000 dollars. Sans la disparition de Marc-Andrea, je me serais, sur ces opérations, amusé comme un petit fou. Mais, le 6 juin, tous comptes faits comme d'habitude, je suis parvenu à cette constatation qu'il me manque encore, pour sauver mon café, la modique somme de 20 350 000 dollars et tout cela, entrecoupé, rythmé, scandé, par mes déchirantes visites aux montagnes de San Bernardino.

Oui, j'ai tout tenté, y compris l'impossible absolu : convaincre une banque ou n'importe qui de me consentir un prêt de 25 millions de dollars, gagé par mes 14 752 tonnes de café, vendues à réméré. Un prêt qui m'aurait précisément permis d'annuler cette vente catastrophique.

Même avec Yahl chevauchant en permanence contre moi, j'y serais peut-être parvenu.

Mais la chance a en plus joué contre moi. Dès janvier, sur la base de rumeurs laissant prévoir une nouvelle récolte surabondante, meilleure encore que la précédente, ce fichu café se remet à baisser. Passons sur les détails, le fait est là : en avril, il est à 105 *cents* la livre, son cours le plus bas depuis fort longtemps. Cela veut dire que mes quelque 15 000 tonnes ne valent plus guère que 33 ou 34 millions de dollars.

Je suis, quant à moi, à la cote zéro. J'avais dit à Li et Liu : obtenez-moi une vente à réméré, je pourrais ainsi gagner du temps. J'ai gagné du temps, le temps a passé et rien n'est arrivé, le miracle ne s'est pas produit.

Si bien qu'il ne me restait plus que deux solutions.

La première consistait à aller me terrer quelque part, chez les Lavater, les Thibodeaux, voire à San Francisco avec Li et Liu ou à San Antonio avec Paul Hazzard. Cachant ma honte et surtout ma rage d'avoir été battu. Quitte à laisser passer le temps et à échafauder une très hypothétique vengeance.

J'ai choisi la seconde.

Le 7 juin, à vingt-trois jours de la fin du délai que les Chinois de Chine populaire m'ont accordé, je rentre de San Francisco, où je viens de m'associer avec Li et Liu dans cette affaire de jouets qu'ils développent. M'associer est un bien grand mot : Li et Liu ne sont pas des philanthropes, je leur devais un million de dollars et les capitaux à ma disposition ne représentaient guère que le double de cette somme : ils m'ont accordé cinq pour cent et rien de plus. Des clowns, peut-être, mais jamais s'agissant d'affaires d'argent.

Avant d'aller les rencontrer, je suis allé passer quelques jours en Arizona, puis sur la mer de Cortès. En quelque sorte, comme pour un ultime pèlerinage, j'ai mis mes pas dans nos propres traces, à mon fils et à moi, aux temps bénis où je m'émerveillais à son seul spectacle, sous le soleil. J'ai revu le yacht que j'avais loué à l'époque et à bord duquel, somme toute, j'avais le plus vécu avec lui, avant que sa mère ne l'emmène en Europe. J'avais beau faire, et lutter férocement contre moi-même en voulant à toute force conserver un espoir, chaque jour davantage s'insinuait en moi la certitude que je n'allais jamais revoir mon fils.

Et c'est sans doute cet état d'esprit où je suis alors, en rentrant de San Francisco, qui explique ce que je vais faire...

Li et Liu ont naturellement insisté pour que je reste avec eux jusqu'à la fin et au-delà, dans leur maison de Telegraph Hill.

Rien à faire.

C'est théâtral, c'est puéril, c'est ridicule, ça va faire rigoler toute l'Amérique et les territoires avoisinants mais je m'en fiche : personne au monde ne me fera renoncer à la dernière de mes idées de fou, et je la pousserai à son terme.

Je passe par New York et je m'y offre même le luxe d'inviter à déjeuner Rosen, Lupino et Vandenbergh. Après les avoir solennellement avertis que quiconque se permettra une plaisanterie sur les cafés que nous prendrons à la fin du repas, recevra la cafetière sur la tête, je leur explique mes intentions. Jimmy Rosen hoche tristement la tête, Jo Lupino étouffe de rire, Philip Vandenbergh s'en va noblement, en disant qu'il n'a pas de temps à perdre en enfantillages et que les affaires sont une chose sérieuse, contrairement à ce que je semble croire.

C'est finalement Jo Lupino qui m'accompagne. D'ailleurs, il a des amis à la télévision, dans deux au moins des trois grandes chaînes américaines, A.B.C., C.B.S. et N.B.C. Il m'accompagne et m'ouvre, figurativement parlant, pas mal de portes. Grâce à lui, je reçois un accueil plus que courtois, voire carrément rigolard :

« Et vous êtes prêt à nous acheter du temps d'antenne pour ça ?

— Tout juste.

— Ça va vous coûter une fortune. »

J'éclate de rire :

« Ça m'a déjà coûté tellement plus cher, vous n'en avez pas idée ! »

L'idée est celle-ci :

Tant qu'à vivre mon exécution — exécution financière s'entend, je n'ai pas l'intention de me suicider ! — j'ai décidé de la mettre en scène. Pour commencer, chaque jour des deux semaines précédant le 29 juin, veille de l'échéance sur mon opération café, les trois chaînes nationales américaines diffuseront un très court film (dix secondes), me montrant assis tout au sommet d'une monstrueuse pile de sacs de café, sur mon île. J'aurai évidemment l'air extraordinairement mélancolique (mais pas toujours, le scénario prévoit quelques moments d'hilarité) et ma tenue vestimentaire, trouée, rapiécée, rapetassée, en guenilles, désignera en moi la victime émouvante. Tandis qu'à chaque fois un présentateur annoncera d'une voix sépulcrale : « Dans quatorze jours, Cimballi n'aura plus UN grain de café. » Cela le 15 juin, car le 16, le présentateur dira : « Dans treize jours, Cimballi n'aura plus UN grain de café. » Et ainsi de suite jusqu'au 29, veille du 30 où mon café deviendra chinois.

Mathématiquement, cela devrait entraîner un

assez joli embouteillage d'envoyés spéciaux de tout poil, presse écrite ou télévisée, dans les abords coralliens de Maria Cay.

Je veux finir en beauté, j'ai tout perdu, surtout mon fils, je serai un « samouraï » de la haute finance.

Et pas d'erreur, pour un bel embouteillage, c'est un bel embouteillage. Il n'a fallu que trois émissions (« Dans douze jours, Cimballi n'aura plus UN grain de café. ») pour que les plages de mon île se mettent à grouiller de journalistes. On me demande notamment si l'homme qui m'a mis dans ce triste état ne serait pas un certain banquier suisse, et je réponds *no comment* avec l'air de faire toutes sortes de commentaires. J'offre le champagne à tous mes interviewers de sorte que, le soleil caraïbe aidant, l'ambiance devient tout à fait gaie. Bref, je parais m'amuser comme un fou.

Et un appel radio m'arrive le 20 juin.

Je suis à ce moment-là en train de répondre en même temps, en trois langues, à trois journalistes différents, à qui je raconte les péripéties de mes contrats sur le café, mais aussi les créations de Safari et de Tennis Dans le Ciel (qu'au moins toute cette publicité serve à Li et Liu, ainsi qu'à Ute et au Turc !). Et la voix dans la radio insiste. Je finis par interrompre mes exposés :

« Oui, Sarah ?

— Franz, peu importe ce que tu fais, viens me rejoindre. »

J'aurais dû comprendre au seul son de sa voix. Mais je suis bien trop occupé. Et c'est alors qu'elle me dit :
« Franz, il s'agit de ton fils. Il est à côté de moi. »

34

C'est une plage solitaire dans le sud du Mexique, très au sud, bien après Acapulco sur la côte du Pacifique, en un endroit où aucun touriste ne va et n'aurait jamais l'idée d'aller ; c'est le bout du monde et c'est perdu, même à vol d'oiseau la frontière de la Californie est à plus de deux mille deux cents kilomètres ; c'est un petit village presque écrasé entre l'océan et les hauts sommets de la Sierra Madre du Sud.

Le policier privé venu me chercher à Oaxaca, à ma descente d'avion, arrête la voiture à l'amorce même de la plage. Tout au long de la route, nous n'avons pas échangé dix mots ; il n'avait rien à m'apprendre. Il coupe le moteur. Il me dit :

« Cette maison-là, tout au bout de la plage. »

Je pose ma main sur la poignée de la portière. Il ajoute : « On peut y aller en voiture, remarquez, mais il faut faire un grand détour, par une espèce de piste. Ça nous prendrait vingt bonnes minutes.

— Non. »

Je secoue la tête :

« Non. »

La maison — si l'on peut appeler ça une maison, c'est à peine mieux qu'une cabane — est à même pas deux cents mètres. Elle jouxte la plage par un sentier qui descend au travers des rochers. J'ouvre la portière et je descends, immédiatement saisi par une chaleur de four, par un silence de commencement du monde. Le policier demande :
« J'attends ?
— Non, laissez-moi. »

C'est à peine si je l'entends repartir. Debout sous le soleil, j'étouffe, au bord d'un malaise que la chaleur seule n'explique pas, broyé par une émotion qui me fait trembler. Comme malgré moi, une partie de mon cerveau me restitue des images, des mots, des sons : ceux d'une quête interminable qui a duré vingt longs mois désespérés. Ressurgissent les montagnes de San Bernardino, mille fois battues en vain ; et Callaway qui a commencé ces recherches, l'Anglais qui les a reprises et formidablement intensifiées, au prix d'une chasse inouïe à l'échelle d'un continent, l'Anglais m'appelant au téléphone jour après jour, pour m'affirmer : « Nous approchons du but, monsieur Cimballi... » ; l'Anglais encore, voici dix mois, au moment où je lui ai appris que je n'avais plus d'argent pour le payer désormais, et me répondant : « Je suis désolé, nous avons fait tout ce qu'il était humainement possible de faire... » ; et je les entends tous, les policiers de Californie et ceux du F.B.I., mes beaux-parents, mes avocats, mes amis jusqu'à Marc et Françoise, jusqu'à Catherine, Catherine surtout, tous ne le disant peut-être pas mais tous le pensant : « Franz, tu es fou, vous êtes fou d'espérer encore. Il est mort. Et vous ne saurez, tu ne sauras jamais ce qui lui est arrivé... »

Voici que la longue quête vient de trouver son terme.

Quelque chose a bougé en haut du sentier. Trois silhouettes y apparaissent. Celle de l'Anglais tout d'abord, qui s'immobilise, regarde dans ma direction, m'adresse simplement un signe de la main, se détourne, et puis s'en va, son travail achevé...

La deuxième silhouette est celle de Sarah...

... La troisième enfin est toute petite.

Et j'ai le cœur entre les dents.

Sarah s'engage sur le sentier, elle tient l'enfant par la main. Pour moi, je m'arrache à mon immobilité. Je marche dans le sable brûlant, je marche de plus en plus vite, je me mets à courir, je cours comme un fou tout au long de la plage. Jusqu'à cette seconde où je m'arrête d'un seul mouvement, à deux mètres de lui.

Sarah lâche la main qu'elle tenait. Elle s'écarte, nous tourne le dos à tous les deux et, allant jusqu'à la limite extrême de la mer, feint de s'absorber dans la contemplation du Pacifique.

Je regarde Marc-Andrea qui me regarde de ses grands yeux dorés. Il est nu et bronzé, éclatant de santé ; il porte à son cou la médaille unique au monde que lui a offerte Joachim de Mombasa : Eusebio le Footballeur sur l'avers, au revers Notre-Dame de Fatima.

Je n'arrive pas à parler. Si bien que c'est lui qui, penchant un peu la tête et me considérant d'un air grave, me demande en anglais.

« Tu es Papa ? »

C'est la première fois de ma vie que j'entends sa voix.

Je fais lentement les trois derniers pas qui nous séparent encore, je tombe à genoux, sans

oser le toucher, paralysé par une étrange timidité.
« Sarah dit toi Papa. Toi mon Papa ? »
Je pleure comme de ma vie je n'ai jamais pleuré. Un long moment, tout ce que je peux faire, c'est simplement hocher la tête, la gorge nouée. Et enfin je le prends dans mes bras, le monde se referme sur nous deux et je dis :
« Yes. Oui. Oui, je suis ton père. »

« Je suppose, dit Sarah, que je te dois quelques explications. »
En anglais, on appelle cela un understatement, en français c'est une litote. En bref, c'est le moins qu'on puisse dire : elle me doit quelques explications. « Franz, c'est ton Anglais » me dit-elle. Et d'ailleurs, j'ai dû l'apercevoir tout à l'heure, non ? L'Anglais est venu la voir à Montego Bay, il y a bien un an de cela, dans les tout premiers temps de son enquête. Il est venu interroger Sarah comme il l'a fait de tous ceux qui, m'ayant connu à ce moment ou un autre de ma vie, auraient pu être mêlés à la disparition de mon fils. « Je lui ai demandé de ne pas te parler de moi. Mais apparemment, mon hôtel lui a plu... » Il y est revenu en décembre, cette fois pour des vacances en famille. Il a appris alors à Sarah que les recherches étaient définitivement arrêtées, notamment pour des raisons financières. « Ça m'a choquée, et même bouleversée. Je n'ai pas voulu croire qu'il n'y avait plus rien à faire. »
Si bien qu'elle a insisté auprès de l'Anglais pour qu'il reprenne les recherches. Non pas là où il avait déjà cherché, mais ailleurs. « A tes frais,

Sarah ? — A mes frais. Qu'est-ce que tu crois ? J'ai de l'argent, je gagne très bien ma vie. Je n'ai pas voulu que l'Anglais t'en parle. A quoi bon, si ça ne devait rien donner ? »

Chercher là où on n'avait pas encore cherché, c'était notamment aller fouiller tout le grand sud du Mexique. En supposant que les mystérieux campeurs dont l'ordinateur avait signalé la présence sur les lieux mais qu'on n'avait pas réussi à identifier, en supposant que ces campeurs se soient réfugiés au-delà de Mexico. Parce que l'Anglais et ses équipes de détectives avaient déjà poussé leurs investigations jusqu'à Mexico, tout comme ils l'avaient fait au Canada.

« Franz, je lui ai demandé de descendre jusqu'au Chiapas et même au Guatemala. Il l'a fait, cherchant en priorité des Américains jeunes, accompagnés d'un enfant. Pendant des mois, ça n'a rien donné, c'était désespérant. Et puis, voici quelques jours, on lui a signalé deux jeunes gens morts d'une overdose. Ici, à Puerto Escondido... »

Des Américains, mais d'origine mexicaine, parlant couramment espagnol. Habitant dans la maison de bois avec trois autres, qui se sont empressés de disparaître après cet accident dû à la drogue. Tout comme ils avaient disparu dans les San Bernardino quand, ayant fait cette piqûre à Catherine, ils l'avaient crue morte. Et ils avaient fui avec l'enfant, ne voulant pas l'abandonner dans la montagne aux côtés de sa mère sans vie.

« Après, apprenant que Catherine avait survécu, si même ils l'ont appris, que pouvaient-ils faire ? Se dénoncer ? On les aurait accusés de kidnapping et usage de stupéfiants. Ils ont eu peur. Après tout, ils avaient procuré la drogue et fait la piqûre.

Et puis, ils s'étaient certainement peu à peu attachés à l'enfant... »

Nous marchons sur la petite plage. Marc-Andrea entre nous.

« Il te ressemble », dit Sarah.

Sauf les yeux dorés, qui sont ceux de Catherine.

« Il te ressemble vraiment », répète Sarah.

Elle tente de rire :

« Il n'a décidément pas de chance, ce pauvre lapin... »

D'un coup, elle se met à pleurer, et je ne vaux guère mieux.

Nous remontons en voiture, nous regagnons Acapulco, où nous restons trois jours, Sarah disant sans conviction, de temps à autre : « Il faut quand même que je rentre à la Jamaïque, mon hôtel m'attend », et moi lui répondant : « Va au diable avec ton hôtel. » En d'autres temps, elle m'aurait giflé pour une réponse de ce genre et elle serait sûrement partie. Mais cette fois-là, avec une fabuleuse douceur, elle cède, s'abandonne, méconnaissable, au simple bonheur d'être ensemble tous les trois.

Nous avons pris tout notre temps. Ce n'était pas le tout que d'avoir enfin près de moi Marc-Andrea vivant et si beau. Il me fallait encore apprendre à le découvrir et j'avais tellement envie qu'il apprenne à me connaître enfin moi aussi. C'est également par la route que nous avons quitté la côte Pacifique pour les hauteurs de Mexico, où nous avons encore laissé s'écouler deux jours, à courir les magasins, Sarah et moi saisis de la même frénésie joyeuse d'achat pour cet enfant miraculeusement retrouvé.

Ensuite Kingston, Jamaïque et Montego Bay.

J'y ai trouvé la réaction au télégramme que j'avais expédié d'Acapulco à la famille Jeffries, pour leur annoncer la nouvelle. On me demandait une rencontre. J'ai répondu simplement : « Mon fils va bien. » Moi seul ai toujours su qu'il était vivant alors qu'ils l'avaient tous cru mort. Eh bien, maintenant, c'est avec moi qu'il vivra. Les Jeffries ne pourront rien tenter pour me le prendre, après les infamies de mon beau-père autour de ce drame.

Il y avait aussi d'autres messages, des Lavater, de Li et Liu, de Rosen et de Lupino, de quantités de gens ; Rosen et Lupino notamment me demandant de rappeler.

J'ai tout flanqué dans une corbeille.

Je ne sais pas pourquoi, je m'étais imaginé cet hôtel dont me parlait Sarah comme un petit établissement dans le registre pension de famille. Or, à Montego Bay, ce n'est pas un hôtel qu'elle dirige, mais deux. Ce n'est pas tout : elle en supervise un troisième sur l'île de Grand Cayman, à trois cent cinquante kilomètres de là, sans parler de trois autres à Spanish Town, Kingston et Savannah. Un véritable petit empire de palaces, qu'elle gère d'une main de fer, elle a même son avion personnel.

Et sa maison à elle.

Où le téléphone sonne pour moi le 25 juin. Jo Lupino :

« Franz, nom de Dieu, où étais-tu passé ? Il y a des jours et des jours que nous te cherchons ! »

A la seconde même où Lupino, haletant et surexcité, m'annonce cette nouvelle qui va tout bouleverser, je suis sur cette plage de Montego Bay, à regarder jouer mon fils avec béatitude. Au point que les mots que l'avocat ne cesse de répéter mettent quelque temps à me parvenir vraiment :

« IT'S FREEZING, FRANZ ! répète et hurle Lupino. Franz, tu m'entends ? IT'S FREEZING. ÇA GÈLE ! ÇA GÈLE ! »

Tout bascule. Tout change. Ce gel qui vient de s'abattre sur les plantations sud-américaines de café, s'il accable les récoltants, entraîne irrésistiblement un renversement que le destin seul a voulu. Le mouvement a commencé à se dessiner le 20 juin, ce même jour où Sarah m'a appelé par radio du Mexique. Il s'est maintenu les jours suivants pendant toute cette semaine où Rosen et Lupino vont me chercher puisque j'ai quitté Maria Cay après l'appel de Sarah sans prévenir personne de ma destination.

Les chiffres parlent, messagers de ma nouvelle fortune : la livre de café valait cent trente *cents* à la mi-juin, en dix jours elle gagne soixante points, elle remonte à cent quatre-vingt-dix, le prix que je l'ai payée, voici presque deux ans. Et la hausse s'accentue de jour en jour, à mesure que parviennent, des plantations de caféiers, les confirmations d'un gel comme on n'en a pas connu depuis quinze ans.

Deux cents *cents* la livre le 27 juin, à trois jours de l'échéance de la vente à réméré, qui fera des Chinois de Shanghai banquiers à Hong Kong les propriétaires définitifs de mon café.

Mais le 27 juin, je suis à Boston, face à ce banquier, l'oncle de Philip Vandenbergh, et qui a la chaleur humaine, la folle exubérance, la gaieté primesautière, la fantaisie de son neveu. Tonton Vandenbergh (ce n'est pas son vrai nom) me dévisage d'un œil glacé :

« Mon neveu m'a dit du bien de vous, monsieur Cimballi.

— Ça ne m'étonne pas du tout : nous nous adorons, lui et moi.

— J'ai déjà failli vous prêter vingt-cinq millions de dollars.

— Mes prix ont monté : j'en voudrais trente. J'ai des charges de famille. »

Je suis entré dans son bureau avec mon fils, que je ne quitterais pour rien au monde, et qui à présent déambule gaiement dans le vaste bureau de Berkeley Street, tripotant tout.

Je souris à l'oncle Vandenbergh :

« Et vous allez accepter. »

Il a sûrement vu l'un de mes messages télévisés, ou alors on lui en aura parlé, par exemple celui de la veille : « Dans quatre jours, Cimballi n'aura plus UN grain de café. » Et il n'a pu faire autrement que de lire les reportages consacrés à Cimballi Père et Fils, enfin réunis. Je souris de plus belle à tonton :

« Qu'est-ce qu'on parie ? »

Il accepte.

Un peu parce que toute cette publicité faite autour de mon histoire lui permet de démontrer la grandeur d'âme de sa banque. Le vent souffle pour moi, dans l'opinion publique.

Et surtout parce qu'il va réaliser une excellente affaire. Voici un an, je courais le monde à la recherche d'un crédit qui m'aurait permis d'honorer mon contrat avec les courtiers. On me l'a à l'époque refusé pour cette double raison que Martin Yahl contrecarrait mes efforts et que j'apparaissais comme un homme fini. Mais mes 14 752 tonnes de café valent aujourd'hui plus qu'elles n'ont jamais valu. Je suis redevenu un client intéressant, on m'aime.

A un chien qui a de l'argent, on dit : « Monsieur le Chien »...

Mais, dira-t-on, comment là encore puis-je emprunter sur un café que les agents des banquiers chinois ne quittent pas une seconde de l'œil et qui, dans trois jours, ne m'appartiendra plus du tout ?

Contingences. Les banquiers comprennent parfaitement ce genre de situation. Tonton a lu calmement mon contrat de vente à réméré, il l'a fait lire par ses experts.

« Et que m'offrez-vous, monsieur Cimballi ?

— Remboursement sous trois mois de vos 30 millions, capital, frais et intérêts, le tout agrémenté de 2 % sur le produit de la vente du café. »

L'oncle consulte ses collaborateurs. On passe quelques coups de téléphone, on s'assure que la hausse du café est décidément confirmée, qu'elle est sûre et même pas achevée, d'ailleurs. Une heure s'écoule, que je consacre à jouer au golf avec Marc-Andrea dans une pièce voisine, à l'aide de l'un de ces appareils qui permettent de s'entraîner au putting en appartement. Retour de l'oncle :

« Bien entendu, dit-il, vous comprendrez que nous assortissions votre contrat de prêt d'une clause de surveillance.

— J'allais vous le demander. »

C'est-à-dire qu'à compter de cette minute et jusqu'au moment où j'aurai remboursé l'oncle de Philip Vandenbergh, celui-ci me fera, disons, contrôler. Rien que de très normal : en versant aux Chinois les millions de dollars que je leur dois et qu'elle me prête, la banque de Boston annule forcément toutes les dispositions de la vente à réméré, annule cette vente elle-même, et me rend donc libre de disposer de mon café comme je l'entends.

Sur quoi la chance s'en est mêlée.

J'aurais pu vendre mon café le 1ᵉʳ juillet, voire le 29 juin au soir, puisque c'est ce jour-là que les gens de Boston ont exécuté le paiement aux Chinois, me rendant ainsi propriétaire du café.

J'ai choisi d'attendre, malgré les inquiétudes de Rosen et même de Lupino. Mais j'éprouvais l'exaltante, inexplicable mais réelle certitude que le sort désormais ne pouvait m'être que favorable.

Le café va atteindre 380 *cents* la livre, au début de septembre. Pour ma part, après avoir attendu plus de sept semaines, rendant fous mes avocats-conseils, j'ai vendu quelques jours plus tôt. A 350. Et 14 752 tonnes de café à 350 *cents* la livre font 113 millions et demi de dollars.

Ce qui, une fois déduites les sommes que je dois à la banque de Boston, me laisse exactement 78 000 783 dollars et 28 *cents*. Toutefois, considérant que je vais pouvoir récupérer la propriété de Saint-Tropez, et ajoutant à cela les frais, commissions et débours divers, augmentés des impôts mais majorés de mes bénéfices prochains sur Tennis qui devraient être de...

« Franz ! »

... En gros cela devrait me laisser...

« Ça va surtout te laisser une grosse bosse sur la tête, si tu n'arrêtes pas de faire tes fichues sacrées saloperies de comptes ! » m'a dit Sarah.

Sarah m'a dit encore :

« Et à propos, Cimballi Franz, pour le cas où tu te mettrais d'ores et déjà à échafauder des plans imbéciles dans le seul but de te venger de Yahl et de Horst et de ton ex-beau-père, sache qu'il te faudra d'abord me passer sur le corps... »

Je l'ai regardée, bronzée intégralement, elle n'avait même pas son tout petit maillot blanc, elle était nue comme la main et c'était vraiment un fort joli spectacle. A l'intention de mon fils qui n'était pas plus habillé qu'elle et qui, quoique mon fils soit forcément très intelligent, n'a sans doute rien compris, j'ai cligné de l'œil et j'ai dit :

« En voilà une bonne idée ! »

Nous étions à ce moment-là sous le soleil des Bahamas, loin dans le sud, sur notre île à nous tout seuls, près de la maison sous les fleurs avec sa véranda immense emplie d'oiseaux voletant dans les cages grandes ouvertes, dans un silence et une paix de commencement du monde.

Comme dans un film accéléré, je revoyais défiler tous ces visages : — Fezzali, devant sa crème glacée à Disneyworld. Qu'était-il devenu ? Le saurais-je jamais ? — Horst, brûlant mon chèque dans le cendrier de la chambre du Biltmore. — Catherine à la clinique de Beverly Hills à la naissance de notre fils. — Marc Lavater inconscient après son accident de Sorrente. — Ute m'apportant les quatre millions de dollars. — Maria de Santis à La Nouvelle-Orléans. — Le sosie de Yahl hurlant devant mon arme braquée sur lui. — Li et Liu dans le rôle de Tarzan. — Duke Thibodeaux se balançant dans son rocking-chair. Et tous les autres : Le Turc, Joachim, Rosen, Lupino, Vandenbergh, Hazzard, Callaway, Flint, l'Anglais...

Tous ont été mêlés à ce combat financier gigantesque, animé par la haine de Martin Yahl, et la trahison de mon beau-père Alec Jeffries.

Comment oublierais-je le ranch désert, Catherine inanimée dans les San Bernardino, le rapt de Marc-Andrea, et ces vingt mois de souffrances, de quête, d'angoisse ?

Les images se bousculaient, obsédantes, visages et lieux s'entremêlaient.

A ce moment-là, j'ai compris vraiment, en me remémorant les événements de ces derniers mois, la phrase écrite à mon intention, que j'avais retrouvée dans les papiers de mon père à Saint-Tropez et qui constitue pour moi son seul testament.

Ecoutez bien :

Quoi que tu fasses dans ton existence de financier, quelles que soient les précautions prises, aussi puissant que tu sois devenu, il faut que tu sois prêt car un jour viendra dans ta vie où il te faudra payer : CASH !

André Cimballi
Saint-Tropez, le ... juillet 1956

TABLE

Première partie, Le messager 7

Deuxième partie, Le piège 55

Troisième partie, Les montagnes de San Bernardino 183

Quatrième partie, Un ordinateur pas comme les autres 299

Cinquième partie, Une île aux Caraïbes 363

DU MÊME AUTEUR

Aux Éditions Denoël :

MONEY.
FORTUNE.

Aux Éditions Stock :

LE ROI VERT.

Aux Éditions n° 1 :

HANNAH.

Composition réalisée par COMPOFAC-PARIS.

IMPRIMÉ EN FRANCE PAR BRODARD ET TAUPIN
Usine de La Flèche (Sarthe).
LIBRAIRIE GÉNÉRALE FRANÇAISE - 6, rue Pierre-Sarrazin - 75006 Paris.
ISBN : 2 - 253 - 03312 - X   30/5858/3